Jo McMillan

Paradise Ost

Jo McMillan

PARADISE OST

Roman

Aus dem Englischen
von Susanne Höbel

Ullstein

Die englische Originalausgabe erschien 2015 unter dem Titel
Motherland bei John Murray, London.

MIX
Papier
FSC FSC® C083411

ISBN: 978-3-550-08107-1

Gesetzt aus der Dante MT Pro
Satz: L42 Media Solutions
Druck und Bindearbeiten: CPI books GmbH, Leck
Printed in Germany

Für Guy

Ach, wir
Die wir den Boden bereiten wollten für die Freundlichkeit
Konnten selber nicht freundlich sein.

Bertolt Brecht, »An die Nachgeborenen«

1

Den *Morning Star* verkaufen

Tamworth, April 1978

Es war noch nie leicht, einer Stadt wie Tamworth den Sozialismus zu verkaufen. Aber hier standen wir wieder, am Samstagmorgen, und zogen die Zeitungen aus unseren Co-op-Tüten. Meine Mum füllte ihre Lungen mit der Luft der Einkaufspassage – heiß, säuerlich, blutig vom Fleischer. Sie holte so tief Luft, dass man es hören konnte. Wie ein letztes Einatmen, bevor das Schiff sinkt.

»Die Wahrheit, die Wahrheit, nichts als die Wahrheit! Der *Morning Star*!«

Die Einkaufspassage Middle Entry hallte von den Stimmen der Passanten beim Einkaufen und den harten Absätzen korpulenter Frauen wider. Ich kannte diese Frauen von all den Samstagen davor, ihr Haar war orangerot gefärbt und im Nacken fransig geschnitten, die Kleidung in sich beißenden Farben war aus glänzendem Rayon, und hinter den Brillen sahen ihre Augen aus wie Murmeln.

»Alles klar, meine Gute?«

»Alles klar.«

»Und das Baby?«

»Das macht sich, meine Gute, kann man so sagen.« Das waren die Neuigkeiten über das neue Urenkelkind. Sie beugten die runden Schultern und steckten die Nasen in den Kinderwagen der jeweils anderen, im Arm trugen sie Riesenpackungen Wegwerfwindeln und Dosen mit Milchpulver, außerdem hatten sie, weil Ostern gerade vorbei war, Kartons mit herabgesetzten Ostereiern gekauft, die, wenn sie Glück hatten, auch nächstes Jahr noch gut sein würden, und dann hätte das Baby schon Zähne.

»Der *Morning Star*! Zwölf Pence, günstig für den Preis.«

Die Leute in Tamworth kauften gern günstig ein. In den Schaufenstern der Geschäfte wurden Sonderangebote angepriesen, die Schreibweise war nach Gehör, die Buchstaben standen kreuz und quer. Und die Leute in Tamworth machten gern Großeinkäufe. Wer ein Auto hatte, fuhr damit zum Cash&Carry und lud den Kofferraum voll. Die anderen schoben ihren Einkaufswagen durch den Supermarkt und deckten sich für schlechte Zeiten ein. Das machten meine Mum und ich auch, nur dass wir uns für den Weltuntergang rüsteten, den Tag, wenn die Amerikaner auf den Knopf drückten und den Dritten Weltkrieg auslösten. Unsere Küchenschränke waren mit Packungen und Dosen gefüllt, die uns bis ans Ende aller Zeiten reichen und das Kochen überflüssig machen würden.

Gerade schlug es zwölf von der Kirchturmuhr. Die Uhr von St. Editha maß die Zeit in Tamworth in Viertelstunden. Bisher hatte sie vierhundertvierzigtausend Mal geschlagen – die Zahl wurde aus Gründen der Moral abgerundet. Aber zu Hause in unserem Wohnzimmer hatten wir drei Uhren, die auf die Zeiten von Havanna, Moskau und Hanoi gestellt waren. Zu Hause konnte ich in jeder Zone des Ostblocks wohnen, ganz wie ich wollte.

»Nur eine Stunde lang erhältlich! Der *Morning Star*!«

Meistens kam jemand forschen Schrittes vorbei, zwinkerte uns zu und rief »Morgen!« zu uns hinüber. Oder jemand guckte mit übertriebener Bewegung auf seine Uhr und sagte, es sei aber schon Nachmittag.

»Nur noch zehn Exemplare, beeilen Sie sich, greifen Sie zu!«

Zu Eile war kein Anlass, auch wenn alle Einwohner sich in der Stadt drängten. Oder fast alle. Die vornehmen Leute von Tamworth fuhren nach Lichfield oder Ashby, wo sie Antiquitäten und Pflanzen für ihre Terrasse aussuchten. Aber die echten Tammies, die in Reihenhäusern aus rotem Backstein wohnten, wo die Stromleitungen alt und brüchig waren und die Tapeten aus Großvaters Zeiten, die waren hier. Auch die neuen Tammies, die aus Birmingham hierhergezogen waren und in Sackgassen mit Wasser evozierenden Namen wie Redlake, Seaton, Waveney, Purbrook wohnten, kauften hier ein.

Meine Mum hatte eine Schülerin erspäht. »Mandi-mit-i. Eine Ehemalige, gerade erst abgegangen.« Sie winkte mit ausholenden Bewegungen, so dass alle sich angesprochen fühlten. Meine Mum hatte einen Riecher für Schüler. Sie entdeckte sie in großer Ferne und wusste jedes Mal den Namen. Sie unterrichtete in einer Schule im Kohlerevier von Warwickshire, wo Hunderte von Kindern, deren Familien aus allen Ecken der Welt hierhergekommen waren, zusammen mit Hunderten anderer Kinder lernten, die ihr Dorf nie verlassen hatten. Oder wenn doch, dann mit dem Bus, um in Tamworth einen Einkaufstag zu verbringen. Mandi schob einen Buggy, in dem ein Baby saß, und hatte ein Kleinkind an der Hand, das hinter sich eine Spur von Smarties auswarf.

»Das wusste ich ja gar nicht!«, sagte Mum zu dem blassen, reglosen Kind im Buggy. Der pummelige Kloß hieß Darren. Er war vier Monate alt.

»Ist das Ihre Tochter, Miss? Sieht aus wie Sie, Miss.«

Meine Mum unterhielt sich mit ihr über Babys und Stillen. Sie stieß mich in die Rippen. Sie sei von mir im Krankenhaus völlig leer getrunken worden, ich allein sei Schuld an ihrem Brustumfang. Sie brachte Mandi zum Lachen und verkaufte ihr eine Zeitung. Sie war herzensgut, meine Mum. Von Herzen gut, sagte sie immer. Manchmal, wenn sie trübsinnig war, sagte sie: »Ich bin die Herzdame«, weil es so in dem Song hieß: »To the queen of hearts is the ace of sorrow, he's here today, he's gone tomorrow.« Das stimmte. Mein Vater ist nicht gleich gestorben, nachdem er meine Mum kennengelernt hatte, aber er lebte nicht lange. Und alle, die danach kamen, blieben nur für eine Nacht.

Meine Mum rief: »Nur noch neun übrig. Greifen Sie zu, bevor es zu spät ist. Der *Morning Star*!« Unter dem Plexidach schwollen unsere Stimmen an. Deswegen stellten wir uns darunter auf – damit wir nach Masse klangen, sagte meine Mum, denn darum ging es ja, um die Massen, und damit wir jede Woche da sein konnten, bei jedem Wetter. Sie las die Überschriften auf der ersten Seite: »Carter erklärt Ende der Neutronenbombe! Keine Modernisierung von Lance!« Keine Ahnung, wer das war. Das mit der Neutronenbombe war gar nicht die Überschrift der heutigen Ausgabe, aber es klang reißerischer als »Gebräu der Tory-Partei stinkt nach Apartheid«. Und meine Mum hielt viel von Frieden, sie hielt viel von den Menschen. Dass die Menschen friedlich miteinander lebten. Nett zueinander waren. Dass sie sich nicht gegenseitig umbrachten, wenn möglich.

Aber mit dem Ende der Neutronenbombe hatte es niemand eilig.

Vielleicht war es den Leuten von Tamworth gleichgültig. Nach dem Abwurf einer Neutronenbombe sähe die Stadt immer noch so aus wie ihr Postkartenbild: St. Editha, die Wiesen am Fluss, die Burg, die Castle Pleasure Grounds am Fuße der Burg, wo die Wildgänse durch die Minigolfanlage watschelten und auf Brotrinden von den Minigolfspielern hofften. Meine Mum stöhnte vor Anstrengung und Hitze. Sie blies sich kühle Luft in den

Ausschnitt. Es war ein brütend heißer Tag im April, der erste heiße Tag, seit ich denken konnte. Sie zog den Pullover aus und band ihn sich um die Taille. Darunter hatte sie dasselbe an wie am Vortag: ein T-Shirt mit der Aufschrift *Sechzig Jahre Sozialismus,* das Rot zu Rosa verwaschen, während Hammer und Sichel abblätterten, was an dem Co-op-Waschpulver lag. Unter dem engen T-Shirt zeichneten sich die kleinen Brüste ab, die Rippen darunter konnte man zählen.

Manchmal, wenn meine Mum vor dem Badezimmerspiegel stand und ein bisschen in die Knie ging, um sich mit dem Waschlappen der zugeordneten Farbe zu waschen, sagte sie, sie habe den Wuchs einer Balletttänzerin. Mit acht wollte sie Balletttänzerin werden. Der Krieg war gerade vorbei, und 1945 schien alles möglich, auch für ein Mädchen aus Bermondsey, dessen Bett in den ersten Jahren die untere Schublade einer Kommode gewesen war. Auch für die Tochter eines Taxifahrers und einer Köchin. Später wollte sie in den Diplomatischen Dienst eintreten und für den Frieden durch die Welt reisen. Aber da hatte sie keine Chance, mit ihrem Samstagsjob bei Woolworth und dem bisschen Schulfranzösisch und ihrem Mangel an diplomatischem Geschick.

Meine Mum zog sich das T-Shirt aus der Hose und fächelte sich damit Luft zu. Sie guckte auf ihren Bauch. Der war weiß und leer. Wir hatten seit dem Frühstück nichts gegessen. Seit sieben Uhr waren wir auf, in Hanoi war das zwei Uhr nachmittags, und wir konnten uns einbilden, wir wären spät aufgestanden. Wir hatten das übliche Frühstück gegessen – ein Dreieinhalb-Minuten-Ei, dazu Toast, den wir in Streifen schnitten. Den ganzen Vormittag hatten wir im Schlafanzug am Küchentisch gesessen und Dinge erledigt, die auf der Liste standen. Heute waren es verschiedene Protokolle: das der »Kampagne für nukleare Abrüstung«, das der Lehrergewerkschaft, das der Kommunistischen Partei. Ich hatte ihr aus ihrem dicken Heft diktiert, in das sie mit kräftiger, für die Tafel geeigneter Handschrift Notizen gemacht hatte. Eigentlich brauchte meine Mum mich nicht. Sie konnte Schreibmaschine schreiben. Sie konnte sogar blindtippen und gleichzeitig sprechen – ein Satz, der aus ihren Fingern kam, ein anderer, der aus ihrem Mund kam. Aber es ging schneller, wenn ich ihr die Notizen vorlas, nicht ganz im normalen Sprechtempo und etwas tiefer – als würde man eine 45er Schallplatte bei 33 abspielen. Und dass es schnell ging, war wichtig, Zeit war immer knapp. »Des Menschen höchstes Gut«, sagte meine Mum. Was nicht stimmte. Sie wusste, dass sie den Satz falsch zitierte. Das *Leben* war des Menschen höchstes Gut. Aber das Leben wurde in Zeit gemessen, und davon gab es nie genug. Ich las also vor, die Hände meiner Mum flogen über die Tasten, und durch unser Haus hallte das Klappern der Schreibmaschine – leiser, seit wir eine elektrische hatten. Und von Ron und Reg nebenan konnte man gedämpft das Gemurmel von *Tiswas*, dem Kinderprogramm am Samstagmorgen, hören.

Ich stieß meiner Mum in die Rippen. Der Fleischer bedachte uns durch die blinkende Fensterscheibe mit bösen Blicken – das machte er jede Woche, aber diesmal waren die Blicke besonders giftig. Wahrscheinlich hatte er das Hammer-und-Sichel-Emblem gesehen. In seinem Fenster hing ein Union Jack, und er verkaufte englisches Fleisch an Engländer, die englisch kochten. Heute hatte er Lammbraten aus Lichfield im Angebot. In dieser Stadt schlachtete und aß man die in der hiesigen Landwirtschaft gezüchteten Tiere. Er schüttelte den Kopf, fasste mit blutigen Fingern in eine Stahlschale, deren Rand mit grünen Plastikhalmen geschmückt war, warf einen Braten erst in die Luft, dann auf die Waage und blitzte uns, das geschärfte Messer in der Hand, böse an. Ich zupfte meiner Mum am T-Shirt. Sie wusste, was ich damit meinte. Auch sie wäre gern ins Co-op-Café gegangen, um sich auszuruhen und einen Kaffee zu trinken. Mit schweigenden Eltern am Nebentisch und Kindern, die aus Würstchen und Kartoffelbrei sexuell eindeutige Skulpturen machten. »Noch eine Viertelstunde, Jess.« Meine Mum gab nie vor dem Ende auf. Meine Mum gab nie auf. Manchmal, wenn die Stunde fast vorbei war, wurde sie langsamer wie ein Grammophon und zog die Wörter, die sie an den Fleischer richtete, undeutlich zusammen, und man hörte »Mon-ster« statt »Morning Star«. Aber meistens sang sie zum Abschluss ein Lied, gedämpft, weil das Plexidach den Schall verstärkte, und mit Wörtern aus den Nachrichten. Jetzt hörte ich, wie sie die erste Strophe probierte und sich vergewisserte, dass sie die Wörter wusste: »Völker, hört ihr das Bombengewitter, wie es laut donnert und kracht? Wie der Himmel reißt und zittert und der Fallout das Leben wertlos macht …«

Weiter kam sie nicht, weil ein Mann aus dem Fleischerladen trat und sich vor uns aufbaute. Breitbeinig stand er da, und in der Tüte an seiner Seite schwang das tote Fleisch. Er war halslos, hatte einen spitzen Kopf, ein Schrank von einem Mann und so groß, dass er einen Schatten über uns warf. »Ich kaufe eine Zeitung.«

»Wie bitte?« Das hatte Mum nicht erwartet. Ich auch nicht. Er sah nicht aus wie ein *Morning-Star*-Leser. Allerdings sahen die meisten Leute nicht so aus.

»Ich nehme eine von Ihren Zeitungen.« Er sah uns höflich an, aber ich mochte nicht, wie er aussah – das helle Hemd mit Schweißflecken, die Narben im Gesicht, die von Akne in der Jugend herstammten. Aber das fiel meiner Mum nicht auf. Sie schüttelte imaginierte Rumbarasseln. »Na, siehst du, Jess! Zwei verkauft! Ist doch toll!«

Der Mann nahm die Zeitung, hielt sie mit ausgestreckten Armen vor sich und blätterte sie durch. Wir konnten die Haarbüschel auf seinen Fingern sehen. Er kam mir bekannt vor, aber jeder in Tamworth kam mir bekannt vor. Jeder kannte jeden, jeder war mit jedem verwandt. Obwohl die Stadt als Eisenbahnknotenpunkt berühmt war. Die Strecken verliefen von Nord nach Süd und von Ost nach West, so dass man die Stadt in jede Richtung verlassen konnte, aber kaum einer tat das. Man wurde hier geboren, heiratete hier und starb hier. Und da fiel mir ein, warum er mir bekannt vorkam. Der Mann arbeitete im Bestattungsunternehmen des Co-op. Im Fenster war ein Schild, auf dem stand: *Unsere Limousinen können auch für Hochzeiten gemietet werden*. Manchmal sah ich den Mann auf meinem Weg zur Schule. An manchen Tagen hängte er ein Schild ins Fenster, auf dem ein günstiger Tarif für Bestattungen angeboten wurde, oder er stellte einen Blumenstrauß hin – frische Lilien für die Toten.

Jetzt war er auf der letzten Seite angekommen und überflog Caytons Wetttipps für das Rennen in Newbury und die Namen der Gewinner in Kempton. Er rollte die Zeitung zusammen und klemmte sie sich unter den Arm. »Muss ganz schön schwer sein, die Zeitung hier zu verkaufen.« Das stimmte nicht, wir wurden immer alle Exemplare los, weil wir die unverkauften in der Möbelabteilung des Co-op auslegten – auf Beistelltischchen, Fußhockern oder Gartenliegen, so als würde jedes moderne Haus die Zeitung abonnieren. Manchmal gingen wir am Schluss noch einmal in die Möbelabteilung und guckten, ob die Zeitungen noch da waren. Sie waren immer alle weg, was für meine Mum der Beweis war. »Die Redaktion braucht das Geld«, sagte sie. »Ist doch egal, wer sie bezahlt, Hauptsache, die Botschaft wird verbreitet. Hauptsache, die Zeitung wird gelesen.«

Der mächtige Körper des Mannes vor uns schob sich näher, an den dicken Füßen trug er Socken und Sandalen. »Sie tun mir leid. Sie sind jede Woche hier, und niemand interessiert sich auch nur im Geringsten für das hier. Alle sind gegen Sie eingestellt.«

»Nicht *niemand*. Nicht *alle*.«

»In dieser Stadt wollen die Leute nur den *Herald*.«

Auch wir kauften den *Tamworth Herald*, weil wir sehen wollten, ob unsere Leserbriefe abgedruckt wurden. Jede Woche schrieben wir an den Herausgeber – über Frieden, Arbeitslosigkeit, Rassismus. Außerdem mussten wir uns auf dem Laufenden halten, sagte meine Mum, und über das Leben der normalen Menschen Bescheid wissen. Manchmal sagte sie »normale Menschen«, manchmal sagte sie »die in der Arbeiterklasse«. Sie meinte damit, dass wir wissen müssten, wer die Menschen waren, die auf unserer Seite sein sollten, es aber nicht waren, noch nicht.

Der Mann sagte: »Außer dem *Herald* und einem Hobby braucht man nichts. Das reicht, um die Zeit totzuschlagen.« Denn das taten die Leute in dieser Stadt mit ihrer Zeit: Sie schlugen sie tot. Man bekam bei der Geburt nämlich nicht ein Leben geschenkt, sondern zu viel Zeit. Der Mann sagte übrigens *»Erald«* und *»Obby«*. In Tamworth hatten alle Leute ein Obby ohne H: Eimwerkern, Andarbeiten, istorische Interessen … Istorische Interessen waren besonders beliebt. Die Geschichte der Stadt ging bis zu Offa und seinen Befestigungsanlagen zurück, bis zu den Römern. Watling Street war eine römische Straße, die mitten durch die Stadt ging. Meine Mum fuhr die Strecke zur Arbeit, und da die A5 immer geradeaus ging, brauchte man nicht zu lenken, was gut war, denn meine Mum war oft unausgeschlafen.

Der Mann musterte uns von oben bis unten. Sein Blick ging zwischen uns hin und her, und er sah die Ähnlichkeit

– ähnliches Gesicht, ähnliche Statur. Wir wären ein und dieselbe Person, wären da nicht achtundzwanzig Jahre und anderthalb Zentimeter, die uns trennten. »Scheinbar liegt es in der Familie.« Das stimmte. Wir stammten aus einer Familie toter Kommunisten: meine Großeltern, meine Großonkel, meine Großtanten. Sogar mein Vater war in die Kommunistische Partei eingetreten, bevor er alt genug war – weil er so begeistert war, haben sie ihn früher reingelassen. Auch gestorben ist er, bevor er alt genug war, auch da haben sie ihn früher reingelassen – in den Himmel, in die Hölle, ins Fegefeuer, in eine Dose, die meine Mum in ihrer Wäscheschublade aufbewahrte. Unsere Familie war entweder jüdisch oder schottisch, auf der Flucht vor Hitler oder vor den Mücken. Ein Zweig ließ sich im East End von London nieder, in der Nähe der Cable Street. Die Kinder wurden in die Internationale Brigade geschickt und kamen in Spanien um. Einige wurden in Francos Kerkern eingesperrt, und ihre Schädel wurden von den Faschisten ausgemessen. Meine Großmutter hat im Zweiten Weltkrieg Pullover für die Rote Armee gestrickt. Das ganze Land strickte Pullover für Stalin. Nach dem Krieg trat meine Mum in die Young Communist League ein und verkaufte unten bei den Werften die Zeitung *Challenge*. Sie hat ihr Leben lang ungeliebte Zeitungen verkauft.

Der Mann steckte seine Hand in die Gesäßtasche. »Was schulde ich Ihnen?«

»Nehmen Sie schon«, sagte Mum. »Als Geschenk. Ich bin froh, wenn jemand sie liest.«

Als der Mann die Hand aus der Tasche zog, hatte er darin ein Feuerzeug. Er fuhr mit seinem dicken Daumen über den Feuerstein, der Nagel war dunkel und wahrscheinlich abgestorben. Er drückte ein paarmal auf den Anzünder. Dann klickte das Feuerzeug, und die Flamme schoss in die Luft. Er hielt sie an die Zeitung. Eine Ecke verfärbte sich erst gelb, dann braun, dann schwarz. Aber die Zeitung brannte nicht. Er wedelte damit, bis sich die Flammen durch das Papier fraßen. Dann wedelte er die Zeitung vor unseren Nasen. Die Luft über der Zeitung wurde heiß. Ich warf einen Blick in die Fleischerei, wo verschwommene Gestalten feixten. Er sagte: »Das haben wir früher gemacht, wenn es Ärger gab. Wir haben ein Feuer draus gemacht.«

Inzwischen war um uns eine Menschenmenge zusammengelaufen. Manch einer überlegte wahrscheinlich, ob dies ein Fall für die Feuerwehr sei. Sie sagten sich die Fernsehwerbung vor: Deckung suchen, Hilfe rufen. Sie erzählten sich die Geschichte von einem Nachbarn, der umgekommen war, als er Doughnuts machte. Er hatte Wasser in die Fritteuse gegossen und konnte nur anhand seiner Zähne identifiziert werden. Ich warf einen Blick auf meine Mum. Sie hatte die Lippen zusammengepresst und die Augen geschlossen, Tränen bildeten sich in den Augenwinkeln. Ich wusste nicht, ob das von der Hitze kam oder ein Ausdruck von Trauer war. Meine Mum hatte nah am Wasser gebaut, schon die Neun-Uhr-Nachrichten brachten sie zum Weinen – Tränen, die auf die Fliesen im Wohnzimmer tropften, wo sie lange nicht trockneten. Und die ganze Zeit wrang sie im Schoß die Hände.

Meine Mum tastete nach meiner Hand. Sie verschränkte unsere Finger ineinander, so dass wir nebeneinander stehen bleiben mussten. Durch schmale Lippen, um nicht einatmen zu müssen, sagte sie: »Denk an die Guerillas, denk an die Vietnamesen.« Also schloss ich die Augen und dachte: Ganze Dörfer gehen in Flammen auf, die Luft wird aus dem Himmel gesogen. Verkohlte Leichen, vom Feuer entstellt, und ein nacktes Mädchen, alle Rippen sichtbar, die Haut hängt in Fetzen herab, ihre Arme zwei gebrochene Flügel.

Als ich die Augen aufmachte, war der Mann weg. Weiße Ascheflocken waren auf meine Schuhe gefallen. Wir waren in Tamworth an einem heißen Tag im April, aber dies hätte Schnee sein können. Meine Mum strich sich die Ascheflocken aus dem Haar und klopfte sich ihre sowjetische Brust ab. Das, was von den Nachrichten geblieben war – die Neutronenbombe, das Gebräu der Konservativen –, züngelte am Boden, als wäre es lebendig. Ich drehte mich zu meiner Mum um und hob mein Gesicht anderthalb Zentimeter zu ihrem Gesicht mit den starken Konturen, auf dem jetzt Ascheflocken lagen. Das grelle Sonnenlicht brannte herab und wischte die Farben aus, es machte meine Mum schwarz-weiß – es vereinfachte die komplexe Struktur ihres Gesichts.

»Können wir jetzt nach Hause gehen?«

»Oder ins Co-op-Café? Hast du Hunger?«

Mir war schlecht. »Was sollen wir jetzt machen?«

Meine Mum legte mir den Arm um die Taille und zog mich zu sich, so dass wir an den Hüften verbunden waren. »Wir lassen uns nicht unterkriegen, Jess. Das weißt du. Wir Lassen Uns Nicht Unterkriegen.«

2

An Eltern statt

Tamworth, April 1978

Meine Mum vergaß »Die Verbrennung«. Sie erwähnte den Vorfall nie wieder. Es war, als hätte es ihn nicht gegeben. Aber der Geruch hatte das ganze Wochenende an mir gehangen, und jetzt war er immer noch da. Ich wartete vor dem Büro der Direktorin, Miss Downing, und sah ihr zu, wie sie unter ihrer Robe nach den Schlüsseln suchte. So etwas dauert eben länger, wenn man nur einen Arm hat. Über ihrem Kopf hing die Gedenktafel mit goldener Schrift, die zu Ehren der zweimal gefallenen Gymnasiasten dort angebracht war: für König und Vaterland. Ich stand in dem Geruch des verbrannten *Morning Star* und dem von Nachtisch mit Vanillesoße, während Frauen mit Haarnetzen sich stumm zwischen Dampfschwaden und Stahlkesseln zu schaffen machten. *Herr, wir danken dir für das, was wir von dir empfangen haben.* Sogar die Serviererinnen hielten inne und beteten mit.

Die Direktorin war in den Geschichtsunterricht hineingeplatzt, hatte die Lehrerin keines Blickes gewürdigt und war schnurstracks zu der Landkarte von Tamworth zur Zeit der Angelsachsen marschiert. Mit ausgestrecktem Arm war sie an der lila Linie entlanggefahren, die um die Stadt gemalt war. »Offas Befestigungsanlage hat uns vor all den Menschen bewahrt, die unser Leben zu zerstören drohten. Wisst ihr, wer die waren?«

Hände flogen in die Luft.

»Die Dänen.«

»Die Wikinger.«

»Die Jütländer.«

»Die Normannen.«

»Die Russen.« Das erntete Gelächter.

»Jessica.«

Ich sah die Direktorin verständnislos an. Ich wusste nicht, warum sie meinen Namen nannte. »Du, Jessica Mitchell, kommst mit mir.«

Miss Downing stieß die Tür auf. Sie ging zu einem Sessel und warf sich mit ihrer ganzen Körperfülle hinein. Dabei fiel sie fünf Zentimeter durch die Luft, und ihre Füße hoben vom Boden ab. Ihre Schuhe hatten in dem flauschigen Teppich Spuren hinterlassen. Aus dieser Perspektive hatte ich die Direktorin noch nie gesehen, ihr Oberkopf ein metallisches Grau. Gewöhnlich stand sie einen guten Meter über der versammelten Schülerschaft und deklamierte Auszüge aus *The Christian Assembly*, wobei sie das Fehlen des einen Arms mit ausholenden Bewegungen des anderen kompensierte.

Sie bedeutete mir, auf dem Stuhl ihr gegenüber Platz zu nehmen. Ich setzte mich auf die Kante, lehnte mich aber nicht zurück, damit nicht der Eindruck von Wohlbehagen entstand.

»Sitzt du bequem?« Augenblicklich war mir unbequem, und ich wusste, dass wir nicht zusammen eine Schulfunksendung anhören würden. »Jessica, warum, meinst du, habe ich dich hergebeten?«

Das klang wie eine Falle.

»Ich weiß nicht, Miss.«

»Wirklich nicht?«

»Ist es was Gutes oder was Schlechtes?«

»Ich würde sagen, etwas Gutes. Es ist gut und an der Zeit, dass wir zwei uns unterhalten.«

Es klang immer noch wie eine Falle.

Auf dem Tischchen standen zwei Gläser und eine Wasserkaraffe. Miss Downing goss Wasser in die beiden Gläser, setzte sich wieder zurecht und legte den einen Arm auf die Lehne. Niemand wusste, was mit dem anderen Arm passiert war, nur, dass er ehrenhaft abhandengekommen war, Gerüchten zufolge im Krieg. Nie hätte sie ihn aus Achtlosigkeit verloren. Und ein genetischer Fehler war es auch nicht.

»Erzähl mir von deiner Mutter.«

»Meiner Mum?«

Schweigen. Durch die Tür hörte man gedämpft die »The Planets« von Gustav Holst. Die Musiklehrerin spielte auf dem Klavier ein paar Takte aus »Mars«. Das Schulorchester spielte sie nach. Miss Downing wartete. Sie zupfte an ihrer Robe. Darunter trug sie ein schwarzes Kostüm – sie trug immer Schwarz –, dessen große Knöpfe ihre Brust einfassten.

»Sie arbeitet, richtig?«

»Sie ist Lehrerin.«

Ihr Nicken bedeutete, dass sie das bereits wusste. »Und das heißt, dass sie den ganzen Tag weg ist.«

So wie sie es sagte, fühlte ich mich herausgefordert zu erwidern: »Nicht den *ganzen* Tag. Abends kommt sie nach Hause.« Das klang nicht so, wie ich es meinte. Deswegen sagte ich noch: »Sie ist zu Hause, wenn ich komme.«

Miss Downing machte ein verschlossenes Gesicht, das ausdrückte, dass sie mir nicht glaubte. »Natürlich sind es schwierige Umstände.«

Ich wusste nicht, was sie damit meinte. »Was sind das für welche?«

»Dein Vater.«

»Er ist tot.«

»Das ist mir bekannt. Ich weiß, dass es bei dir zu Hause keinen Vater gibt.«

Es klang seltsam: bei dir *zu Hause*. Als könnte mein Vater eines Tages zurückkommen. Eines Tages käme ich von der Schule nach Hause, stürmte in die Küche, nähme mir einen Keks, und er wäre da, auf dem Sofa, den Arm auf der Rückenlehne, so wie auf dem Foto, das meine Mum bei der Urne hatte. Miss Downing wartete, dass ich mehr über meinen Vater sagte. Ich guckte in eine andere Richtung. Ich besah die Dinge auf ihrem Schreibtisch – Glocken, Schlüssel, Trillerpfeifen, Bibeln, das Lineal, das in Zoll Maß an ihrem Löschblock nahm. Schließlich sagte sie: »Krebs, richtig?«

Das wussten alle. Das stand in meinem Ordner. Die Schulsekretärinnen hielten ihn in der ausgestreckten Hand, als wäre Krebs ansteckend. Manchmal erriet ich ihre Gedanken hinter den Augen: Es geht nie gut aus, wenn kein Vater da ist.

Meine Mum erzählte es so: Eines Tages sei mein Vater aufgewacht und habe meiner Mutter die Hand auf den Bauch gelegt und die Schwellung befühlt. Dann sei er aufgestanden und habe sich vor dem Badezimmerspiegel die Haare gekämmt und eine Schwellung am Kopf gespürt. Einen Monat später war er tot. Ich war im Bauch meiner Mum bei der Beerdigung dabei. »Ihr wart nur Zentimeter voneinander getrennt«, sagte sie oft. »Er im Sarg, du im Bauch. Beide knapp nicht im Leben.«

Miss Downing sagte: »Für deine Mutter muss es schwer sein.«

»Ja, Miss, das stimmt.« Doch es war nicht die Wahrheit. Ich sagte es aus Mitleid mit ihr. Als Ausgleich dafür, dass meine Mum Lehrerin und den ganzen Tag nicht zu Hause war. Aber eigentlich war es, das sagte wenigstens meine Mum, gar nicht so schwer. Bis zu dem Tag, als mein Vater starb, war sie überzeugt, er würde wieder gesund. Sie hatte an seinem Bett gesessen und Pläne für die Zukunft gemacht, bis eine Krankenschwester kam, ihre Hand nahm und sagte, er habe aufgehört zu atmen. Das bedeutete, dass sie sich nicht von ihm verabschiedet hatte. Nicht direkt jedenfalls. Wahrscheinlich war das gut so, denn für meine Mum war ein Abschied kein Wort, es war ein Drama – es war eine Umarmung und ein Kuss auf die Wange, ein Händedrücken, ein Händeschütteln, ein Küssen aller Finger einzeln. Der ausgedehnte Abschied meiner Mum war vielleicht mehr, als mein Dad hätte ertragen können.

»Sie hat nie wieder geheiratet, richtig? Deine Mum ist allein.«

»Sie ist nicht *allein*. *Ich* lebe bei ihr. Sie lebt mit mir.«

»Ich meinte, es gibt keinen Stiefvater. Oder Ähnliches.«

Nein, Mum hatte nichts Ähnliches. Keine Zeit, sich umzusehen. Außerdem, kein Sinn. Nicht in Tamworth.

»Und eure Verwandten?«

»Die sind auch tot.«

»Das stimmt nicht, Jessica. Und es ist nicht freundlich. Deine Großmutter lebt noch.«

Woher wusste Miss Downing das mit Granma?

»Aber anscheinend seid ihr nicht sehr nah.«

»Sie lebt in Weymouth.«

»Ich meinte, die Bindung ist nicht sehr eng.«

Die Granma betete für uns. Als mein Dad plötzlich starb, fing sie erst mit einer Diät an, dann trat sie einer Glaubensgemeinschaft mit einer zusammengestoppelten Religion und mitreißenden Chorälen bei, die Granma auf der Orgel spielte. Sie lebte in einem weiß gestrichenen Haus und hatte ein Kruzifix aus Mahagoni und eine Vase mit gelben Rosen, die – wie immer sie das hingekriegt hatte – nie welkten.

»Also besteht deine Familie praktisch nur aus deiner Mutter.« Miss Downing holte das Glas heran und trank einen Schluck Wasser. »Und ich weiß von ihren Neigungen.«

Darauf neigte ich den Kopf, weil ich nicht genau wusste, was sie meinte. »Von ihren kommunistischen Überzeugungen. Mitgliedschaft in der Kommunistischen Partei. Chronisch.« Als wäre es ein Krankheitszustand. »Du hast selbst einen Verstand, weißt du. Du musst nicht das tun, was deine Mutter dir sagt. Du bist alt genug, um selber zu denken.«

»Das tue ich auch. Und ich tue es gerne. Wir tun das zusammen, und es gefällt mir.« Das klang nicht so überzeugend, wie ich gehofft hatte. Deswegen sagte ich noch: »Es ist wichtig, die Botschaft zu verbreiten.«

»Und was ist die Botschaft?«

Ich glaubte, dass es viele Botschaften gab, und sagte: »Das, was an dem Morgen auf dem *Morning Star* steht.«

Miss Downings Finger wanderten unter ihre Robe und streichelten den leeren Ärmel, der zu einer Tasche zusammengenäht war. Ich beobachtete ihr Handgelenk – es war kräftig, vom Glockenläuten. Wegen ihres Hobbys war sie einmal im *Herald* gewesen. »Weißt du, Jessica, ich mache mir Sorgen. Die politischen Überzeugungen deiner Mutter sind nicht sehr … englisch. Wer weiß, wohin ein solches Spektakel führen kann.«

Es dauerte einen Moment, bis ich »ein solches Spektakel« mit dem Vorfall vom Samstag in Verbindung gebracht hatte. »Ich habe Sie am Samstag gar nicht in Middle Entry gesehen.«

»Ich war auch nicht da. Aber ihr seid ziemlich auffällig, deine Mutter und du, in einer Stadt, in der viel geredet wird. Es wurde mir zugetragen. Und mit einem Spektakel muss man rechnen, wenn man in einer Stadt wie Tamworth subversive Schriften verbreitet.«

»Aber es war am Samstag. Am Samstag habe ich frei.«

»Du vertrittst diese Schule an jedem Tag in der Woche. Vom Gymnasium hast du *nie* frei.« Miss Downing hielt mir ihre Nase entgegen, die feinen Härchen in den Nasenlöchern bewegten sich bei jedem Atemzug. »Diese Schule handelt für jeden Schüler an Eltern statt. Und wie wir gerade festgestellt haben, gilt das für dich besonders.« Damit meinte sie, dass ich mit einem toten Vater und einer kommunistischen Mutter praktisch Waise war.

Dann fing sie mit dem Thema Freundinnen an. »Ich vermute, es fällt dir schwerer als anderen, Freundinnen zu finden.«

Hin und wieder fand sich jemand, der sich mir anschließen wollte – einmal war es die einzige Zeugin Jehovas an der Schule, die sich im Umkleideraum herumtrieb und den *Wachtturm* in Jackentaschen stopfte, dann das Mädchen, deren Mutter mit einem Liebhaber abgehauen war und deren Vater zum Alkoholiker geworden war, dann der Schülersprecher, der im *Herald* bloßgestellt wurde, weil er in der Unterwäsche seiner Schwester in den Pleasure Grounds herumgelaufen war und dafür von der Schule verwiesen wurde. Immer waren es die Unbeliebten, Ungepflegten und Unberechenbaren, die sich mit mir anfreunden wollten. Aber meine Mum hatte recht, wenn sie sagte: »In einer Stadt wie dieser ist es schwer, Freunde zu finden. Es gibt einfach keine Grundlage.« Außerdem hatte es keinen Sinn. Für Freunde brauchte man Zeit. Man musste sie pflegen. Wir mochten Menschen, meine Mum und ich, aber wir hatten einfach keine Zeit für sie. Von Rosie abgesehen, vielleicht.

»Meine Mum hat eine Freundin. Rosie.« Sie unterrichtete Darstellendes Spiel als Vertretungslehrerin im Overspill. Das bedeutete, dass sie die meiste Zeit zu Hause war und Kerzen für die Bewegung machte oder in der Hängematte lag und den CND-Newsletter faltete, den Rundbrief der Campaign for Nuclear Disarmament, der Kampagne für Nukleare Abrüstung, oder Bücher mit Eselsohren las und dabei kubanische Zigarren rauchte, deren blauer

Rauch sich an der Decke kräuselte. Sie langweilte sich in Tamworth – das erzählte sie mir ganz oft –, aber statt sich in den Zug zu setzen, reiste sie in ihren Träumen: in *Warten auf Godot* war es eine alte Landstraße, in *Einer flog über das Kuckucksnest* eine psychiatrische Anstalt. Miss Downing sagte: »Rosemary ist eine gute Freundin, vermute ich.«

»Meine Mum sagt, sie ist ein Pfundskerl.« In Wirklichkeit sagte sie: ›Sie hat zwar nicht den Durchblick, aber sie ist ein Pfundskerl, daran besteht kein Zweifel.‹

»Und deine Freundinnen?«

»Rosie ist auch meine Freundin.«

»Ich meine, in deiner Altersgruppe.«

Die in meiner Altersgruppe glaubten, das Klassensystem habe etwas mit der Schule zu tun und Lenin sei einer der Beatles.

»Mädchen in deiner Altersgruppe, wie …«

Ich blickte zu Boden. Der Teppich vor dem Sessel war von ähnlichen Gesprächen abgenutzt. Ich versuchte, mit meinen Füßen den Flor wieder aufzurichten.

»… wie Rebecca Caldor. Du sitzt im Unterricht doch neben ihr.«

Während des Unterrichts hatte ich Zeit, sie von der Seite zu betrachten. Ich kannte ihre Hände so gut, dass ich sie aus dem Kopf hätte zeichnen können: die sauberen Halbmonde ihrer Nägel, die Sommersprossen auf den Handrücken. Ich hätte sie im Dunkeln an ihrem Shampoo erkennen können – das in letzter Zeit von einem Parfum überlagert war. Weil ich neben ihr saß, kam ich nicht oft in ihre Sichtlinie, aber wenn sie mich einmal ansah, dann mit einem fernen Blick. Ich war für sie so unscharf, dass ich ebenso gut nicht da sein konnte.

»Sie hat dich eingeladen, habe ich gehört. Zu einer Geburtstagsparty. Wie war das?«

Ich hatte Kuchen gegessen. Selbstgebackenen. Bis dahin hatte ich immer nur Kuchen von der Greggs, der Bäckerei, oder aus einer Packung vom Co-op gegessen. Mrs Caldor hatte die Tür aufgemacht und mich mit einem Winken ihrer mehlbestäubten Hand begrüßt. Aus den Tiefen des Hauses hörte ich das aufgeregte Geschnatter von Mädchen, die kurz davor waren, Teenager zu werden. »Schuhe«, hatte Rebecca gesagt. Damit meinte sie: Zieh sie aus. Ich wartete im Flur, bis der Geruch meiner Socken verflogen war. An der Wand hingen alte Stiche von Tamworth, von Staffordshire-Hunden, von einer Pistole, mit der Frances Caldor in den Krimkrieg gezogen war. Es gab sogar ein Gästebuch. Alle Mädchen in meiner Klasse hatten sich eingetragen. Rebecca war die Erste, die dreizehn wurde. Sie hatte gesagt, ich müsse unbedingt zu der Party kommen, denn alle anderen kämen auch, und die Vorstellung, dass alle außer mir da sein würden, überzeugte mich, und ich ging hin.

Später sagte Rebecca: »Meine Mutter fragt, ob du jemals in den Spiegel guckst.«

»Unser Spiegel ist verbogen.« Wir hatten die Löcher auf gut Glück gebohrt und die falschen mit Klopapier gefüllt und konnten dann die Schrauben nicht richtig anbringen.

»Das erklärt, warum du so liederlich aussiehst.«

»Was heißt liederlich?«

»Dass du schmutzig bist.«

Ich wusste nicht, was ich darauf sagen sollte. Ich wusste, dass ich manchmal schmutzig war. Aber man musste schmutzig sein, bevor man sich wusch. Das war doch der Sinn.

Rebecca sagte: »Du weißt, dass Reinlichkeit gleich nach Göttlichkeit kommt.«

Ein weiterer guter Grund, sich nicht zu waschen.

Jetzt bewegte Miss Downing sich auf ihrem Sessel, als wäre der Boden darunter uneben. Sie stemmte sich hoch und trat hinter meinen Stuhl, wobei sie den Geruch von Teerseife verbreitete. Ich erinnerte mich an den Geruch von meiner Nan, das war viele, viele Jahre her. Ich hatte nicht damit gerechnet, dass die Direktorin denselben Geruch wie die freundliche alte Dame in Streatham hätte, die mir Reispudding mit Haut drauf zu essen gegeben und Pullover für die Russen gestrickt hatte. Einen Moment lang war mir Miss Downing fast sympathisch. Sie blieb vor der Wand mit den Fotos stehen. Für jedes Jahr, seit sie Direktorin war, hing dort ein Foto. Wir waren alle abgebildet, auf Breitbildaufnahmen, die auf dem Schulhof gemacht worden waren, Reihen von Schülern in angelsächsischen Kutten. »Das sind deine Altersgenossen, Jessica.« Sie gab mir ein Zeichen, neben sie zu treten. Ihr Finger wanderte von einem Gesicht zum nächsten. Sie nannte die Namen der Mädchen in meiner Klasse und erklärte, was jede von ihnen am Samstag zu ihrer Vervollkommnung tat – eine spielte in der Blaskapelle der Stadt, eine andere strebte beim Schwimmen nach Ruhm, eine dritte war Pfadfinderin.

»Und das bin ich, ich verkaufe den *Morning Star* und mache mich zu einem Spektakel. Ich bringe Schande über die Schule.«

Es rutschte mir so heraus. Der Vollständigkeit halber.

Es entstand eine Pause, die so lang war, dass ich mich zu Miss Downing umdrehte. Ich sah die hervortretenden Adern an ihrem Hals und hörte das Rascheln ihrer Robe, ich sah das Aufblitzen der Anstecknadel auf ihrem Revers. Dann spürte ich einen scharfen Schlag auf meinem Handrücken. Einen Moment lang war mein Körper wie betäubt. Dann setzte der Schmerz ein. Er rollte über meine Fingerknöchel und raste den Arm hinauf. Ich legte meine Hand schützend in die Armbeuge. Ich dachte, die Direktorin hätte mir die Knochen gebrochen.

»Genau das wird in dem Milieu gefördert. Versprich mir, dass du nie wieder so frech antwortest.«

Ich konnte nicht sprechen und presste meine Zähne auf die Unterlippe, auf keinen Fall würde ich anfangen zu weinen. Der Schmerz wanderte von meiner Hand hinter meine Augen. Der Druck wurde immer größer. Miss Downings Umrisse verschwammen.

»Antworte.«

»Nein, Miss.«

»Wie bitte?«

»Ja, Miss.«

Sie legte das Lineal hin. »Ich handle an Eltern statt. Das ist meine Aufgabe. Eines Tages wirst du zurückblicken und mir dankbar sein.« Sie streckte mir die Hand entgegen, jetzt schon in Erwartung meiner Dankbarkeit. Ich konnte meine rechte Hand nicht bewegen und gab ihr meine linke in einem unbeholfenen Handschlag. Ihre Haut war kalt, die Finger steif. »Ich habe dich aus dem Geschichtsunterricht geholt.« Sie warf einen Blick auf die Uhr. »In dieser halben Stunde wirst du ganze Jahrzehnte versäumt haben.«

Das war das Problem mit Geschichte. Manchmal zogen große Stücke davon einfach an einem vorbei.

Als am Nachmittag die Schulglocke läutete, war ich die Erste am Tor. Beim Rennen tat die Hand noch mehr weh, also ging ich in einer Art Laufschritt nach Hause. Nebenan saß Mr Howard am Fenster, sein glänzender Schädel wie eine Trophäe auf der Fensterbank. Ich versuchte, ihn nicht zu sehen. Er würde nur rauskommen und mit mir reden wollen – über die Hitze, über den Gartenschlauch, über seinen braunen Rasen. Aber offenbar hatte er gesehen, dass ich mich vorbeischleichen wollte, und er nickte mir nur zu und sagte stumm durch die Fensterscheibe: »Alles in Ordnung, Jess?«

Im Wohnzimmer fand ich eine noch warme Tasse Tee und eine halb gegessene Scheibe Toast. Meine Mum hatte mir einen Zettel hingelegt: *War da, bin wieder weg. Komme ... weiß noch nicht, wann. Guck im Kühlschrank, ob du was findest*. Im Kühlschrank lag auf einer tiefgefrorenen Pizza noch ein Zettel: *Das hier?* Aber dazu müsste ich den Grill über dem Herd anmachen und warten. Sonst war noch ein Glas mit eingelegten Eiern da, die ich eine Weile lang gern gegessen hatte, und seitdem ich sie nicht mehr mochte, standen sie im Kühlschrank. Dann war da noch eine letzte Scheibe Leberkäse, die der Mann mit der Duschhaube an der Fleischtheke im Co-op für meine Mum abgeschnitten hatte und die jetzt am Fettpapier festklebte. Früher war er ein Schüler meiner Mum gewesen, und jetzt fragte er immer nach Neuigkeiten von der Schule. »Immer dasselbe, immer dasselbe«, sagte sie jede Woche, ohne Fehl.

Die Kühlschranktür schloss sich mit einem Seufzer. Ich nahm die halbe Scheibe Toast und aß sie auf dem Weg nach oben. Inzwischen war meine Hand lila angelaufen. Ich ging ins Bad und hielt sie vorm Spiegel hoch, denn obwohl der Spiegel verbogen war, konnte man manchmal in der Reflektion klarer sehen – als gehörten die Körperteile nicht zum Körper. Aber die Zahnpastaspritzer versperrten die Sicht, und es war schwer zu entscheiden, ob ich verbogen war oder der Spiegel. Ich guckte im Badezimmerschrank nach und fand eine Packung Paracetamol, ein Abführmittel, eine Desinfektionslösung, Staubflusen. Ich versuchte mich in meine Mum zu versetzen. Sie würde sagen: Denk an die Guerillas. Hände zu zertrümmern war üblich. Es gehörte zum Training. Ich achtete nicht auf den Schmerz und drückte meine Finger mit aller Kraft an das Porzellan, während ich das Silberfischchen beobachtete, das am Abfluss entlangglitt, und drückte so lange, bis alle Fingerkuppen weiß waren und ich glaubte, ein Klicken zu hören. Auf einer Skala von eins bis zehn war es eine Sieben: schlimmer als nicht zuerst zu blinzeln und schlimmer als den Arm verdreht zu bekommen, aber nicht so schlimm wie Wasserfolter. Einmal hatte meine Mum mich halb bewusstlos aus der Wanne gezogen, dabei hatte sie so laut geschrien, dass die Nachbarn sie bestimmt hören konnten, und mir so lange auf den Rücken geklopft, bis ich eine Lungenladung von Wasser und Speichel ausspuckte. Nachdem ich mich davon erholt hatte, setzte ich mein Testament auf. Ich vermachte dem *Morning Star* mein Sparkonto und meiner Mum die Urne mit meiner Asche. Sie war entsetzt und sagte, ich dürfte nicht versuchen zu sterben. Aber ich hatte keine Angst. Keine echte Angst. Wenn ich stürbe, dann wäre es heldenhaft. Ich würde nie an Reinlichkeit sterben.

Vom Badezimmer aus konnte ich in das Zimmer meiner Mum gucken. Auf dem Fußboden lagen die sichtbaren Zeichen ihrer Eile, zu der Versammlung zu kommen – die losen Papiere in ihrer Schultasche, die in die Ecke geworfenen Sachen vom blitzschnellen Umziehen. Ich wand mich einhändig aus meiner Schuluniform und legte meine Sachen auf den Haufen Wäsche. Ich setzte mich auf ihr Bett. Es war April, aber in ihrem Zimmer roch es nach Weihnachten von Rosies Duftkerzen. Trotz des Weihnachtsgeruchs konnte ich an der Bettwäsche meine Mum riechen, das Oil of Olaz, das Rosenwasser. Ich sah die gelbe Kuhle, wo sie auf dem Bauch gelegen hatte und Speichel im Schlaf auf das Laken gelaufen war. Ein Becher Tee vom Abend zuvor, halb leer, stand auf dem Nachttisch, an der Innenseite braune Ränder von altem Tee. Auf dem Fußboden lagen Kekskrumen. Auf dem Nachttisch die Ohrstöpsel, wenn der Wecker zu laut tickte, und der zweite Wecker, wegen der Ohrstöpsel.

Ich ging in mein Zimmer und nahm das Schwarze Heft

– ein altes Schulheft – hervor und las die Namen all der Menschen, die in der Revolution erschossen werden würden: James Callaghan, Jimmy Carter, Bob Monkhouse, Granma, Pinochet, Benny Hill, Rebecca Caldor, ihre Mum, die Osmonds – die hatte meine Mum vorgeschlagen, was ich schwierig fand, denn insgeheim mochte ich die Osmonds. Oder zumindest die B-Seite von »Long-Haired Lover from Liverpool«. Ich konnte keinen Einspruch erheben, schließlich waren sie Mormonen und Amerikaner, aber manchmal, wenn ich im Bett lag und schlecht gelaunt war oder einfach Hunger hatte, sang ich unter der Decke »Mother of Mine«.

Ich nahm meinen Füller, den mit der goldenen Feder in der schwarzen samtenen Schachtel, und mein Tintenfass, denn ein Todesurteil verlangte eine gewisse Zeremonie. Oder zumindest das richtige Schreibzeug. Ich füllte den Füller mit Tinte und wischte ihn sauber, alles mit einer Hand, und fragte mich, wie Menschen ohne Hände ganze Bilder auf Weihnachtskarten malten. Mein Mittelfinger färbte sich türkis von der Tinte. Ich hatte nicht die Geduld zu warten, bis die Tinte getrocknet war, und drückte das Löschpapier drauf, so dass einzelne Buchstaben von MISS DOWNING in Spiegelschrift darauf zu lesen waren.

Bitte.

Erledigt.

So gut wie tot.

Danach muss ich eingeschlafen sein, denn als Nächstes erinnere ich mich, dass ich der Länge nach auf dem Boden lag, den Rücken voller Teppichhaare und auf dem ganzen Körper eine Gänsehaut. Draußen war es dunkel. Ich lauschte, ob von unten etwas zu hören war. Ich steckte den Kopf zur Tür raus und rief nach meiner Mum, dann presste ich das Ohr an den Fußboden.

Nichts.

Meine Hand fühlte sich schwer an, der Schmerz ein gleichbleibendes Dröhnen. Ich hielt die Hand zum Fenster hoch. Das Licht der Straßenlaterne färbte sie orange, die Finger rot, als wären sie in der Bibliothek gestempelt worden. Ich stieß die Tür mit dem Fuß auf und rief lauter.

Stille.

Das bedeutete, dass meine Mum wirklich nicht zu Hause war.

Ich wusste nicht, wie spät es war, aber die Versammlung musste längst vorbei sein. Also war sie in den Tankstellen-Imbiss gegangen, um eine Portion gebratener Leber und Pommes zu essen. Sie wird auf einem Hocker am Fenster gesessen haben, mit Blick auf den Verkehr auf der A5, während im Hintergrund ein einarmiger Bandit blinkte und aus dem Radio die Musik von BBC1 plätscherte. Und auf dem Weg nach Hause wäre sie noch schnell ins Hamlets gegangen, auf einen späten Drink. Nur einen, daran hielt sie sich, da war sie eisern. Da wäre meine Mum jetzt. Bryan hätte schon das Glas genommen, bevor sie an der Bar war, und gesagt: »Ein doppelter Whisky. Kein Eis. Kein Wasser. Nichts. Pur. Ein doppelter.« Das sagte er jedes Mal, es war eine Wiederholung von dem, was meine Mum beim ersten Mal gesagt hatte. Sie würde zum Tesco-Supermarkt rübergucken, wo ein angeketteter Papagei saß, der gelernt hatte, »Hallo« zu sagen. Sie würde über die Versammlung nachdenken und mit den Fingern das in den Holzsitz eingeritzte »FUCK OFF« befühlen. Und wenn sie zu dem Schluss gekommen war, dass die Versammlung eigentlich nicht so schlecht verlaufen war, nicht wirklich schlecht, würde sie in den Minivan steigen und hoffen, auf dem kurzen Weg vom Hamlets nach Hause nicht angehalten zu werden.

Und wenn sie das nicht riskieren wollte, würde sie zu

Fuß nach Hause gehen. Sie würde durch die Little Church Lane gehen, vor dem Zeitungsladen stehen bleiben, in dessen Schaufenster ihr Gesicht sich verschwommen spiegelte, und sich an den Bonbongläsern sattsehen. Zitronendrops, Rhabarber-mit-Vanille-Drops, Birnendrops. Birnendrops mochte meine Mum für ihr Leben gern.

Ich legte mich ins Bett und strich mit den Füßen das verkrumpelte Laken glatt. Ich zog mir das Oberlaken über den Kopf und blies so lange, bis mir schwindelig wurde und ich im Bett warm war. Durch die Wand hörte ich das Klopfen der Wasserrohre – das war Mr Howard, der sich die Zähne putzte und das Gesicht wusch, bevor er ins Bett ging. Und das bedeutete, dass es kurz vor halb elf war. Er stand um sechs Uhr auf, »Punkt sechs, ohne Wecker, solche Gewohnheiten ändern sich nie«. Mr Howard war Bergarbeiter gewesen. Wenn er am Ende eines Arbeitstages nach Hause kam, hatte Nancy einen Auflauf im Ofen und einen Mr-Kipling-Kuchen zum Nachtisch vorbereitet, im Kamin brannte das Feuer, von Kohlen, die sie umsonst bekamen. Einmal hatte ich zu Mr Howard gesagt: »Wenn man ein Kohlestück ganz fest drücken könnte, hätte man einen Diamanten.«

»Und was soll ich mit einem Diamanten?«, hatte er gesagt, als hätte er alles, was er sich wünschte, und wäre ganz zufrieden.

Und dann starb Nancy.

Sie hatte am Wohnzimmerfenster gesessen und den Menschen auf der Straße zugesehen, die nach Hause kamen, ihre Fußgelenke waren von Flüssigkeit geschwollen, wogegen keine Tabletten etwas ausrichten konnten, und dann war »sie einfach zusammengebrochen – Herzversagen«, sagte Mr Howard. Aber sie war nicht umgefallen wie ein Baum. Sie hatte im Sessel gesessen, die Arme auf den Lehnen, die Augen geöffnet, und hatte ausgesehen wie lebendig, nur dass sie nicht mehr atmete. Ihm fiel erst auf, dass sie tot war, als ihr Körper schon kalt wurde. Er war es gewohnt, dass sie nicht antwortete, wenn er ihr zur Unterhaltung kleine Geschichten erzählte, weil sie ihr Hörgerät oft ausschaltete.

So hat er es mir erzählt.

Er beerdigte Nancy auf dem Wigginton Cemetery, in einem Grab, in dessen Nähe es ein Feld mit Holunder, Beinwell und Eselsdisteln gab und in dem er auch Platz haben würde. Als er von der Beerdigung nach Hause kam, mit feuchten Flecken unter den Achseln, und sich das Gesicht mit einem Taschentuch trockentupfte – er schob es auf die Hitze –, sagte er: »Sie liegt in guter Erde, Jess.« Davon verstand er etwas. Schließlich hatte er sein Leben unter der Erde verbracht. Als ich das meiner Mum erzählte, sagte sie: »Ich hätte nicht gedacht, dass ein Bergarbeiter so viele Pflanzennamen kennen würde.«

Ich lauschte wieder auf die Geräusche von nebenan. Bei Mr Howard war jetzt alles still. Sicherlich zog er sich seinen Schlafanzug mit Paisley-Muster an, den er jeden Donnerstag zum Trocknen draußen auf die Leine hängte. Er würde ein paar Worte zu dem Foto auf seinem Nachttisch sagen und sich auf seine Bettseite legen – es würde immer seine Bettseite bleiben – und sofort einschlafen. Das alles wusste ich, weil Mr Howard gern redete und ich manchmal dazu aufgelegt war, ihm zuzuhören – wenn ich zu Hause war und meine Hausaufgaben gemacht hatte und meine Mum noch nicht zurück war und es ein warmer Abend war und er und ich hinten im Garten waren.

Ich hörte, wie ein Bus in das Depot einbog. Ich stand auf und ging zum Fenster. Ich guckte nach Norden, in die Richtung, aus der der Minivan kommen musste. Ich richtete meinen Blick auf die Kurve und versuchte mit einer Willensanstrengung zu erreichen, dass der Minivan um die Kurve bog – das senfgelbe Auto, der krächzende Motor, das weichgezeichnete Gesicht meiner Mum am Steuer. Dann blickte ich nach Süden, in die Richtung, aus der sie kommen würde, wenn sie zu Fuß ging – über den Friedhof, leise vor sich hin singend –, an St. Editha vorbei, wo die Glocken gerade die volle Stunde geläutet hatten.

3

Eine Einladung

Tamworth, April 1978

Als ich am nächsten Morgen aufwachte, war meine Mum zu Hause. Bei weichgekochtem Ei und Toast erzählte ich ihr, was passiert war, und zeigte ihr die verletzte Hand.

»Diese Miss Downing ist nicht an meiner statt da. Man schlägt Leute nicht.«

Aber manchmal brachte man sie um – wenn sie es verdient hatten. Dazu war das Schwarze Buch da. Meine Mum wollte nicht auf die Revolution oder die Erschießungen warten. Sie wollte umgehend bei der Schule Beschwerde einlegen. Mir wurde das Herz schwer. Ich hatte noch fünf Jahre als Schülerin dort vor mir. Ich sagte: »Victor Jara wurde auch die Hand zerschmettert.«

»Und er ist gestorben.«

»Das lag daran, dass sie ihn erschossen haben.«

Und ich sah, wie sich ihre Stirn umwölkte. Chile hatte diese Wirkung auf sie. Aber ich wusste, dass Victor Jara ein gutes Stichwort war. Meine Mum hob meine Hand in die Höhe, hielt sie am Küchenfenster ins Licht und drehte sie wie eine Trophäe. Ich sah, wie ihre Sorge sich in Stolz wandelte. Dann fiel ihr ein Lied ein. Keins über Victor Jara – zu spanischen Lieder konnte sie nur improvisierte Wörter mitsingen –, aber sie kannte ein Lied über Hände, von Pete Seeger: »One man's hands can't tear a prison down; two men's hands can't tear a prison down, but if two and two and fifty make a million, we'll see the day come round; we'll see the day come round.« Nur dass das entmutigend war, denn zwei und zwei und fünfzig ergaben keine Million. Nicht im Mathe-Grundkurs. Nicht in einem, der zum O-Level-Abschluss führte. Aber über das Lied geriet die Beschwerde in Vergessenheit, und statt dass ich mit Miss Downing im Clinch leben musste, war sie einfach weiterhin die tägliche Erscheinung bei der Morgenversammlung. Hin und wieder begegnete ich ihr im Flur, und sie bedachte mich mit einem bedeutungsvollen Blick, in Erwartung meiner Dankbarkeit. Ich guckte zur Seite und versuchte, die Teerseife zu erschnüffeln.

Dass ich meiner Mum das mit »an Eltern statt« gesagt hatte, war ein Fehler gewesen, denn offenbar beunruhigte sie das. Der Gedanke, dass jemand anders ihre Rolle übernehmen könnte, missfiel ihr, also übernahm sie die Rolle selbst – sie spielte sich als Mutter auf und wies mir die Rolle der Tochter zu. Sie kaufte massenhaft Bananen und erklärte, ich brauche Vitamine. Sie roch unter ihren eigenen Achseln und behauptete, ich müsse baden. Und dann erzählte sie mir, dass ein James von der Partei vorbeikäme und es besser wäre, ich wäre nicht bei der Versammlung.

»Warum ist es so geheim?«

»Du weißt, dass ich nichts Geheimes mache.«

»Bleibt er über Nacht?«

»Darauf gebe ich keine Antwort. Aber nein.«

Manchmal blieb nämlich jemand über Nacht: Neil, der Gitarrist, Trevor, der Automechaniker, Eamonn, der Labour-Abgeordnete. Und dieser James schien noch am ehesten qualifiziert, wenn er in der Partei war. Ich unterhielt die Übernachtungsgäste so gut ich konnte und machte mich dann für den Rest des Abends dünn. Wenn ich ihnen zuwinkte und gute Nacht wünschte, wusste ich, dass ich sie nicht wiedersehen würde. Am nächsten Morgen war immer alles so wie sonst.

»Wieso kann ich nicht dabei sein? Ich bin *immer* bei den Versammlungen dabei.«

»Weil du hier wohnst.«

»Und damit es mehr sind.«

»Das auch.«

»Und warum diesmal nicht? Ich kann das Protokoll schreiben.«

»Weil er nicht mit einer Tochter rechnet. Weil er *mich* eingeladen hat«, und sie tippte sich hart auf das Brustbein, so wie ein Arzt es tat, wenn er einen auf eine Infektion hin untersuchte. Das Wort »mich« klang entsprechend hohl. »Später, Jess. Später erzähle ich dir alles. Es könnte etwas Gutes sein. Für uns beide.«

Aber mütterliche Distanz war anstrengend, und meine Mum hatte keine Kraft dazu. Sie brachte es nicht fertig, sich gegen meine dreizehn Jahre zu stemmen, sich meinem Leben zu widersetzen. An dem Abend, als James kommen sollte, fragte ich, ob ich in dem Kabäuschen unter der Treppe sitzen und zuhören konnte. Die Tür war aus dünnem Sperrholz, ein Blatt undurchsichtiger Luft, und man konnte alles mithören. Meine Mum sagte: »Du weißt, dass ich keine Tricks mag. Aber solange ich nicht weiß, ob du da bist. Solange ich nicht diejenige bin, die das mit den Tricks macht.«

James musste beim Parkscheinautomaten um die Ecke gewartet haben, denn es war genau sechs Uhr, als ich ein Auto in unserer Straße hörte – das langsame Geräusch von Reifen auf regennasser Fahrbahn, dann das Abschalten des Motors. Ich hatte die Straße mit dem Fernglas im Blick. Ich wusste nichts über Autos und konnte keine Marken unterscheiden, aber dieses Auto sah nicht aus wie das von einem in der Partei. Ich hatte schwarzen Abgasqualm und eine zerbeulte Karosserie erwartet. Das hier war ein Auto, in dem wichtige Personen aus den Nachrichten transportiert wurden: getönte Scheiben, schwarzer glänzender Lack, ein Auto, das selbst im Stehen schnell aussah.

Ich richtete das Fernglas auf die Wagentür und sah, wie zwei vergrößerte Füße herausgeschwungen und sorgfältig abgesetzt wurden, wegen der Pfützen. Ich wanderte mit dem Fernglas über die Person: ein Mann mittleren Alters mit einer Aktentasche und einem Regenmantel über dem Arm. Er legte die Hand auf den Türgriff, und die Tür schloss sich mit einem leisen Klicken. Er suchte die richtige Hausnummer, eilte zum Gartentor, den Kopf im Regen gesenkt. Er drückte auf die Klingel und wartete.

Ich wartete auch.

Die Batterie in unserer Klingel war leer.

James wurde nass. Er fuhr sich mit der Hand über das Haar. Er schüttelte die Regentropfen von seinem Mantel und blinzelte zum Himmel hoch. Ich schwenkte das Fernglas zur Straßenseite gegenüber, wo das Büro der Territorial Army war. Das Büro war geschlossen, denn es war Sonntag, aber unter der Woche kamen manchmal Jungen von der Hauptschule, als Büsche verkleidet, aus dem Haus. Sie kletterten auf die Ladefläche eines Lastwagens und wurden nach Cannock Chase gefahren, wo sie die Luft mit Bajonetten durchlöcherten, als wären da Russen.

James drückte wieder auf die Klingel. Er drückte so lange auf den Knopf, dass man sich über das anhaltende Klingeln geärgert hätte, wenn die Klingel funktioniert hätte. Er sah auf die Uhr und klopfte mit seiner behandschuhten Hand an die Tür, dann zog er den Handschuh aus und klopfte lauter. »Eleanor!«

Ich rief die Treppe runter: »Ziel im Fadenkreuz.«

»Wie bitte?«

»Deine Versammlung ist hier.«

Einen Moment war es still, dann ging das Licht über der Haustür an, ein helles Licht, das die Farben des Mannes veränderte: dichtes weißes Haar mit einem scharfen Scheitel, fliederfarbener Schal, auf der Brust über kreuz gelegt wie bei einem Pfarrer. Ich hörte, wie meine Mum aufschloss, ihn hereinbat und dann den Schlüssel in der Tür umdrehte.

Im Hof vorne lag mein Fahrrad in einer Ecke, Blätter waren vom Wind aus Mr Howards Blumenkörben zu uns herübergeweht, auf der Erde standen Blumenkübel, die meine Mum zu bepflanzen vergessen hatte, und jetzt war der Frühling schon da.

Dann ging das Licht aus.

Ich zog mir die Schuhe aus und schlich die halbe Treppe hinunter, wobei ich mich eng an die Wand drückte, um zu verhindern, dass die Stufen knarrten. Ich hörte das Kratzen der Stühle, die über den Fußboden gezogen wurden, und Bemerkungen über unsere drei Uhren. Die Stimme war laut und kräftig, woraus ich schloss, dass James möglicherweise auch Lehrer war. Ich saß auf einer Stufe und befühlte den Teppich, reduzierte Nylonware, grün »wie Gras – auf der anderen Seite ist er grüner«, hatte meine Mum zu dem Mann gesagt, der den Teppich verlegte. Ich betastete die Stelle, wo der Flor geschmolzen war, als meine Mum versucht hatte, Buchstaben auf ein Banner zu bügeln, und ein Stück von dem Rasengrün zu harten schwarzen Perlen verkohlt war.

Meine Mum sprach lauter, als der Wasserkessel zu rauschen anfing. »Und was für ein Kurs ist das?«

»Er wird vom Bildungsministerium organisiert. In Potsdam. Fantastische Stadt.«

Ich kroch weiter nach unten und bezog meinen Lauschposten unter der Treppe, wo ich mich hinter die dünne Tür hockte.

»Findet jeden Sommer statt. Berufliche Weiterbildung. Sehr begehrt. Alle wollen genommen werden. Aber nur hundert kriegen einen Platz. Einhundert Englischlehrer.

Einhundert Französischlehrer.« Er sprach in abgehackten Sätzen, als würde er über Funk sprechen – wahrscheinlich war meine Mum in die Küche gegangen. »Unsere Partei schickt Kursleiter. Die Franzosen ebenso. Die Lehrer können nicht zu uns kommen, klar, also gehen wir hin.«

Wieso können sie das nicht?, dachte ich.

»Nein!«, sagte meine Mum. Sie klang nicht überrascht. Sie redete laut wegen des Wasserkessels. Dann hatte das Wasser wohl gekocht, denn ich hörte sie sagen: »Nein, genau«, und durch die Tür hindurch, ohne ihr Gesicht zu sehen, wusste ich nicht, ob sie die Tatsache einfach bestätigte oder befürwortete. »Und wer ist ausgeschieden?«

»Weniger ausgeschieden als ausgeschieden worden.«

»Weil er Euro-Kommunist ist?«

»Seine politische Haltung war nicht das Problem. Nein, wir wissen nicht genau, was der Grund ist. Die Leute in der DDR haben durchblicken lassen, dass sie mit ihm nicht einverstanden waren. Er muss irgendwie aufgefallen sein. Und sie treffen ja die Auswahl. *Sie* laden schließlich *uns* ein. Es ist Gavin Barber. Du bist ihm bestimmt schon begegnet. Whiskyatem, mit Veilchenduft übertönt – das hat ihm sicherlich nicht geholfen. Außerdem von sich selbst ziemlich überzeugt. Ist auf Filmmaterial der BBC archiviert.«

Von da ab war ich überzeugt, dass irgendwas faul war. Wie er sprach, war irgendwie falsch. Leute in der Kommunistischen Partei sprachen nicht wie er. Wir hatten nicht so eine Aussprache.

»Wir brauchen also einen Ersatz. Ich habe dich bereits erwähnt. Mehr als nur erwähnt. Und alle sind für dich.«

»*Für* mich? Wirklich? Aber ich habe nichts gemacht.«

»Ich habe ihnen gesagt, wie gut du bist. Ein echtes Juwel. Und wie sehr ich dich mag.«

Meine Mum stieß einen kleinen Schrei aus, vor Freude, vermischt mit Verlegenheit.

»Die Leute, die zu entscheiden haben, stehen voll dahinter: Peter Roth, das ist der Leiter des Englischkurses, und Saskia Wolf, die Leiterin des Sommerkollegs insgesamt. Sie möchten, dass du mitmachst.«

Meine Mum redete sich klein, aber das war nur aus Verlegenheit.

»Es geht um die Solidarität, Eleanor. Eine Gelegenheit, praktische Unterstützung zu leisten. Und anders als in Tamworth wird deine politische Arbeit dort anerkannt. *Und* bezahlt. In Ostmark. Nicht umtauschbar und auch nicht viel. Aber ein angemessenes Honorar.«

Meiner Mum gefiel die Idee von einem Honorar. Sie brach in gackerndes Lachen aus.

James erklärte, die Lehrer in der DDR müssten lange warten, bis sie für den Kurs genommen wurden. Manche warteten Jahre auf einen Platz. »Wenn du die Lücke füllst, rettest du den Kurs. Sie werden dich als Heldin betrachten.«

Meine Mum lachte bei dem Gedanken, eine Heldin zu sein. Aber gleichzeitig gefiel es ihr, das merkte ich.

»Denk drüber nach«, sagte James.

Das tat ich.

Deutschland. Das waren zwei Doppelstunden, montags und freitags, mit Mr Long, der Familie Frank und ihrem Hund Max. Das waren einfache Aufgaben im Präsens, mit komplizierten Adjektiv-Endungen. Das waren Modalverben und ein langes Warten auf das Ende des Satzes und die Infinitivform, bis man herausfand, was eigentlich los war. Deutschland, das war *The World at War*. Es war *Colditz* im Fernsehen. Das war Pat Reid, die sich, eine Wollmütze tief ins Gesicht gezogen, an einem aus Laken geknüpftem Seil herabließ, über das Küchendach zur Kommandantur kroch und es bis in die Schweiz schaffte. Das war auch ein Buch aus der Bibliothek über die Nationalsozialisten, mit Fotos von Leichenbergen und von

Frauen, die an Bäumen hingen und denen man die Brüste abgeschnitten hatte.

Meine Mum sagte: »Es sind also keine Euro-Kommunisten mit im Team?«

»Sie haben es natürlich versucht. Aber die in der DDR wissen auch, was los ist. Das Ministerium wollte nichts damit zu tun haben. Garantiert frei von Euro-Kommunisten. Potsdam gehört uns.« Dann sprachen sie über Die Spaltung. Sie produzierten Buchstaben-Nudelsalat in ihrem Gespräch über die NCP und die CPGB und die EFT und bestätigten sich, dass sie dabeibleiben und kämpfen würden. Davon redete meine Mum auch, wenn ich sie spätabends beim Telefonieren hörte, ein Becher Tee und die Keksdose auf dem Fußboden. Sie wand sich dann das Telefonkabel um die Finger, wickelte es wieder ab, hampelte herum, weil sie dringend aufs Klo musste, und sagte: »Aber das, worum es geht, worum es im Grunde geht …«, ohne erklären zu können, worum es wirklich ging, weil derjenige am anderen Ende es besser wusste.

James erwähnte einige Namen, die mir vage bekannt vorkamen: Cynthia Lukov, Don Palethorpe, Dorothy Hill. Mark Johnson …

»Nicht der Mark, der in Südafrika war?«

»Doch, kann sein.«

»Für den ANC?«

»Durchaus möglich.«

»Verdeckt?«

Dann etwas, das ich nicht verstand.

»Bewaffneter Widerstand?«

Schweigen, wahrscheinlich ein Nicken.

»Bomben?«

»Das weiß ich wirklich nicht.«

Sie hörten auf zu sprechen. Vermutlich musste meine Mum das erst einmal verdauen, während sie ihren Tee trank und hinter dem Teebecher Schutz suchte. Sah ganz so aus, als würde sie den Sommer mit einem Bombenleger und einem Snob verbringen. Ich stützte mich auf meine heile Hand, und meine Finger spürten die verkohlte Stelle des Teppichs, wie Perlen am Rosenkranz.

»Und Jess?«

»Sie ist herzlich willkommen. Dass sie mitkommt, ist schon genehmigt.«

Und das hieße, ich würde das auch tun.

Ich hörte, wie Stühle über unseren unebenen Fußboden geschoben wurden. Dann ging die Tür auf. Meine Mum steckte den Kopf um die Ecke, ihr Gesicht wenige Zentimeter von meinem entfernt, und rief die Treppe rauf, ich solle runterkommen und mich dazusetzen. Ich verließ ganz leise mein Versteck, kroch die Treppe hoch und rannte sie laut runter. Als ich ins Wohnzimmer kam, war James aufgestanden. Sein Handschlag war länger und fester als nötig. Zwei Wochen nach meiner Verletzung tat ein solcher Griff noch weh.

»James Clancy«, sagte er.

Ich sagte nichts. Er wusste ja, wer ich war.

Meine Mum fand, etwas müsse gesagt werden. »Meine Tochter Jess.«

»Ich habe viel von dir gehört.« Das sagte er mit einem Lächeln und meinte es als Kompliment, aber mir gefiel die Diskrepanz nicht. Ich wusste nichts über diesen Mann, außer dass an der Art, wie er sprach, etwas nicht stimmte. Ich wartete, bis er meine Hand losließ, und trat dann zurück. Er trug eine Strickjacke, die zugeknöpft war. Ein gebügeltes Hemd. Manschettenknöpfe. Krawatte, die eng um den Hals geschnürt war. Warum war jemand aus der Partei wie ein Bankier angezogen? Und warum fiel das meiner Mum nicht auf?

»Du bist groß«, sagte er. »Für dein Alter.«

Ich war dreizehn und konnte auf seinen rosa Scheitel hinabsehen. Sie sind klein, dachte ich. Und alt. Ich setzte mich ihm gegenüber an den Tisch und streckte die Beine aus. Es war schwer, sein Alter richtig einzuschätzen, und je länger ich ihn ansah, desto älter kam er mir vor. Ich zählte die Falten an seinem Harmonika-Hals. Seine Wangen waren von roten Äderchen durchzogen, vielleicht kam das vom Alkohol – obwohl davon nichts zu riechen war. Doch ein Geruch ging von ihm aus wie von den Männern, die bei Hochzeiten vor der St.-Editha-Kirche standen, Pomade im Haar und in unbequeme Anzüge gezwängt, und so rochen, als hätten sie sich mit etwas aus der Autohandlung eingesprüht. Ich faltete die Hände auf dem Tisch und befragte James mit meinen Augen: *Nun, Mr Clancy, wie lange sind Sie schon im britischen Geheimdienst tätig?*

Meine Mum machte sich in der Küche zu schaffen, dann kam sie mit einer neuen Packung Kekse herein und goss uns allen frischen Tee ein. Ausnahmsweise setzte sie sich nicht den Teewärmer auf den Kopf. Sie hörte James zu und spielte dabei mit ihrem Kugelschreiber. Hin und wieder machte sie sich auf ihrem Kolleg-Block Notizen, wobei sie den Platz zwischen den Linien ganz ausfüllte, als übte sie das Schreiben noch. Ich rutschte auf meinem Stuhl tiefer und guckte unter den Tisch. James' Hosenbeine waren hochgerutscht, er trug Strümpfe. Seine Schuhe waren schwarz und glänzend und sahen so falsch aus wie sein Auto. Dann sah ich die Absätze. Selbst bei seiner Größe hatte er geschummelt.

Ich hörte mit einem Ohr zu und sah mir gleichzeitig die Papiere an, die er mitgebracht hatte. Da waren Briefe auf Deutsch, mit Schreibmaschine auf dünnes gelbes Papier geschrieben, in das die Punkte Löcher gehämmert hatten. Exemplare von *Education for Today and Tomorrow*, eine Straßenkarte von Europa. Das Programm für den Sommerkurs lag auf dem Kopf, aber ich konnte es trotzdem lesen. Vorgesehen war eine Eröffnungsfeier, bei der jemand vom Bildungsministerium dabei sein würde, eine Rundfahrt durch Berlin – Brandenburger Tor, Fernsehturm – und ein Basar, bei dem Geld für den *Morning Star* gesammelt werden sollte. Jeden Tag sollte es Sprachunterricht und Vorlesungen über britische Landeskunde geben: die Traditionen der Arbeiterklasse, die Situation der Frauen, die Wirtschaftskrise, britische Schulen.

James sagte: »Jess, du und deine Mutter, ihr seid in die DDR eingeladen.«

Ich nahm mir einen Keks und überlegte, ob ich ihn trotz des Besuchs in den Tee tunken durfte.

»Nach *Ost*deutschland«, sagte er, als wüsste ich das vielleicht nicht. »*Unser* Deutschland.«

Ich wusste nicht viel über unser Deutschland, außer dass das Reiseunternehmen Progressive Tours jedes Jahr Reisen dorthin anbot. Manchmal schrieben Kinder aus Ostdeutschland Briefe an den *Morning Star,* sie gaben Briefmarken Sammeln und Freundschaft Schließen als ihre Hobbys an und wollten in einem kapitalistischen Land Brieffreunde finden. Ostdeutschland war weit von der Stadt entfernt, wo die Franks aus meinem Deutschbuch lebten, nämlich ganz nahe beim Kölner Dom. Sie erwähnten die DDR nie, mit keiner Silbe. Man konnte ohne weiteres vergessen, dass sie überhaupt existierte.

Ich zog die Europakarte zu mir, legte Kekse auf die Hauptstädte und fuhr mit dem Finger an den Grenzen entlang. Hier war also Ostdeutschland. Ganz in der Nähe von Polen.

»Siehst du die DDR?«, fragte James. »Das ist Berlin. Im Westen ist Westberlin. Potsdam grenzt an Westberlin.«

»So wie Sie sitzen, James, ist Osten Westen.«

»Red kein dummes Zeug«, sagte meine Mum. »Osten

ist Osten und Westen ist Westen, egal, wo man ist. Nur links und rechts ändern sich.« Sie hob den Teebecher an die Lippen und sprach über den Rand. »Deshalb ist auf einen Kompass mehr Verlass als auf Menschen.« Es folgte ein Schweigen, weil wir ihr nicht richtig folgen konnten, sie sich selbst auch nicht, ihrem Gesichtsausdruck nach.

»Es ist die Möglichkeit, den Real Existierenden Sozialismus zu erleben«, sagte James. »Du hast ihn schon einmal erlebt, oder, Eleanor? In Polen, richtig?«

Das war 1955, bei den Weltfestspielen der Jugend und Studenten. Meine Mum lehnte sich auf ihrem Stuhl zurück und erinnerte sich laut. Sie war in einer Schule untergebracht und hatte sich mit der Putzfrau der Schlafräume angefreundet. Zusammen hatten sie ihre Butterbrote am Ufer der Weichsel gegessen und sich über die Sprachbarriere hinweg angelächelt. Meine Mum hatte Tänzer aus Krakau kennengelernt und Musiker aus Zakopane. Ihre Abordnung der Young Communist League war mit dem Zug von London nach Warschau gefahren. Ihre Vorräte an Wasser und Nahrung waren ausgegangen, an jeder Grenze gab es Verzögerungen. Alle schliefen im Sitzen. Die Toiletten funktionierten nicht. Als meine Mum in Warschau ankam, hatte sie Bauchschmerzen vor Hunger und schmutzige Unterhosen. Aber das spielte keine Rolle. Sie waren in der Volksrepublik Polen angekommen, wo sich dreißigtausend Jugendliche *Für Frieden und Freundschaft – Gegen die aggressiven imperialistischen Militärpakte* versammelt hatten.

»Da siehst du es, Jess. Was sagst du also? Hättest du nicht Lust auf einen Sommer im deutschen Sozialismus?«

Ich sah James unverwandt in seine blauen Augen. »Ich sage, wir können nicht fahren.«

Meine Mum machte ein erstauntes Geräusch.

»Wir können nicht fahren, weil wir schon Pläne für den Sommer haben. Wir haben Rosie gebucht.«

»*Rosie?*«, sagte meine Mum, als würde sie den Namen kaum erkennen. »Das sind doch nur ein paar Tage Zelten. Auf dem Silbury Hill. Das können wir doch absagen. Sie wird nichts dagegen haben. Rosie ist ein Pfundskerl.«

»Außerdem«, sagte ich und sah ihn weiterhin unverwandt an, »habe ich keinen Pass.«

»Pass!« Meine Mum warf die Hände in die Luft, als wollte sie sagen: Was ist das denn für ein Einwand. »Einen Pass zu bekommen ist doch nicht schwierig, oder, James? Nichts leichter. Und dann kannst du aus England ausreisen, Jess. Wann immer du willst.«

Ich nahm das Kursprogramm in die Hand und blätterte es durch. Das hier war mein Sommer, ein Stundenplan in lila Kopie. Mit lautem Rascheln blätterte ich die Seiten um, und als ich ans Ende kam, fing ich wieder von vorne an und protestierte lautstark mit dem Papier. Meine Mum legte mir die Hand aufs Handgelenk.

»Aber ich wollte Ferien haben.«

»Wir machen doch Ferien. Da bekommen wir Ferien«, sagte sie, nahm das Programm und zeigte mir, wo. Am Ende des Kurses gab es eine viertägige Bildungsreise nach Thüringen. »Wir besuchen eine Rinderzuchtfarm, einen Kindergarten, ein Landwirtschaftsmuseum und das Konzentrationslager Buchenwald.« Das Wort »Konzentrationslager« kam viel zu laut und begeistert heraus. Meine Mum duckte sich in ihren Teebecher, einen von Rosies selbstgemachten, dessen blaues Muster zerlaufen und beim Brennen unscharf geworden war. James atmete tief ein. Es hätte der Anfang von einem Seufzer sein können, aber es war ein neuer Ansatz: »Wie viele Menschen aus Tamworth werden in ihrem Leben in die DDR kommen, Jess?«

Ich nahm den Keks, der auf Berlin lag, tunkte ihn in meinen Tee und biss ein kleines Stück ab.

»Es wird bestimmt ganz fantastisch. Das verspreche ich

dir. Ein Monat voller Sonnenschein. Euer Leben im Park von Sanssouci.«

»Sanssouci?«, sagte ich. »Ist das nicht in Frankreich?«

Als James ging, schüttelte er mir wieder die Hand, aber nicht so anmaßend. Zu meiner Mum sagte er, er würde sich melden. An der Wand hinter ihm hing unser Oxfam-Kalender. Es war April 1978, und seit Beginn des Monats hatte ich einem steckendürren Mädchen, das sich aus einer Überschwemmung gerettet hatte, in die wässrigen Augen geguckt. Es saß inmitten von zerbrochenem Zeug unter einer gestreiften Zeltplane in China und sah mich an. Bald wäre es August, und Oxfam würde uns das Bild einer anderen Katastrophe zeigen. Möglicherweise von einem Land im Bürgerkrieg oder mit einer Militärdiktatur, oder in einer Dürreregion, wo die Ernte vertrocknet war und die Kinder uns mit ihren Blähbäuchen den Appetit verschlugen. Aber diese Katastrophe müsste ich mir nicht ansehen, denn ich wäre verreist. Ich wäre in Ostdeutschland mit meiner Mum und mit einem Mann, der bestimmt ein Spion war.

Als James zu seinem Auto ging, standen wir am Fenster und sahen hinter ihm her. Er hatte einen Gang wie bei einer militärischen Parade: die Beine gestreckt, das Kinn in die Höhe gereckt.

»Ist das ein Paradeschritt?«

»Das ist Arthritis.«

Am Ende unserer Sackgasse machte er im Auto eine elegante Drei-Punkte-Wendung und streifte weder den Laternenmast noch das Grab ganz am Rand. Als er an unserem Haus vorbeikam, hob er die behandschuhte Hand und nickte der Windschutzscheibe zu und vermied so, beim Grüßen einen Unfall zu bauen. Meine Mum streckte die Faust in die Höhe. Ich zupfte an meiner Nagelhaut. Meine Mum folgte James mit Blicken, bis er um die Ecke hinter dem Parkscheinautomaten verschwunden war. Dann drehte sie sich zu mir um und wartete.

Ich wusste, wenn ich ja sagte, würde sie »Juchhe!« rufen, ihre imaginären Rumbarasseln schwingen und mich umschlingen und so lange an sich drücken, bis es weh tat. Wenn es ihr einfiel, würde sie ein Lied singen. Das Gewerkschafterlied »Hold the fort for we are coming« kam mir in den Sinn. Aber wenn ich nein sagte, bevor ich ja sagte, müssten wir das besprechen. Wir würden das Dafür und Dagegen eines Sommers im deutschen Sozialismus erwägen. Wir würden die Vor- und Nachteile, sowohl für sie als auch für mich, auflisten und gerecht bewerten.

Über die Schulter meiner Mum hinweg sah ich zu den Büchern, die flach im Regal lagen, weil sie zu hoch für unsere Regalfächer waren. Die Bücher, ausgepackt, aber ungelesen, waren Buchclub-Bücher von der Reklame auf der Rückseite der Sonntagszeitungsbeilage, die meine Mum bestellt und nicht wieder abbestellt hatte. Jetzt durchbrach sie das Schweigen mit einem Seufzer, also glaubte sie, ich hätte nein gesagt. Sie betrachtete mein Gesicht, studierte es Zug um Zug, suchte nach Hinweisen, dass ich meine Einwände nicht ernst gemeint hatte, sondern nur widerborstig war. »Willst du wirklich nicht nach Potsdam?«

»Ich will wissen, wer James ist.«

»Er ist James Clancy. Das hat er dir gesagt.«

Aber ich meinte die Strickjacke. Die Strümpfe. Die Manschettenknöpfe. Kommunisten trugen keine Manschettenknöpfe. »Und wie er spricht. Warum spricht er so?«

»Das hat er im Waisenhaus gelernt. James ist ein Findelkind.«

Ich prustete verächtlich. Hier gab es keine Findelkinder. Nicht in diesem Jahrhundert. Dann sah ich, dass meine Mum es ernst meinte. Sie sagte, James sei abgegeben worden. Im Waisenhaus habe man ihm ›gutes Benehmen und Klarinette spielen‹ beigebracht. So habe er es ausgedrückt. Dann hatte der Krieg angefangen. Er war der Militärkapelle beigetreten und nach Indien geschickt worden. Da sah er, was die Briten taten, wenn sie ins Ausland gingen und dortblieben. Im Krieg änderte er seine Einstellungen von Grund auf.

Aber selbst wenn James ein Findelkind war, wäre er dann wirklich Soldat geworden, der sich zum Kommunisten wandelte, dann Spion wurde, gleichzeitig aber auch Lehrer war und aussah wie einer, der bei der Bank arbeitete? Wie viele Personen konnte man in einem Leben sein?

Meine Mum nahm meine heile Hand und hielt sie in ihrer. »Ich kenne James länger als dich.«

Also schon immer.

Das und die Tatsache, dass er ein Findelkind war, veränderte die Stimmung. Ich senkte den Blick. Hier standen wir uns gegenüber, in unseren Gesundheitssandalen und Cordhosen mit elastischem Taillenbund, die einzigen Hosen, die man bedenkenlos aus dem Katalog kaufen konnte, und in unseren Fischerpullovern aus dem Co-op. Meine Mum hatte sich die Ärmel bis zum Ellbogen hochgeschoben, so dass ihre sommersprossigen Unterarme zu sehen waren – außer unter der Uhr, die sie nie abnahm. Am Ende der Oberlippe wuchsen Härchen, die sie vergessen hatte abzuschneiden. Demnächst würde sie sie spüren und mich bitten, sie abzuschneiden, und dann würde sie meine Lippe befühlen, ob mir auch schon ein Oberlippenbart wuchs.

Und dann sah ich, dass etwas sich verändert hatte. Ihr Gesicht – das von einem Moment zum anderen so müde aussehen konnte, das so schmal sein konnte, wegen all der Aufgaben und Pflichten – war weich geworden.

»Sie sind *für* mich, Jess. Das hat er gesagt. *Für* mich.«

James bot ihr ein Ende der Anfeindungen. Meine Mum, ein Soldat, der nie außer Dienst war, hatte die Möglichkeit, einen Sommer lang ihre Listen beiseitezulegen.

4

Der Real Existierende Sozialismus

Potsdam, August 1978

Im August war ich endlich als Untertan Ihrer Königlichen Hoheit und Einwohner des Vereinigten Königreichs von Großbritannien und Nordirland beurkundet. Ich besaß einen Pass. Auf dem Umschlag stand *Honi soit qui mal y pense*, ein Satz, nach dessen Übersetzung einmal in einer Ratesendung gefragt wurde, aber ich wusste immer noch nicht, was er bedeutete. Und darunter der Löwe und das Einhorn in Goldprägung, als wäre das Vereinigte Königreich nicht ein Land, das man im Atlas finden konnte, sondern eine Erfindung in einem Kinderbuch. Meine Mum überreichte ihn mir. »Dein Freibrief aus Tamworth.« Ich hörte das Schnalzen der Seiten und fuhr mit dem Finger über den Stempel für die Einreise in die Deutsche Demokratische Republik. Wer immer in der Botschaft meinen Pass ausgestellt hatte, war in Eile gewesen und hatte ihn zu schnell zugeklappt. Das, was eine besondere Erlaubnis sein sollte, sah aus wie ein Bluterguss.

Wir flogen mit der tschechischen Fluggesellschaft nach Berlin. Die Stewardess kam zweimal durch die Reihen und verteilte Silberbeutel mit gesalzenen Erdnüssen und Mini-Flaschen mit Schnaps. In ihrer steifen blauen Uniform sah sie aus wie eine Krankenschwester, und die Snacks gab sie aus, als wären sie Medizin. Ich sah, wie die Passagiere ihr entgegenblickten – Männer mittleren Alters in weißen Baumwollhemden, mit Metallrandbrillen und einem Gesichtsausdruck, der noch halb in der Zeitung steckte. Mir wurde Pflaumensaft angeboten. Meine Mum trank gern Pflaumensaft, aber sie nahm den Schnaps. Dies war ihr erster Flug.

Sie war nervös und aufgeregt, außerdem übermüdet. In der Nacht zuvor hatte sie aus Angst zu verschlafen versucht, nicht einzuschlafen. Sie hatte die Nachttischlampe und das Radio angelassen und sich angezogen ins Bett gelegt, um am Morgen schneller fertig zu sein. Wir wollten mit dem Auto von Tamworth nach Heathrow fahren und brachen vor Tagesbeginn auf, falls es auf der Autobahn einen Stau gab, falls etwas mit dem Auto war, falls etwas anderes schiefging – »Ich weiß einfach nicht, wie lange es am Flughafen dauert, Jess, wie lange man braucht, um das Land zu verlassen«.

Im Flugzeug presste ich meine Nase ewig lange ans Fenster, sah auf die gezackten Ränder Europas hinunter und hoffte auf sichtbare Zeichen von dem Ende des Westens und dem Beginn des Ostens: Flaggen, Befestigungsanlagen, etwas, das wie ein Eiserner Vorhang aussah. Stattdessen flogen wir über einer Wolkendecke. Oberhalb der Wetterlinie zogen nadelspitze Flugzeuge feine weiße Fäden über den Himmel. Vor nicht allzu langer Zeit, sagte meine Mum bei dem Anblick, seien deutsche Flugzeuge durch diesen Himmel geflogen, um Bomben auf Bermondsey abzuwerfen. Ein Haus in ihrer Straße war von einer Bombe getroffen worden. Es stürzte ein, was blieb, war eine Mauer mit Tapetenfetzen, an der man Ball spielen konnte, und eine Fläche, auf der man tanzen konnte. Meine Mum hatte in Baumwollkleidern getanzt, die ihre Mum ihr genäht hatte, und in Schuhen von der toten Mrs Hogan. Mrs Hogan hatte im Rollstuhl gelebt, und ihre Schuhe waren so gut wie neu. Meine Mum erzählte, sie könne sich noch an den Tag gegen Ende des Krieges erinnern, als alles still war und sie dachte, es sei vorbei. Sie war mit Dolly Cheeseman und Pat Wormley und deren Bruder Billy im Beckenham Place Park gewesen. Auf dem Weg waren sie am Kriegsgefangenenlager vorbeigekommen, und der ausgemergelte Mann hinter dem Maschendraht hatte ihnen Sahnebonbons zugesteckt, die sie gegessen hatten, obwohl man ihnen nicht trauen konnte, denn es waren keine von Sharps oder Quality Street. Als sie nicht tot umfielen, betrachteten sie das als gutes Zeichen. Die Deutschen hatten die Bonbons nicht vergiftet, und das hieß, sie hatten den Krieg als verloren aufgegeben. »In dem Moment hörten wir die Motoren. Wir guckten nach oben und konnten die Maschinengewehre sehen. Sie kamen im Sturzflug auf uns runter: rat-tat-tat-tat-tat.« Meine Mum ballte die Faust und ballerte die eingebildete Munition in den Mann vor ihr. Der blätterte die Seite von seiner Zeitung *Neues Deutschland* um, als wäre nichts geschehen. Ich erhob mich von meinem Sitz und fragte mich, als ich die Köpfe in der Kabine musterte, ob welche von den kahlen und grauen Köpfen solche Flugzeuge geflogen haben könnten. Meine Mum sagte, sie und ihre Freunde hätten sich in die Ligusterhecke geworfen, aber bevor die deutschen Flieger wieder in Deutschland waren, war Billy verblutet.

Mum nahm einen Schluck Schnaps direkt aus der Flasche und keuchte, als er ihr durch die Kehle rann. Sie tippte sich mit drei Fingern an den Oberschenkel und rechnete etwas aus. »So lange ist das gar nicht her. Gerade mal dreiunddreißig Jahre.« Aber dreiunddreißig Jahre waren eine Ewigkeit. In dreiunddreißig Jahren wäre es das Jahr 2011, ein Datum, das unvorstellbar war. Es war weiter weg als eine Raumfahrtsodyssee. Ich wäre dann sechsundvierzig. Bloß dass ich dieses Alter nicht erreichen würde, weil ich lange vorher auf den Barrikaden umgekommen wäre, von Kugeln durchsiebt. 2011 würde meine Mum Rente beziehen, eine Heldin der Revolution, sie würde mit ihren Erinnerungsstücken und ihrer Arthritis in einer kleinen Wohnung leben, auf den dicken Händen wären die Sommersprossen zu Altersflecken geworden. Sie würde in einem Sessel sitzen, die Arme auf den Lehnen, die Haut schlaff überhängend, und sie würde mit einem Foto von mir sprechen – dem Foto, das sie für meine Beerdigung ausgesucht hatte. Sie würde mir allerlei erzählen, und ich würde sie in verblassten Farben ansehen und sagen hören: »Worum es geht, Jess, worum es im Grunde geht …«, denn selbst nach der Revolution würde es um etwas gehen.

Nach dem zweiten Schnaps schlief meine Mum ein. Ihr Kopf fiel nach vorn und machte ein Doppelkinn. Ihr Atem wurde länger, dann zu einem Schnarchen. Nach einer Weile atmete sie im Rhythmus mit dem Motorengeräusch. Ich überprüfte den Inhalt der Sitztasche vor mir. Ich fand ein altes Kaugummi in einer Serviette, einen Kassenzettel vom Flughafen-Café und eine Kotztüte. Ich studierte die laminierte Karte mit den Sicherheitsvorkehrungen und prägte mir die Schreibweise von »Notfall« auf Russisch ein. Als meine Mum aufwachte, stand eine Stewardess mit einer Tüte Bonbons vor unseren Plätzen und prüfte, ob der Sicherheitsgurt geschlossen war. Dann ging sie mit einem Plastikbeutel für den Abfall durch den Gang und sagte, wir würden in Kürze landen.

Wir hielten im Sinkflug auf den Schönefelder Flugplatz zu und flogen über gestreifte Felder und Spielzeugtraktoren und Bauern mit stecknadelgroßen Köpfen, die den Flugzeugen keine Aufmerksamkeit schenkten. Wir setzten hart auf der Landebahn auf und rumpelten in die DDR. Das sei der Beweis, sagte meine Mum, dass der

Real Existierende Sozialismus tatsächlich existierte. Wir wurden immer langsamer, bis die Motoren aufhörten zu brummen und abgeschaltet wurden. Die Türen wurden geöffnet, die Stewardess dankte uns. Sie verabschiedete sich auf Deutsch, vielleicht Tschechisch, möglicherweise Russisch, und Englisch, und wir betraten die helle Betonpiste, über uns ein heißer blauer Himmel. Wir gingen hinter den Männern her, die den Weg kannten. Sie hatten jetzt braune Jacketts an und trugen Aktenkoffer. Sie verhielten sich so, als wäre der Krieg vergessen, als hätte es nichts mit ihnen zu tun, dass Billy in der Ligusterhecke verblutet war, als wäre es leicht, Deutscher zu sein.

Wir stellten uns in der langen Schlange an. Hinter uns erstreckte sich der Korridor über die Länge des Flughafengebäudes. Aus Lautsprechern in der Decke erschallte Volkstanzmusik. Ventilatoren drehten sich auf Hochtouren und wälzten den Geruch von Reinigungsmitteln um, der sich mit den Gerüchen aus dem Flugzeug mischte: Schweiß, Schnaps, warmes Lederimitat. Wir bewegten uns langsam auf die geöffneten Arme eines ausgestopften Bären zu – ein echter, wie man an den Zähnen erkennen konnte. Er begrüßte die Ankömmlinge mit einem Schild um den Hals, auf dem stand: *Willkommen in Berlin! Hauptstadt der* DDR*!*

Meine Mum wollte ihre Rumbarasseln schwenken. Sie wollte diesen Moment auf ihrer Kodak Instamatic festhalten. Aber das durfte sie nicht. Überall waren Schilder, auf denen stand: *Fotografieren verboten! Rauchen verboten! Keine Schusswaffen!* Stattdessen las sie alle Seiten in ihrem Pass, obwohl die meisten leer waren. Im Pass stand, sie sei ein Meter sechzig groß und habe keine auffallenden Merkmale. Ich betrachtete mein Passfoto, das nach der Schule am Automaten in der Post gemacht war. Ich trage meinen angelsächsischen Kittel und sehe finster aus, mit dunklen

Höfen unter den Augen, und mein Kinn ist gerade am unteren Rand zu sehen, weil der drehbare Hocker sich nicht höher drehen ließ.

Bei der Passkontrolle saß ein Mann mit dickem Kopf in einer Aluminiumkabine und sah uns über die Absperrung hinweg an. Er nahm unsere Pässe in Zeitlupe entgegen und schob sie mit seiner Pranke unter eine Schreibtischlampe. Er saß so lange unbeweglich da, dass ich schon dachte, er sei eingeschlafen. Er behielt den Brief vom Ministerrat der DDR, in dem stand, dass wir geladene Gäste waren und Geschenke und andere Dinge ins Land bringen durften. Als er schließlich den Kopf hob, sagte er: »Alles in bester Ordnung.«

»Pardon?«

»Willkommen in der DDR!« Er sah meine Mum an – seine Augen hatten lange Wimpern – und lächelte. Sie wollte sein Lächeln schon als Interesse an uns missverstehen und ein Gespräch mit ihm anfangen und erklären, wie aufgeregt wir seien, dass wir jetzt hier waren. Aber bevor sie sich mit dem Grenzposten anfreunden konnte, drückte er zwei Stempel in unsere Pässe und winkte uns durch.

Wir kamen in eine Halle, wo eine riesige Friedenstaube am Fenster zur Abflughalle klebte. Junge Leute lockerten ihre Halstücher und vertraten sich die Füße, sie knibbelten an ihren Fingern herum und verglichen Anstecknadeln. Ich sah Gesichter, die deutlichere Knochen hatten als unsere Gesichter in England, und hörte Sprachen, die ich nicht erkannte. Meine Mum versuchte jemanden zu entdecken, der uns abholen sollte. »Kannst du Peter sehen? Ich sehe ihn nicht. Du, Jess?«

Ich wusste ja nicht, wie er aussah.

»Er ist Deutscher. Er hat ein Schild mit unseren Namen drauf. Steht auf den Schildern da unser Name?«

Ich ließ meinen Blick an den dickbäuchigen Männern entlangwandern, die Schilder mit Ostblocknamen in die Höhe hielten. Am Rand stand eine Sammelurne für die Internationale Solidarität, die halb voll war mit sozialistischen Geldscheinen. Sonnenlicht fiel auf das Plastik und auf das Linoleum des Fußbodens.

Ich spürte Peter, bevor ich ihn sah, als Kribbeln auf meinem Arm. Ich wandte den Kopf und sah einen Mann, der ziemlich viel Luft verdrängte und Bewegung verursachte. Ich sah ein Khakihemd, dessen Ärmel bis zu den Ellbogen hochgekrempelt waren, und weiter oben kam ein schwarzer Bart und olivbraune Haut. Peter war kein Deutscher. Er war ein Guerilla aus dem Dschungel Lateinamerikas. Ein mittelalter Guerilla dazu, mit den gummiartigen Furchen, von denen die Wangen der über Vierzigjährigen durchzogen sind. Er ergriff die Hand meiner Mum. »Eleanor, wie bin ich froh, euch zu sehen. Ihr seid die Letzten, ich hatte schon angefangen, mir Sorgen zu machen.«

»Wir würden niemals nicht kommen.«

Aber Peter meinte Probleme bei der Einreise. Manchmal verlangten sie ganz bestimmte Ausdrucksformen in den Papieren. Bestimmte Stempel. »Aber sie mochten euch, und so soll es sein.« Er nahm unser Gepäck und ging uns voran zum Parkplatz. Er trug unsere Koffer vor uns her, als wären sie nichts. In Heathrow hatten wir einen Trolley genommen und für Übergewicht bezahlt, weil die Koffer voller Sachen für den *Morning-Star*-Basar waren. James hatte gesagt, wir sollten Sachen bringen, die typisch englisch seien, aber auch eine politische Bedeutung hätten. Wir hatten Pläne von der Londoner U-Bahn eingepackt, falls jemand mal die Gelegenheit hatte, nach London zu kommen, obwohl das nicht möglich war. Geschirrtücher mit den Kricket-Regeln. Co-op-99-Tee, Camp-Kaffee, Lakritzstangen, Heinz Baked Beans, Chivers Limonenmarmelade, Angel Delight. »Ist doch alles politisch, oder?«, hatte meine Mum gesagt.

Wir kletterten in den Minibus der Hochschule, in dem es nach hartgekochten Eiern und Schwerindustrie roch. Auf der Vorderbank hatten drei Personen Platz, und wir passten gerade so hin. Peter war ein Schrank von einem Mann, so groß wie unser Aktenschrank, eine Maßanfertigung aus Buche mit Messingbeschlägen, speziell gemacht für unsere politischen Unterlagen. Ich konnte den Blick nicht von ihm abwenden. So große Männer gab es in Tamworth nicht, schon wegen der Ernährung und dem ständig bewölkten Himmel nicht. Ich saß zwischen Peter und meiner Mum, unsere Oberschenkel berührten sich. Zwischen meinen Beinen kroch grauer Schaumstoff aus dem Sitz, der mit braunem Klebeband gehalten wurde. Die Schalter auf dem Armaturenbrett waren aus Bakelit, die Armaturen vergilbt. Auf dem Boden lagen Dinge, die uns im Falle einer Katastrophe retten würden: ein Erste-Hilfe-Kasten, ein Überbrückungskabel, zerkrumpelte Landkarten von Osteuropa.

Peter drehte sich zu meiner Mum um und sagte: »Du hast mir aus der Klemme geholfen, Eleanor. Das mit Gavin … Saskia hat die Entscheidung getroffen. Aber dann fehlte uns ein Lehrer, und hätte ich niemanden gefunden, dann hätte ich es dem Ministerium erklären müssen. Saskia wollte jemanden, der das genaue Gegenteil von Gavin war: Unter fünfzig, eine Frau, jemand mit ›Kollektiv-Erfahrung‹, hat sie gesagt. Und die nicht trinkt. Ich bin erstaunt, dass James dich aufgetrieben hat. Aber du trinkst doch, oder? Wenigstens ein bisschen? Denn ich würde mich demnächst gern bei dir bedanken. Und mit dir anstoßen.«

Meine Mum hatte nie zuvor so stark das Gefühl gehabt, erwünscht zu sein. Es war ein »Hoch soll sie leben!«, etwas, das andere Leute an ihrem Geburtstag bekommen.

Aber meine Mum sah im Leben an sich nicht viel Grund zum Feiern. Kaum jemand wusste, wann ihr Geburtstag war. Ich war die Einzige, die es wusste, also erwartete sie keine Karten. Jedes Jahr goss sie sich einen Whisky ein, ging ihren Terminkalender durch und betrachtete das, was sie in den vergangenen zwölf Monaten getan hatte, unter dem Blickpunkt, ob das ausreichend war. Ich schaltete das Licht aus, brachte ihr ein Éclair und eine Geburtstagskerze und sang: »Happy Birthday!« Sie blies die Kerze aus und sprach stimmlos einen Wunsch aus, den ich von ihren Lippenbewegungen als »Frieden in der Welt« ablas.

Peter drehte den Anlasserschlüssel, und im selben Moment ertönten Geigenklänge unter dem Sitz. Eine knarzende Stimme sprach zu der Melodie. Peter sagte, das sei »Am Fenster«, von der Gruppe City, einer berühmten DDR-Rockband. Es sei der Lieblingssong seiner Tochter, ihre Hymne, sozusagen. Anscheinend war Martina zurzeit bei ihrer Großmutter. Sie sei oft nicht anwesend, weil sie in Gedanken oder in ihren Träumen war, aber im Moment sei sie wirklich nicht da. Sie verbrachte den Sommer im Süden der Republik, so weit weg wie möglich vom diesjährigen Sommerkurs. Letztes Jahr hatte sie ein paarmal teilgenommen – sie war fast fünfzehn, und ihr Englisch war gut genug. »Aber das ganze Jahr mit Lehrern zu tun zu haben, und in den Sommerferien auch noch … Wirst du das aushalten, Jess? Wirst du es überstehen?«

Aber hier wären die Lehrer ja anders. Sie dürften mich nicht prüfen und benoten, sie dürften nicht auf höfliche Weise Hässliches über mich in Zeugnisberichten sagen oder über meine Zukunft entscheiden. So wie Miss Downing, die schon jetzt die akademisch Begabten auswählte und ihnen zusätzlichen Unterricht gab und Studienplätze in Aussicht stellte. Ich war eine von denen. Sie sagte, sie würde mein Interesse an Sprachen fördern, wenn ich ihr versichern könnte, dass ich die Gelegenheit nicht missbrauchen würde, indem ich darauf bestand, Russisch zu lernen. Aber das konnte ich nicht.

Peter sagte: »Du wirst Martina bestimmt kennenlernen. *Eventually.*« Darauf runzelte ich die Stirn. »Eventually« bedeutete »später, irgendwann«, was nicht dasselbe war wie »eventuell«. Würde ich sie später oder möglicherweise kennenlernen? Die Wörter waren »falsche Freunde«, von denen Mr Long einen ganzen Katalog zusammengestellt hatte, und wir mussten sie auswendig lernen. Unsere Alarmglocken sollten schrillen, wann immer wir auf einen solchen falschen Freund stießen. Die ganze deutsche Sprache schien ein falscher Freund zu sein.

Peter tippte auf den Kassettenrecorder. »Hast du den Text verstanden?« Dann wiederholte er über dem Lärm der aufsteigenden Flugzeuge den undeutlichen deutschen Text. »Er bedeutet: Ich schwebe davon, in die Wolken. Man könnte sagen, das ist Martinas Motto.«

Wir fuhren im Kriechtempo nach Potsdam. Die Straßen waren größtenteils leer, aber der Minibus ratterte und klapperte über das Kopfsteinpflaster, so dass das Gesicht meiner Mum undeutlich war. Ihre Augen wurden ihr schwer, und ich wusste, dass sie eingenickt wäre, wenn das vor ihr, vor der Windschutzscheibe, nicht die DDR gewesen wäre, die sie noch nie gesehen hatte. In Zeitlupe fuhren wir durch Dörfer, die seit dem Krieg unverändert waren: Häuser mit spitzen Ziegeldächern und braunem Verputz, der Spuren von Kugeleinschlag aufwies. Wir sahen Obstgärten mit Birnen und Pflaumen, und Kinder, die in den Bäumen herumkletterten. Am Straßenrand saßen Frauen mit dicken Beinen schlummernd in Liegestühlen, das Kinn auf der Brust. Sie trugen Wollstrümpfe und hatten zu ihren Füßen Körbe mit Obst, das man kaufen konnte, man musste die Frauen nur wecken.

Aber vielleicht war ich selbst eingedöst, denn im nächsten Moment hielt der Minibus. Wir waren bei der Hochschule angekommen, und Peter nickte zur Windschutzscheibe. »Das ist das Empfangskomitee, Saskia und Stefan.« Zwei Personen standen mit halbwegs ungeduldigen Mienen auf dem Parkplatz.

»Stefan sieht offiziell aus«, sagte Mum. Das stimmte. Zwar trug er Freizeitkleidung – ein Polohemd und Sandalen –, aber anscheinend war er in Zivil und nur ausnahmsweise nicht geschäftlich da. »Ich glaube nicht, dass ich Stefan kenne. Er ist nicht der Mann vom Bildungsministerium?« Sie sprach, ohne die Lippen zu bewegen, voller Ehrfurcht vor seinem Rang und bei dem Gedanken, er könnte Lippen lesen.

»Er ist Saskias Bruder. Er ist in London stationiert, an der Botschaft. In den Ferien kommt er zurück. Kümmert sich um die Sommerkurse, wenn er hier ist.« Peter suchte hinter dem Sitz nach einer Tasche. »Stefan ist ein wichtiger Mann. Er hat viele Titel.« Er kurbelte das Fenster hoch. »Und irgendwann wird er viele Medaillen haben, vermute ich.«

Das Sonnenlicht muss auf der Windschutzscheibe geblendet haben, denn erst als meine Mum die Tür aufmachte, wandelte sich die Ungeduld in Saskias Gesicht zu einem Ausdruck von Freude. Allerdings passte ihr Ton nicht zu ihrer Miene. »Ihr Lehrer seid nicht gern in-der-Gruppe-zusammen. Einige sind geflogen, andere sind mit dem Auto gekommen. Jeder hat einen anderen Übergang benutzt. Die französischen Lehrer sind genauso. Jeder nach seiner Fasson. Ihr habt mich ganz schön auf Trab gehalten! Aber jetzt seid ihr hier, und wir sind komplett. Willkommen, Eleanor!«

Stefan nahm die Hand meiner Mum in seine beiden Hände und ließ sie erst wieder los, als er mit seiner Rede fertig war. »Du weißt ja nicht, wie sehr du uns geholfen hast. Und so kurzfristig. Vielen Dank, dass du deinen ursprünglichen Plan geopfert hast.« Meine Mum errötete. An Komplimente war sie nicht gewöhnt, schon gar nicht, wenn das Wort »Opfer« darin vorkam. Und dann noch von jemandem von der Botschaft. Ich sah, dass sie gerührt war. Peter bemerkte es anscheinend auch. Er legte eine Hand an ihren Ellbogen und sagte, er würde uns unser Zimmer zeigen.

Er führte uns einen Sandweg entlang, der breiter wurde und schließlich in einen improvisierten Strand mündete. Strandliegen standen da, wo die Sonne hingeschienen hatte. Handtücher lagen herum, Eimer und Schaufeln ebenso, Sandburgen waren halb gebaut. Peter öffnete die Tür zu unserem Schlaftrakt, wo erregte Stimmen in einer Auseinandersetzung zu hören waren. Im Treppenhaus vermischten sich die Sprachen. Die Franzosen hatten ihre Zimmer im Erdgeschoss, die Briten ihre im ersten Stock.

Peter führte uns nach oben und hielt vor einer Tür ohne Nummer. »Es macht euch hoffentlich nichts aus, das Zimmer zu teilen. Das machen wir alle. Darin sind wir Weltmeister.« Er griff in die Hosentasche und holte einen Schlüssel heraus. »Richtet euch ein. Ich habe mich vergewissert, dass alles da ist, aber sagt Bescheid, wenn etwas fehlt. Jetzt muss ich mich für die Eröffnungsfeier bereitmachen. Ich warte unten auf euch.«

Offenbar würden wir den Sommer in Colditz verbringen: vier Doppelstockbetten mit stramm gespannten weißen Laken und einem quadratischen Kissen, auf dem der Name des Kollegs gedruckt war. Die Holzböden waren von der vielen Benutzung blank gescheuert. Die helle Raufasertapete erinnerte an getrockneten Haferbrei. Ein Waschbecken mit kaltem Wasser und einem rissigen Stück Seife, darüber ein Spiegel mit schimmeligen Ecken.

Handtücher mit einem ausgewaschenen Muster. Vorhänge, die einen Spalt ließen und lose an der Vorhangschiene hingen. Ich machte ein Fenster auf, und die Farbe an den alten Holzrahmen blätterte mir in die Hand. Hinter dem Haus waren Wäscheleinen locker zwischen Pfählen gespannt. Um verrostete Torpfosten wucherten Wildblumen, ein Haufen Eierkohle lag für den Winter bereit.

Meine Mum fand einen Zettel: *Liebe internationale Freundin! Willkommen in Deinem Zimmer! Alles in dem Zimmer steht zu Deiner Verfügung!* Er war von Brigitte, Barbara, Annaliese und Sonja unterschrieben. Ich durchsuchte das Zimmer nach Dingen, die mir vielleicht nützlich sein konnten. Es gab Schnapsgläser aus dem sächsischen Meerane. Eine Schreibmaschine, an der das T und das Z in der Luft hingen. Unter einem der Betten lag ein Band mit Shakespeares Sonetten, in dem schwierige Wörter unterstrichen waren und die Übersetzung in winziger Schrift am Rand stand. Hinten im Kleiderschrank fand ich eine Tüte grellgrüner Bonbons, die ich mir in die Tasche steckte.

Meine Mum ging zum Waschbecken und stellte sich auf die Zehenspitzen. Sie betrachtete ihr Gesicht von nahem im Spiegel, als rechnete sie damit, dass etwas sich verändert haben könnte, nachdem sie jetzt hier war – wie bei »Original und Täuschung« auf der Rätselseite. »Peter ist ein netter Mann, findest du nicht?«

Das war keine richtige Frage. Alle Männer waren nett, weil Männer Menschen waren, und Menschen waren nett. Wenigstens so lange, bis sie etwas taten, was meine Mum zutiefst bekümmerte, und dann waren sie *schrecklich*, wie sie voller Leidenschaft erklärte. Viele gab es davon nicht; selbst die meisten Menschen im Schwarzen Buch waren nicht schrecklich. Sie hatten einfach unrecht.

Meine Mum zerrte unsere Koffer ins Zimmer, machte sie auf und wühlte zwischen den typisch englischen Mitbringseln nach einer frischen Bluse. Es war eine neue Bluse, eine aus grobgewebter Baumwolle, und die Zellophanhülle blieb meiner Mum an den Fingern kleben wie eine durchsichtige Flagge. Sie hatte die Bluse in Birmingham auf dem überdachten Markt gekauft, und der Mann hatte gesagt, als sie sich die Bluse vor die Brust hielt: »Darin sehen Sie richtig schick aus, meine Gute.«

Meiner Mum gefiel die Idee, schick auszusehen.

»Ziehst du dich um, Jess? Alle ziehen sich um. Peter auch.«

»Ich mag, was ich anhabe.«

»Aber wenigstens waschen.«

Ich roch unter meinen Achseln. Gar nicht so schlimm, in Anbetracht der Reise. Ich fischte ein Paar frische Socken aus dem Koffer und glitt darin den Flur auf und ab. Ich versuchte alle Türen: Badezimmer, Trockenraum, Besenkammer, Privat. Alle Türen ließen sich öffnen, Privat war leer. Von der Küche hörte ich laute Stimmen auf Englisch. Ich stellte mich flach an die Wand und linste um die Ecke. Auf der Fensterbank standen Flaschen mit Bier und Rhabarbersaft, daneben ein Stück labbriger Käse. Eine Tafel Schokolade mit kyrillischer Aufschrift. Die Eier waren fleckig und stammten von hier. In der Fensterscheibe verfolgte ich die Versammlung wie in einem Film. Finger durchbohrten die Luft, als wäre dies Speaker's Corner im Hyde Park, aber als ich hörte, was gesagt wurde, stellte ich fest, dass die Lehrer nicht dabei waren, die Welt zu verändern. Im Laden auf dem Campus war das Brot ausgegangen, und es wurde darüber debattiert, wie man die alten Brötchen am besten aufbacken konnte.

Als ich wieder in unser Zimmer kam, musterte meine Mum ihren grauen Scheitel und überlegte, ob es hier wohl Henna gebe und was die DDR-Leute mit ihren grauen Haaransätzen machten. Dann untersuchte sie sich nach

Rückständen: »Sauber, sauber – sauber, sauber – sauber.« Augenschmand, Nasenpopel, Essensreste zwischen den Zähnen. Als wir draußen auf dem Flur Geräusche hörten, die das Ende der Besprechung bedeuteten, sagte sie: »Jetzt ist es so weit, Jess. Los geht's.« Aber sie rührte sich nicht vom Fleck. Sie stand beim Fenster, wo das Licht auf ihren grauen Haaransatz fiel. Sie betrachtete das Inventar, sie versuchte sich unser neues Zuhause einzuprägen, sie füllte ihre Lungen mit Wärme, Seife und Kohlenstaub.

Sie blieb so lange so stehen, bis Peter uns holen kam. Jetzt kam er nicht aus dem Dschungel, sondern aus einer Irrenanstalt: In dem grauen, bis zum Hals zugeknöpften Hemd und den grauen Flanellhosen mit Gürtel wirkte er eingezwängt. Die ledernen Schnürschuhe krachten auf den Treppenstufen. Draußen erwarteten uns viele strahlende Gesichter – junge Frauen, von denen die meisten Kinderkleider trugen: Gepunktetes, Geblümtes, Puffärmel und Rüschen, Haarspangen und Armreifen und Sommerschuhe. Meine Mum hatte recht: Alle hatten sich für die Eröffnungsfeier umgezogen. Aber warum waren die ostdeutschen Lehrerinnen alle als Schneewittchen gekommen?

»Sie freuen sich einfach, Jess.«

Inmitten erregter Stimmen und frischem Zahnpastageruch gingen wir zum Audimax hinüber. »Das ist der Grund, warum Martina nicht hier ist«, sagte Peter. »Sie ist nicht gern unter vielen Menschen. Manchmal ist das ein Problem in der DDR. Wir sind nicht sehr viele – die Bevölkerung ist ungefähr die gleiche wie bei euch in Wales –, aber wir machen alles in der Gruppe. Für Martina sind zwei Gesellschaft, aber drei sind schon eine Versammlung.«

In der Halle zeigte Peter zu den vorderen Reihen, wo die Englischlehrer immer noch über altes Brot diskutierten, jetzt aber in gedämpftem Ton. Meine Mum und ich setzten uns ans Ende der Reihe. Auf dem Podium war ein langer Tisch für eine Teegesellschaft gedeckt, mit Dingen, die nicht angerührt werden sollten: umgedrehte Gläser, ungeöffnete Flaschen mit nichtalkoholischen Getränken, rosa-braune Kekse, die wie ein Kartenhaus aufgebaut waren. Langsam füllte sich das Podium. Saskia war nicht in froher Festkleidung gekommen, sie trug ein strenges weißes Kostüm und schwebte über der Teegesellschaft wie ein Blitz, der gleich einschlagen würde. Peter setzte sich neben sie und machte sich klein, indem er seine Beine unter dem Stuhl versteckte.

Dann, auf ein Zeichen aus dem Nichts, verstummte unser Gemurmel. Alle erhoben sich. Die Klappstühle klappten zu. Eine Gestalt schlüpfte aus der ersten Reihe, setzte sich auf den Klavierschemel und verschwand hinter dem aufgeklappten Konzertflügel. Saskia nickte. Mächtige Akkorde füllten die Halle, und die ersten Töne der »Internationale« vermischten sich mit ihrem Echo unter der Decke. Saskia sang die hintere Wand der Halle an, Peter sang zu seinen Füßen hinunter. Es war das erste Mal, dass ich die »Internationale« mit anderen Menschen sang und nicht nur mit meiner Mum. Wir hatten eine Tonhöhe zwischen den Stimmlagen, die uns gut passte. Diesmal sang sie mit den Frauen, ich eine Oktave tiefer. Am Schluss machten wir nur die Lippenbewegungen und hörten zu, wie die Hungernden in drei europäischen Sprachen aus ihrem Schlummer erwachten.

Ein Mann stieg aufs Rednerpult. Mit der Glatze oben und dem Bart unten sah sein Kopf verkehrt herum aus. Er nahm eine Metallbrille aus seiner Hemdtasche, dann sagte der im Bart versteckte Mund: »Liebe Genossinnen und Genossen«. Peter senkte den Blick wieder auf seine Schuhe. Meine Mum flüsterte: »Muss der Mann vom Ministerium sein.« Ich versuchte dem zu folgen, was er sagte, verlor aber den Faden, bevor er Luft geholt hatte.

Wegen seiner monotonen Stimme und dem Stapel Blätter vor ihm nahm ich an, dass er lange reden würde, deshalb griff ich in meine Hosentasche und fand die Tüte mit den grünen Bonbons. Sie waren hart wie Murmeln und schmeckten nach Limone und Fabrik, aber sie halfen mir, die Zeit auf Deutsch auszuhalten.

Danach trat Saskia ans Rednerpult. Ich wusste, dass alle Gäste der Teegesellschaft eine Rede halten würden und dass die Länge der Rede ein Zeichen ihres jeweiligen Ranges war. Ich guckte auf meine Uhr. Sie war noch auf Tamworth-Zeit gestellt. Inzwischen hätte der Fleischer in der Einkaufspassage bemerkt, dass unser Platz leer blieb, und sich die Hände gerieben. Nächsten Samstag würde er sich wieder die Hände reiben. Am Ende des Monats würde er denken, wir seien gestorben oder weggezogen. Niemand verließ Tamworth so lange und kam dann zurück. Meine Mum hatte die Samstagsausgaben des *Morning Star* nicht abbestellt. Nach unserer Rückkehr müssten wir vierzig Exemplare abholen. Aber wir würden die alten Zeitungen nicht auf den Möbeln in der Möbelabteilung des Co-op auslegen können, sie würden also zusammen mit dem *Herald* und den Prospekten auf einem Stapel Altpapier landen, und wenn der Stapel hoch genug war, würde meine Mum das Altpapier zu den Bells in Fazeley bringen, den alten Genossen, die wegen ihrer schlimmen Hüften nicht mehr rauskamen und Altpapier gut gebrauchen konnten, weil sie in einem Haus voller Katzen wohnten.

Inzwischen war es in Tamworth halb drei. Die Leute wären sich in der Einkaufspassage von Middle Entry längst begegnet und hätten sich mit Sonderangeboten eingedeckt und das Neueste über ihre Babys erzählt. Männer in Anoraks wären auf dem Weg zum Castle Pleasure Grounds, wo sie Würmer aufspießen und ihre Angeln ins Wasser halten würden. Alle anderen wären auf dem Weg nach Hause, um im Garten zu arbeiten oder fernzusehen, je nach Wetter. Ich dachte an Rosie unter einem englischen Sommerhimmel, in ihrem Zelt auf Silbury Hill, wo es nach dem Campingkocher, feuchten Socken und Bier roch, in ihrem Nylon-Schlafsack. Sie war nicht böse gewesen, als wir die Campingtour absagten. Meine Mum hatte sie an sich gedrückt und gesagt: »Ach, Rosie, du bist –«

»Ich weiß, ich weiß, Eleanor. Bring mir einfach was Schönes mit. Kubanische Zigarren. Russischen Wodka. Davon müssen sie ja reichlich genug haben.«

Dann hörte ich jemanden sagen: »Dear Comrades«, und ich sah James, der kaum über das Rednerpult reichte. Seine Aussprache war die gleiche, aber sonst sah er jetzt eher wie einer von uns aus, mit Sandalen und kariertem Hemd, das am Hals offen stand. Er bog das Mikrofon nach unten, reckte das Kinn hoch und sprach mit vom Lautsprecher verstärkter Stimme über interne Auseinandersetzungen, womit er wahrscheinlich Euro-Kommunisten meinte, über den Kalten Krieg und Krisen und kritische Momente irgendwo. Und meine Gedanken flogen zum Fenster hinaus, denn obwohl James lauter aufpeitschende Dinge auf Englisch sagte, kam es mir alles wie verschlüsselt vor.

Der Himmel draußen war von einem tiefen Blau. Die Sonne spiegelte sich in den Fenstern des Palasts von Friedrich dem Großen. Steinerne Gestalten standen in Reih und Glied auf dem Dach. Goldene Engel balancierten auf einem Fuß. Ich hob einen Fuß und löste meinen Oberschenkel von der Sitzfläche, ich schob meine Hände unter meine Oberschenkel, wippte hin und her und versuchte, das Vergehen der Zeit zu beschleunigen, damit ich rausrennen konnte, in die frische Luft und den Sommer.

Irgendwas an James' Stimme sagte mir, dass er zum Ende kam: die tiefere Tonlage, die Wiederholung bestimmter Wörter, aber immer etwas anders – so wie die

Betrunkenen vom Castle Pleasure Grounds vor sich hin redeten. Dann sagte er: »Wir sind Träumer von Träumen. Wir sind Kämpfer. Wir machen Geschichte. Jeder Einzelne in diesem Saal« – und er stach mit dem Finger über unseren Köpfen in die Luft –, »jeder von uns ist Teil in einem Kampf – einem unaufhaltbaren Kampf –, in dem Weltgeschichte gemacht wird.« Ich zupfte meine Mum am Ärmel, von dem der Geruch von Curry aufstieg. In ihrer neuen Bluse sah ihr Brustbein lila aus. Ich versuchte, ihre Aufmerksamkeit auf mich zu lenken, aber sie war gebannt, ihr Blick verschwommen, ihre Augen hingen an James, und sie folgte dem Auf und Ab seiner Stimme und den Versprechungen, die er über uns und den Verlauf der Weltgeschichte machte.

Dann stellte James die Englischlehrer vor. Er fing am anderen Ende der Reihe an und kam langsam zu unseren Plätzen. Er nannte die Namen, die ich bei den Telefonaten meiner Mum gehört hatte, dieselben Namen, die ich im April unter der Treppe gehört hatte: Cynthia Lukov, Mark Johnson, Don Palethorpe, Dorothy Hill … Ich spürte, wie sich der Brustkorb meiner Mum hob, als James zum Ende kam, wie sie sich die Hand am Oberschenkel trockenrieb, wie sie ein Lächeln aufsetzte. Dann sagte er ihren Namen. Peters Applaus war über dem allgemeinen Klatschen zu hören. Meine Mum in ihrer Baumwollbluse vom Bullring in Birmingham erhob sich, drehte sich zu den Versammelten um und sagte ein stummes »Danke«. Auch ich drehte mich um und sah zweihundert Ostdeutsche, die meiner Mum zulächelten. Einer hatte sich erhoben. Wenn man es nicht besser wüsste, hätte man es für eine stehende Ovation gehalten. Stefan, der Mann von der Botschaft, stand hinten in der Halle. In Farben, die sich mit der Wand vermischten, war er kaum auszumachen. Aber er war da und applaudierte meiner Mum und war jetzt schon stolz auf sie.

5
Tagesausflug in den Kalten Krieg

Ostberlin, August 1978

»Ein heißer Tag für einen Ausflug in den Kalten Krieg«, sagte James. »Luftlinie kämen wir leicht zum Brandenburger Tor. Aber wir sind keine Vögel. Wir können nicht einfach über die historischen Tatsachen hinwegfliegen. Wir müssen um sie herum.« Er stand vorne im Bus und sah älter als sonst aus, außerdem leichenblass, aber das lag an der dick aufgetragenen Sonnencreme, wie mir in dem Moment auffiel. Um ihn hing der Geruch von einem Ei, das jemand beim Frühstück mitgenommen hatte, und vor ihm wurde jemand von einem Heuschnupfenanfall geschüttelt. Der Rasen vor dem Schlaftrakt war gerade gemäht worden. »Eine zusätzliche Stunde für uns, ein ständiges Ärgernis für die DDR. Unbequem, aber was soll man machen. Manchmal ist Westberlin einfach im Weg.«

James zählte die Anwesenden auf Englisch, Anton zählte sie auf Französisch. Saskia zählte sie auf Deutsch zusammen. Der Bus war nicht voll, und die Tutoren hatten sich auf den Sitzen verteilt, denn wir mochten nicht in-der-Gruppe-zusammen-sein. Saskia und Stefan saßen hinter dem Fahrer und gaben ihm über die Kopfstütze hinweg Anweisungen. Saskia trug auch diesmal Weiß und sah trotz der Hitze eiskalt aus. Peter saß hinter ihnen und guckte zum Fenster hinaus. Was er sah, war dasselbe wie immer, nur dass in diesem Licht das Neue Schloss wie auf den

Postkarten aussah, die in der Uni-Buchhandlung verkauft wurden – die Mauern babyrosa, der Himmel unglaublich blau, das Gras so grün, dass es künstlich wirkte.

Der Platz neben Peter war leer. Das war auch meiner Mum aufgefallen. »Glaubst du, der ist reserviert?«

»Für wen?«

Schulterzucken. »Weiß nicht.« Sie sah sich im Bus um. Dann lehnte sie sich auf ihrem Platz zurück, als hätten unsichtbare Hände sie dort hingesetzt. Sie machte die Augen zu. Ihr Gesicht wurde weich, aber ich wusste, dass sie nicht schlief, denn ihre Finger hielten nicht still. Hinter den geschlossenen Augenlidern dachte sie über den freien Platz nach.

Ein paar Tage nach unserer Ankunft in Potsdam hatte ich Peter gefragt, was er damit gemeint hatte: Ich würde Martina kennenlernen – »eventually«. Und er hatte genau das gemeint – später. »Aber jetzt denke ich, du wirst sie schon bald kennenlernen.« Er hielt es für möglich, dass Martina dem Englischkurs einen Besuch abstatten würde, nur war noch nicht klar, wann. Wenn sie etwas in ihren Kalender eintrug, hatte sie keine Lust mehr, es zu tun. Stattdessen sprach sie von der Wahrscheinlichkeit, und in dem Fall stand die Möglichkeit, dass sie kommen würde, bei über fünfzig Prozent. Danach rechnete ich mit über fünfzig Prozent damit, dass sie plötzlich vor mir stehen würde. Ich würde durch den Park von Sanssouci schlendern, und auf einmal würde ich sie sehen – im Gespräch mit den steinernen Engeln, deren Gesichter mit altem Moos bewachsen waren, oder in Betrachtung der griechischen Statuen auf den Podesten, die mit erhobenem Arm zum Wald sprachen.

Die Schatten der Bäume von Sanssouci streiften über das Gesicht meiner Mum, als sich der Bus in Bewegung setzte. Ich nahm meinen Berliner Stadtplan hervor und verfolgte unsere Route Richtung Osten über Güterfelde und Großbeeren. Ich erkannte den Weg vom Tag unserer Ankunft in der DDR, als Peter uns abgeholt hatte. In rückläufiger Richtung ging es schneller, außerdem fuhren wir schneller, weil dem Bus das Kopfsteinpflaster weniger ausmachte. Laut Landkarte verlief die Straße in einiger Entfernung zur Grenze, aber an einem klaren Tag wie diesem konnte ich vielleicht einen Blick auf die Mauer erhaschen. Je nachdem, wie hoch sie war. Mehrmals dachte ich, ich hätte sie erspäht, aber es war nur eine Fabrik, ein Eisenbahndepot, eine Siedlung im Rohbau. Ich sagte zu meiner Mum: »Sie kann nicht so groß sein wie die chinesische Mauer, die kann man nämlich vom Weltall aus sehen. Wie sieht die Mauer eigentlich aus?«

Sie zuckte die Schultern.

»Ich könnte Peter fragen.«

Sie machte die Augen auf und sah nach vorne. Peters Kopf war über der Kopfstütze zu sehen. »Ob er das weiß? Ich weiß nicht, ob er das weiß, was meinst du?«

»Ist doch seine Mauer.«

»Nicht *seine*. Sie gehört allen. Eine kollektive Mauer. Eine Mauer der Partei.«

Aber wenn ich Peter fragen wollte, musste ich über meine Mum klettern, und die bettete sich gerade zur Ruhe und knäulte ihre Strickjacke zu einem Kissen zusammen. Also nahm ich mir wieder die Landkarte vor und zog die Mauer mit dem Finger nach – eine lila Linie, die ganz Westberlin umschloss. Geschrieben wurde es WESTBERLIN, ein Wort, in einem Rutsch gesprochen, fertig. Eigentlich sah es aus wie Tamworth zur Zeit der Angelsachsen, als es hinter einer Befestigungsanlage lag. Mehrere Übergänge waren eingezeichnet: Friedrichstraße, Chausseestraße, Bornholmer Straße. Es gab viele Übergänge um WESTBERLIN herum, sie waren mit einem Dreieck markiert, als wären es Jugendherbergen. WESTBERLIN war hauptsächlich weiß, was bedeutete, dass es ein sehr hoher Berg war. Oder ein riesiges Industriegebiet. Oder vielleicht waren die Kartographen nie hingekommen und wussten nicht, wie es da aussah. Straßen hatten Namen, solange sie in der DDR waren, und dann keine auf der anderen Seite. Schmale Flüsschen verliefen sich im leeren Raum. Halbdörfer drängten sich an den Schutzwall.

Von meiner Mum kam ein Murmeln. Sie hatte die Augen geschlossen und schlummerte. Was sie sagte, ergab nur in der Sprache des Halbschlafs einen Sinn, irgendwas über das Kollektiv, und dass man Sachen gemeinsam machen soll.

Am Abend zuvor war unsere Gruppe ins Bolgar Restaurant gegangen. Wir hatten bulgarisches Essen gegessen und Schnaps vom Balkan getrunken. Aber Bolgar war nicht das Hamlets, und meine Mum hatte nicht nur einen doppelten Whisky getrunken, mit dem sie die Wirkung einer Versammlung abmildern wollte. Die ganze Gruppe hatte getrunken – bulgarischen Rakia, tschechischen Sliwowitz, russischen Stolichnaya. Er wurde mit einer Scheibe Zitrone, einem Löffel Zucker und Kaffee serviert. Meine Mum hatte das Getränk beäugt und gesagt: »Wirklich? So trinken die Russen den? Also dann …« Sie hatte nicht gezögert. Sie trank den Wodka auf ex und zerkaute die Zitronenscheibe, als hätte sie noch Hunger.

Die Gruppe wartete auf eine Reaktion.

Es dauerte eine Weile, bis meine Mum sich erhob und an der Tischkante ihr Gleichgewicht fand. Sie richtete den Blick auf ein Liederblatt irgendwo hinter der Wand und sang: »Drum höher und höher und höh-öher, wir steigen trotz Hass und Hohn! Ein jeder Propeller singt surrend das Lied: Wir schützen die Sowjetunion!«

Alle hämmerten mit den Fäusten auf den Tisch. Sie verlangten nach mehr, dann sangen sie das Lied für meine Mum, allerdings auf Russisch.

Meine Mum suchte meine Hand und hielt sie fest. Sie sagte etwas, aber so leise, dass es nicht zu hören war, und nur ich wusste, was sie gesagt hatte. Sie sagte es jedes Mal, wenn wir im Studentenkeller Bier tranken oder süßen deutschen Wein auf den Stufen vor dem Palast: »Ich darf es nicht wie Gavin machen. Du passt auf, Jess, ja?«

Das tat ich. Pünktlich am nächsten Morgen waren wir da und stellten uns vor der Oberen Mensa an, wo es hartgekochte Eier und Sauerteigbrot, Erdbeermarmelade in einer Petrischale und bitteren Kaffee aus dem Automaten gab. Dann gingen wir zum Vorlesungsraum, früher einmal die Küche von Friedrich dem Großen, wo Peter Ankündigungen verlas und die Post von zu Hause austeilte. Dann brachte James uns Lieder bei. Er stand vorn und gab uns auf der Klarinette den Einsatz. Er dirigierte und malte mit seinen stämmigen Armen Dreiecke in die Luft. Im Viervierteltakt sangen wir vom Kampf oder von der Liebe. James mochte Märsche am liebsten. Und dann hörten wir uns die Vorträge der Tutoren an. An den Wänden hingen Bilder kommunistischer Helden und berühmter Physiker. Als meine Mum ihren Vortrag über das britische Bildungssystem hielt, war sie von Marx und Einstein flankiert.

Endlich hielt der Bus. Das Motorengeräusch erstarb, und in der folgenden Stille hörte man ein kollektives Schnarchen. Es war das Rasseln alter Körper, die sich im Schlaf entspannt hatten und von der durch sie hindurchfahrenden Luft geschüttelt wurden. Peter weckte James, der sofort aufsprang und offenbar dachte, er sei der Einzige. Aber der ganze Bus sah aus wie nach einer Schlacht. Überall waren die Tutoren über die Sitze gestreckt. Ich wusste nicht, was der Grund war: die Hitze, die stickige Luft, das fortgeschrittene Alter. Meiner Mum hatte die Ruhepause mit geschlossenen Augen allerdings gutgetan, sie war erholt und unternehmungslustig. Behände eilte sie nach vorn und rief: »Auf geht's. *Allez-vous! Nous allons! On y va!* Oder so ähnlich.« Wo die Tutoren in ihren Träumen gewesen waren, konnte ich nicht wissen, aber sie alle wirkten überrascht, dass sie jetzt hier waren – in Berlin, beim Brandenburger Tor.

Der Fahrer sah im Rückspiegel zu, wie wir Taschen, Wasserflaschen und Sonnenhüte einsammelten. Dann winkte er, ohne aufzusehen, und hatte die Zeitung schon vor sich auf den Knien. Sein Käsebrötchen wurde neben dem Sportteil trocken, sein Bier auf dem Armaturenbrett warm. Wir traten hinaus in die brüllende Hitze und auf den weich gewordenen Asphalt, der an unseren Schuhen kleben blieb. Die Straße Unter den Linden erstreckte sich lang und breit und mit Bäumen bestanden vor uns. Es war still. Ein paar kleine Autos entfernten sich von uns, wurden im Hitzedunst kleiner und verschwanden. Durch Lüftungsgitter auf der Straße hörte ich in Abständen das Rattern der U-Bahn-Züge und spürte die warme, abgestandene Luft.

Eine rot-weiße Barriere markierte das Ende der öffentlichen Straße. Eine kniehohe Mauer bildete die Absperrung, vor der sich eine Menge versammelt hatte – Menschen, die offenbar im Strandurlaub waren: Mütter mit Strohhüten und wagenradgroßen Sonnenbrillen, Väter mit aufgerollten Hemdsärmeln. Babys wurden auf Armen, auf dem Rücken, vor der Brust getragen. Überall Kinder, ganze Rudel, manche in Verkleidung – ein Pirat, ein Matrose, eine Fee. Saskia ging mit einem Blatt Papier zur Absperrung vor. Einer der Wachsoldaten beobachtete sie unter seiner Schirmmütze, ein junger Mann mit schweißglänzender Haut, dessen Uniform vom Bügeln glänzend geworden war. Sie blieb vor ihm stehen und sagte etwas zu ihm. Mit unbewegter Miene nahm er das Blatt und las es. Dann sah er zu dem Wachhäuschen hinüber, dann zu den Tutoren, dann auf seine Uhr, und schließlich nickte er Saskia zu, sie solle eintreten.

Meine Mum sagte in mein Ohr: »Jess, Peter ist allein. Ich habe James gefragt. Er hat niemanden. Nur er und Martina.«

Saskia sagte: »Verhaltet euch bitte still und bleibt hier. Beeilt euch, schnell jetzt. *Un peu plus vite, s'il vous plaît.*«

Sie zählte uns, als wir die Barriere durchquerten, und trieb uns mit der Hand an. Aber wir konnten nicht schneller. Im Gänsemarsch gingen wir zur anderen Seite hinüber. Währenddessen stieg das Gemurmel der Menge an der ersten Absperrung an. Der Grenzsoldat marschierte davor auf und ab und markierte die Absperrung mit dem metallischen Klicken seiner Absätze. Dann zeigte eine Mini-Fee mit Alu-Zauberstab auf uns und begann: »Warum …?«, wurde aber mit einem Klaps auf die Wade zum Schweigen gebracht.

Meine Mum murmelte: »Seine Frau ist gestorben. Und es gibt keinen Ersatz. Keine neue Frau. Anscheinend.«

Saskia scharte uns eng um sich und sagte in einem Bühnenflüstern: »Ich möchte euch daran erinnern, still zu sein. Bedenkt, wo ihr seid. Manchmal gibt es Zwischenfälle.« Sie führte uns auf den leeren Pariser Platz. Zu beiden Seiten war der Rasen kurz geschnitten, Rosen wuchsen in rechteckigen, mit Backsteinen eingefassten Beeten. Die Luft stand still. Die DDR-Fahne hing schlaff am Mast. Es war still und sauber und voller Traurigkeit, wie Kriegerdenkmale das so an sich haben. Oder Krematorien. Rechts und links vom Brandenburger Tor eine niedrige weiße Mauer.

Das musste sie sein.

Der Schutzwall.

Ich hatte nicht erwartet, dass die Berliner Mauer sauber und weiß und glatt sein würde. Sie sah mehr wie die Einfassung eines Schwimmbads aus als die Grenze zum Kalten Krieg. Auf dem Gras des Niemandslandes hoppelten dicke Kaninchen herum und fraßen, als würde niemand sie je jagen und nichts könnte sie aus der Ruhe bringen. Das war ihr Gebiet, hier herrschten sie. Berlin bestand aus drei Teilen: Ost, West und Kaninchenland.

Wir betraten das Wachhaus neben dem Brandenburger Tor. Drinnen führte eine Wendeltreppe nach oben, und an den Wänden hingen die grauen, körnigen Gesichter namenloser junger Männer. Jeden einzelnen sahen wir von Angesicht zu Angesicht. Bei dem langsamen Aufstieg hatten wir Zeit, die schwarzen Linien ihrer Gesichter und ihre schwermütigen Augen zu betrachten. Aber keiner von ihnen sah uns direkt an. Ihr Blick war über unsere Schultern oder die Treppe hinunter gerichtet, wo etwas Rätselhaftes oder Halbvergessenes war oder etwas ihnen Tränen in die Augen trieb.

Oben stand Saskia in einer Tür und winkte uns durch: »*A gauche, s'il vous plaît*, und die Engländer nach rechts.« Wir kamen in einen Raum, der für einen Vortrag vorbereitet war – Reihen von ineinander verhakten Holzstühlen, die Vorhänge fest zugezogen. Hinten im Raum summte ein Projektor. Ein Grenzsoldat in kniehohen Stiefeln und Reithosen stand vorne. Seine Jacke war hoch dekoriert – Streifen am Kragen, Sterne auf den Schultern, und um einen Ärmel die Schrift: GRENZTRUPPEN DER DDR. Seine Haut hatte dieselbe Farbe wie seine Uniform. Aber in diesem Raum, unter dem Neonlicht hatten wir alle einen blassen Grünton. Nachdem wir uns gesetzt hatten, begann er. »Liebe Genossinnen und Genossen.« Ich wusste, dass er damit anfangen würde. Dann ging das Licht aus.

Eine Landkarte von Europa wurde gezeigt. Der Grenzsoldat fuhr mit einem Stock um die Deutsche Demokratische Republik. »Und wo genau ist Westberlin?« Ich wollte schon die Hand heben, da gab er selbst die Antwort, indem er mit der Spitze auf den schwarzen Punkt in der

Mitte stieß. Und dann fing er an zu erklären. Peter und Saskia dolmetschten. Ich hörte Namen, die ich kannte – Stalin, Churchill, Roosevelt, Truman –, konnte aber bei dem stetigen Fluss des Deutschen und bei Saskias seidenem Französisch nur schwer folgen. Ich verstand nicht, wieso man WESTBERLIN in die Mitte der DDR gesetzt hatte. Vielleicht war es einfach ein Fehler. Oder sie waren nach sechs Jahren Krieg erschöpft und hatten sich mit solchen Einzelheiten nicht abgeben wollen.

»Ihr!«, sagte der Grenzsoldat und beschrieb mit dem Finger einen Kreis um die britische Hälfte im Raum. »Seid hier.« Auf der Landkarte leuchteten gelbe Lämpchen auf. »Ihr!«, und er zeigte auf die Franzosen, »seid hier.« Andere Lämpchen, diesmal weiße. »Dann die Amerikaner«, aber die waren nicht mit im Raum. Während er weitersprach, leuchteten hier und da Farben auf, möglicherweise bildeten sie Muster. WESTBERLIN war erleuchtet wie ein einarmiger Bandit, und soweit ich verstand, war es unsere Schuld.

»Faschistisch«, sagte der Grenzsoldat. Und noch einmal. Und wieder »faschistisch«. Dann wurden auf der Leinwand Fotos von umgestürzten Zügen gezeigt, von vergifteter Milch, von explodierenden Bonbons, brennenden Fabriken und Menschen mit schuldbewusstem Gesichtsausdruck, die in Handschellen abgeführt wurden. Wie ein Verkehrspolizist zeigte er in Richtung Mauer. Ausgebildete Arbeiter, sagte er, seien vom Westen verführt worden. Ich sah Peter an. Er war ausgebildeter Arbeiter, er war Universitätslehrer, und er war nicht verführt worden. Und Saskia. Sie war Professorin und noch hier. Ich warf einen Blick zu ihr hinüber, wie sie da stand, in ihrer Eleganz, und alles, was sich abspielte, um einen Zoll überragte, und ich dachte, wäre sie Westdeutsche, gälte sie als vornehm. Aber sie war geblieben. Stefan war ausgebildeter Arbeiter, und er war nur bis zur Botschaft gegangen. Ich sah an der Reihe entlang dahin, wo er saß, und plötzlich wurde mir bewusst, dass ich nicht wusste, was er war, außer dass er Saskias Bruder war und ein Mann, der einmal hoch dekoriert sein würde.

»Und so kam es«, sagte der Grenzsoldat, »dass am 13. August 1961« die Irgendwas-mit-der-Arbeiterklasse den antifaschistischen Was-weiß-ich errichtete. Ich verstand nicht, was Peter sagte, aber auf der Leinwand waren alte Männer mit Schirmmützen zu sehen, die weichen Zement zwischen Bausteine klatschten. Beistehende sahen zu, bis das Werk über ihre Köpfe gewachsen war. Aufpasser in zerknautschten Uniformen standen unbeholfen mit ihren Gewehren dabei. Ein Mädchen mit Zöpfen fuhr auf Rollschuhen vorüber.

Dann machte der Projektor ein Geräusch, und die Lichter gingen an. »Der Vortrag ist zu Ende«, sagte Peter. »Und jetzt die Fragen.« Er sah zu dem Grenzsoldaten hinüber und wartete auf ein Stichwort. Er sah zu Saskia hinüber, die einen Blick auf die Uhr warf und sagte, es sei Zeit aufzubrechen. Sie klopfte mit den Fingerspitzen in einer Art lautlosem Applaus auf ihre Handfläche, aber die in der ersten Reihe sahen die Bewegung und fingen an zu klatschen, und ihr Klatschen setzte sich in die hinteren Reihen fort. Saskia sagte: »Ihr habt die Fotos im Treppenhaus gesehen. Das sind Grenztruppen, junge Soldaten, die bei der Verteidigung der Grenze gestorben sind. Manche wurden hier in Berlin erschossen.« Sie zeigte auf den Boden, als wären sie zu ihren Füßen gestorben. »Wir werden uns jetzt die Grenzanlagen ansehen. Ich erinnere euch noch einmal: Bleibt zusammen und verhaltet euch ruhig.«

Im Gänsemarsch gingen wir die Treppe hinunter, an den ermordeten Soldaten vorbei, deren Gesichter jetzt noch ernster wirkten, und in das blendende Sonnenlicht hinaus. Saskia ging uns voran durch die Säulen des Brandenburger

Tors zu dem breiten Halbkreis einer leeren Betonfläche, bei der ich an den Flughafen denken musste. Sie machte kleine, zarte Schritte in Schuhen, mit denen man Ballett tanzen konnte. Wir wollten es ihr nachmachen, aber weil wir so eng zusammen gingen und nicht die richtigen Schuhe hatten, war es ein unbeholfenes Trippeln zur Mauer.

Unmittelbar vor der Mauer gab es eine Aussichtsplattform – ein paar Stufen, die in die Luft führten. Es kam zu einem Zeitlupengedränge, einem Reiben von Schulter an Schulter, während jeder versuchte, einen Platz zu ergattern. Jeder wollte in der ersten Reihe stehen, wollte die scharfe Kante des Kalten Krieges spüren. Hinter mir protestierte jemand: »Nehmt doch Rücksicht! Die Großen nach hinten. Dann können alle sehen.« Aber niemand beachtete das.

Auf meinem Stadtplan von Berlin war WESTBERLIN eine leere Fläche. Aber als ich die Stufen erklomm und die andere Seite vor mir erblickte, sah ich Wald. Meilenweit erstreckte sich nur Wald. Und eine lange, gerade Straße. Auf einer Säule ein goldener Engel, der einen luftigen Blick in den Osten hatte. Vielleicht winkte er uns zu, vielleicht zeigte er uns seine Harfe, von unserer Stelle aus konnte ich das nicht sehen. Dann sah ich eine Aussichtsplattform auf der anderen Seite. Sie war im Schatten der Bäume versteckt. Aber sie war da – und oben standen dicht gedrängt Menschen mit Sonnenbrillen und Hüten und Teleobjektiven, die so lang waren wie ihre Arme.

Ich flüsterte meiner Mum zu: »Sind das Touristen?«

»Glaube ich nicht. Mit so großen Fotoapparaten.«

Wir standen unmittelbar in ihrer Sichtlinie. Ich drehte mich um. Saskia hatte sich eine Sonnenbrille aufgesetzt. James ließ sich von einer leinenen Kricketmütze beschatten. Peter nahm große Schlucke der luftlosen Luft und hantierte mit einem weißen Taschentuch, so dass es aussah, als wollte er sich ergeben. Ich stellte mir die Fotos vor, die die Leute auf der anderen Seite in ihre Büros schicken würden. Man würde den Kopf ausschneiden, einen Namen hinzusetzen, das Bild in eine Akte einkleben und mit einem Stempel SUBVERSIV versehen. So wäre es für jeden von uns auf dieser Aussichtsplattform: für den Rest des Lebens dokumentiert.

»Wir gegen die«, murmelte James. »Genau vor uns. Könnte deutlicher nicht sein.«

Meine Mum betrachtete die Mauer, ihre Miene mit einem Ausdruck wie die Gesichter im Treppenhaus. Wir-gegen-die, das war ihr Leben.

Und meins.

Nur das meins bisher kürzer war, es zählte also nicht so viel.

Meine Mum suchte nach meiner Hand und drückte einen Finger, als wäre es der Abzug. Ich sah zu den Spionen hinüber und überlegte, ob einer von ihnen ein Gewehr im Anschlag hatte. Ich bereitete mich auf einen Schuss vor, der mich treffen würde, bevor ich ihn hörte. Ich hatte das in den Nachrichten gesehen. Der Ausdruck von Überraschung auf einem Gesicht, das schon tot war. Das Blut – graues Blut auf unserem Schwarzweißfernseher – spritzte seitlich aus dem Kopf. Und wenn der Erschossene in die Knie ging und aus dem Blickfeld fiel, dachte ich jedes Mal unwillkürlich, dass ich gar nicht gewusst hatte, wie groß der Druck in einem Kopf war.

Ich wartete, dass etwas geschah.

Ich lauschte den Geräuschen des lautlosen Himmels. Es gab keinen Verkehr. Keine Flugzeuge. Selbst die Vögel vermieden diese Trennlinie zwischen Ost und West.

Als Saskia sprach, zuckte ich zusammen: »Ihr dürft jetzt fotografieren. Aber keine unkontrollierten Bewegungen, bitte. Und mit Blitz zu fotografieren wäre leichtsinnig.« Meine Mum holte ihre Kodak Instamatic heraus und guckte durch den Sucher. Sie fotografierte die anderen, die uns beim Fotografieren fotografierten.

Wir fanden unseren Fahrer inmitten der Strandurlauber hinter der kniehohen Mauer wieder. Er sah satt und erfrischt aus und war gerade aus seinem Schlummer erwacht. Wir stiegen in die stehende Hitze im Bus, erschöpft von dem Drama und dem langen Warten auf das Mittagessen. Kein Lüftchen regte sich, trotzdem brachten die Tutoren die Kraft auf, sich lautstark über die Rücksichtslosigkeit auszulassen, mit der wir – schließlich waren wir viele – als befreundete Genossen dem nahen Tod ausgesetzt waren. Aber man konnte ihnen anhören, dass sie es gleichzeitig ziemlich aufregend fanden, beinahe niedergemäht worden zu sein. Langsam, als der Bus losfuhr und die Lüftung angestellt wurde, verstummte das Palaver.

Peter kam nach hinten und setzte sich auf den Platz auf der anderen Seite des Ganges. Wir seien die Einzigen, die noch nie in Berlin gewesen waren, sagte er, und er würde uns beim Vorbeifahren die Sehenswürdigkeiten von Unter den Linden zeigen. Er zeigte uns das Bildungsministerium. Es sah wie eine Hauptschule aus, ein Betonklotz mit gekachelter Fassade. »Da kann man Margot Honecker antreffen, Bildungsministerin und die Chefin von allen, die hier im Bus sitzen. Außerdem ist sie die Ehefrau von Erich Honecker.«

Bei dem Wort »Ehefrau« drehte ich mich zu ihm hin. Ich musterte sein Gesicht, aber er sagte das Wort wie alle anderen Wörter, als fiele es ihm nicht schwer. Vielleicht war sie schon länger tot. Vielleicht war er seit Jahren allein.

Peter sagte: »Die sowjetische Botschaft.« Ich sah die rote Flagge. Große rote Rosen hingen über die Mauer. »Das gehört auch zur Botschaft.« Er wartete. »Als Nächstes das Gebäude der Aeroflot.« Er hob die Hand an die

Fensterscheibe. Ich guckte, ob an seiner anderen Hand noch der Eindruck des Rings zu sehen war. Man sah keine frische Spur von einem Ring. Ich überlegte, woran man noch feststellen konnte, ob jemand allein war. Ich versuchte mir meine Mum vorzustellen, wenn mein Dad nicht gestorben wäre. Wahrscheinlich wäre sie dicker und vielleicht nicht immer so müde. Ganz selten – wenn sie keine Lust zum Abwaschen hatte oder wenn sie an einem sonnigen Morgen die Wäsche aufgehängt hatte oder an einem regnerischen Tag aus der Schule kam – sagte sie, es wäre schön, jemanden zu haben. Aber meistens sagte sie: »Was würde ich mit einem Mann anfangen? Wo würde ich ihn hintun? Außerdem, Jess, kannst du dir vorstellen: drei bei einer Besprechung? Wir würden nie was geregelt kriegen. Wenigstens sind wir beide einer Meinung.«

Peter sagte: »In dem Geschäft mit den gekreuzten Schwertern kann man Meissener Porzellan kaufen.«

Meine Mum wandte das Gesicht zum Fenster und sah sich die Auslage an.

»Wir brauchen kein Geschirr«, sagte ich.

»Das hier ist *Porzellan*. Und außerdem eine Investition.«

»Aber wir machen keine Investitionen.«

»Aber eine Investition in die DDR.«

Peter sagte: »Oder vielleicht ein Souvenir vom Sommer. Das ihr mit nach Hause nehmen könnt.«

Der Bus hielt vor dem Rathaus. Wir gingen hinter Peter her eine Treppe in einen mittelalterlichen Keller und dem Geruch von Braten und Essig hinunter. Eiserne Kronleuchter, auf denen elektrische Kerzen brannten, hingen an Ketten von der Decke. Ein paar Sonnenstrahlen brachen sich in den Buntglasfenstern und warfen kaleidoskophafte Schlachtbilder auf die Tischdecken. Zwei lange Tische waren für uns gedeckt, die Sitzordnung war festgelegt. Meine Mum und ich saßen neben James. Das Mittagessen wurde von jungen Frauen in Miedern und Blusen mit Puffärmeln serviert. Während wir warteten, spielte meine Mum mit ihrem Besteck und arrangierte mittelalterliche Embleme. Dann beugte sie sich zu James vor. »Was ist mit Peters Frau? Wie ist sie gestorben?«

»Autounfall. Schrecklich«, sagte er zur Tischdecke.

Dann wurde das Essen serviert. »Eisbein«, sagte die Kellnerin, und es sah aus wie ein abgehacktes Bein. Meine Mum verzog das Gesicht. Sie zögerte, das Besteck aufzunehmen, dann ordnete sie damit die Bratkartoffeln zu einem Kachelmuster und machte einen Kranz aus dem Sauerkraut. Sie sah den anderen beim Essen zu. Ihr Blick blieb am nächsten Tisch hängen, wo Peter mit Saskia und Stefan saß. Die drei aßen schweigend und langsam, als wären sie tief in Gedanken. James neben mir sezierte sein Essen: Er zog die Haut vom Eisbein herunter, trennte Fett und Muskelfleisch ab und legte den Knochen bloß. Dann entschied er sich dagegen. Aber selbst vor dem Gemüse kapitulierte er hilflos, und das Blut wich aus seinem Gesicht. Er machte jeden Tag eine Mittagspause. Das machten alle Tutoren, nur meine Mum nicht, sie war viel zu beschäftigt mit ihrer Liste der zu erledigenden Dinge. Es sollte ein Sommer ohne Listen sein: Hier waren die Menschen *für* sie. Das hatte sie gesagt. Aber meine Mum schien es nicht zu stören. Listen, mit denen man Freunden helfen konnte, waren etwas anderes als Listen, mit denen man sich gegen Tamworth wehren musste. Außerdem war das Papier hier anders. Auf weichem karierten Papier waren die Aufgaben nur halb so schwer.

Meine Mum beobachtete, wie James in seinem Stuhl tiefer rutschte. »Bevor du einnickst, James … der Autounfall. Wie lange ist das her?«

»Zwei Jahre.« Er schien nicht überrascht, es war, als hätte er gewusst, dass die Frage kommen würde.

Meine Mum verschränkte die Arme und zog nachdenklich die Lippen ein.

Als die Teller abgeräumt waren, bestellte Stefan Rotkäppchen-Sekt. Er ging zu jedem Tisch, goss das rosa sprudelnde Getränk in Gläser und flüsterte den meisten von uns etwas ins Ohr. Ich sah, wie Mienen gespannt auf die Pointe warteten und Köpfe lachend zurückgeworfen wurden. Dann kam er zu mir. »Für diese Runde bist du erwachsen, Jess.«

»Du bist nicht der Botschafter, Stefan, oder?«

»Sehe ich wie ein Botschafter aus?«

»Was bist du dann?«

»Der Kellner.«

»Ich meine, in Wirklichkeit.«

»In Wirklichkeit? Ich bin Sekretär.«

»Nein, im Ernst. Was ist dein Beruf?«

»Im Ernst?« Er streckte seinen Arm zu meinem Glas aus. »Ich bin Sekretär für Frieden und Abrüstung in der Botschaft der DDR in London.« Ich sah, wie der Schaum bis an den Rand stieg, überzufließen drohte und dann in sich zusammensackte. »Meine Aufgabe ist der Frieden. Und folglich der Krieg.« Er kam noch näher. »Und das ist sehr ernst.« Dann machte er ein Gesicht, als wollte er sagen: »Jetzt weißt du es«, und keiner von uns lachte.

Für das Dessert war das Drehcafé im Fernsehturm vorgesehen. Wir trabten über den Alexanderplatz, wo aus dem Springbrunnen das Wasser in wiederkehrenden Mustern über mehrere Stufen floss. Auf dem Weg murmelte meine Mum immer wieder: »Zwei Jahre ist das erst her. Das ist nicht lange, oder? Zwei Jahre, um das zu überwinden.« Im Foyer hatten die Stadtplaner ein Modell von *MARZAHN: Unsere Zukunft* ausgestellt. Miniatur-Hochhäuser standen auf Spielwiesen aus grünem Filz. Schwangere Frauen schoben Kinderwagen. Jugendliche hielten sich an den Händen und bräunten sich unter 100-Watt-Birnen. Meine Mum nahm meine Hand. »Zwei Jahre, Jess. Meinst du, das ist lange genug?«

Wir stiegen hinter Stefan in den Aufzug und wurden ins Telecafé katapultiert. Er suchte für jeden von uns einen Platz aus. »Hier vielleicht? Keine Angst, ihr kriegt alles zu sehen … Es dreht sich nämlich … Genug Platz für die Beine?« Zu mir sagte er: »Neben Anton? Da kannst du dein Französisch ausprobieren.«

Aber dann stand Peter neben uns. »Oder bei Martina? Sie ist nämlich gekommen.«

Stefan warf einen Blick über die Schulter. »Du hast gesagt, sie sei den ganzen Sommer weg.«

»War sie auch. Aber jetzt nicht mehr.«

Stefan zuckte die Achseln, als würde er klein beigeben. »Dann greif sie dir, solange du kannst, Jess.«

Martina saß vor einem Fenster, den Rücken zu uns, und ließ sich von der Sonne bescheinen. Ich stellte mir einen weiblichen Peter vor – dunkel und kräftig gebaut. Aber Martina war durchscheinend, im Licht waren ihre Adern sichtbar wie bei einem Menschenwesen im Mutterleib. Die Sonnenstrahlen spielten mit den Härchen auf ihrer Wange und machten Federn aus ihrem Haar. Ich sah ihre schmalen Schultern, die zarten, zählbaren Knochen des Rückens. Hätte das Fenster offen gestanden, wäre sie hinausgetreten und weggeflogen.

Martina bemerkte nicht, dass ich neben ihr stand, und zeigte keine Reaktion, als ich mich auf den Platz ihr gegenüber setzte. Nach einer Weile durchbrach ich das Schweigen. »Ich wusste nicht, wann du kommen würdest.«

Sie drehte sich in der Taille und sagte über die Schulter: »Ich auch nicht.«

»Ich habe gewartet«, sagte ich, aber das klang nicht

so, wie ich es meinte, deshalb sagte ich noch: »Aber auch nicht. Ich hatte nicht erwartet, dich hier zu treffen.«

»Das hat mein Vater mir gesagt. Und dass du ungewöhnlich seist. Deshalb bin ich gekommen.«

Dann kam der Kellner an unseren Tisch. Martina bestellte einen Kaffee. Ich bestellte ein Eis mit drei Sorten und gemischtem Obst: Mango, Ananas, Papaya, Lychee und Banane, dazu Schlagsahne. Als der Kellner sich eine Zahl notiert hatte und gegangen war, sagte sie: »Das Obst der internationalen Freundschaft. Du hast ein exotisches Vokabular. Mein Vater sagt, du lernst Deutsch.«

»Seit einem Jahr.« Dann sagte ich: »Aber westdeutsches Deutsch.«

Martina zog eine Augenbraue hoch und sah in meine Richtung. Sie lächelte spöttisch. In einer Wange erschien ein Grübchen. Dann drehte sie sich weiter um und sah mich richtig an. »Was ist der Unterschied?«

»Ich weiß es nicht. Ich hatte noch keine Gelegenheit, ostdeutsches Deutsch zu lernen.«

»Noch nicht? Und wie willst du es lernen? In England in der Schule?«

»Ich habe ein Buch. Aus der Fremdsprachenbuchhandlung. Ich bringe es mir selbst bei.«

Sie richtete sich auf ihrem Stuhl auf. »Und was steht in dem Buch über ostdeutsches Deutsch?« Martinas Gesicht war offen und neugierig, aber etwas an ihrem Ton machte mich skeptisch. Ich hatte das Gefühl, geprüft zu werden, als ob ich ostdeutsches Deutsch schon gelernt haben müsste, bloß weil ich ein Buch aus dem Regal genommen hatte. Ich versuchte mich zu erinnern, was ich gelesen hatte. Es gab Kapitel über Braunkohle, über Buchenwald und die Solidarität mit blockfreien Staaten. Es gab einen »Ausblick in das Jahr 2000«, in dem es um den Dritten Weltkrieg und die Auslöschung der Menschheit ging. Ich hatte komplizierte Verbformen des Konditionals und Konjunktivs gelernt, die ich noch nicht richtig begriffen hatte, die aber aussagten, dass die Vereinigten Staaten am Ende der Welt schuld seien.

»Ich werde ostdeutsches Deutsch besser können, wenn ich das Buch ganz gelesen habe. Ich sage es dir nächstes Jahr.« Ich überlegte, ob wir zurückkommen könnten. »Falls wir wiederkommen dürfen. Falls wir eingeladen werden.«

Ihr Blick wanderte ein bisschen zur Seite und über meine Schulter, als ich das sagte. Zu Saskia oder James, dachte ich, weil die solche Dinge entschieden. Dabei war es nur der Kellner, der Martinas Kaffee und mein Eis brachte. Ein Goldfischglas voll mit Eis, um das die tropischen Früchte schwammen und das mit Sahne überhäuft war. Martina starrte das Eis an, Gedanken gingen ihr durch den Kopf, ich wusste nicht, welche – dass es so groß wie mein Kopf war, dass ich davon dick werden würde, dass es besser war als ihr Kaffee. Ich schob das Eis in ihre Richtung. »Hier teilt man, stimmt's? Dein Vater hat gesagt, ihr seid Weltmeister im Teilen.« Sie machte wieder das mit der Augenbraue. Dann nahm sie ihren Kaffeelöffel – einer von den leichten Aluminiumlöffeln, die sie hier hatten und die in der Hand schwebten – und hielt ihn zwischen Daumen und Zeigefinger. Sie setzte den Ellbogen auf den Tisch und ließ den Löffel über dem Eis baumeln wie eine Wünschelrute.

Ich packte meinen Löffel mit der Faust und fing an, das Eis in mich hineinzuschaufeln. Mir war es egal, was sie dachte. Und mit Eis im Mund sagte ich: »Du lernst Englisch.«

»Ich lerne das Englisch, das wir hier haben. Es ist ein Englisch aus der Dose. Wie Suppe. In England gibt es Ochsenschwanzsuppe. Jemand hat eine Dose davon für den *Morning-Star*-Basar gegeben, und mein Vater hat sie gekauft. In der DDR haben wir das Sommerkurs-Englisch und das *English for you*-Englisch.«

Ich sah sie verständnislos an.

»Mit Tom und Peggy. Die musst du kennen. Jeder in der DDR kennt sie.«

Ich glaubte nicht, dass jemand in England sie kannte.

»Die Zitronenpresse? Das musst du kennen. Ich habe gedrückt und gedrückt, und nichts kam raus?« Martina runzelte die Stirn, als wäre ich noch ungewöhnlicher, als sie erwartet hatte.

Ich versuchte, einen anderen Ton anzuschlagen, leicht und munter. »Irgendwann brauchst du *English for you* nicht mehr. Dann kommst du nach England und hörst die Sprache, wie sie wirklich gesprochen wird.«

»Das glaube ich nicht«, sagte sie barsch. »Deswegen seid ihr ja gekommen.« Sie drehte ihr Gesicht zum Fenster und machte die Augen schmal. Ich folgte ihrem Blick und fand schließlich den Kupferglanz des Palasts der Republik. Unter den Linden hörte abrupt da auf, wo das Brandenburger Tor sein musste. Da war die Kaninchenzone und die Mauer. Es sah wie ein Kratzer quer durch Berlin aus.

»Ich bin übrigens nicht von hier.« Sie zog die Zuckerschale zu sich heran. »Ich komme von weit her. Aus Zwickau, im Süden der DDR. In Zwickau werden die Trabants gemacht.« Sie zeigte auf die Straße hinunter. »Die Autos da sind aus Zwickau. Deshalb ist Zwickau berühmt.«

»Tamworth ist auch für Autos berühmt. Für welche mit drei Rädern.«

»Außerdem wegen Robert Schumann.«

»Wir haben auch einen berühmten Robert. Peel. Er hat die Polizei erfunden.«

»Und wir haben einen Fluss. Die Mulde.«

»Wir haben die Tame.«

»Kohlebergwerke.«

»Kohlebergwerke.«

»Da hast du es. Kleinstädte.« Sie zuckte die Achseln. »Sie sind überall gleich.« Sie griff in die Zuckerschale, zog die Tütchen heraus und steckte sie nach einem Muster wieder hinein, als wäre es ein kompliziertes Damespiel. Schließlich sagte sie: »Aber Zwickau liegt in der Nähe von Karl-Marx-Stadt und der tschechischen Grenze.«

»Birmingham.«

»*Na!*« Das war Deutsch und musste etwas bedeuten. Ein Halbwort. Aber nichts, was in einem Taschenwörterbuch stand. Ich konnte nicht schnell nach Hause gehen, um nachzusehen, was sie von Birmingham hielt.

Martina sagte: »Wir sind aus Zwickau weggezogen, als mein Vater die Stelle an der Hochschule bekam. Und meine Mutter …« Der Satz blieb in der Luft hängen, in beiden Händen hielt sie Zuckertütchen. Dann riss sie eins auf und hielt es über die Tasse, leerte es aber nicht hinein, sondern legte es auf den Unterteller.

Irgendwo hinter uns hörte ich die Stimme meiner Mum. Sie unterhielt sich mit Stefan: »Wie heißt das Wort? *Glücklich?* Und die Endung? Du meinst, ich muss das Wort an nichts anpassen? Ich kann einfach glücklich sein, ohne Anpassung?«

Aber das war nur so, weil es eine Prädikatergänzung war. Meine Mum hatte keine Ahnung, wie kompliziert deutsche Endungen sein konnten.

»Und dein Vater?«, fragte Martina. »Wo ist der?«

Ich fuhr mit dem Löffel durch das Goldfischglas und leckte den letzten Rest Eis ab. »Er ist auch tot.«

Sie heftete den Blick auf mich, um zu sehen, ob ich mir einen Scherz mit ihr erlaubte, einen englischen Witz.

»Krebs.«

Martina lehnte sich zurück und zögerte einen Moment, bevor sie sprach. »Deswegen mag ich die Zeit nicht. Man hat Zeit – normalerweise nicht genug, aber manchmal zu viel –, und plötzlich ist sie weg. Sie ist vorbei.« Sie legte den Nacken auf die Stuhlkante und beobachtete mich. »Weißt du, ich habe darüber nachgedacht. Und es gibt die Möglichkeit, nicht jung zu sterben. Oder gar nicht zu sterben. Dann kann man alle Zeit haben, die man will. Man lebt und lebt und lebt …« Sie zeigte auf meine Armbanduhr. »Keine Uhr.« Das verstand ich nicht. Davon wurde man nicht unsterblich, davon verspätete man sich nur. Aber Martina schien angetan von der Idee, und zwar offenbar schon seit einer Weile. Sie hatte nicht einmal einen weißen Streifen da, wo die Uhr früher war.

Jetzt lehnte ich mich auch zurück. Statt in ihren Augen nach Bedeutung zu forschen, benutzte ich sie als Spiegel. Ich sah mich darin reflektiert. Zwar verzerrt und umgedreht, aber trotzdem gespiegelt. Ich drehte meinen Kopf zum Fenster hin. Eine breite Straße verlief geradewegs zum Fluchtpunkt. Miniaturautos brauchten dazu länger. Am Horizont stießen zentimeterhohe Schornsteine weiße Wölkchen in den wolkenlosen Himmel. Die Bäume waren grün. Die Menschen wohnten in weißen Wohnungen mit bunten Balkons. Rote Blumen hingen über die Brüstungen. »Es sieht genau wie die Zukunft unten im Foyer aus.«

Martina griff nach ihrer Tasse und umschlang sie mit den Fingern. Der Kaffee musste inzwischen kalt sein. »Ja, wir haben eine Modellzukunft. Wenn man die Zukunft betrachtet, fügt sich alles zusammen. Es ist alles geplant. Jeder hat seinen Platz.« Sie hielt die Tasse an den Mund, die Glaskörper ihrer Augen mit dem weichen Blick über dem Rand. »Sie machen uns eine perfekte Zukunft. Sie mögen es, wenn alles sicher ist.«

6

Die Young Communist League

Walsall, November 1978

Das Hauptquartier der Young Communist League gab sich in bürgerlicher Verkleidung – ein viergeschossiges Haus aus den dreißiger Jahren mit Fachwerk und bröckelndem Verputz. Auf den Mülleimern fehlten die Deckel, Abfall war auf dem Kiesweg daneben gelandet. Der Herbstregen hatte die Werbeprospekte der vergangenen Wochen in Pappmaché mit Nachrichten von gestern verwandelt. Neben der Tür ein Klingelbrett, die Namensschildchen mit vergilbtem Tesafilm festgeklebt. Ich hatte die Anweisung, die einzige Klingel ohne Namensschild zu drücken. Ich hörte das Summen und sah einen Schatten hinter den Netzgardinen im Vorderzimmer des Erdgeschosses.

Als ich meiner Mum sagte, dass ich der YCL beitreten wollte, zog sie mich zu sich und drückte mich. Sie sagte nicht, dass sie stolz sei. Das Wort benutzte sie nie. Vielleicht, weil sie abergläubisch war und das Wort »stolz« in ihrem Kopf mit dem Wort »Fall« assoziierte, womit der schon so gut wie eingetreten war. Stattdessen sagte sie: »Die YCL ist keine Massenorganisation, musst du wissen. Wenigstens noch nicht. Es ist nicht die FDJ.« Sie sprach es »Eff-Day-Jott« aus, so wie Martina auch. Freie Deutsche Jugend. »Nicht dass du enttäuscht bist. Nicht nach dem Sommer. Es ist keine Liga von Martinas.«

Aber eine Liga von Martinas würde es nie geben. Martina war einzigartig. Sie war der einzige Mensch auf der Welt, der nicht an Zeit glaubte. Sie benutzte keine Uhren mehr und machte nie Listen, und trotzdem hatte sie es bis hierher geschafft. Außerdem hatte ich nie jemanden gekannt, der zwar Gesellschaft mochte, aber wenn möglich immer nur die Gesellschaft eines Einzelnen.

Und das bedeutete, dass man eine Schlange bilden musste.

Was mir nichts ausmachte, ich war ja Engländerin.

Im Sommer hatte sie mir erzählt, ihre Schule wolle mehr Gemeinsinn von ihr sehen. »Aber sie haben unrecht, wenn sie sagen, ich sei unsozial. Und mit Sicherheit bin ich kein asoziales Element« – denn dann wäre sie etwas aus dem Periodensystem.

Aber ich dachte über die Sache mit der FDJ nach. War man mit einem zusammen, bildete man ein Paar, keine Gruppe. Gehörte sie der FDJ an?

»Könntest du dir das vorstellen? Nein. Ich bin frei. Ich bin Deutsche. Und ich bin jung. Ende Gelände.«

Jemand sagte: »Hast du dich verirrt?« Ein bärtiger Mann stand auf der Treppenstufe und zog sich die Kordel seines karierten Bademantels fest. Er lehnte sich an den Türrahmen und griff mit gestrecktem Arm nach der Flasche Milch auf der Stufe.

»Ivan?«

Er knurrte, drehte sich um und ließ die Haustür hinter sich offen. In Pantoffeln schlurfte er den Flur entlang, ich hinter ihm her. Dann sagte er: »Lass dich da häuslich nieder«, machte eine Tür auf und verschwand. Am Türknauf hing ein Schild: *Bitte nicht stören*. Ich drehte es um: *Dieses Zimmer bitte saubermachen*. Wo ich stand, roch es nach verbranntem Toast und feuchtem Teppich. Von oben hörte man den Bass einer Reggae-Melodie. Im Flur war es dunkel, die Deckenfassung ohne Lampe. Im Treppenhaus telefonierte jemand an einem Münzfernsprecher. Das Gespräch bestand aus lautem Leugnen, wurde immer erregter, je mehr Geld der Apparat verschluckte, und endete ohne Verabschiedung. Zu meinen Füßen lag die Post, die ihren Empfänger nicht erreicht hatte, darunter auch persönliche Briefe – Geburtstagskarten, Weihnachtskarten –, die man an der Form erkennen konnte. Offenbar gab es jemanden in Birmingham, der Kevin Sinclair, der hier wohnte, gut leiden mochte, denn die Punkte auf den »i«s waren als Filzstiftherzen gemalt. Wer immer es war, mochte ihn schon lange und schrieb immer wieder, wie aus den Stempeln ersichtlich war.

Das war das Problem mit Brieffreundschaften: Man wusste nie, was mit den Briefen geschah. Als wir aus Potsdam zurückkamen, fragte ich meine Mum, wie ich es mit Martina machen sollte, wie man mit Menschen in Verbindung blieb, wenn sie zu Freunden geworden waren. Sie sagte: »Setz sie auf deine Liste. Schreib ihr. Erzähl ihr, was du machst.« Aber ich wusste nicht, ob Martina sich bei Briefen so verhalten würde wie gegenüber Menschen. Ich wollte nicht zu oft in ihrem Leben auftreten und ungeöffnet auf dem Fußboden liegenbleiben, wie diejenige, die Herzen an Kevin verschickte. Schließlich schrieb ich sie für den ersten eines jeden Monats in meinen Terminkalender: KONTAKTPFLEGE MARTINA, fand aber, dass es ein bisschen wie Gartenpflege klang.

Ich hörte eine Stimme: »Zur Ordnung, Genossen! Zur Ordnung! Bevor wir anfangen – ich habe einen Antrag auf Aufnahme in die Gruppe. Antragstellerin ist im Flur. Stammt aus einer alten parteitreuen Familie. Ich schlage vor, wir lassen sie rein, bis wir zu Punkt zwei kommen – Mitglieder.« Der Sprecher hatte mit erhobener Stimme in der Versammlung gesprochen, so wie Lehrer sprachen, wenn jemand gegen eine Regel verstieß. Ich hörte Gemurmel, dann öffnete der Mann, der mich reingelassen hatte, die Tür ein paar Zentimeter und steckte den Kopf raus. Er blies Zigarettenrauch und Nescafédunst über mein Gesicht. »Ich bin übrigens der Bildungsbeauftragte, nicht der Pförtner. Nur dass ich hier wohne.« Er ließ die Tür angelehnt und schlurfte wieder zu seinem Platz.

Im Zimmer saßen vier Personen um den Tisch, einen gewöhnlichen ovalen Esstisch, auf dem die Papiere wie Platzdeckchen geordnet waren. Ein Mann stand auf und reichte mir die Hand, die so kräftig war, dass er mir damit die Knochen hätte zermalmen können. »Bickley.«

»Ivan?«

Er zog einen Bürostuhl zum Tisch und bedeutete mir, ich solle mich setzen. Am Tisch saßen außerdem eine rundliche, dunkle Frau mit einem Poncho und jemand mit langen Ponyfransen und unbestimmten Geschlechts. Alles in allem sah niemand auch nur im Entferntesten so aus wie Martina. Ich sah mich in dem Zimmer um. Eine Wand mit Aktenschränken, die von »A« bis »Tee, Kaffee und Kekse« beschriftet waren. Eine Matratze lehnte in der Ecke, graue Laken lagen in einem Knäuel auf dem Boden. Ein Marmeladenglas voller Asche lehnte an dem Kopfkissen. An der Wand waren Fußabdrücke.

Ivan bemerkte meine Blicke. »Das hier ist das Hauptquartier der Young Communist League und außerdem Teds Schlafzimmer. Das Hauptquartier fängt am Teppich an.« Er fuhr mit dem Finger an der Linie entlang, wo das Kiefernholzmuster des Linoleums mit dem blauen Teppichflor zusammenstieß.

»Und oben?«

»Da sind die Nachbarn.«

Ich warf einen Blick zur Decke, wo sich Zigarettenqualm kräuselte. »Die Nachbarn sind auch in der Ortsgruppe?«

»Wir tun, was wir können. Was wir können. Aber im Moment wohnen sie einfach hier.«

»Dann seid ihr das Komitee.«

»Richtig.« Ivan zeigte sich auf die Brust. »Ich bin Sekretär und Vorsitzender. Ted ist Bildung. Paula Mitglieder. Colin Protokoll.«

Ted sagte: »Das hier ist das Komitee und die Ortsgruppe. Wir sind alle im Komitee.«

»Ihr seid nur zu viert?«

»Vier Kernmitglieder«, sagte Ivan. »Vier Schlüsselfiguren. Das Quorum und der Innere Kreis. Auf wie viele mehr können wir zählen, Paula? Wer wird noch geführt?«

Sie räusperte sich. »Kommt drauf an, ob man die zählt, die mit ihren Beiträgen im Rückstand sind. Und kommt außerdem drauf an, wie lange man sie im Rückstand bleiben lässt, bis man beschließt, dass sie nicht mehr kommen. Dass sie ausgestiegen sind.« Sie sprach langsam und mit einem Akzent, den ich nicht richtig bestimmen konnte. Vielleicht spanisch. Oder griechisch. Ihre Wimpern flatterten, als wäre sie nervös und besorgt »Entschuldige bitte, Ivan. Ich habe vergessen, die Unterlagen mitzubringen. Ich verspreche, nächstes Mal denke ich dran.«

»*Jedes* Mal, Paula, seien wir doch ehrlich.« Dann wandte er sich mir zu und rieb sich die Fäuste. »Aber in dieser Organisation nehmen wir uns viel vor. Warum? Weil es nicht darum geht, wie viele, sondern wo. Weil wir Führungspositionen besetzen. Weil wir die Vorhut stellen. Nicht die Anzahl ist wichtig. Wie viele haben schließlich den Winterpalast gestürmt? Es geht um *Wo* und um *Wer*. Wir legen Wert auf *Wer*. Colin?«

Colin sprang auf. Er hatte nicht damit gerechnet, zu den *Wer* zu gehören. Er schien hinter seiner Frisur steckengeblieben zu sein. Aber er war nicht aufgefordert worden zu sprechen. Ivan deutete mit dem Kopf auf das Platzdeckchen vor Colin, er wollte Punkt eins. Colin reichte Ivan das Protokoll. Ivan verteilte es. Es war mit der Hand geschrieben, und die Handschrift wechselte in jeder Zeile von schräg nach vorn zu schräg nach hinten, wie bei einem Seekranken. Bevor die anderen Zeit hatten, ein Wort zu lesen, sagte Ivan: »Protokoll ist angenommen, nehme ich an. Angenommen *nem con*.«

Colin strich mit der Hand über das Blatt und beugte sich zu mir vor. »*Nem con* ist Latein und bedeutet: ›Keiner dagegen‹.« Aber das wusste ich. Wenn ich für meine Mum Protokoll schrieb, war es immer so angenommen worden. Sie sagte, die Römer hätten ein so großes Reich gehabt, weil sie alles *nem con* gemacht hätten.

Ivan rief Punkt zwei auf und legte seine Hand auf meine Stuhllehne. »Jessica Mitchell. Die Familie ist in der ganzen Bewegung aktiv. Geht zurück bis in die zwanziger Jahre. Ihr Großvater war einer der Begründer. Stand auf Hitlers Liste.«

In Wirklichkeit war das mein Großonkel, aber Ivan war nicht jemand, den man einfach so unterbrach.

»Mutter ist Mitglied. Vater ist Mitglied.«

Selbst dass mein Vater tot war, konnte ich nicht sagen.

Ich hätte nie geglaubt, dass er all die Dinge über meine Mum und ihre Zeit in der YCL wusste, die er jetzt erzählte. Auch über meine Großeltern, über das, was sie vor dem Krieg gemacht hatten, erzählte er Dinge, die ich selbst nicht wusste. Auch ich klang in seinem Bericht nicht nach mir selbst – so wie ich mir im Spiegel nicht ähnlich sah. Dann sagte Ivan »reinrassig«, worauf ich errötete und mir wie ein Hund vorkam. Ich wusste nicht, wohin mit meinem Blick, also senkte ich ihn. Unter dem Tisch sah ich unverkaufte Exemplare von *Challenge* und Teds Zehen, die sich im Teppich verkrallt hatten.

»Also Jess. Zu den Formalitäten. Weil uns wichtig ist,

Wer. Bitte fass zusammen, warum du in der Walsall-Ortsgruppe der YCL aufgenommen werden willst.«

»Weil es in Tamworth keine gibt. Und bis hierher ist es nicht so weit mit dem Bus. Und meine Mum sagt, in Walsall gibt es keine Euro-Kommunisten.«

Keine Reaktion. Ich wusste nicht, ob ich weiterreden sollte – sollte ich erzählen, dass ich an Ivan geschrieben hatte und er mich eingeladen hatte? Er hatte mir einen handgezeichneten Plan geschickt, auf dem der Weg vom Busbahnhof in Walsall bis zu dem Haus, an dem »HQ« stand, eingezeichnet war.

Ivan sagte: »Meine Frage ist: Warum willst du *überhaupt* beitreten? Warum willst du in der YCL sein?«

Darauf wusste ich nichts zu sagen. Warum würde jemand, der in der YCL war, wissen wollen, warum ich auch beitreten wollte? Die Frage musste einen versteckten Zweck haben. Ich rutschte auf meinem Stuhl hin und her und antwortete mit den quietschenden Rollen. Ivan kippte seinen Stuhl nach vorn und wippte auf den vorderen Stuhlbeinen. Dann sagte er: »Du hast den real existierenden Sozialismus erlebt, richtig? Du warst in der DDR. In Potsdam.«

Colin sagte: »Potsdam soll wunderschön sein.« Er schrieb das ins Protokoll und machte eine Schlaufe an das große P.

»Nicht als Tourist«, sagte Ivan. »Nicht im Urlaub. Als Gast der Parteiführung. Vom Ministerium eingeladen. Mit Möglichkeit, Kontakte herzustellen. Ihre Mum hat gute Verbindungen.«

Damit hatte ich nicht gerechnet. Aber vielleicht war das jetzt so. Peter mochte sie. Stefan mochte sie. Und James, und … »Und ich habe ein Mädchen kennengelernt, das Martina heißt und mir das Fluchen auf Deutsch beigebracht hat und mir gezeigt hat, wie man eine Bierflasche mit dem Feuerzeug aufmacht. Und als ich wieder zu Hause war, habe ich an Martina gedacht und gehofft, ich könnte –«

»Hier sind wir alle Freunde, richtig, Genossen? Wir stehen alle auf derselben Seite. Wir kämpfen denselben Kampf.« Ivan machte die Arme weit auf, als wollte er seine Freunde zur Seite stoßen.

Ich ließ meinen Blick von einem zum anderen wandern. Paula war mit einer Riesenkeksdose beschäftigt und ordnete Kekse hinein. Colin säuberte sich die Fingernägel. Ted starrte aus dem Fenster und zog an einer Mellow Bird. Ich senkte den Blick auf den Tisch, auf eine Blase im Holz und eine Stelle, wo die Auszugsplatte nicht richtig eingepasst war. Ivans Freunde kamen mir nicht sehr freundlich vor. Aber dann fiel mir wieder ein, dass Martina auch aus dem Fenster gestarrt und mit ihrem Kaffee gespielt hatte. Vielleicht machten das Freunde beim Kennenlernen so. Vor überfreundlichen Menschen musste man sich wahrscheinlich in Acht nehmen.

Dann sprach Paula mit undeutlicher Stimme, weil sie einen Keks im Mund hatte. »Wir sind zwar nur eine kleine Organisation, Ivan, aber das bedeutet nicht, dass wir jeden nehmen. Die Revolution ist kein Spiel. Ich habe die Kugeln gespürt, ich habe Menschen auf der Straße sterben sehen. Ich habe gesehen, wie das Gehirn auf der Straße verspritzt ist.«

»Das weiß ich, Paula. Ich weiß das mit dem Gehirn. Aber das steht uns hier nicht bevor. Vorerst noch nicht. Nicht in Walsall.« Ivan sah auf seine Uhr und dann auf die Themenliste. »Können wir also abstimmen.«

Das war keine Frage.

»Wer ist dafür.«

Auch das war keine Frage.

Damit war das erledigt.

Ivan sagte: »*Nem con*, vielen Dank. Jetzt bist du, Jess, eine Kandidatin der YCL von Walsall.« Er spreizte die Beine und prüfte mit seinen doppelt geschnürten Turnschuhen den Fußboden. »So machen sie es in der DDR. Man wird nicht einfach aufgenommen. Man muss sich erst bewähren. Wir sind nicht die DDR. Das stimmt. Es ist also informell. Zu meiner eigenen Befriedigung.«

»Und was muss ich jetzt machen?«

»Das, was Ivan sagt«, sagte Ted in seinen Kaffeebecher.

Ivan machte ein Häkchen auf der Tagesordnung, damit war ich erledigt. Dann kündigte er Punkt drei an: Pol. Sit., und mein Blick wanderte zum Fenster. Politische Situationen dauerten immer sehr lange und waren schwer zu verstehen. Man wurde in Kämpfe verwickelt, die schon seit Jahren anhielten und in denen niemand klein beigab. Von den Anfängen hörte man nie etwas. Vielleicht gab es keinen Anfang. Denn vor jedem Ereignis gab es ein anderes Ereignis. Das war das Problem mit Geschichte.

Ich ließ Ivans Stimme über mich hinwegrollen und sah Fetzen von Abfall zu, die draußen im Novemberwind hin- und hergeblasen wurden. Im Hof nebenan spielten Kinder mit Kastanien und stritten und vertrugen sich wieder. Nach einer Weile sah ich auf mein Handgelenk. Seit Potsdam hatte ich keine Uhr getragen, aber ich spürte das Fehlen noch. Der Streifen war weiß – und würde bis zum nächsten Sommer weiß bleiben – und die Haut pellte sich. Martina hatte recht, was Zeit anging: Man konnte so viel davon haben, wie man wollte. Das war ihre Version von Zeitdilatation und viel praktischer, als bei Lichtgeschwindigkeit in einer Rakete durchs All zu jagen und seinen Zwilling zu fragen, wie alt er war. Ich hatte *Einstein für Anfänger* und *Marx für Anfänger* gelesen, und *Lenin* und *Kuba*. Und auch ohne Uhr hatte ich mich nicht ein Mal verspätet. Aber natürlich gab es überall Uhren: in unserem Haus, in jedem Raum in der Schule. Und St. Editha sagte mir im Schlaf, wie spät es war.

Ich wurde mir Ivans Stimme bewusst, die wie im Trailer zu einem Film klang, der im Palace gezeigt wurde und für den ich immer noch nicht alt genug war. Er mache schlimme Voraussagen für Polen und für den neuen Papst, der »Carol« hieß, und sprach von einem Coup der CIA und einem Kräftemessen in Osteuropa. Aus dem Augenwinkel sah ich, wie Colin mitschrieb. Ich war froh, dass ich nicht Protokoll führen musste. Ich hätte nicht gewusst, welche Wörter groß anfingen. Das meiste von der Pol. Sit. hatte sich nach Großbuchstaben angehört.

Ivan griff nach seinem Kaffeebecher und nahm einen Schluck, aber der Kaffee war kalt geworden, und Ivan ließ ihn aus dem Mund zurück in den Becher fließen. Sein Gesicht sah gedunsen aus. Speichelspritzer waren auf der Tischplatte gelandet. Ich fragte mich, ob er solche Dinge bei jedem Treffen sagte, ob es jeden Monat eine Apokalypse gab.

Colin nutzte die Pause, um sein Handgelenk zu schütteln. Ivan sah zu ihm hin und zog Luft durch die Zähne ein. »Wie viel hast du da geschrieben? Einen ganzen Roman?« Sein Kopf bewegte sich von rechts nach links und verfolgte Polen und den Papst im Zickzack über die Seite. »Gib mir mal den Kuli. Und den Block.« Ivan nahm die Schreibutensilien und gab sie mir. »Hier. Geschenk.«

Ich errötete. Damit hatte ich nicht gerechnet – aus heiterem Himmel, mitten in der Versammlung. Aber gute Kugelschreiber konnte ich immer gebrauchen, auch gebrauchte.

»Zeig uns mal deine Handschrift. Schreib einfach, was dir als Erstes in den Sinn kommt.«

Ich nahm den Kugelschreiber und schrieb: *Ja, er beschrei-*

tet, Freund, die enge Welt/ wie ein Kolossus. Shakespeare, *Julius Cäsar.* Das hatten wir gerade in Englisch durchgenommen. Ivan nahm den Block und drehte ihn um, so dass alle sehen konnten. »Das nenne ich eine Handschrift. Das nenne ich Kalligraphie.«

Colin machte ein betretenes Gesicht. »Und was bin ich jetzt?«

»Auch befördert. Industrielle Planung.«

Ich brauchte einen Moment, bis ich verstand, was er meinte. »Heißt das, ich bin jetzt Protokollführerin?«

»Deine Mum hat eine Schreibmaschine, oder?«

»Bin ich Protokollführerin, Ivan?«

»Sie kann dir helfen.«

»Ivan, muss ich das Protokoll führen?«

»Oder kannst du selbst Schreibmaschine schreiben?«

»Mit zwei Fingern.«

»Jess ...«, sagte er zu den anderen am Tisch. »Wie viele Wörter in der Minute?« Plötzlich verging sein Lächeln. »Nur zur Warnung.« Er klopfte auf das Papier. »Das hier ist kein Papier. Das ist Verantwortung. Wörter sind Waffen. Wenn du das Protokoll führst, bestimmst du, was passiert ist. Du machst Geschichte.«

Ich war der YCL beigetreten, um Freunde zu finden, und jetzt war ich hier und gestaltete Geschichte – genau wie James gesagt hatte. Noch nicht auf weltweiter Ebene, aber immerhin für Walsall. Und langsam kam ich zu der Ansicht, dass Geschichte leichter war. Freunde konnte man nicht einfach mit der Schreibmaschine herbeischreiben, *nem con* beschließen und im Aktenschrank ablegen. Freunde musste man mögen, und sie mussten einen mögen. Und dann war da die KONTAKTPFLEGE.

»Bei der nächsten Versammlung, Jess, gibt es ein richtiges Protokoll. Das hat es eine Weile nicht gegeben. Sag deiner Mum und deiner Martina, dass du bei der ersten

Versammlung befördert worden bist. Das ist ein Rekord in dieser Ortsgruppe.«

Punkt vier auf der Tagesordnung war Humint. Ich hatte Tausende von Protokollen gelesen, aber das war noch nie vorgekommen. Es klang wie ein Bonbon. Ich erwartete, dass jemand eine Dose hervorholen und herumreichen würde. Stattdessen holte Colin einen Plastikbeutel hervor und leerte ihn auf den Tisch – lauter Papier. Er zählte die Versammlungen auf, bei denen er im letzten Monat gewesen war, und berichtete, was er alles erfahren hatte. Ich sollte das protokollieren, aber ich wusste nicht, wovon er sprach. Ivan musste meine verständnislose Miene aufgefallen sein.

»Schreib einfach Human Intelligence, Colin, dicker Haken.«

Dann steckte Ted die Hand in die Tasche seines Bademantels und wühlte darin herum. »Besonders heikel«, sagte er. Er zog ein Blatt hervor und gab es angewärmt an Ivan weiter. Paula hob den Poncho an und brachte ein paar verschwommene Passfotos zum Vorschein. »Die neuen Verschwundenen.« Es stellte sich heraus, dass Paula dem Pinochet-Regime entkommen war. Meine Mum wäre hocherfreut zu erfahren, dass ich einen echten chilenischen Flüchtling kennengelernt hatte. Sie würde sofort zum Co-op gehen und zwei Ponchos bestellen. »Überleg doch, was du darunter alles machen kannst«, würde sie sagen. »Einen Film entwickeln, eine Waffe laden …«

»Jess?« Ivan streckte die flache Hand aus. »Kuli.« Er blätterte die Bögen durch, setzte sein Kürzel und das Datum in die Ecke. Auf ein oder zwei Blätter machte er ein Sternchen. Auf ein Blatt zwei Sternchen. Dann ging er zum Aktenschrank – der krängte und überfüllt war und grau wie Kriegsschiffe –, schloss ihn auf und legte die Blätter ohne zu gucken hinein. Dann verschloss er den Schrank wieder. Ivans Schlüsselbund war mit einer Kette an seiner Hose befestigt. Er musste den Bauch einziehen und seine Jeans glätten, um die Schlüssel in die Tasche zu stecken. »Und nächstes Mal bringst du auch was mit, Jess. Ich wette, deine Mum hat einen Tamworth-Ordner.«

Am Ende der Versammlung fragte Ivan, ob es etwas unter Sonstiges gebe. Ich hob die Hand. »Kann ich jetzt bitte gehen? Es ist schon spät. Ich muss zum Bus.« Die Busse zwischen Walsall und Tamworth fuhren nach dem Sonntagsfahrplan, und ich war bereits spät dran. Aber Ivan reagierte nicht. Scheinbar hatte er nicht gehört – aber vielleicht doch, weil er noch einmal nach Sonstiges fragte. Ich sah, dass Ted sich regte, dann aber nicht sprach. Ivan sagte: »Ich habe noch etwas: deine Hausaufgaben.«

Er zeigte mir die Bibliothek der Ortsgruppe – ein Kasten voller Bücher ohne Schutzumschläge, deren Beschriftung so verblasst war, so dass sie fast unleserlich war. Ich entzifferte *Ein Schritt vor, zwei zurück*, was wie die Beschreibung von Tanzschritten klang. *Kommunismus der Linken – eine Kinderkrankheit*, was mir komisch vorkam, weil ich den Kommunismus immer für eine linke Bewegung gehalten hatte. Ivan zog ein Flugblatt heraus: »Die Aufgaben der Jugend«. »Josef Stalin hat es 1923 über die Sowjetunion geschrieben. Aber die Klassiker der Theorie lassen sich zu jeder Zeit und überall anwenden. Diese *Aufgaben«*, er blätterte in den alten Seiten, »sind für Stalins Kinder genauso bestimmt wie für deine Mum in den fünfziger Jahren und dich in Walsall heute, oder auch für deine Freunde in der DDR. Und warum? Weil sie wissenschaftlich erwiesen sind. Diese Schriften werden die Menschen in hundert Jahren überall in der Welt immer noch lesen. Der dialektische und historische Materialismus ist ein universelles Gesetz. Er ist das eigentlich Essentielle.« So klang es wie ein Parfum.

Ivan durchblätterte mit dem Daumen das Heft, von dem der Geruch von Mottenkugeln und Großmutter aufstieg. Dann fand er eine Seite mit einem Knick in der Ecke. »Hör mal zu: ›Alle jungen Arbeiter und die besten unter den armen Bauern und wohlhabenderen Bauern müssen für die Young Communist League gewonnen werden.‹ Deine Hausaufgabe: Sieh dir den Satz an und analysiere ihn. Geh nach Hause, denk darüber nach, wer die jungen Arbeiter und die besten Bauern in Tamworth sind. Ich möchte, dass du Stalin auf Tamworth anwendest.«

Ivan nahm meine Hand, umschloss sie mit seinen beiden und hielt sie zu lange fest, denn ich musste ja eilends zum Bus. Dann ballte er die Hand zur Faust und schlug damit so fest auf den Tisch, dass die Keksdose klapperte, und erklärte die Versammlung für beendet.

Als ich zum Busbahnhof kam, fuhr mein Bus gerade vom Platz. Ich sah den Rücklichtern nach, als er um die Ecke verschwand. Ich wollte den Fahrplan lesen, aber der ganze Sonntag war mit Kaugummi zugeklebt. Ich setzte mich auf eine Bank und wartete. Mädchen mit engen Röcken und offenem Haar zogen vorüber und lachten in ihre Pommes frites. Der Geruch von Essig weckte in mir Hunger. In dem Pub an der Ecke wurde Apple Pie mit Vanillesoße angeboten, aber, wie es in verschmierter Kreide hieß, *Nur für Erwachsene*. Drinnen probte eine Band ein paar Beatles-Songs. Einige verstärkte, aber undeutliche Takte von »Yesterday« schwebten über den Platz.

Nach einer Weile kroch die Kälte vom Sitz in meine Oberschenkel. Ich schob mir Colins Protokolle als Kissen unter. Wenigstens waren sie dick. Und mit den *Aufgaben* konnte ich mir die Zeit vertreiben. Auf der Innenseite stand in schwarzer, inzwischen braun gewordener Tinte: *Für Elsa, für ihre gute Arbeit*. Ich blätterte die Seiten durch. Jemand, vermutlich Elsa, hatte am Anfang Notizen an den Rand schreiben wollen, aber das Papier war glatt, und die Schrift unleserlich.

Hausaufgabe: Bauern finden. Die Frau im Kalender an unserer Küchenwand trug Sackleinen und Holzpantinen und streute mit knochendürrem Arm Samen in die Erde, die nie etwas zurückgab. Bis zu den Knöcheln stand sie im Schlamm, in dem sie sterben würde. Und wenn ihr die Knie einbrachen, bevor sie vierzig war, würde sie da begraben werden, wo sie gefallen war. Selbst als Tote würde sie noch arbeiten, denn die Leichen der Armen gaben reichen Dünger her.

Im Sommer standen an der Straße nach Drayton Bassett Schilder, auf denen dazu aufgefordert wurde, Erdbeeren zu pflücken. Aber die Leute, die auf diesen Feldern arbeiteten, wohnten in Wohnwagen und hatten Hängematten und Autoreifen als Schaukeln in Bäumen aufgehängt. Und in der Nähe der Schule meiner Mum gab es die Swan Farm, aber im Hof standen Range Rover und Pferdefuhrwerke, und im Fenster war ein Schild mit der Aufschrift Bed & Breakfast und zwei Sternen.

In Tamworth gab es Arbeiter, aber weder trugen sie Zangen und Blumensträuße in den Händen, noch marschierten sie mit roten Wangen und im Gleichschritt aus einem orangeroten Sonnenaufgang, während sie auf Kyrillisch sangen. Die Männer in Tamworth bauten in Two Gates dreirädrige Fahrzeuge zusammen. Im Doulton-Werk machten sie Porzellanisolatoren, im Bergwerk Birch Coppice bauten sie Kohle ab. Die Frauen fuhren mit dem Bus ins Industriegebiet und machten Vorhangringe und Stecker, oder sie setzten sich Haarnetze auf und fuhren, bevor es hell wurde, mit dem Bus in die McVities-Keksfabrik.

Ich las in den Aufgaben weiter. »Was ist die Liga, eine Reservegruppe oder ein Instrument der Partei? Beides. Die Young Communist League ist eine Reservegruppe, bestehend aus Bauern und Arbeitern, aus der die Partei Verstärkung bezieht. Gleichzeitig ist sie ein Instrument in den Händen der Partei, mit dem sie Einfluss auf die Massen der Jugendlichen ausübt.«

Bei all dem Gleichen-aber-nicht-ganz-Gleichen verlor ich den Faden. Ich glaubte nicht, dass Stalin das geschrieben hatte. Nicht in dem Stil. Nicht auf Russisch. Das wäre jemandem aufgefallen.

»Konkreter könnte man sagen, dass die Liga ein Instrument der Partei ist, ein Hilfsmittel der Partei in dem Sinne, dass die aktive Mitgliedschaft in der Young Communist League ein Instrument ist, mit dem die Partei die Jugend außerhalb der Liga erreichen kann …«

Und bei all dem Gleichen-aber-nicht-ganz-Gleichen war ich wieder in der Schule und hörte das Murmeln von Mr Cartwrights Stimme, der sich immer und immer wiederholte, und wir murmelten mit ihm, bis er plötzlich aufhörte und wir allein weiterbeteten: »Höre, Israel, der Herr, unser Gott, ist ein einiger Gott. Und du sollst den Herrn, deinen Gott, liebhaben, von ganzem Herzen, von ganzer Seele, von allem Vermögen. Und diese Worte, die ich dir heute gebiete, sollst du zu Herzen nehmen. Und du sollst sie deinen Kindern einschärfen …«

Dann hörte ich eine Stimme, die sagte: »Und wohin willst du?«

Ein Mann mit einem Boxer stand am anderen Ende des Unterstandes. Er trug schwarze Regenkleidung, obwohl es nicht mehr regnete.

Ich sagte: »Wissen Sie, wann der nächste Bus nach Tamworth fährt?«

»Tamworth? Was gefällt dir nicht in Walsall?« Das Licht

der Neonleuchten reflektierte von dem runden Gesicht des Mannes. Ich sah seinen Hund, seine Uniform, die Metallkappen an seinen Schuhen.

»Sind Sie von der Polizei?«

»Von der Sicherheit. Ich schiebe Wache, mache die Runde, sehe nach dem Rechten.« Er zeigte auf das Emblem an seinem Ärmel. Ich sah einen Berg mit einer Schneehaube, aber als er näher kam und ich noch einmal guckte, sah ich, dass es ein Button aus Helvellyn war. »Ich bin von einer Freiwilligentruppe, in der nur ich bin. Sorge dafür, dass niemand Dummheiten macht.« Er setzte sich neben mich, führte seinen Hund an der Leine so, dass er zwischen seinen Beinen saß. »Die ist in Ordnung, Bugner«, sagte er. »Rühr dich.« Der Hund ließ sich vorfallen und legte sein Kinn auf die Vorderpfoten, und der Speichel troff auf die schon nassen Gehwegplatten.

Der Mann sah mich mit kleinen, glasigen Augen an. »So habe ich zu tun. Kriege viel frische Luft. Ganz schön kalt heute Abend. Sieh dir den klaren Himmel an. Bist du warm genug angezogen?« Dann hob er die Hand mit der Leine, die dadurch strammer wurde und an Bugners Hals zog. »Siehst du das da?« Er zeigte mit dem Finger auf den Orionsgürtel. »Das ist das Hundehalsband, das da.« Er fuhr mit dem Arm über den schwachen orangeroten Schein von Walsall und zeigte mir den Knochen, die Pfote und den Reinrassigen Hund. Bugner lag ihm zu Füßen und hörte zu, wie sein Besitzer die Sterne für ihn neu benannte, und kümmerte sich nicht um die Kälte oder den Strahl der Busscheinwerfer oder das Zerren seines Herrchens an seiner Leine.

7

Wahlnacht

Tamworth, Mai 1979

Nach der ersten Versammlung der Young Communist League schickte ich Martina einen Informationsbrief und legte das Protokoll bei. Sie antwortete mit einer Ansichtskarte. Auf dem Foto war Marzahn – vier Ansichten der Hochhaussiedlung – zu sehen, und auf die Rückseite hatte sie geschrieben: *Unsere Zukunft*. Und als PS: *Wie viele junge Kommunisten braucht man für eine Revolution?*

Das machte mich nachdenklich. Ich sollte eine Anzeige aufgeben. Ich schrieb an den *Herald*, legte einen Scheck von meiner Mum bei und gab eine Anzeige auf: *Jessica Mitchell möchte alle Menschen unter dreißig einladen, mit ihr der Young Communist League beizutreten, mit dem Ziel, in Tamworth eine Ortsgruppe zu gründen und für eine bessere Welt zu wirken.*

Die Anzeige erschien zwischen solchen für die Square Pegs Disco und einen Valentinstag-Dominowettbewerb. Ich bekam zwölf Anrufe. Neun an dem Freitag, als die Zeitung erschien, alle von demselben Mann, der mir – in Worten, die ich, wie ich gleich wusste, nie vergessen würde – sagte, ich sei eine Schande und habe kein Recht, in der Stadt zu leben. Danach kamen zwei Anrufe, bei denen niemand sprach und nur schweres Atmen zu hören war, wahrscheinlich war es derselbe Mann, nur dass ihn die Worte, um mich zu beschimpfen, ausgegangen waren.

Der letzte war von dem Schülersprecher unseres Gymnasiums, der »wegen seines Bekleidungsstils aufgefordert worden war, die Schule zu verlassen«, wie er sagte. Jetzt lebte er in Brighton, aber er hatte über Mundpropaganda von meiner Anzeige gehört. »Tamworth erlaubt keine Exzentriker, aber gut, dass du die Spießer aufrüttelst.«

Ein paar Wochen später wurde ich von Mr Cartwright, dem Religionslehrer, angehalten, als ich aus der Kantine kam. Er bat mich, mit ihm ins Krankenzimmer zu kommen. Ich ging schnell meine Impfungen durch – es fehlten keine. Tuberkulose, Tetanus, Diphtherie. Dann meine Unterwäsche – Slip, Socken, BH, Hemd: Alles sauber, weil es Montag war.

Im Krankenzimmer erwartete mich ein Mann in glänzendem grauen Anzug. Er stellte sich nicht vor. Er sagte etwas über das Wetter und hatte seinen Blick auf das Erste-Hilfe-Plakat hinter mir geheftet, das jemanden zeigte, der zusammengebrochen war – Herzinfarkt, Schlaganfall oder Asthma. Dann gab er mir einen Fragebogen und sagte, ich habe eine halbe Stunde Zeit. Er gab mir einen Füller – einen goldenen Parker, den man nur für Schönschrift benutzt.

»Kann ich einen Bleistift haben? Falls ich einen Fehler mache.«

»Fehler kann es keine geben, weil es keine richtigen Antworten gibt.«

»Dann ist es kein Test?«

»Es geht nicht darum festzustellen, *ob*, sondern *wie weit*. Wir wollen das Ausmaß von dem bestimmen, was uns schon bekannt ist.«

Neben der Liege stand ein Sessel, aber der Mann setzte sich nicht. Stattdessen lehnte er sich an den Heizkörper und drehte den Knauf, bis er merkte, dass die zentrale Heizungsanlage nicht angestellt war. Er wollte das Fenster schließen, wurde aber von dem Schild, das die Krankenschwester geschrieben hatte, gehindert: »Die Luft drinnen soll so sauber sein wie die draußen.«

Oben auf dem Fragebogen stand: © *Staffordshire Education Authority, SEH Test 1979*. Ich blätterte ihn durch. Es waren Multiple-Choice-Fragen, und sie sahen harmlos aus. Doch dann dachte ich, dass sie *zu* harmlos aussahen, und das machte mich skeptisch. Ich sagte: »Auf Deutsch ist ein Sehtest ein Test für die Augen. Aber das hier ist was anderes, oder?«

»Weil wir nicht in Deutschland sind. Wir sind in England, wo wir Englisch sprechen. Englisch. In dem Test geht es um ›soziale und emotionale Gesundheit‹.«

Ich wusste nicht, was er damit meinte.

»Um herauszufinden, wie sozialtauglich du bist. Wie lebenstüchtig.«

Da musste ich an unseren Minivan denken. Als meine Mum ihn zum Wartungsdienst brachte und erklärte, dass wir damit nach Deutschland fahren wollten, hatte der Mann gesagt, er halte den Wagen nicht für fahrtüchtig. Aber wir wollten trotzdem damit fahren.

Ich sagte: »Kriegen andere auch einen Wartungstest?«

»Soweit ich weiß, bist du die Erste in der Geschichte der Schule.«

Das waren vierhundert Jahre.

Ich legte seinen Parker-Füller hin.

»Schon fertig?«, sagte er.

Ich hatte kaum begonnen, aber wenigstens konnte er im Geruch von Erbrochenem und Reinigungsmittel warten, bis die dreißig Minuten um waren.

Wenn ich ihn nicht hätte warten lassen, hätte ich vielleicht ein besseres Ergebnis erzielt. Aber als sein Bericht kam, lag ich weit unter den für Staffordshire gültigen Durchschnittswerten für Freundlichkeit, Rücksicht und

Respekt, Einsichtsfähigkeit, Konfliktlösung und Verhältnis zu Gleichaltrigen. Auf dem Bericht war der Stempel VERTRAULICH, aber wir gingen damit in einen Kopierladen, ließen eine Vergrößerung machen, rahmten sie und hängten sie im Wohnzimmer auf.

Ich war für England lebensuntüchtig erklärt worden.

Mit dem Bericht kam auch ein Brief der Direktorin an meine Mum. Sie hatte geschrieben: »Sie kennen sicherlich den Spruch: ›Gib mir das Kind in seinen ersten sieben Lebensjahren, und ich gebe dir den fertigen Menschen.‹ Bedauerlicherweise hatte die Schule in Jessicas Fall nicht dieses Privileg.« Aber Miss Downing wartete freudig auf die Gesinnungsänderung, die sich bald im Land vollziehen würde, die Rückkehr einer Mäßigung, die mir »angemessenere moralische Wertmaßstäbe vermitteln würde«. Damit meinte sie die bevorstehenden Wahlen, bei denen Mrs Thatcher gewinnen würde.

Und sie würde gewinnen, daran bestand kein Zweifel. Es war ein historisches Ereignis, das konnte man schon im Voraus erkennen, und wir würden es besonders würdigen. Rosie wollte eine Party feiern, aber »eine lustige, also mit Sex«.

Meine Mum machte ein skeptisches Gesicht.

»Drogen?«

»Hab ich nie genommen.«

»Rock and roll?«

»Passt nicht zu uns, Rosie.«

Am Ende war Rosie mit einer Verkleidungsparty einverstanden.

James war der erste Gast. Er stand vor unserer Tür, bekleidet mit einem grünen Cape und kniehohen Stiefeln, und übergab meiner Mum Pfeil und Bogen.

»Wat Tyler?«

»Nicht schlecht.«

Wer erkannte schon auf Anhieb den Anführer eines Bauernaufstandes aus dem 14. Jahrhundert. Meine Mum lehnte sich zur Tür hinaus und beschmierte dabei ihr Lakengewand mit Lippenstift. »Hast du gesehen, womit wir es zu tun haben?« In jedem Fenster hing ein Plakat für die Torys, sogar bei Mr Howard. Meine Mum schüttelte sich.

»Du bist empört, Eleanor.«

»Nein! Ich bin Spartakus!«

»Nein! *Ich* bin Spartakus«, erwiderte James.

»Nein, Spartakus bin ich!« Aber eigentlich war ich eine aus der Freien Deutschen Jugend. Zu Weihnachten hatte Martina mir das blaue Hemd geschickt. Dazu hatte sie geschrieben: *Ich habe Größe S gekauft, aber vielleicht ist es dir schon zu klein geworden.*

Im Wohnzimmer fing gerade die Wahlsendung an. Trübselige Trompetenklänge ertönten, wie bei der Sendung *The World at War*. Die Gesichter von Margaret Thatcher, James Callaghan und David Steele, jeder in der Farbe seiner Partei, erschienen. David Dimbleby machte uns mit unserem alten Freund, dem Swingometer, bekannt, an dem wir ablesen könnten, ob Mrs Thatcher die Wahl gewonnen hatte. Er trug einen Anzug und eine rosa Krawatte und sah schick und hellwach aus und viel zu jung, um die Apokalypse zu verkünden. Meine Mum füllte die Meissener Porzellantassen, die wir in dem Laden Unter den Linden gekauft hatten, mit Ochsenblutpunsch. »Auf die Niederlage!«, sagte sie und nahm einen Schluck. »Und zum Wohl!«, denn meine Mum war nie sehr lange niedergeschlagen.

»*Santé!*«

»*Salud!*«

»*Na Zdorovie!*«

In der Bibliothek von Tamworth gab es keinen Sprachführer für Russisch. Die Bibliothekarin hatte mir gesagt, dass sie nur Sprachführer für »Feriensprachen« hätten. Deshalb kannte ich nur »*Na zdorovie*«, »*Prawda*«, was Wahrheit hieß und der Name einer Zeitung war, und »*Mir*«, was Welt und Frieden bedeutete. Und meine Mum sagte, mehr Russisch brauche ich nicht zu können.

Meine Mum ging in die Küche, öffnete die Schranktüren und knallte sie wieder zu, um den Sieg der Konservativen zu übertönen. Sie suchte Zuckerzeug, das uns durch den Abend helfen sollte. James lehnte sich in seinem Sessel zurück und seufzte. »Du hast es gut, Jess. Es gibt nicht viele Mütter wie deine, weißt du.«

Das stimmte.

Ich kannte keine anderen Mütter wie meine. James' Mutter war anders gewesen. Sie war katholisch und ledig gewesen. Sie hatte eine diamantene Stimme gehabt und war den ganzen Weg von Donegal nach London gelaufen, einen Rucksack auf dem Rücken und ein Baby im Arm, und wollte ihr Glück an einem Theater in London versuchen. Als sie in London ankam, gab sie James in einem Waisenhaus ab. Er war ein Coram-Findling, obwohl er streng genommen kein Findling war, weil er ja nie verloren war. Im Grunde war er eine Schenkung. Ich betrachtete ihn und fragte mich, wie er so schrumpelig sein konnte. Schrumpfte man im Alter so sehr, dass man in der eigenen Haut den Halt verlor und lose darin herumschlidderte? Es sah aus, als wäre seine Haut die Verkleidung, die ihm zu groß geworden war. So alt, wie er war, konnte man sich nur schwer vorstellen, dass er überhaupt einmal eine Mutter gehabt hatte.

Meine Mum kam mit Angel Delight, Vanillepudding und Ananasringen aus der Dose wieder ins Zimmer. Sie sang und gab sich Mühe, die Wahlsendung auszublenden. »Jedes Land und jede Nation, erfüllt von jugendlicher Inspiration. Junge Leute, die singen und Freundschaft und Glück in die Welt bringen.«

Ich gab James den Einsatz, so wie er es in Potsdam gemacht hatte. »Wir sind die Jugend in Freiheit« – boom-boom – »und die Welt singt unser Lied der Wahrheit.«

Aber er sang nicht. Er sah meine Mum an. Sie konnte seinen Blick unmöglich erwidern, selbst wenn sie es gewollt hätte, denn mit den Augen maß sie den Vanillepudding ab, den sie gerecht in die Schälchen verteilte. Dann sah ich über ihre hantierenden Arme hinweg, dass James mich ansah. Mit einem Mal war er ganz versonnen. Ich schob ihm ein Schälchen mit Pudding hin. Das half normalerweise. Er schüttelte den Kopf.

»Was ist?«

»Ich muss gerade daran denken, als ich so alt war wie du.«

Und das war so lange her, dass wir es in Geschichte durchgenommen hatten. Er war Teenager, als die große Depression begann, und wahrscheinlich sah er deswegen so deprimiert aus. Als er so alt war wie ich, fand der Börsencrash statt, im ganzen Land kam es zu Hungermärschen, und in Deutschland fuhren die Menschen Geld in Schubkarren durch die Straßen, in denen bald schon die Nazis marschieren würden. Ich hoffte, James würde nicht sagen, dass dies die glücklichste Zeit meines Lebens sei, denn das sagten die Leute in dieser Stadt immer. Aber nein, seine feuchten Augen glitten über mich hinweg, als müssten sie Abschied nehmen. »Ich hoffe, es ist gut zu dir, Jess.«

»Was?«

»Das Leben.«

Das war das Problem mit alten Leuten: Sie waren immer so trübsinnig.

Kurz vor Mitternacht klingelte es an der Tür. Es war ein anhaltendes Klingeln, jemand musste den Klingelknopf gedrückt halten, bis ich endlich die Tür aufmachte. Rosie war von Kopf bis Fuß in Schwarz gekleidet und nahm gerade einen letzten Zug von ihrer Zigarette. Ich sagte: »Von der Provisional IRA?«

»Der Teufel. Haben wir schon verloren?« Sie nahm noch einen Zug, und der Stummel glühte rot auf. Sie warf den Kopf zurück und stieß eine Rauchwolke aus, dann steckte sie den Stummel in den Blumentopf. Sie schwebte ins Wohnzimmer, ihr Haar strömte hinter ihr her, ihr Atem roch nach Bier. Es war ein großartiger Auftritt in einem Raum voller Menschen, die nicht da waren.

»Ich dachte, ich komme zu spät. Steht vor dem Klo eine Schlange?«

»Wir hatten noch mehr Leute eingeladen, oder, Jess? Aber die meisten konnten nicht kommen. Wen haben wir denn eingeladen?«

Mr und Mrs Lily, aber die hatten es beide mit den Beinen. Sie wohnten in einem Bungalow in der Leyfields-Siedlung und machten nur selten die Tür auf. Soweit ich wusste, gingen sie gar nicht mehr raus. Wenn ich das Protokoll vorbeibrachte, strömte eine warme, süßliche Luft, vermischt mit Fleischgeruch, aus dem Haus. Hob ich den Briefkastendeckel an, war es, als würde man eine Dose mit Eintopf öffnen. Und wir hatten Sam Miller eingeladen, aber der war gestorben.

James stand auf.

Rosie sagte: »Robin Hood!« James' Nachbar war Mitglied in einer Mittelalter-Schauspielgruppe. Zu ungewöhnlichen Zeiten im Jahr, nämlich lange vor Weihnachten oder lange vor Ostern, wurde er in der *Nuneaton Tribune* abgebildet, wie er zwischen den Ruinen der Abtei Klingen blank putzte, während um ihn herum Männer Drehorgel spielten und Hunde kämpften und Clowns sich Nägel in die Nase schlugen.

»Offa? Oliver Cromwell? Hilf mir. Wilhelm Tell? Keine

Ahnung. Wat Tyler? Wer ist das?« Aber sie wartete nicht auf die Antwort. »Und wer bist du in Wirklichkeit? Nicht *James*!« Sie brach in schallendes Lachen aus und warf dabei ihren Kopf so weit zurück, dass wir die Plomben in ihren Zähnen sehen konnten. »Nicht der ostdeutsche James? Der sowjetfreundliche James?«

Die Röte schoss ihm ins Gesicht. Meine Mum erschrak. Sie kannte Rosie, und Rosie war in einer Stimmung, wo sie alles zum Lachen fand. Rosie sah den Blick und sagte: »In der Liebe und im Krieg ist alles erlaubt.«

»Sind wir im Krieg?«, fragte James.

»Wir sind in Liebe verbunden! Ich habe schon viel von dir gehört.«

Sein Lächeln entspannte sich und hing ihm schief im Gesicht – er wusste nicht, was er von Rosie halten sollte.

»Rosie ist eine alte Freundin«, sagte meine Mum. Rosie war dreißig und damit doppelt so alt wie ich. In dem Alter sollte man schon etwas erreicht haben, oder man konnte es auch ganz aufgeben. Ihr Geburtstag war im September, sie hatte also noch vier Monate Zeit. Aber ich wusste, dass sie nichts zuwege bringen würde. Abgesehen von einer Reise von Selly Oak nach Indien, die sie nach ihrem Studium und vor ihrer ersten Stelle als Lehrerin gemacht hatte, war sie aus den West Midlands nicht herausgekommen. Ich hatte es immer für ein schlechtes Zeichen gehalten – in Tamworth zu leben, nachdem man in Rajasthan gewesen war.

Eine Weile richtete sich Rosies Aufmerksamkeit auf den Fernseher und die Wahl. Aber das Bier und die Aussicht, die Wahl zu verlieren, hatten sie hungrig gemacht. Sie ließ den Blick über das Essen auf dem Tisch, dann zu den Uhren an der Wand wandern. »Würde was für einen Curry geben. Ist es zu spät für das Light Dragoons?«

Es war nach Mitternacht, und der Chinese blieb nur für

die Kinobesucher länger auf, wenn im Palace ein Film im Spätprogramm lief, oder für die Northern-Soul-Leute im Susanna's, der Diskothek. Meine Mum rief trotzdem an. Sie kannte die Nummer auswendig, und beim Chinesen kannten sie ihre Bestellung. Sie brauchte nur ihren Namen zu sagen. Der Takeaway war gleich um die Ecke, aber wir gingen immer sofort los, sobald wir die Bestellung gemacht hatten, und während wir warteten, redete meine Mum über den britischen Kolonialismus und entschuldigte sich für alles, was wir dort getan hatten.

Es tut mir leid wegen der Hungersnot in Bengalen. Es tut mir leid wegen des Massakers in Amritsar.

»Ist schon in Ordnung, Mrs Mitchell. Machen Sie sich keine Sorgen.« Die weiße Plastiktüte wurde auf die Theke gestellt. »Hühnchen Korma, Lamm Biyani. Guten Appetit. Sie können nichts dafür.«

Bei dem Mayflower-Chinesen machte meine Mum es genauso, sie redete mit der Frau an der Theke, die sich den Pferdeschwanz neu zusammenband und den Kugelschreiber auf der Theke hüpfen ließ, während meine Mum sich für die Opiumkriege und für Honkong entschuldigte.

Aber das Light Dragoons hatte schon geschlossen.

»Gib mir einfach was mit Kohlehydraten«, sagte Rosie.

Meine Mum fand einen halben Weihnachtsstollen in Alufolie, die in Fetzen am Zuckerguss kleben blieb. Meine Mum riss sie ab und legte dann die flache Hand auf den Stollen, als müsste er gezähmt werden. Dabei war er schon fünf Monate alt und so gut wie tot. Meine Mum fasste gern das Essen an und hinterließ, wenn es weich genug war, einen Abdruck, wie ein Wasserzeichen, mit dem sie es weiterreichte. Das gehörte für sie zum Teilen dazu.

Meine Mum säbelte durch den Zuckerguss, so dass weißer Staub aufstob. »Echter Dresdener Stollen. Von Stefan.«

»Stefan?«, sagte James. »Ich habe keinen bekommen. Scheinbar hat er einen Blick auf dich geworfen.«

»Unsinn.«

»Ist er verheiratet?«, fragte Rosie.

»Jedenfalls mag er dich.«

»Mögen? Das ist was anderes. Wer mag es nicht, wenn er gemocht wird.«

Rosie sagte: »Wer hat auf wen einen Blick geworfen?«

Meine Mum beachtete sie nicht und packte den Stollen noch fester.

Peter hatte einen Blick auf sie geworfen. Er hatte uns auch einen Stollen geschickt, und den hatten wir zuerst gegessen. Am zweiten Weihnachtstag war er alle. Peter hatte sich große Mühe mit dem Verpacken gegeben, er hatte das Papier sorgfältig gefaltet, das Tesafilm mit der Schere geschnitten und in geraden Streifen aufgeklebt. Meine Mum hatte ewig gebraucht, es abzuziehen, ohne dabei das Papier zu zerreißen, dann suchte sie es nach Spuren von Peter ab: Haare, Haut, Fingerabdrücke.

Außerdem hatte er ein Schild angehängt: *Für dich Süße.*

Meine Mum hatte das Schild immer wieder gelesen und verschiedene Lesarten versucht. »Was meint er damit?« Wir hatten eine lange Diskussion über die Verwendung von Kommas und Doppelpunkten und den Unterschied zwischen: »Für Dich, Süße« und: »Und für Dich: Süße.« Meine Mum sagte: »Was, meinst du, ist süß, Jess? Ich oder der Kuchen.«

In Wirklichkeit muss sie es gewusst haben. Seit dem Tanz bei der Abschiedsparty des Sommerkurses. Peter hatte meine Mum aufgefordert und sie dann eng an sich gezogen, und zusammen hatten sie zu den Klängen der rotgesichtigen, kraushaarigen Blechbläser in flamingorosa Westen getanzt. Es war der letzte Höhepunkt des Abends, der letzte Tanz des Sommers. Später fragte meine Mum mich: »Wie hat es ausgesehen, Jess? Hat es was bedeutet? Er hat ja auch mit allen anderen Tutoren getanzt.«

Aber das hatte er nur aus Höflichkeit getan. Und er hatte auch nicht richtig mit ihnen getanzt. Er hatte sie beim Arm genommen und zu einem Stuhl am anderen Ende der Halle begleitet.

Als wir wieder in Tamworth waren, wandelte sich die Zeit von des Menschen höchstes Gut zu dem Abstand zwischen zwei Sommern. Die ersten fünfeinhalb Monate hatten wir zurückgeblickt, und jetzt war es Mai, und wir freuten uns auf das nächste Mal. Der Tiefpunkt war auf halber Strecke, Mitte Februar – und der fiel mit dem Valentinstag zusammen. Die Post hatte die üblichen Werbeprospekte und Rechnungen gebracht. Keiner von uns hatte je eine Valentinskarte bekommen. Und als ich gegen Mitternacht runter kam, um mir etwas zu essen zu holen, sah meine Mum nicht auf, sondern starrte in ihren Tee in einer der Meissener Tassen. Ich glaube, sie versuchte, in den Blättern zu lesen.

Meine Mum setzte ihre Tasse an und nahm einen Schluck Punsch. Die Fernsehkameras zeigten Ansichten von Margaret Thatchers Haus in Chelsea, gerahmt von blühenden Kirschbaumzweigen. Es sah aus wie eine Ansichtskarte von der neuen Premierministerin an die Nation. James nahm sich noch eine Scheibe Weihnachtsstollen. »Heute noch einmal Marmelade, sage ich mir. ›Dass jeder, der nicht Lust zu fechten hat …‹« Er biss ab. »Bald bin ich sowieso auf der anderen Seite.«

Wieder dieser Trübsinn.

Aber es stellte sich heraus, dass James die DDR meinte. Er wollte aus dem aktiven Leben ausscheiden.

»Aber nicht aus dem *Kampf*«, sagte meine Mum. Denn aus dem Kampf konnte man nicht ausscheiden. Man konnte darin nur sterben. Auf den Sterbeurkunden wurden unterschiedliche Todesursachen angegeben, aber sie waren nur verschiedene Facetten des Martyriums. »Oder haben die da nicht genug Rentner? Brauchen sie die Erfahrung mit Rentnern?«

James hatte fünfzig Jahre mit Versammlungen hinter sich. Ein halbes Jahrhundert, in dem er Vorsitzender und Sekretär verschiedener Gruppen gewesen war. »Mein Dachboden ist vollgestopft mit Akten, da biegen sich die Balken.«

»Aber das ist doch gut, oder?«, sagte meine Mum.

Es bedeutete, dass er in Schönefeld aus dem Flugzeug steigen würde und von da an ein Bürger im Sozialismus wäre. Diesmal ohne Visum. Kein Datum, wann er wieder in Nuneaton sein musste. Aber er müsste die Organisation der Sommerkurse in Potsdam aufgeben. »Ich kann denen keine Abordnungen aus diesem Debakel bringen.« Er gestikulierte zu den Wänden, meinte aber England, das konservative Großbritannien, den Imperialismus-als-höchstes-Stadium-des-Kapitalismus, das ich auf dem Regal stehen, aber noch nicht gelesen hatte. »Es wird also einen neuen Kursorganisator geben. Die Verantwortlichen haben sich schon beraten und eine Entscheidung getroffen. Sie haben nicht lange dazu gebraucht. Sie haben dich gewählt, Eleanor.«

Meine Mum sah ihm in die Augen und war ganz ernst.

»Die in der DDR denken, du bist Goldes wert. Du hast Begeisterung. Du hast Energie. Du bist die beste Organisatorin von allen.«

»Das haben sie *gesagt*? *Wer* hat das gesagt?« Meine Mum nahm sich von dem Vanillepudding und drückte ihn mit der Zunge an den Gaumen. Sie mochte den Vanillegeschmack und das Gefühl, Goldes wert zu sein. Dann legte sie den Löffel hin, denn schon meldeten sich Zweifel. »Aber *ich*? Als *Leiterin*?«

James sagte, die Leute seien sich nie so schnell einig gewesen. Dann hätten sie ihm die Entscheidung vorgelegt, und er hätte zugestimmt.

Meine Mum war gerührt, sowohl von dem Kompliment als auch dem Fait accompli.

»Und du hast Jess hier. Sie wird dabei sein.«

Aber ich war natürlich immer dabei. Als Tochter konnte man nirgendwo anders sein.

Rosie sah James zärtlich an, was teils Zuneigung war, teils der Alkohol. »Ich werde dich vermissen, wenn du rüber gehst. Schickst du mir eine Postkarte? Darf man aus dem Ostblock Postkarten schicken?«

Dann drehte sie vorsichtig den Kopf zu meiner Mum, ganz vorsichtig, damit er nicht runterfiel.

»Und was machst du jetzt, Eleanor, da sie dich zum Papst gemacht haben?«

»Ich bleibe hier und kämpfe weiter. Das können wir gut, nicht, Jess?«

Wir machten nichts anderes.

Meine Mum sagte: »Kann ich Rosie deine Hoffnungen zeigen?« Sie steckte die Hand in die Hosentasche und zog ein Bündel Zettel heraus. Meine Mum trug meine Zukunft immer bei sich. Sie hatte sie immer zur Hand.

Einmal hatte Ivan bei einer Versammlung verkündet, er wolle sich ein deutlicheres Bild von dem Weg machen, den ich einschlagen würde. Er wollte einen Fünfjahresplan erstellen. Und das war schwierig. Ich war ja keine Traktorenfabrik. Außerdem dauerten fünf Jahre eine Ewigkeit. In fünf Jahren war es 1984, und das war ein Buch für die O-Level-Prüfung für Englisch, das ich nicht lesen wollte, weil ich in meinem Aufsatz die Sowjetunion verteidigen müsste und in der Prüfung durchfallen würde. Außerdem konnte ich nicht so weit im Voraus planen, wenn ich das Konzept der Zeit aufgeben wollte. Schon jetzt hatte ich meinen Taschenkalender auf das Nötigste reduziert: Weihnachten, Geburtstage, KONTAKTPFLEGE.

»Es ist also dein Plan, Pläne aufzugeben«, sagte Ivan. »Kommt dir das logisch vor?«

Irgendwann beschloss ich, meine Hoffnungen aufzuschreiben. Damit plante ich nicht die Zeit, damit zeigte ich meine optimistische Einstellung. Daran war nichts auszusetzen, sagte meine Mum. Sie war Meisterin im Hoffen.

Nach dem Sommer in Potsdam hatte ich gehofft, der britischen Armee beitreten zu können. Da könnte ich an Informationen herankommen, die in der DDR nützlich wären. Ich rief Mark Johnson an und fragte ihn, ob er mir das Schießen beibringen könne und ob er noch ein Gewehr vom ANC übrig habe. »Dieses Telefonat hat nicht stattgefunden«, sagte er und legte auf. Dann dachte ich, es sei ohnehin zu spät. Ich war offizielles Mitglied der Young Communist League. Und seit ich am Brandenburger Tor gestanden hatte, war ich auch aktenkundig. Wenn die Army mich nahm, dann nur als Doppelagent, und dann würde ich zweimal erschossen in all der Verwirrung.

Manchmal musste ich nachsehen, welche Hoffnungen ich aufgeschrieben hatte. Wie jetzt, zum Beispiel. Im Moment wusste Rosie mehr über meine Hoffnungen als ich. Ich sah zu, wie sie las, den Kopf vorgeneigt, das Haar im Gesicht. Ich wartete auf eine Frage, eine Äußerung, ein Zeichen, dass sie das Gelesene aufnahm. Ich fragte mich, ob sie von dem Biergenuss eingeschlafen war. Und dann blätterte sie die Seite um. Meine Mum gab meine Leistungen im Telegrammstil zum Besten: »Jess in der YCL. Ivan hat sie zur Protokollführerin gemacht, einfach so. Zur Belohnung habe ich ihr eine Olivetti gekauft. Gerade macht sie einen Kurs in Schreibmaschineschreiben. Und jetzt hat sie auch die Probezeit bestanden.«

»Davon habe ich gehört. Ich kann es kaum glauben, dass neue Mitglieder eine Probezeit machen müssen. Es werden doch verzweifelt neue Mitglieder gesucht. Jess hat sogar versucht, *mich* zu rekrutieren.«

Aber Rosie wollte nicht, obwohl sie gerade noch jung genug war. Sie hatte die Augen zu schmalen Schlitzen gemacht und gesagt: »Kommt bei mir nicht an. Für dich ist es genau das Richtige. Aber nimm dich vor diesem Ivan in Acht. Die Sorte kenne ich. Ich wette, er ist klein.«

Dafür hatte ich ihr noch nicht verziehen.

Rosie stieß den Atem aus und blies die Haare auseinander. Aber es war kein sehnsüchtiges Seufzen wie das meiner Mum. Es hatte eher etwas Trauriges. Als sie aufsah, hatten ihre Augen sich verändert. Die Farbe war aus ihnen gewichen. Rosie sagte: »Als ich vierzehn war, habe ich so kurze Röcke getragen, dass mein Höschen zu sehen war, und für die Beatles geschwärmt. Hat das mit Hormonen zu tun, Eleanor?«

»Eher mit einem Gefühl von Verpflichtung.«

»Oje.« Sie hielt meine Hoffnungen vor ihr Gesicht, als wollte sie sie noch einmal lesen, dann drehte sie das Handgelenk und öffnete die Hand, und die Blätter fielen auf den Boden. Ich sah, wie Rosies Blick zum Fenster wanderte und hinauskletterte. Nach einer Weile kam sie zurück und nahm von dem Angel Delight. Sie hielt mir die Schale entgegen.

»*Das* ist Hoffnung. Eine große Schale voll mit rosa Hoffnung.« Die Mousse war inzwischen flüssig geworden, und ein rosa Tropfen rann über den Schalenrand. Rosie stellte die Schale auf die Liste meiner Hoffnungen. Als ich die Blätter wieder nahm, hatte das Angel Delight einen rosa Ring darauf hinterlassen.

Rosie wedelte abweisend mit der Hand, als ergäbe das alles keinen Sinn oder sie könnte ihn nicht erfassen – dabei war nichts leichter als das: Es war das Leben, in eine Form gefasst. Sie sagte: »Wenn du jetzt abhauen willst? Oder wenn du krank wirst? Oder wenn was passiert?«

»Was soll passieren?«

»Das Leben. Wie das Leben so ist – eine ungeplante Wendung nach der anderen.«

Ich zeigte auf das Sternchen, das so klein war, dass man es kaum sehen konnte, und auf die zugehörige Fußnote unten auf der Seite. Aber sie wollte von meiner Fehlermarge nichts wissen. Stattdessen lehnte sie sich über den Tisch, über die schmutzigen Teller und klebrigen Messer und über den in Scheiben geschnittenen Stollen aus Dresden hinweg, und kam mit ihrem Gesicht ganz nah an meins, und ich spürte ihren Atem. Sie war ziemlich betrunken und konnte den Abstand nicht richtig einschätzen, so dass unsere Münder sich fast berührten. Etwas Ähnliches hatte ich schon einmal gesehen, am Rand eines Schwimmbeckens. Für das Rettungsschwimmerabzeichen musste man das mit den beinah Ertrunkenen machen. Der süße, hauchige, alkoholisierte Atem war ein Versuch der Wiederbelebung. Rosie wollte mir den Kuss des Lebens geben.

Wir sprangen auf, als es an der Tür klingelte. Nur Leute, die wir nicht reinlassen wollten, kamen spontan vorbei: Betrunkene, wenn der Pub zumachte, Zeugen Jehovas, Avon-Beraterinnen, Nachbarn, die namenlos bleiben sollten.

»Wir beachten es gar nicht«, sagte meine Mum. »Das kann niemand sein.«

»Es ist ein Mensch«, sagte Rosie, und bevor meine Mum sie hindern konnte, war sie auf dem Weg zur Haustür. Sekunden später kam sie zurück. »Irrtum«, sagte sie tonlos, »Ivan.«

»Richtig.«

»Sowjetischer Sportler?«, fragte meine Mum. Ivan trug einen roten Trainingsanzug und wippte auf den Fußballen.

»Ich bringe gute Nachrichten.« Er war bei der Auszählung für Birmingham Sparkbrook dabei gewesen, und der Kandidat der Kommunistischen Partei hatte 715 Stimmen bekommen. »Was sagt ihr dazu?«

James murmelte vor sich hin: »Sind wir neuerdings *für* Wahlen?«

»Siebenhundertfünfzehn Menschen haben für uns gestimmt. Das geht schon auf die Tausend zu. Und wenn jeder von diesen Tausend noch einen Menschen dazu bewegen könnte, für uns zu stimmen, und von denen auch jeder …«

Meine Mum gab ihm ein Glas Wasser. Ivan musterte uns über den Glasrand. »Warum seid ihr alle so bescheuert angezogen?«

Meine Mum wollte es ihm erklären, kam aber nicht sehr weit, weil Rosie sich zu ihm drehte – müde, betrunken, auf der Suche nach Hader. »Ist das dein Lebensunterhalt? Du sammelst Skalpe?«

Meine Mum heischte mit Blicken um Frieden. Aber entweder sah Rosie das nicht, oder sie war furchtlos.

Ivan sah sie interessiert an. »Ich bin Vollzeit-Offizier bei der YCL. Ich rekrutiere junge Leute für die Sache.«

»Und wessen Sache ist das, bitte?«

Es stimmte nicht, dass Ivan Vollzeit für die YCL arbeitete. Nachdem seine Freundin schwanger geworden war, musste er sie heiraten und echtes Geld verdienen. Jetzt hatte er eine Stelle als Hilfsarbeiter im Krankenhaus und hob Alte und Kranke aus den Betten und wieder hinein, und er hatte eine Tochter, die nach Stalin benannt war.

Ivan entdeckte meine Blätter. »Ist das dein Plan?«

»Nein, Ivan, das ist deine Tyrannei.«

Er reagierte nicht. Er setzte sich neben Rosie und sah ihr ins Gesicht. Ihre Augen verhakten sich, und sie starrten sich an, ohne zu blinzeln. Rosie trug Wimperntusche, und das hieß, sie konnte das gut: gucken, ohne zu blinzeln.

Ich rutschte tiefer in den Sessel und sah zum Fernseher hin, ohne die beiden zu beachten. Die Ergebnisse tröpfelten nicht mehr, sie kamen in einem Strom herein und liefen auf einen Sieg der Konservativen hinaus. Grauhaarige Männer in Anzügen trieben sich in fensterlosen Korridoren herum, Frauen mit ernster Miene und glänzenden Dauerwellen blätterten in ihren Papieren. Zwischendurch wurde Richard Dimbleby gezeigt, der den Vorsprung der Konservativen mit der Spanne zwischen seinen Händen anzeigte.

Dann kamen die Ergebnisse für Lichfield und Tamworth. Bruce Grocott, Labour Party, 40 Prozent, John Heddle, Conservative Party, 50 Prozent. Die Konservativen hatten Labour den Sitz abgenommen.

Wir hörten die Jubelrufe auf der Straße. Ich guckte aus dem Fenster. Das Pfeifen und Krachen von Feuerwerkskörpern war zu hören, dann hing eine weiße Wolke wie eine Pusteblume über den Assembly Rooms, wo die Auszählung stattfand. Die Volksfront hatte 475 Stimmen erhalten. Das deprimierte uns alle – nur Ivan nicht, dessen Trainingsanzug seinem Gesicht einen roten Schein verlieh. »Nicht deprimierend. Das zeigt nur, wie sehr wir gebraucht werden.«

Rosie sagte: »Aber wenn jeder Einzelne von diesen Leuten einen anderen überreden könnte, auch die Volksfront zu wählen, die dann auch …« Aber sie vollendete den Satz nicht. Sie schien sich Ivans Gesichtszüge einzuprägen, als könnte das später einmal wichtig sein. »Deprimierend.«

Dann zählte sie ihre Zigaretten, nahm James' Pfeil und Bogen und sagte, sie wollte draußen auf etwas schießen.

Trübsinn machte sich über uns breit. James legte sich die Hände auf den Bauch und schloss resigniert die Augen. Meine Mum nahm den *Morning Star* mit der Überschrift STOP THATCHER und vertiefte sich in die Nachrichten von gestern. Ivan sah ihr eine Weile zu, dann wackelte er mit den Beinen und machte sich bemerkbar, bis meine Mum aufsah. »Danke für deinen Beitrag zu unseren Akten, Eleanor. Deine Protokolle sind vorbildlich. Knapp. Präzise. Aber ich weiß nicht, warum wir nicht mehr von Tamworth hören. Anscheinend bist du sehr beschäftigt.«

Und sie würde noch beschäftigter sein. »Meine Mum übernimmt die Leitung der Kurse in Potsdam. Sie ist gerade bestallt worden.«

»Bestellt.«

»Das ist großartig.« Ivan bat sie, ihn auf dem Laufenden zu halten. Er könnte seinen Zuständigkeitsbereich erweitern und einen Aktenschrank für die DDR einrichten. Er nahm sich einen Ananasring und schob ihn sich auf den Finger. »Hast du zurzeit was für mich?«

»Die DDR ist oben.« Meine Mum deutete in Richtung Küche. »Aber vielleicht habe ich die CND-Sachen beim Telefon liegengelassen.«

Ivan fand die Unterlagen. Seinem Ausdruck nach zu urteilen, hatte er das meiste schon gesehen. Dann hefteten sich seine großen dunklen Augen an unser Notizbrett, er las die Telefonnummern, hob die Speisekarte vom Light Dragoons und den Gratiskalender aus dem *Herald* an und gab sich erst zufrieden, als er bei der Korktafel angekommen war.

Ivan war unruhig. Er ging ins Wohnzimmer, seine Hände kramten in den Taschen seines Trainingsanzugs. Er blieb eine Weile, und als er zurückkam, hatte er einen

Stapel unserer Buchclub-Bücher im Arm: *Porzellan Sammeln, Vögel, Die Kunst der Rede*. Er blätterte sie durch, las aber nicht. Er prüfte, ob Zettel zwischen den Seiten lagen. Der *Niedergang und Sturz des Römischen Reiches* nahm ihn schließlich gefangen. Die Farbabbildungen von Zerstörung und Vernichtung fesselten ihn.

Ich legte meinen Kopf auf die gefalteten Arme auf der Lehne und sah weiter fern. Für die Wahlen hatte die Kommunistische Partei achtunddreißig Kandidaten aufgestellt. Die Namen von einigen darunter würde man heute Abend hören, nicht, weil sie gewonnen hatten, sondern weil es der alphabetischen Reihenfolge nach ging. »Eines Tages gewinnen wir aber, Ivan, oder?«

»Was sollen wir gewinnen? Die Macht? Eine Wahl? Das ist nicht dasselbe. Sagen wir es, wie es ist. Was sind Worte?«

»Waffen.«

Ich versuchte mir ein Bild zu machen von dem Tag, an dem wir die Wahl gewannen: Gordon McLennan vor der Tür von Downing Street Nummer 10, in einem Anzug, der in Ho Chi Minh City gemacht worden war. Er gibt ein Interview für das sowjetische Fernsehen und spricht in ein großes Schaumstoffmikro. Um die Ecke stehen Panzer – für alle Fälle.

Ich nahm mir ein Stück Stollen, untersuchte es nach Fingerabdrücken und krümelte den Zuckerguss ab. Ich sah zu meiner Mum hinüber. »Meinst du, die Revolution kommt bis nach Tamworth? Werden wir hier eine Revolution haben?«

»Natürlich. Produktive undsoweiter, Jess. Machenschaften, Kräfte, Bezüge. Etwas wird geschehen, etwas Großes, aus heiterem Himmel, und das wird selbst diese kleine Stadt erschüttern. Und wir sind bereit. Ein heftiger Schub wird ausreichen. Ein Hieb, und das ganze System bricht zusammen.«

Genauso war Nancy im Haus nebenan gestorben. Und davon war ein Fleck auf dem Sessel geblieben, den Mr Howard nicht wegbekam. Nicht mit Waschmittel, nicht mit Bleiche, die Mrs Howard benutzte, um den Kohlenstaub aus seinen Arbeitssachen zu waschen.

»Die Stadt ist voller Arbeiter. Nur sie wissen das jetzt noch nicht.« Aber die Belegschaft von Birch Coppice wird auf die Straße gehen, sagte meine Mum, und die von Robin Reliant stellt die Streikposten. Der Co-op wird uns umsonst zu essen geben und uns auch umsonst beerdigen, sollte das Ganze eine schlimme Wendung nehmen. Die Territorial Army wird mit Bajonetten und Tarnbüschen gegen uns marschieren, und der *Herald* wird Blocküberschriften gegen uns drucken, aber wenn sie sehen, dass wir siegreich sind, werden sie die Seiten wechseln. »Und heute Abend in der Zukunft, Jess …« Sie ging zu unserer Schallplattensammlung und nahm die sowjetische Nationalhymne heraus.

»Aber wann ist das? Wie lange noch?«

»In deinem Leben, das steht fest. Du wirst es auf jeden Fall erleben.«

Ich hörte genau auf ihre Stimme. Sie war tiefer geworden, von dem Vanillepudding und weil es spät war, aber ich erkannte alle Schwingungen und Nuancen, alle Hebungen und Senkungen. Meine Mum machte keine leeren Versprechungen. Sie sagte »in deinem Leben«, als wäre es eine beschlossene Sache, als wäre es wissenschaftlich erwiesen.

Meine Mum staubte die Platte ab. Sie hockte sich hin, um die Nadel aufzulegen, und drehte die Lautstärke voll auf. Dann machte sie die Haustür auf, vor der das konservative England lag. »Die unzerbrechliche Union der freien Republiken vereinigte für die Ewigkeit die große Rus … Rühme dich, unser freies Vaterland …« Verschreckte Spatzen stoben aus dem Efeu hoch. Die Lautsprecher bebten an ihren Halterungen. Die Wohnzimmerwände erzitterten. Das machte uns munter – selbst James, der seit Stunden schlief. Es würde auch die Nachbarn munter machen. Ich wusste, dass meine Mum an sie dachte, an Mr Howard, an Ron und Reg, weil Menschen ihr wichtig waren. Aber jetzt nicht. Nicht an einem Tag wie diesem.

Als das Lied vorbei war, stellte meine Mum sich auf die oberste Stufe. Sie stand da, in ihrem weißen Laken, das voller lila Streifen vom Spartakus-Lippenstift war, breitete die Arme aus für ihren Auftritt in unserer Straße. Ich wusste, sie würde *Wie der Stahl gehärtet wurde* rezitieren. Das zitierte sie immer dann, wenn die Dinge kompliziert wurden und sie sich in Erinnerung rufen wollte, worum es eigentlich ging. Und es war wirklich kompliziert – an ein und demselben Abend bestallt und besiegt zu werden. »Des Menschen höchstes Gut ist das Leben. Es wird ihm nur einmal gegeben, und er muss es so nützen, dass ihn sinnlos verbrachte Jahre nicht qualvoll gereuen, die Schande einer kleinlichen, inhaltslosen Vergangenheit ihn nicht bedrückt und dass er sterbend sagen kann: ›Mein ganzes Leben und meine ganze Kraft habe ich dem herrlichsten in der Welt – dem Kampf für die Befreiung der Menschheit – geweiht.‹«

Dann Stille.

Ob meine Mum das wirklich auf ihrem Sterbebett sagen würde? Oder wäre sie so krank, dass sie die Zeilen nicht mehr sagen könnte? Was sie wirklich wollte, war, glaubte ich, eine Gedenkanzeige im *Morning Star,* jedes Jahr an ihrem Todestag, und dass die Menschen die Zeitung bei ihrer ersten Tasse Tee am Morgen lesen und sagen würden: »Teure Eleanor. Teure, teure Eleanor.« Sie wollte, dass man sich wohlwollend an sie erinnerte. Sie wollte nicht einfach verschwinden.

8

Das sowjetische Ehrenmal in Treptow

Ostberlin, August 1979

Der Ausflug zum Sowjetischen Ehrenmal in Treptow war freiwillig – so stand es zumindest im Sommerkurs-Programm –, aber niemand hatte abgesagt. Wir hatten alle unseren freien Samstag für den Ausflug nach Berlin gegeben, die britischen und französischen Sprachtutoren, die deutsche Kursleitung. Aber als wir im Bus saßen und Saskia uns zählte, fehlte jemand. Martina war nicht da.

»Aber sie muss hier sein«, sagte ich zu Peter. Die Wahrscheinlichkeit, dass sie kam, lag bei einhundert Prozent. Zum ersten Mal, seit ich sie kannte, hatte Martina gesagt, sie würde bestimmt mitkommen.

Saskia sagte: »Genau, sie muss hier sein. Wo ist sie also?«

Peter murmelte was von Magenbeschwerden. Sie schienen ernst, aber unbestimmt.

Saskia kräuselte die Lippen, die Antwort missfiel ihr.

Als meine Mum und ich in Potsdam angekommen waren, hatte Peter Saskia gefragt, ob Martina den Sommerkurs mitmachen könne. Sie hatte sich umentschlossen und wollte gern dabei sein. Es war ihre Möglichkeit, ins Englische einzutauchen und so nah an England zu sein, wie es ihr je möglich sein würde. Saskia hatte sich mit der Entscheidung Zeit gelassen. Die Lehrer im Land warteten Jahre auf einen Platz, und Martina würde sie alle überspringen. Schließlich sagte Saskia: »Ich kann die Uhren nicht zurückdrehen, aber ich kann sie an dem Kurs teilnehmen lassen. Und wenn Martina mit Jess zusammen ist, färbt vielleicht ein bisschen von deren Ordnung ab.« Aber, sagte sie noch, sie würde Martina im Auge behalten. Martina müsse den Kurs ernst nehmen. »Nicht mal hüh, mal hott.« Peter hatte das versprochen, Martina aber nichts davon gesagt. Doch bisher war sie jeden Morgen gekommen, und wir hatten zusammen hinten in der letzten Reihe gesessen. Menschenmengen zu ertragen fiel Martina leichter, wenn ihr niemand über die Schulter guckte oder im Nacken saß.

Wir hatten uns die Vorlesungen angehört und während der langweiligen Passagen auf den ausgehändigten Blättern Galgenmann gespielt, wobei wir lauter zusätzliche Körperteile erfanden, damit keiner von uns sterben musste. Wir hatten Peter als Postboten und Conferencier auftreten sehen und ihn den Bass in Purcells »Fairest Isle« singen hören. Ich hatte mich geweigert mitzusingen, weil ich dachte, in dem Stück würde Großbritannien besungen, aber Martina behauptete: »Es ist verschlüsselt. Mit ›seat of pleasure and of love‹ ist der Venushügel gemeint.«

Eines Morgens sagte Martina: »Weißt du, mein Vater wird immer jünger. Früher hat der Sommerkurs ihn alt und müde gemacht. Aber ich glaube, jetzt ist es kaum noch Arbeit für ihn.«

Meine Mum stand auf, deutete auf die Sitzreihen im Bus, sagte: »Also, wenn Martinas Platz frei ist …«, und setzte sich neben Peter. Als Stefan das sah, zwängte er sich an Saskia vorbei und setzte sich auf die andere Seite des Ganges von Peter und meiner Mum. Es war wie ein höfischer Tanz, getragen, mit Nicken und förmlichem Lächeln, im Rhythmus des klopfenden Auspuffs. Stefan nickte über den Gang hinweg und sagte: »Du übernimmst also die Leitung der Kurse in Potsdam. Eleanor?«

»Ja, so sieht es aus«, sagte sie voller Selbstvertrauen.

Doch am Morgen nach den Wahlen in Großbritannien, als ihr die Neuigkeit richtig bewusst wurde, konnte von Selbstvertrauen keine Rede sein: »Ich, Jess? Die Kursleitung? Quatsch! Unmöglich. Hab so schon viel zu viel zu tun. Außerdem kann ich so was nicht.«

Ich sagte, es sei eine Frage von Stundenplänen und Listen, die sie zusammenstellen müsse, und darin sei sie Meister.

Meine Mum hatte auf den Esstisch gestarrt, auf das schmutzige Geschirr. Die Unordnung hielt sich im Rahmen – trotz der historischen Bedeutung des Ereignisses war unsere Party nicht ausgeartet –, aber im Kopf machte sie eine Liste von dem, was zu tun war.

Als wir endlich in Potsdam ankamen, hatte meine Mum sich überzeugt, dass das Bildungsministerium sie nicht aus Versehen bestimmt hatte. Das Komitee hatte sich getroffen, der Rauch war aufgestiegen, und meine Mum war gewählt, genau wie James es erzählt hatte. Sie war also innerlich vorbereitet, als der Anruf vom Ministerium kam, sie solle zur Übergabe nach Berlin kommen. Zwei Beamte waren da, freundlich wirkende Männer, hatte sie gesagt, ihre Körper weich wie nicht aufgegangener Teig. Auch Saskia war da, in einem taillierten weißen Kostüm, und James, wieder mit Manschettenknöpfen. Peter war auch da gewesen. Irgendwo hatte er einen Anzug und eine Krawatte gefunden und sich die Haare schneiden lassen. Meine Mum sagte, er habe schick ausgesehen, schick.

Sie mussten auf Herrn Soundso warten. Sie saßen in einem Eckzimmer, das an zwei Seiten Fenster hatte, und die Sonne hatte hineingeschienen, aber die Fenster waren geschlossen, damit nichts von Unter den Linden hereindringen konnte. Auf dem Tisch lagen schwergewichtige Werke über Pädagogik, in denen man blättern konnte, aber offenbar war es zu heiß zum Lesen. Selbst zum Sprechen war es zu heiß. In der Stille war das Summen der Mücken zu hören und das des Ventilators, der den Geruch von Mottenkugeln aus dem Hochzeitskostüm meiner Mum verbreitete – ein auf Figur geschneiderter Zweiteiler in Salbeigrün mit Silberbordüren. »Bloß einmal getragen und fürs Ministerium geeignet.« Nur dass sie darin aussah wie ein Grenzsoldat.

Dann wurde die Tür aufgestoßen, und ein Mann, der zu groß für den Raum und zu laut für die Versammlung war, stürmte herein. Er bat die Anwesenden um ihr Einverständnis mit der Übergabe.

Saskia hatte genickt.

James hatte gesagt: »Über jeden Zweifel erhaben.«

Peter hatte gesagt: »Ja, das bin ich.«

Dann hatte der Mann eine kurze Rede mit lauter langen deutschen Wörtern gehalten, meiner Mum einen geöffneten Ordner vorgelegt und einen Füller gegeben. Nachdem sie den Vertrag unterschrieben und das Treffen sich gelockert hatte, sagte Peter: »Ich kann jetzt öfter mit dir in Kontakt sein, Eleanor, nachdem es offiziell ist.«

»Ich freue mich sehr auf mehr Inkontaktsein«, sagte meine Mum, die Wörter erfand, wenn sie aufgeregt war, und nicht wusste, wie man sich in einer offiziellen Situation verhielt, schließlich war das hier rein geschäftlich.

Als meine Mum das Ministerium verließ, war ihr die Leitung der Sommerkurse und ein Exemplar von *Die Deutsche Demokratische Republik* übergeben worden. Ein Begrüßungsgeschenk und ein Dankeschön. Das Buch hätte die Hälfte des zulässigen Gewichts ausgemacht, hätten wir zurückfliegen wollen. Aber diesmal waren wir mit dem Auto in die DDR gefahren, in unserem senfgelben

Minivan, hinter James in seiner schwarzen Limousine her. Wir waren von Nuneaton nach Harwich, mit der Fähre nach Hamburg und von dort zum Grenzübergang Boizenburg gefahren. Der Mann im Grenzhäuschen hatte uns erwartet. Er hatte sich weder für den Inhalt unseres Kofferraums interessiert noch das mit dem Spiegel am Stab unter dem Auto gemacht.

Gerade sagte meine Mum zu Stefan: »Du weißt, dass es viele Anwärter für die Kursleitung gab.« Sie sah die Reihen entlang, wo die Tutoren saßen. Mark Johnson hielt die Hand als Schirm vor die Stirn und sah aus dem Fenster, als wäre dies Südafrika, nicht Berlin, und er hätte etwas entdeckt – das Blinken von Metall, den Schatten eines Feindes. Und da war Cynthia, die Hand auf der Brust und ganz außer Atem, nachdem sie eine Meinungsverschiedenheit mit demjenigen, der am Fenster saß, gewonnen hatte. »Und von einigen war zu hören gewesen, sie hätten aufgrund ihres Einsatzes den Posten eher verdient als ich.« Plötzlich verwendete meine Mum das Passiv und gab sich vornehm. Das tat sie manchmal, wenn sie mit Schärfe sprechen, aber niemanden verletzen wollte. Stefan lehnte sich über den Gang und legte meiner Mum die Hand auf den Arm. »Das Ministerium hat dich für den Posten ausgewählt, Eleanor. Die Zuständigen waren von deiner Energie und Flexibilität beeindruckt, von deiner Bereitschaft.«

»Ja, bereit bin ich …«

»Und von deiner Einstellung. Du *magst* die Menschen. Es ist so wichtig, Menschen zu *mögen*.«

»Ja, ich …«

»Wir bewundern dein Organisationstalent, deinen Einsatz und dein Engagement. Alles an dir.« Er hielt inne und ließ die Worte wirken. Wäre dies nicht Stefan, der Mann von der Botschaft, hätte meine Mum vor Peinlichkeit laut gelacht. Und sie hätte die Rumbarasseln geschüttelt, wären wir nicht auf dem Weg zu einer Begegnung mit den Toten gewesen.

Wir stiegen aus dem Bus und traten in die Stille ein. Ein gemauerter Eingang tat sich zwischen einem Halbkreis von Bäumen auf. Er hatte die Form des Triumphbogens in Paris, allerdings in Kleinformat und ohne Fanfaren, und war drei Granitblöcke tief. Anscheinend hatten die Russen am Ende der Schlacht um Berlin lediglich einen Arc de Fatigue errichten können. Stefan legte meiner Mum den Arm um die Taille und geleitete sie zu einer Statue aus grauem Stein. Es war »Mutter Heimat«, obwohl man sie mit dem »Denker« von Rodin hätte verwechseln können. Sie hockte mit gesenktem Kopf und hielt die Faust eng an die Brust. Weiden streiften mit den Zweigen den Boden, und zu ihren Füßen lagen rote Nelken wie Mikadostäbchen.

»Und hier liegen die Toten.« Stefan zeigte zu den fünf in perfekter Symmetrie angeordneten Massengräbern – jedes mit saftig grünem Gras bewachsen und einer kniehohen Ligusterhecke umgeben. Hier wurde der Tod gut gepflegt, regelmäßig gegossen und sorgfältig gestutzt. Wäre da nicht die kleine Wölbung in der Mitte, man hätte es für einen Boule-Rasen halten können.

»Fünftausend, Jess. Eintausend in jedem einzelnen Grab. Kannst du dir das vorstellen?«

Ich versuchte es mir vorzustellen, aber weil er es so gesagt hatte, fing ich stattdessen an nachzurechnen und nahm Länge mit Breite und Tiefe mal. Ich sah, wie meine Mum sich in die Masse der sowjetischen Verluste hineinzuversetzen versuchte. In einer Stadt wie Tamworth hatte sie nicht oft die Chance, von so viel Trauer gerührt zu sein. An ihrem Gesicht erkannte ich, dass sie sich schlammbraune Leichen vorstellte, eng zusammengedrängt, Knochen an Knochen, Uniform an Uniform. Die Phantasie meiner Mum war ständig aktiv. Sie dachte sich gern in die Trauer anderer Menschen hinein. Sie war süchtig nach Empathie. Sie mochte es, Rührung zu empfinden – der stockende Atem, der Druck auf die Tränendrüse. Einmal habe ich zu ihr gesagt, sie könne die Wirkung auch mit Vindaloo, einem indischen Currygewürz, herbeiführen, worauf sie sagte: »Ich nehme keine Drogen, höchstens Korma.« Und das war ein türkisches Gewürz.

Ich nahm ihre Hand und presste ihr meine Nägel in die Handfläche. Damit wollte ich sagen: Wein bitte nicht. Nicht hier. Nicht vor Stefan. Du bist die neue Kursleiterin, nicht Mutter Heimat, und diese Soldaten sind nicht deine Toten. Sie erwiderte meinen Händedruck so fest und lange, dass meine Knochen weh taten. Dann ordnete sie unsere Finger zu einem Knoten und verschränkte unsere Arme, was als Ausmaß ihrer Trauer gelten konnte oder der Versuch war, den Schmerz nicht zu spüren. Stefan stand vor den Gräbern, sein Gesicht rot von der Hitze. Ein Ring von Schweißperlen lag auf seiner Stirn. Über dem Hemdkragen konnte man den raschen Herzschlag sehen. »Wisst ihr, wie viele Sowjetrussen im Großen Patriotischen Krieg ihr Leben gelassen haben? Zweiundzwanzig Millionen.« Mit einem Finger wischte er den Schweißperlenring weg. »Wisst ihr, wie viele fremde Mächte in die Sowjetunion einmarschiert sind? Achtzehn. Einschließlich eurer.«

»Wie es so unsere Art ist«, sagte meine Mum. Wir hatten jahrhundertelang andere Länder besetzt – und die Landkarte mit immer mehr Rosa überzogen, bis die Sonne in unserem Reich nicht mehr unterging. In der DDR war Russisch zwar die erste Fremdsprache, aber jeden Sommer kamen die Englischtutoren und erweiterten die Englischkenntnisse der Lehrer in der DDR, denn wir hatten zwar das Britische Reich verloren, aber Englisch regierte immer noch die Welt.

»Die Sowjetunion braucht Frieden«, sagte Stefan. »Wir alle brauchen Frieden. Und trotzdem wird von der sowjetischen Bedrohung geredet …« Voller Ungeduld warf er die Arme in die Luft, so dass die Schweißflecken auf seinem Hemd zu sehen waren, und tat so, als würde er die sowjetische Bedrohung ins Gras werfen, wo Kohlweißlinge vorgaben, Gänseblümchen zu sein, und der Klee sich nach dem letzten Mähen wieder hervorwagte. »Wenn ihr wieder in England seid, müsst ihr die ganze Zeit daran denken. Frieden. Frieden. Frieden. Eure Kampagne der Nuklearen Abrüstung, die CND, Eleanor, erzähl mir davon.«

Meine Mum zählte alle bereits erledigten Punkte auf ihrer CND-Liste auf: Briefe an den *Herald*, eine Petition, Sammlung in der Einkaufspassage Middle Entry.

Stefans Augenbrauen gingen verständnisvoll auf und ab. »Bei uns in der DDR wird der Frieden vom Staat finanziert. Wir brauchen nicht mit Eimern rumzugehen.« Er sagte, der Friedensrat könne das Land in kürzester Zeit mobilisieren. Zum Beispiel würde am 1. November eine Petition in Umlauf gebracht, in der die Vorschläge zur sowjetischen Abrüstung dargelegt wurden, und am 28. November, wenn sie den Vereinten Nationen vorgelegt werden sollte, hätte fast jeder Erwachsene in der DDR sie unterschrieben. Garantiert. Meine Mum ließ die Schultern sinken beim Gedanken an unsere Bemühungen in Tamworth. Wie gern würde sie der Stadt Frieden verordnen! Und sie könnte staatliche Unterstützung ebenso gut gebrauchen wie einen heißen Draht zu den Vereinten Nationen.

»Und was ist mit dem Gesamtbild?«, fragte Stefan. »Verbindungen nach oben. Einflussnahme. Strukturen. Wie funktioniert das?« Er nahm sie zur Seite, und ich verstand, dass er das Gespräch mit ihr suchte und keinen Komplott schmieden wollte. Ich sah, wie sie eng zusammenrückten und sein Arm quer über ihren Rücken verhinderte, dass sie auseinanderdrifteten. Während sie im Gleichschritt weitergingen, malte meine Mum Bilder von Komitees und Unterkomitees in die Luft. Es war einfach ihre Begeisterung, sah aber aus wie Dolmetschen für die Taubstummen und für die, die aufgrund der Entfernung nicht hören konnten. Nicht dass es wichtig war. Stefan verstand sowieso nicht, wie es funktionierte. Ich war die Assistentin der neuen Kursleiterin oder neue Assistentin der Kursleiterin. Er wusste nicht, dass dieses Gespräch unter vier Augen nicht vertraulich bleiben würde, denn schon am Abend würden meine Mum und ich bei weit geöffnetem Fenster in unseren Doppelstockbetten liegen und beim Mondschein und in der Hitze und dem Kohlegeruch alles genau besprechen.

Als ich zu meiner Mum aufschloss, starrte sie die Kinnlade eines riesigen sowjetischen Soldaten an. Er stand oben auf einem kleinen Hügel, ein gerettetes Kind im Arm und ein zertretenes Hakenkreuz unter dem Stiefel. Sein Blick war nach Westen gerichtet, über auf Halbmast gesetzte Granitflaggen, an Mutter Heimat vorbei, zu der Kristallkugel des Fernsehturms. Saskia führte uns die steilen Steintreppen hinauf. Stefan war am Ende und kam mit den Nachzüglern. Saskia trug weiße Segelschuhe, aber nicht solche mit einer Zehenkappe aus Plastik, wie unsere Turnschuhe, in denen unsere Füße rutschig wurden und nach Gummi rochen. Ihre waren mehr wie Hausschuhe, und sie hatte sie am Morgen frisch geweißt. Allerdings war sie mit der Farbe ausgerutscht, so dass sie am Knöchel einen weißen Streifen hatte. Ich stellte mir vor, wie sie die Stirn runzeln würde, wenn es ihr auffiel, und sie sich fragen würde, ob es jemand bemerkt hatte, und wie sie den Lack mit ihren harten, lackierten Nägeln von der Haut brechen würde.

Am Ende der Treppe stand eine Wache der Roten Armee, in der Hand einen Schlüssel, mit dem im Märchen der nächste Teil der Geschichte aufgeschlossen wird. Er schloss das Tor zum Sockel auf, und wir zwängten uns hinein. Um uns war der Geruch von welkenden Blumen und der Kunstblumengeruch eines Deodorants. Die Kammer war so schummerig erleuchtet, dass es eine Weile dauerte, bis meine Augen sich gewöhnt hatten, doch allmählich traten lebensgroße Gestalten aus dem Dunkel hervor: ein Mann mit grauem Bart, ein blondes junges Mädchen, ein Soldat, der das Bein gebeugt hatte, ein Arbeiter in Arbeitshosen, Männer und Frauen in den Nationaltrachten der sowjetischen Staaten, die im Kreis herum ihre Trauer bekundeten. Sie waren aus Tausenden von Stücken zusammengesetzt und zeigten Gesichter in allen Schattierungen von Traurigkeit. Als unsere Augen über die Figuren wanderten, wurde jeder von uns zum Spiegelbild eines Dargestellten. Das Gegenüber für meine Mum war der bärtige Mann: Binnen Sekunden alterte sie, war mühselig und beladen. Ich wusste, dass sie von der Hitze ausgetrocknet war und nach etwas zu trinken lechzte, trotzdem trat Flüssigkeit aus ihrem Körper und ihre Augen flossen über.

Auf ein Zeichen, das ich nicht bemerkte, legte Peter einen Kranz für die Deutschen nieder. Es war kein Platz für einen Kniefall. Er ließ den Kranz ein kurzes Stück vor dem Boden los und ordnete die Blumen. James war nur halb so groß wie Peter und ging zwischen unseren Beinen in die Hocke, um die Blumen an dem Kranz der britischen Abordnung zu ordnen. Den ganzen Morgen hatte er einen Strauß roter Rosen gehalten. Es hätte ein Geschenk von einem Liebenden sein können, aber in Wirklichkeit war es von den britischen Tutoren für die Sowjetunion. Wir hatten in der Küche in unserem Schlaftrakt gesessen und über den Wortlaut für die Karte debattiert – von wem die Blumen waren und ob wir Menschen vertreten konnten, die nichts über uns oder über den Blumenstrauß wussten, wie das britische Volk. Ob es in Hinsicht auf die Klassenstrukturen sinnvoll war, vom britischen Volk zu sprechen? Welcher Kriege wir mit den Blumen gedenken wollten – der vergangenen oder auch der zukünftigen? Der Kriege zur Verteidigung der Sowjetunion oder des gesamten Ostblocks? Ob wir ehren, erinnern, danken oder trauern oder einfach nur einen Punkt erzielen wollten. Cynthia hatte einen langen Vortrag gehalten, und Mark hatte die Gelenke seiner Finger krachen lassen, eins nach dem anderen, und Cynthias Spuckeregen ungerührt über sich ergehen lassen.

Ich beobachtete James, der sich Zeit ließ, die Bänder an dem Kranz zu richten und unsere Botschaft auszulegen. Ich dachte an den Remembrance Day, wenn das Tablett mit den Plastikmohnblumen in der Klasse herumging und alle nach einer Münze suchten, dann die Blumen musterten und sich lange nicht entscheiden konnten, als wäre es eine Lotterie, wo es Preise zu gewinnen gab. Am Poppy-Day gingen alle mit gesenktem Kopf in die Kantine, unter den Namen der ehemaligen Schüler her, die für König und Vaterland gestorben waren. Niemand hatte ihnen von den fünftausend in Treptow erzählt, niemand die zweiundzwanzig Millionen Kriegstoten erwähnt.

Meine Mum und ich kauften keine Plastikmohnblumen.

Wir trauerten um alle Kriegstoten, aber wir waren mit manchen Kriegen, in denen sie gestorben waren, nicht einverstanden.

Saskia bat um eine Schweigeminute. Alle senkten den Blick, außer mir, ich behielt Saskia im Auge, und Saskia, die den langsam voranschleichenden Sekundenzeiger auf ihrer Uhr beobachtete. Ihr Spiegelbild war das blonde Mädchen, dessen Gesicht in Teile zerlegt und wieder zusammengesetzt worden war – sorgfältig zwar, aber man erkannte die Nahtstellen. Saskias Haar war in Unordnung geraten, es lag kreuz und quer auf dem Kopf und war über den Ohren dünn. Möglicherweise war es ein Stil, aber in der dunklen Kammer des Ehrenmals sah es wirr aus. Auch diesmal trug sie Weiß – wie ein Geist, oder wie Miss Havisham. Einmal hatte ich sie gefragt, warum sie immer Weiß trug, und sie hatte geantwortet: »Du irrst. Du verallgemeinerst von der Erfahrung eines Sommers. Aber im Sommer ist es für mich die kühlste Farbe. Und sie funktioniert. Vielleicht weil Weiß keine Farbe ist. Oder alle Farben zusammen. Das müsstest du wissen, Jess, mit deinen Physikkenntnissen.«

Als die Minute endlich um war, sah Saskia zu dem Wachhabenden hinüber, der auf das Zeichen gewartet hatte. Ich hörte das Drehen des Schlüssels im Schloss, das Tor öffnete sich, und wir drängten in das Rechteck des Lichts hinaus. Mit einem Blick zu meiner Mum fragte ich, ob sie auf mich warten würde, aber sie wurde von der Menge nach vorn geschoben, und so war ich plötzlich neben Saskia.

Vom Treppenabsatz sahen wir zu den Gräbern hinunter. Auf jedem war ein großer Bronzekranz grün korrodiert. Die Luft über den Gräbern vibrierte in der Hitze. Saskia sagte: »Siehst du? Wenn jeder allein stirbt, bekommt er echte Blumen, bunte, duftende Blumen aus dem Garten. Aber wenn große Mengen sterben, kommen die Blumen aus der Gießerei.« Und so, wie sie es sagte, so sachlich und traurig zugleich, war ich überzeugt, dass sie diese Erfahrung gemacht hatte. »So viele Männer sind umgekommen. So viele Frauen sind allein zurückgeblieben. Und das Traurige daran ist, dass man nicht trauern kann, weil alle dieselbe Geschichte haben.« Saskia nickte zu allen auf dem Platz unter uns hinunter. Ich suchte in der Menge nach meiner Mum. Sie stand mit James und Peter vor einem Grab und betrachtete den Stein. Peter hielt sich das Kinn, als hätte jemand ihn geschlagen und er müsste den blauen Fleck befühlen. Meine Mum fuhr mit dem Finger über eine gemeißelte Kriegsszene, las sie gewissermaßen in Blindenschrift.

Ihr Kopf war voller Kriegserinnerungen. Sie sprach ständig vom Krieg – dass sie evakuiert und mit dem Zug von Paddington nach Devon geschickt worden sei und auf der Reise Brote mit Brombeermarmelade gegessen habe, die ihre Mutter aus den Brombeeren von den Halden gekocht hatte. In Teignmouth wurde sie von Mrs Nicholson-der-Hure erwartet. Mrs Nicholson hatte eine ganze Schar von Kindern aufgenommen, die sie in ein Zimmer steckte, wo sie zu sechst in einem Bett schlafen mussten. Es gab einen Waschlappen für alle, der Fußboden hatte Löcher, und darunter waren die Ratten.

Später wurde meine Mum bei Mrs Crimp von der Heilsarmee untergebracht. Bei ihr war die Toilette unter der Treppe, und das Klopapier war in Vierecke geschnittenes Zeitungspapier, das auf Bindfaden gereiht war. Meine Mum war erst fünf und konnte noch nicht lesen. Aber sie versuchte zwischen Toilette und Waschbecken, die Bilder wieder zusammenzusetzen. Sie wollte wissen, wer den Krieg gewinnen würde und ob sie wieder nach Hause kommen würde.

Mein Dad hatte in einer Fabrik an der Themse Bomben gebaut. Ich kannte Geschichten, die mir von ihm erzählt worden waren, über den Black Saturday und die Surrey

Docks, über den Feuersturm, der im East End von London wütete und im Umkreis von Meilen die Fenster eingedrückt hatte. Ich wusste, dass er großes Glück gehabt hatte, weil er entkommen war. Die Flammen schlugen hoch in den Himmel, als der jamaikanische Rum, die Gewürze aus Indien und das Gummi aus Malaysia Feuer fingen. In der Nacht damals waren viele seiner Freunde umgekommen, die Asche des britischen Reiches in ihren Lungen. Einige der Bomben, die er gebaut hatte, waren vielleicht auf Berlin niedergegangen. Vielleicht hatte Saskia sie gesehen.

»Dieser Krieg …!«, sagte sie. »Der Krieg … er hat uns alle geformt, jeden Einzelnen von uns. Niemand ist dem entkommen. Nicht die Lebenden, nicht die Toten.« Sie hob ihren Blick zum Himmel, als glaubte sie, die Toten seien da oben. »Auch dieses Land hat der Krieg geformt. Er ist im Kern von allem, das hier passiert.« Saskia suchte das Gelände nach Peter und James und meiner Mum ab. Die drei waren tief in ein Gespräch versunken und in der Entfernung geschrumpft, und trotzdem konnte ich sehen, wie meine Mum mit ihren Handbewegungen ihre Argumente unterstrich. »Eleanor wird die Kursleitung übernehmen. Das ist eine wichtige Position. Und du bist ihre Tochter. Du wirst die DDR kennenlernen. Aber wenn du unser Land verstehen willst – ich meine, was es bedeutet, hier zu leben –, dann sollte ich dir eine Geschichte erzählen. Die DDR ist ein antifaschistischer Staat, Jess, das weißt du. Das ist das Gründungsprinzip. Und deshalb sind wir das bessere Deutschland. Und es wird von Menschen wie mir gestaltet. Ich bin Professorin an der Hochschule. Ich bin promoviert. Ich bin Mitglied der SED, Mitglied in unserer Frauenvereinigung, Mitglied in meinem lokalen Kulturverein. Und als ich jung war …«, – sie machte eine Pause und sah mich an, sie schien mich tatsächlich zu sehen –, »… ja, so wie du jetzt, genau so, da war ich Mitglied im Bund Deutscher Mädchen.«

Ich wusste nicht, was das war. Ich hatte nie davon gehört.

»Damals hatte ich auch einen Verlobten. Wir haben uns im Theater in Potsdam kennengelernt. Ein junger Mann bot mir an, mich nach Hause zu begleiten. Seine Familie wohnte in einem großen Haus in Babelsberg. Sein Vater war Gelehrter, Akademiker. Eine nette Familie. Ein schönes Theater. Beides im Krieg zerstört.« Sie deutete auf die Gräber. »Ja, er ist gefallen«, als wäre er nicht erschossen worden, sondern sei gestolpert und daran gestorben.

»Hier?«

»An der Ostfront.«

Saskia erzählte weiter von ihrem Krieg – wie der Direktor mit Werkzeugen ins Klassenzimmer gekommen sei und den Jungen aufgetragen habe, aus den Pulten Krankenbetten zu bauen. Die Schule wurde zu einem Krankenhaus für verwundete Soldaten gemacht. Zu den Mädchen sagte er: »Werdet zu Frauen und schenkt dem Vaterland Kinder. Heil Hitler! Der Unterricht findet nicht mehr statt.« Saskia hatte nicht verstanden, was er gemeint hatte. Ihre Mutter sagte, es bedeute, sie solle eine Arbeit finden, wo sie Nahrungsmittel bekommen konnte, und es gelang Saskia mit ihren langen Beinen und ihren blauen Augen, eine Stelle in der Mühle zu bekommen. Während des Krieges bediente sie die Siebe, die Hände weiß bestäubt, Mehlstaub in den Lungen, und wartete darauf, dass ihr Verlobter nach Hause kommen würde.

»Wir mussten unser Radio abgeben, deshalb wussten wir nicht, was geschah. Aber wir wussten, dass die Rote Armee näher kam, denn jede Nacht hörten wir das Geschützfeuer von Berlin. Meine Mutter sagte, ich solle meinen Großeltern zu essen bringen und ihnen in den letzten Wochen helfen. Ich fuhr mit dem Fahrrad durch den Drewitzer Wald und fand den Weg anhand der Brände. Ich kam zu der Brücke am Wannsee, überall lagen tote Soldaten, überall waren Flüchtlinge. Als ich zum Haus meiner Großeltern kam, stand meine Großmutter vor dem Haus, nur mit einer Schürze bekleidet. Alles an ihr hing. Ich war in Berlin, Jess, als die Russen in Berlin einfielen.« Ich sah Saskia an. Sie hatte einen Blick, der anscheinend alles durchdringen konnte, aber in diesem Moment schien er nichts zu sehen. Er schwebte über den Gräbern und schien nirgendwo anzukommen. »Und nach dem Krieg kam der Hunger. Das Einzige, was jeden Tag zählte, war, etwas zu essen zu finden. Die DDR wurde um mich herum gegründet, ohne dass ich das bemerkte. Und jetzt, na, jetzt sind wir alle hier.« Ein Lächeln strich über ihr Gesicht und war auch schon wieder verschwunden. »Wenn ich eine Sache gelernt habe, dann die: Deine Freunde können zu deinen Feinden werden, und deine Feinde zu deinen Freunden. Das zu wissen hat mir geholfen, mein Leben weiterzuleben.« Sie blickte nach Westen, in die Nachmittagssonne, sah unverwandt hinein und blinzelte nicht, blinzelte nicht, und erst als ihre Augen sich mit Tränen füllten, wandte sie sich ab.

9

Kulturpark Plänterwald

Ostberlin, August 1979

Kaum war Saskia durch den Arc de Fatigue geschritten, kehrte ihre Unnahbarkeit zurück, und ihr Gesicht war so verschlossen wie eh und je. Sie wandte sich an die Tutoren: »Der Rest des Nachmittags ist Freizeit.« Es war ein Wort und so schnell gesprochen, dass ich das Gefühl hatte, ich müsste mich beeilen, weil die Freizeit schnell vorbei sein würde. »Jeder kann selbst entscheiden, was er tun möchte, aber bitte sagt mir, wohin ihr geht. Ich muss es wissen, es können Dinge passieren, wenn ich nicht weiß, wo ihr seid.«

Mark hatte noch nicht genug vom Tod, er wollte dem sozialistischen Friedhof in Friedrichsfelde seine Ehre erweisen. Ich wusste, welchen er meinte, ich hatte eine Postkarte davon: ein großer Stein von der Farbe getrockneten Bluts und die Worte: *Die Toten mahnen uns*. »Ich habe persönliche Gründe«, sagte er, ehe jemand ihn fragen konnte. James wusste, was er wollte. Er wollte einen Biergarten finden, um ein Wernesgrüner zu trinken und vielleicht ein Nickerchen zu machen, und viele machten Anstalten, ihm zu folgen. Peter sagte zu meiner Mum: »Oder wäre dir Kaffee lieber? Im Treptower Park?«

Er führte uns über die Puschkinallee. Das Café war brechend voll, und Peter besetzte einen Tisch, der wacklig auf den Pflastersteinen stand. Meine Mum musste dringend zur Toilette, ich auch, nachdem sie es erwähnt hatte. Wir gaben einer Frau in rosa Kittelschürze fünf Pfennige und bekamen dafür ein Blatt graues Toilettenpapier. Meine Mum redete mit mir über die Trennwand hinweg. Ich wusste, dass sie mit gekrümmten Knien über der Brille hockte, als machte sie eine Abschussfahrt, statt die Blase zu leeren. »Stefan hat einen Austausch vorgeschlagen. Ganz offiziell. Finanziert. Von Mensch zu Mensch, hat er es genannt. Zwischen dem Friedensrat und der CND-Gruppe in Tamworth. Kannst du dir das vorstellen?«, und die ganze Zeit traf der heiße Strahl aufs Porzellan. Dann der hörbare Seufzer der Erleichterung und das Nesteln mit der Bekleidung – Reißverschluss, Schlüssel, klimpernde Münzen. Dann die Spülung und das Zurückschieben des Riegels. Meine Mum ging zum Waschbecken. Die Idee von Mensch-zu-Mensch hatte dermaßen Besitz von ihr ergriffen, dass sie ihr Gesicht in einem Spiegel betrachtete, der nicht da war. Dann drehte sie den Wasserhahn auf, und Chlorgeruch breitete sich aus. Sie benetzte sich das Gesicht, aber statt nach dem Handtuch zu greifen, sagte sie: »Macht dir doch nichts aus, Jess, oder?«, und wischte sich das Gesicht an meinem Ärmel trocken.

Als wir rauskamen, hatte Peter sich an einen anderen Tisch gesetzt. Er saß jetzt mit Martina zusammen. Sie sah entspannt aus, von der Sonne gewärmt, als säße sie seit Stunden hier. Neben ihr neigte sich eine über ein Meter hohe Eistüte aus Plastik unter dem Gewicht von Plastikeis.

Ich sagte: »Ich dachte, du liegst im Bett. Mit verdorbenem Magen oder so.« Ich musterte die leeren Gefäße auf dem Tisch. Mehrere Gläser, aus denen bunter Nachtisch gelöffelt worden war. »Ich wollte nicht glauben, dass du nicht im Bus warst. Du hattest gesagt, du würdest bestimmt kommen, hundert Prozent.«

Ich nahm die Speisekarte. Sie war kurz und bündig, Deutsch auf der einen Seite, Russisch auf der anderen. Viele Russen waren hier – das hörte man an dem *da!,* und man sah es an den Wangenknochen –, alles Besucher des Ehrenmals, die Erfrischung suchten. Sie aßen dunkellila Eis, was sicherlich Beereneis war, aber wie Borschtsch aussah, und versuchten, es schneller zu essen, als die Hitze es schmelzen konnte.

Ich sagte: »Saskia war nicht glücklich, dass du nicht da warst.«

»Saskia ist nie glücklich.« Martina nahm eins der Gläser und saugte zerschmolzene Eissuppe durch den Strohhalm. »Aber in der DDR gibt es viele Helden mit vielen Daten, und sie alle brauchen rote Nelken. Ich gehe dauernd zu Ehrenmalen.«

Ich sah sie an. Martina war so sorgenfrei. Oder sorglos? Oder war das vielleicht dasselbe? Sie war wie ein Tier, sie lebte nach ihren Bedürfnissen.

Sie sagte: »Aber ich wollte dich sehen, deswegen bin ich gekommen. Hundertprozentig. Aber du siehst, was Gewissheit bewirken kann. Es macht die Menschen besorgt. Sie sind enttäuscht.«

Und genau das war ihre Reaktion auf meine Nächsten Fünf Jahre. Sie sagte, wahrscheinlich sei es gut, dass ich so viele Hoffnungen hatte. Aber besser wäre es, sie nicht allzu hoffnungsvoll zu betrachten. Dann gab sie mir Sprachunterricht über Verben und erklärte, wie »können« zu »sollen« wird, der Unterschied zwischen Hoffnung und Pflicht. Und aus »sollen« wird schnell »wollen«, und das war wieder so ein falscher Freund.

Martina sagte: »Ich will dir mal was zeigen.« Sie stand auf. Peter stand auch auf. Sie sah entschlossen aus und fast so, als hätte sie es eilig. So hatte ich sie noch nie gesehen. Martina, die nie etwas plante, schien einen Plan zu haben. »Kulturpark Plänterwald«, sagte sie und zeigte auf das Riesenrad, das über den Bäumen zu sehen war. »Da gibt es keine Kultur. Und es ist auch kein Park. Aber nach so viel Tod dachte ich, etwas Leichtes könnte uns guttun. Und wir könnten alle auf die Kirmes gehen.«

Im Plänterwald kamen die Kinder mit verstörten Gesichtern aus der Achterbahn. Sie ritten auf sattellosen Karussellpferden mit wilden Augen und blitzenden Zähnen – ein Vergnügen, das eine Ostmark dauerte. Über dem Kindergeschrei kreischten die Puhdys aus den Lautsprechern.

Martina ging schnurstracks zum Riesenrad und kaufte zwei Karten. Nur sie und ich, sagte sie, sie wolle mir etwas zeigen.

Meine Mum war erleichtert. Sie sah sich die Metallkonstruktion aus der Nähe an und war skeptisch, ob sie wirklich in einer Gondel, die wie eine alte Zuckerdose aussah, in die Höhe gehen wollte. Ich hatte nichts dagegen, mein Leben aufs Spiel zu setzen. Mit dem Risiko hatte ich mein Leben lang gelebt. Genetisch gesehen, war ich zur Hälfte krebskrank und fast tot und wartete nur darauf, dass mein Körper auseinanderfiel. In Abständen erneuerte ich die Anweisungen für meine Beerdigung, und meine Mum hatte die neueste Version: Reden, die mit »Liebe Genossinnen und Genossen« und »Hüben wie drüben und überall« anfingen, und meine Asche sollte in einer Sommerbrise vom Fernsehturm verstreut werden, vorausgesetzt, auf dem Alexanderplatz aß niemand gerade ein Würstchen.

Peter sagte: »Und was machen wir, Eleanor?«

Meine Mum drehte sich einmal um die eigene Achse, um zu sehen, was es sonst noch gab. Überall auf der Kirmes hingen Banner, auf denen dreißig Jahre DDR gefeiert wurden. Lichterketten glimmten schwach im Tageslicht. Der Duft von Zuckerwatte waberte durch die Luft.

Meine Mum mochte Zuckerwatte für ihr Leben gern. Im Bullring in Birmingham gab es ein Geschäft, wo rosa und orangerote Wolken von Zuckerwatte wie ein kitschiger Sonnenuntergang von der Decke hingen. Meine Mum kaufte immer eine Tüte, weil es sie nostalgisch machte und rührselig.

Meine Mum richtete den Blick auf Peter. Sie verweilte auf jedem Detail seines Gesichts: sein Augenschnitt, der Schwung seines Mundes. Ich kannte diese Art von eingehender Musterung. Manchmal saß sie auf meiner Bettkante und prüfte mich mit ähnlicher Intensität und dachte, wie gemütlich ich es doch hatte, während sie in Wirklichkeit die Decke so stramm um mich gezogen hatte, dass ich kaum atmen konnte. Sie hingegen war ganz verträumt und dachte an die Vergangenheit – oder vielleicht in die Zukunft –, und wenn sie sprach, war es sehnsüchtig, oft mit einem Zitat aus *Casablanca*.

Ich sagte: »Warum geht ihr nicht an eine Schießbude?«

Meine Mum hatte keine Ahnung von Feuerwaffen, aber sie war nicht unbedingt gegen sie eingestellt. Es kam ganz drauf an, worauf sie gerichtet waren. Ich hatte ein Lone-Star-Gewehr mit einem Zwölferring Zündplättchen, und einmal hatte ich es auf die Großmutter gerichtet. Ich stand hinter ihrem Sessel, wo sie ihr Frühstück aß, und führte den Lauf in ihre Dauerwelle, bis er an etwas Hartes stieß. Ich hatte von ihr Geld für die Revolution verlangt. Die Großmutter war nicht einmal zusammengezuckt. Sie hatte den Arm gehoben, den Lauf aus ihrer Frisur genommen und die Locken wieder gerichtet, dann hatte sie geseufzt und das weichgekochte Ei weitergegessen, das sie mit der kleinen Eieruhr auf den Punkt gekocht hatte.

Meine Mum betrachtete die Ziele: Plastikenten, Rehe, ein lebensgroßer Pappsoldat mit einer Zielscheibe auf dem Herzen. Sie sagte, sie wolle keins dieser Ziele töten.

Selbst *den Feind* nicht. Aber sie hatte nichts dagegen, das Zielen zu üben, die Nerven zu behalten und nicht ständig zu denken, dass sie das Ziel verfehlen würde. Und wenn sie kaltblütig üben wollte, dann am ehesten an Badezimmerartikeln. Der Entenmann schien erfreut, uns zu sehen. Seine Schraffur aus Sorgenfalten glättete sich. Ich glaube, er freute sich über Kundschaft: Vor der Schießbude »Mein Feind« stand eine lange Schlange. Meine Mum gab ihm eine Münze und bekam ein Plastikgewehr ausgehändigt. Sie roch daran und guckte in den dunklen Lauf.

»Es entspricht nicht dem Armeestandard, aber vielleicht kann ich behilflich sein«, sagte Peter.

»Man muss einfach zielen und abdrücken, oder?«

Martina nahm das Gewehr und drehte es in den Händen. In der Schule nahm sie an Verteidigungsübungen teil. Vorbereitung auf einen Nato-Überfall war Pflichtfach. In Physik hatte sie Projektile durchgenommen, im Sportunterricht Granaten. Sie öffnete das Gewehr und sah nach, ob Munition drin war, dann prüfte sie das Visier und den Abzug. Es sah aus, als wüsste sie, was man tun musste. Dann richtete sie das Gewehr auf die Enten. »Das Ziel bewegt sich von dieser Seite zu der da. Über eine Strecke von vier Metern. Mein Rat: Warte nicht zu lange.«

Martina und ich kletterten in die Kabine, und das Riesenrad setzte sich in Bewegung. Meine Mum folgte uns mit den Augen und sah, wie sich der Höhenabstand von geringfügiger Verletzung zu ernster Verletzung zu sicherem Tod vergrößerte. Sie winkte und schickte uns all ihre Abschiedsversionen nach oben. Dann rief sie: »Für den Fall, dass es bricht – spring, sobald du auf dem Boden ankommst.« Ich wusste, dass springen nichts nützen würde, aber es war besser, als nichts zu tun. Es würde uns davon ablenken, dass wir sterben mussten, und wenigstens hätten wir bis zum Schluss etwas versucht. Das war das Lieblingsverb meiner Mum.

Hier oben war der Horizont weit und geschwungen – der Beweis dafür, dass die Erde rund war, oder unsere Augen waren es, ich wusste nicht mehr, welches. Rot-gelbe S-Bahnen fuhren aus östlicher Richtung in den Bahnhof Ostkreuz ein. Die Schiffe der Weißen Flotten waren ein Band auf dem Fluss. Auf der anderen Seite der Spree schickte eine Fabrik weißen Rauch in den Himmel. Martina schob den Sicherheitsriegel zurück und lehnte sich aus der Gondel, ohne das Knirschen zu beachten. Sie zeigte nach unten. »Volkspark Friedrichshain. Siehst du die Hügel da?«

»Wolltest du mir die zeigen?«

Sie schüttelte den Kopf. »In Zwickau haben wir das Erzgebirge. In Berlin die Bunkerberge. Sie sind aus den Trümmern von Berlin gemacht. Eure Bomben haben die Zerstörung angerichtet, und unsere Trümmerfrauen haben den Schutt weggeräumt. Ihr müsst auch solche Berge haben.«

Ich vermutete, dass es so war, aber wo diese Berge waren, wusste ich nicht. Ich wusste nicht, was mit den zerstörten Städten wie Coventry und London und Liverpool passiert war. Irgendwo mussten wir auch Hügel aus Kriegsschutt haben. Oder vielleicht haben wir den Schutt gleichmäßig verteilt und das Land einen Zoll angehoben.

»Drüben gibt es auch einen«, sagte sie und zeigte mit dem Finger über die Mauer. Die Mauer war höchstens eine halbe Meile entfernt und sah aus wie ein Reißverschluss quer durch die Stadt. Auch auf der anderen Seite schien die Sonne, und Rauch stieg von Grillfesten auf. Die Blumen in den Fensterkästen streckten sich nach dem Sonnenlicht. Ein winziges Pärchen sonnte sich in Partnerlook-Badekleidung.

»Deren Hügel ist irgendwo da …« Ihre Hand zeigte in die allgemeine Richtung, in der sie sich nicht auskannte. »Man sagt, die Amerikaner hören die DDR von da ab. Sie hören alles ab. Auch uns. Jetzt in diesem Moment. Es hilft ihnen bei ihren Kriegsvorbereitungen.« Ich stellte mir einen GI in Kampfanzug vor, der unter dem Schutt in einem stickigen Bunker sitzt. Kopfhörer drücken seine Ohren an den Kopf, zwischen den Zähnen walkt er Kaugummi, während er mit dicken Fingern an einem Rädchen dreht und versucht, Martina zu belauschen. »Wahrscheinlich gibt es da sogar den roten Knopf. Weißt du, wie viele Minuten wir haben, wenn die Amerikaner auf den Knopf gedrückt haben? Acht.«

Das waren nicht viele für Leute, die sie zählten. Aber Martina zählte sie nicht. Sie würde das Ende der Welt nicht mitbekommen. Ich hingegen hatte das Armageddon schon Hunderte von Malen erlebt. Um sechs Uhr morgens, im Halbschlaf, hatte ich die Müllleute für den Atomkrieg gehalten. Jedes Gewitter war für mich der Atomkrieg. Sogar am fünften November, wenn ich den Scheiterhaufen in den Pleasure Grounds brennen sah und im Fernsehen Hinweise kamen, man solle Hunde im Haus und Kinder nicht ohne Aufsicht lassen, argwöhnte ich, dass ein Knallfrosch über der Burg eine Atombombe sein könnte.

Ich wusste auch, was passieren würde, wenn das Ende tatsächlich kam. Ich hatte *Wargame* gesehen. Man wurde entweder von der Feuersbrunst in einen Schatten verwandelt oder von dem Knall flachgelegt. Man konnte an der Strahlenkrankheit sterben oder von der Polizei erschossen werden, weil man so schlimme Verbrennungen hatte, dass es ein Gnadenschuss war. Ich wusste, wie Verbrennungen dritten Grades aussahen. Ich hatte *The Incredible Melting Man* gesehen. Ich würde meine letzten acht Minuten nicht damit zubringen, die Fenster abzudichten und mich unter dem Tisch zu verkriechen. Ich hatte den Ehrgeiz, nicht als Jungfrau zu sterben. Aber das war schwierig. Wen würde ich auf die Schnelle finden? Mr Howard? Ron und Reg? Sie waren am nächsten, aber wären sie dazu bereit? Wären sie in der Lage? Würden acht Minuten ausreichen? Ich wollte das Ende der Welt auch nicht liegend unter einem schmelzenden Mann erleben.

Ich sah Martina an, ihre schwarzen Augenbrauen, ihre kantigen Schultern, die wie eine Klammer auf ihrem Körper saßen. Ich wusste, dass Martina zur Jugendweihe gegangen war. Sie hatte das Gelübde abgelegt, hatte ihr Exemplar *Der Sozialismus – Deine Welt* und einen Blumenstrauß bekommen sowie das Recht, mit *Sie* angeredet zu werden und mit Männern zu schlafen, wenn sie das wollte. Und ich wusste von dem Vorfall mit dem Venushügel und der langen Diskussion, die darauf gefolgt war, dass Martina nicht schüchtern war. Sie hatte mich um eine Liste von Begriffen gebeten, mit Abstufungen und einigen Beispielsätzen.

Ich sagte: »Wenn sie wirklich auf den Knopf gedrückt haben und es etwas gibt, das man noch nie gemacht hat … reichen acht Minuten dann aus?«

Sie machte die Augen zu Schlitzen und rechnete die Zeit im Kopf aus.

»Und wenn man nicht lange hat, lohnt es sich dann?« Ich hatte keine genauen Vorstellungen. Im Biologieunterricht hatten wir einen Film gezeigt bekommen, einen Zeichentrickfilm, in dem ein Mann und eine Frau sich aneinander stießen und ein seltsames Ritual mit abrupten Schnitten vollführten, im Hintergrund blaue Wellenlinien und Orgelmusik.

Martina zeigte nach unten, wo Peter meiner Mum praktischen Unterricht im Schießen gab. Sein Kopf war neben ihrem. Sie hatten die Arme ausgestreckt und schwangen sie in einem Bogen von rechts nach links. Aus dieser Sicht konnte es ein Tango sein. Martina sagte: »Wahrscheinlich haben sie nicht viel Zeit. Und sie scheinen es zu wissen.«

Das ergab keinen Sinn. Man konnte sehen, dass sie alle Zeit der Welt hatten. Da war meine Mum: Tango-Tänzerin. Entenjägerin. Tutorin. Wenn sie die Kursleitung lange genug behielt und gut machte, würde sie in ein paar Jahren vielleicht in den Palast der Republik eingeladen und zu einem Pfundskerl des Sozialismus erklärt werden. Ich sagte: »Verleiht die DDR Medaillen an Ausländer?«

»Wir haben keine richtigen Ausländer. Nur brüderliche Gäste.«

Aber ich meinte ausländische Kommunisten, die dem Land halfen.

»Ich glaube, wir verleihen für alles Medaillen. Manchmal kommen die Zeremonien im Fernsehen. Solche Sendungen dauern den ganzen Abend. Ich glaube, in unserem Land hat jeder eine Medaille für irgendetwas.«

Unten am Schießstand sah ich, wie die Schulter meiner Mum zuckte, wie sie sich den Schweiß von der Handfläche an der Hose abwischte und der Schießbudenbetreiber ihr auf den Rücken klopfte. Rumbarasseln. Dann ein Händedruck von Peter.

»War dein Vater wirklich in der Armee?«

»Militärdienst. Da hat er Auto fahren gelernt.«

Meine Mum blies über den Lauf des Gewehrs, wie sie es im Film gesehen hatte. Sie lud nach und machte sich für den zweiten Schuss bereit.

»Und deine Mutter?«

»Frauen machen keinen Militärdienst.«

»Aber sie konnte …«

Martina beugte sich über die Gondel. Beim Autoskooter brausten Kinder in den Autos herum, fuhren mit anderen zusammen und lösten sich wieder. Aber die Straßen waren so gut wie leer. Die Puschkinallee war ein grüner Schlauch von Akazien. Hin und wieder kam ein Auto oder ein Bus und hatte die Straße praktisch für sich. Auf der anderen Seite der Spree holperte ein Lastwagen über ein leeres Stück Land.

Martina sagte, ihre Mutter habe dreizehn Jahre auf ein Auto gewartet. Und als sie es endlich bekam, hörte sie gar nicht mehr auf, damit herumzufahren. Jeden Tag nach der Arbeit war sie mit dem Trabi losgefahren, am Wochenende war sie immer unterwegs. Sie holte die verlorene Zeit ein und machte endlich die Fahrten, die sie bisher nur im Kopf machen konnte. Aber dann kam der Herbst, die Tage wurden kürzer. Wenn sie nach Hause kam, war es schon dunkel. Als die Polizei das Auto aus dem See zog, hatte Martinas Mutter es erst vier Monate gehabt, und auf dem Tacho waren zwanzigtausend Kilometer.

Martina ahnte, dass etwas passiert war, als ihr Vater vor der *Aktuellen Kamera* nach Hause kam. Sonst kam er nicht so früh. Er ließ sich in den Sessel fallen, seine Reflektion auf dem Bildschirm des ausgestellten Fernsehers, und sagte Martina, dass ihre Mutter tot war.

Martina fragte: »Bist du mal in einem Trabi gefahren? Es ist ein sehr einfaches Auto. Es besteht aus Papier und Baumwolle und anderen Abfallstoffen, die gepresst werden, und daraus macht man die Karosserie. Eigentlich ist es ja gut, wenn solche Stoffe wiederverwendet werden.« Aber die Fabrik hatte die Stoffe nicht fest genug zusammengepresst. Die Masse war wasserdurchlässig. Und als ihre Mutter in den See fuhr, füllte sich das Innere mit Wasser.

Eine Weile lang sprachen wir nicht. Das Riesenrad drehte sich. In der Stille hörten wir das Weinen eines Babys und einen Hund, der davon aufgestört worden war. Dann konnte man die Puhdys wieder hören. Es war

»Wenn Träume sterben«. Unwillkürlich summte Martina die Musik mit.

Dann beugte sie sich nach vorn. »Da! Guck. Sie kommt in unsere Richtung. Fast am Tor. Das wollte ich dir zeigen.«

Es war Saskia. Unverkennbar in ihrer weißen Kleidung. Sie schien es nicht eilig zu haben, und selbst von oben konnte man ihr schmales Lächeln sehen.

Martina drehte sich zu mir um. Sie sah mich unverwandt und ohne ein Blinzeln an, mit einem eher forschenden als freundlichen Blick.

Ich sagte: »Woher wusstest du das?«

Sie zuckte die Schultern, als wäre es einfach. »Manche Sachen sind hundertprozentig.«

Saskias Augen leuchteten heller als die Lichterschlangen, was eigentlich nicht möglich war. Das Licht kommt nicht aus den Augen heraus. In den Physikbüchern steht, dass es in die Augen hineinfällt – Augen mit langen Wimpern, die genau an der richtigen Stelle waren, so dass ein Lichtstrahl von einem Spiegel abprallen und einem zeigen konnte, was hinter einem passierte.

10

Neujahr

Tamworth, Dezember 1979

Martina befürchtete, dass wir es mit Saskia zu tun bekommen würden, aber die letzten beiden Wochen des Sommerkurses vergingen so wie die ersten beiden: In den Vorlesungen saßen wir ganz hinten, spielten Galgenmann und sangen Lieder, die in England nie gesungen werden. Bald dachte ich nicht mehr an Saskia und daran, wie Martina sie in Treptow mit ihrem siebten Sinn herbeigezaubert hatte.

Aber als wir am Ende des Kurses für unseren Ausflug in den Zug stiegen, war Martina nicht da. Peter sagte: »Sie wollte nur am Kurs teilnehmen, und der war mit der Abschlusszeremonie vorbei. Daran wurde ich gestern erinnert, und streng genommen ist das auch richtig. Vielleicht sogar fair. Aber es ist nicht sehr freundlich, finde ich.«

Ich hatte nur an dem Abend, als wir nach Potsdam zurückkehrten, Gelegenheit, mich von ihr zu verabschieden. Am Morgen darauf würden wir die DDR verlassen. Wir trafen uns zu viert in der Mensa der Hochschule. Zum letzten Mal gaben wir der gedrungenen Frau unsere Bons, und sie tat uns aus den Töpfen grob zerkleinerte Salzkartoffeln und zähe Fleischstücke auf, und als ich kam und um Nachschlag bat, bedachte sie mich mit einem freundlichen Blick.

Martina sagte: »Der Ausflug wäre für mich sowieso keiner gewesen.« In dem Jahr waren wir nach Zwickau und Karl-Marx-Stadt gefahren. »Aber ihr habt die Robert-Schumann-Statue gesehen und die Mulde und die Koksbrennerei in der August-Bebel-Zeche. Und ihr wart an der tschechischen Grenze, konntet aber nicht rüber, weil ihr kein Visum hattet.« Sie hatte das ganze Programm im Kopf.

Außerdem waren wir in der Trabantfabrik gewesen, wo die Pressen das Material manchmal nicht fest genug pressten, aber das erwähnten wir beide nicht.

»Staubige Kleinstadt.«

Mir hatte Zwickau ganz gut gefallen.

Sie umarmte mich, was mir unbehaglich war, weil ich keine Zeit gehabt hatte, mir ein frisches T-Shirt anzuziehen. Martina nahm ihr Tablett mit dem schmutzigen Geschirr und stellte es auf den Geschirrwagen. »Auf Wiedersehen. Fahrt vorsichtig. Eleanor hat einen Führerschein, oder?« Und bevor ich antworten konnte, war nur noch der Hall ihrer Sandalen auf der Treppe zu hören. Sie hatte nicht gewinkt. Sie hatte sich auch nicht umgedreht. Aber vielleicht sagten die Leute »Auf Wiedersehen« und vermieden damit die ausgedehnten Abschiedszeremonien, die meine Mum so gern mochte. Man machte es kurz und aufrichtig und schmerzlos. Vielleicht könnte es für mich auch so sein, wenn ich es nur übte.

Meine Mum holte ihre Liste der zu erledigenden Dinge und zählte auf, was noch zu tun war: Nachgucken, dass niemand von unserem Auto Teile als Souvenir abgeschraubt hatte, den Wagen mit einem Jahresvorrat an DDR-Waren vollpacken, die Sicht für den Rückspiegel freimachen, tanken, Eier kochen, den Wecker für fünf Uhr stellen.

Peter warf einen Blick auf die Liste. »Und wann seid ihr damit fertig?«

Meine Mum rechnete die Zeit aus.

»Können wir uns Mitternacht in der Orangerie treffen?«

Das gefiel ihr. »Verwandle ich mich dann in einen Kürbis?«

Um vier Uhr morgens fingen Bauarbeiter im Flur an zu hämmern. Aber als ich mich aus dem Schlaf gekämpft hatte, war es ein Klopfen an der Tür, und durch das Schlüsselloch ein Zischen: »Jess, lass mich rein.«

Meine Mum sagte, sie habe seit zwanzig Minuten vor der Tür gestanden, wollte aber der Diskretion halber nicht lauter klopfen. Dann erzählte sie mir flüsternd, was Peter zu ihr gesagt hatte: Saskia hatte ihn am Ende der Ferien zu sich zitiert und gesagt, seine Fraternisierungsversuche seien bemerkt worden. Es gebe für alles eine Zeit und einen Ort, und am falschen Ort würde es äußerst schwierig. Meine Mum zog sich einen Grashalm vom Handrücken. »Das heißt, am *richtigen* Ort …«

Dann fiel mir der Geruch auf. »Ist das Zitrone?«

»Citronella. Wir waren draußen.« Sie nahm meine Hand und drückte sie. Ich erwiderte den Druck nicht. Wer weiß, was auf der Haut war.

Wir gingen nicht zu Bett, sondern fuhren früher los, und auf diese Weise trafen wir auf eine Militärkolonne von der Kaserne Eiche-Golm und krochen eine halbe Stunde hinter einem mit Soldaten beladenen Lastwagen her, die uns zuwinkten und salutierten, während wir ihre Abgase einatmeten.

Diesmal fuhr James nicht vor uns her, und ich hatte die Landkarte. Es war eine lange Reise – auf der ausgefalteten Landkarte erstreckte sie sich quer durch den Wagen. Die Fahrt würde Stunden dauern, und ich wollte mich unterhalten. Ich wollte wissen, was in der Orangerie und mit dem Zitronensaft passiert war. Aber meine Mum sagte durch schmale Lippen: »Jetzt nicht, Jess. Muss mich konzentrieren. Wir fahren auf der falschen Seite.« Wir schwiegen also bis zum Übergang Boizenburg, wo wir unsere übrigen Ostmark in den Solidaritätskasten warfen.

Wir winkten der DDR auf Wiedersehen und machten die Fenster zu für die Fahrt durch Westdeutschland. In Hamburg fuhren wir auf die Fähre und gingen sofort zu dem Buffet »Essen so viel man kann«, danach wollten wir ins Kino, aber da wurde auf kleiner Leinwand *Apocalypse Now* gezeigt. Deshalb berief Mum eine Versammlung in der Kabine ein, mit uns zweien als Teilnehmer. Im nächsten Jahr wäre sie in ihrem neuen Amt als Kursleiterin, und sie wollte jetzt schon mit der Planung der ersten Kurse beginnen. Sie übernahm den Vorsitz, nur dass es keine Sitze gab, also streckten wir uns auf den Betten aus. Ich machte Vorschläge für Tutoren im nächsten Jahr, und meine Mum antwortete mit schläfriger Stimme. Sie war im Dämmerzustand. In ihrem Mienenspiel sah ich, dass sie den vergangenen Abend noch einmal erlebte. So schien es mir zumindest. Selbst wenn meine Mum todmüde war, hatte sie ein ausdrucksstarkes Gesicht.

Bei der Einreise nach Großbritannien überprüfte ein Grenzbeamter mit ausdrucksloser Miene unsere Pässe und schob sie uns mit spitzen Fingern auf der Theke entgegen, als wären sie beschmutzt oder enthielten ein schmutziges Geheimnis. Wir fuhren durch Harwich, an Werbetafeln vorbei, durch Lärm und eilige Menschen, die zu Popmusik einkauften, und schneller, als uns möglich schien, waren wir wieder in Tamworth.

Meine Mum machte die Haustür auf und musste einen Berg von Post zur Seite schieben. Sie verteilte die braunen Umschläge auf dem Esstisch. CND, CND, CND … Es war, wie Stefan gesagt hatte: Sobald wir wieder in England waren, müssten wir ausschließlich an den Frieden, Frieden, Frieden denken.

Aber meine Mum dachte ausschließlich an Peter. Unser gewöhnliches Leben fing wieder an, nur dass es wie ein Film von unserem gewöhnlichen Leben war, mit »Peter« als Untertitel in jeder Szene. Die Schule fing an. In der Morgenversammlung sprach Miss Downing Gebete, mit denen wir um Vergebung für die Sünden des Sommers bitten sollten. Als ich das meiner Mum erzählte, sagte sie: »Sollen ruhig mehr Sünden kommen …« Als ich sie aushorchen wollte, sagte sie nur: »Peter gehört mir.« Ich wollte ja gar nicht das mit den Schnitten und der Orgelmusik wissen. Mich interessierte nur der Vorlauf, denn in dem Film aus dem Biologieunterricht wurde nicht erwähnt, wie man vom ersten Hallo zu der Situation kam, in der man die Mücken vertreiben musste.

Im Oktober hatten wir den Tag der Rede. Ich schüttelte Mr Heddle, dem neuen Tory-Abgeordneten, die Hand und nahm *Wie der Stahl gehärtet wurde* von ihm entgegen. Das Buch war Pflichtlektüre in der neunten Klasse, in der ich nach DDR-Zählweise jetzt war. Meine Mum kam zu der Feierstunde. Jetzt, einen Monat nach unserer Rückkehr, war sie etwas ruhiger. Sie drehte das Buch in Händen, gab vor, den Text auf dem Umschlag zu lesen, und wünschte sich, Peter wäre hier.

Im November waren Mohnblumen und selektives Bedauern das Thema. Es weckte Erinnerungen an Treptow und brachte Traurigkeit und die ersten Anflüge von Zweifeln. Peters »Inkontaktsein« war nicht ganz das, was meine Mum sich versprochen hatte. Sie hatte von ihm gehört, aber es waren nur zwei kurze Anrufe von seinem Büro an der Hochschule, die die Sekretärin durchstellte und dann mithörte. Und sie hatte einen Brief bekommen, der »mit brüderlichen Grüßen« unterschrieben war. Mum sagte: »Ich habe keine Zweifel an der einen Nacht …« Ihre Zweifel betrafen die Zukunft. Sie fragte Rosie, die im ersten

Moment dachte, meine Mum meinte »Stollen-Stefan«. Dann sagte sie: »Heißt das, es gab da noch einen anderen? Und den hast du ganz für dich behalten? Dann muss es ernst sein, Eleanor.« Nachdem meine Mum ihr die Geschichte erzählt hatte, sagte Rosie: »Das war kein One-Night-Stand. Das sagt auch die Schneekönigin. Offiziell ist es eine Ganzsommer-Affäre, eine Immer-im-Sommer-Affäre … wenn das reicht.« Rosie machte meiner Mum zu Weihnachten eine Citronella-Kerze. Anfangs war es der Duft der Hoffnung, doch auf den letzten zwei Zentimetern war es der zitronenähnliche Geruch öffentlicher Toiletten an Orten, die exotischer waren als England. Aber ich brachte es nicht über mich, meine Mum zu bitten, die Kerze auszublasen.

Und dann waren wir in der toten Zeit, der endlosen Woche zwischen Weihnachten und Neujahr, und meine Mum gab sich der Niedergeschlagenheit hin. Sie nahm das letzte Mince Pie und verzehrte es ohne jeden Genuss. Für das neue Jahr hatte sie den Vorsatz gefasst, gesünder zu essen – drei richtige Mahlzeiten am Tag, so wie in der Mensa. Unterdessen aßen wir die kalten Reste von Weihnachten.

Sie sagte: »In der Nacht damals, weißt du … Peter hat gesagt, dass es schwierig sein würde. Keine Garantie.«

Aber daran war meine Mum gewöhnt.

»Er hat gesagt, er habe gezögert, weil er sich einerseits sicher, andererseits aber auch nicht sicher gewesen sei. Aber eigentlich muss man sich doch sicher sein, ob man sich sicher ist oder nicht, oder? Meinst du, es hat Bestand, Jess?«

Das konnte ich nicht sagen. In meiner Erfahrung waren Männer immer nur eine Nacht geblieben, aber es musste auch Ausnahmen geben. Die meisten Männer in der Church Lane waren ihr Leben lang mit ihren Frauen zusammengeblieben. Mr Howard hatte Nancy geheiratet, als Nancy einundzwanzig war, und mit ihr zusammengelebt, bis sie zusammenbrach, wie das kapitalistische System es tun würde. Wie auf ein Stichwort hob eine Blaskapelle durch die Wand an zu spielen. Sie spielte »Little Donkey«. Mr Howard mochte es, wenn Bergleute ordentlich auf die Tube drückten.

Um die Musik zu übertönen, schaltete meine Mum unser Radio an, und der Mann von der BBC sagte, es sei Freitag, der 28. Dezember, neun Uhr, und dies seien an diesem Morgen die Nachrichten:

Präsident Carter hat die sowjetische Aktion in Afghanistan von gestern Abend als Bedrohung des Weltfriedens bezeichnet.

Ich sah zu meiner Mum hinüber. Sie zog die Stirn kraus und machte den Mund auf. Teig von dem Mince Pie klebte zwischen ihren Zähnen wie eine Zahnspange. »Hat er Sowjet irgendwas gesagt? Frieden irgendwas?« Das mit den acht Minuten schoss mir durch den Kopf.

Sie stellte das Radio vor uns auf den Tisch, damit nichts zwischen uns und den Nachrichten stand, und drehte die Lautstärke voll auf, denn wenn wir es lauter hörten, würde es uns klarer werden.

Der neue Machthaber in Afghanistan, Babrak Karmal, ist Kommunist und soll angeblich vor dem Coup in Kabul eingeschmuggelt worden sein.

»Unsinn«, sagte meine Mum. »Kein Coup. Die Sowjetunion macht keine Coups.«

Berichten zufolge hat er sich gestern auf den Freundschaftsvertrag berufen, der vor einem Jahr mit der Sowjetunion unterzeichnet wurde und in dessen Rahmen er jetzt um dringende politische und militärische Unterstützung gebeten hat, um nicht weiter benannte Aggressionen von außen abzuwenden.

»Hab ich doch gesagt. Militärische Unterstützung. Kein Coup.«

Dann kam ein Experte für internationale Angelegenheiten ans Mikrofon und sprach durch das Knistern einer schlechten Leitung und mit erkälteter Stimme. Er klang übernervös und unterkühlt. *Am ehesten erinnert es an die Invasion der Tschechoslowakei 1968 – allerdings könnte man das auch einen internen Aufstand nennen.*

Ich sah meine Mum an. »Ist es wirklich so wie damals? In der Tschechoslowakei? Du warst doch da.«

»Ich war in Birmingham.«

»Aber du warst lebendig.«

»Ich war beschäftigt. Ich hatte dich, ich hatte meine Arbeit …« Es war der Anfang einer Liste. Meine Mum zählte all die Dinge auf, die sie 1968 auf Trab gehalten hatten.

»Wenn es wie in der Tschechoslowakei ist, dann ist es in Ordnung, oder? Dann wissen wir, wo wir stehen, ja?« Das waren keine Fragen. Meine Mum hatte den Einmarsch der Sowjets unterstützt, sie war in der Partei geblieben und hatte die Kritik eingesteckt. Die Gegner wurden von der Liste für die Weihnachtskarten gestrichen und vergessen.

Meine Mum schaltete das Radio aus. Eine Geisterstimme vollendete den Satz, und wir hörten wieder »Little Donkey« von nebenan. Meine Mum wischte am Küchenfenster mit der Hand ein Bullauge in die Kondensation, die von unserem Atem und dem Wasserkocher entstanden war. Draußen ging eine Woche Dauerregen in dünnen Nieselregen über. Meine Mum starrte ewig auf den braunen Geißblattbusch, der nie mehr geblüht hatte, seit Ron und Reg ihre Seite des Zauns mit Kreosot gestrichen hatten. Als die freie Fläche wieder beschlug, ging meine Mum ans Spülbecken, nahm das schmutzige Geschirr heraus und stapelte es auf der anderen Seite. Sie kippte das schmutzige Wasser aus der Abwaschschüssel – runde Schüssel im rechteckigen Becken, die immer hängenblieb, bis meine Mum mit der Gartenschere ein Stück vom Rand abschnitt – und ließ heißes Wasser hinein, dann drehte sie die Spülmittelflasche auf den Kopf und drückte so lange, bis die Flasche einen langen Seufzer machte.

»Wo ist Afghanistan eigentlich?«

»Weiß nicht, Jess.«

Das stimmte nicht. Afghanistan war auf den Landkarten, die sie in der Schule verteilte. Aber sie war nicht in der Stimmung, mir das zu erklären. Also stellte ich es mir irgendwo im Osten Europas vor, westlich von China, wo die ganzen -stans waren. Wo die Berge wie Eischaum aussahen und die Männer auf wilden Pferden ritten und Staubwolken aufwirbelten und ihre Gesichter mit Geschirrtüchern umbanden. Von dort kamen die Fransenmäntel der langhaarigen Hippies.

»Was sollen wir jetzt machen?«

»Den Abwasch.« Sie zog sich Gummihandschuhe an, zwei verschiedene, der eine auf links gedreht, und schlug das Seifenwasser zu Eischaum.

»Was hast du gemacht, als es die Tschechoslowakei war?«

Meine Mum versenkte einen Stapel Teller in den Schaum. Truthahnstückchen, Rosinen, Füllung und Kerne schwammen an die Oberfläche, als wären die Festtage ganz in der Nähe ertrunken. Dann sprach sie zu den Weihnachtsresten, während ihre Hand weiter Schaum schlug. »Ich habe den Sekretär der Ortsgruppe angerufen. Der war auf einer eilig einberufenen Versammlung. Und als er zurückrief, sagte er: ›Zum Glück sind sie einmarschiert, Eleanor.‹«

Ich ging zum Telefon und suchte auf dem Tablett ein Flugblatt, dessen Rückseite ich beschreiben konnte, und einen Stift. Ivans Nummer kannte ich auswendig.

»Bickley.«

»Hallo. Hier ist Jess.«

»Ist ja reichlich spät. Hast du was zu schreiben?« Ich konnte ihn sehen, wie er in seinen Turnschuhen wippte, auf alles gefasst, und mich mit geweiteten Pupillen durch das Telefon anstarrte. »Die Amerikaner stecken dahinter. Schieb es auf die verdammte CIA.«

»Aber ich muss …«

»Kein Aber. Die Vereinigten Staaten *wollen* die afghanische Regierung destabilisieren. Sie *wollen*, dass die Sowjets einmarschieren. Sie *wollen* einen Grund, um SALT II nicht zu unterschreiben.«

Ich wusste, dass alles immer in Dreierpackungen kam, dies war also das letzte »Wollen«. Zum Glück, denn mein Handgelenk fing schon an weh zu tun.

»Es wird Jahre dauern, bis das rauskommt, aber die Amerikaner unterstützen schon lange heimlich die …«, und er sagte ein langes Wort mit »M«. Er konnte es sogar buchstabieren. In der Schule wäre er der Klassenbeste, wenn das Fach Afghanistan durchgenommen würde.

Da fiel mir mein Zeugnis wieder ein. Mr Cartwright hatte mich nach dem Religionsunterricht zurückbehalten, denn er war nicht nur für Gott, sondern auch für die soziale Betreuung zuständig. Er hatte mein Zeugnis in der Hand gehalten, so wie er sonst die Bibel hielt, als würde sie schweben, als wäre das Wort Gottes so heiß, dass es von der Seite aufsteigen konnte. »Das ist eine Parabel«, sagte er und las meine Noten mit einer Stimme vor, dass sie wie die Fußballergebnisse am Samstag klangen:

»Latein: Beteiligung 5, Leistung 3

Geographie: Beteiligung 5, Leistung 4

Geschichte: Beteiligung 5, Leistung 5

Weißt du, was das bedeutet?«

Dass ich das Jahr wiederholen musste? Ich hatte bemerkt, dass ich immer weiter abgesackt war. Jetzt war ich in der Gefahrenzone, ich stand auf dem fünfundzwanzigsten Platz, zusammen mit Gayle, die mit ernsten, aber besiegten Augen durch ihren blonden Pony blinzelte, ein bisschen wie durch die Fransen von einem Afghanen-Teppich. Ich wollte nicht unbedingt den Zweig wechseln, wo meine Ergebnisse ebenso schwach wären, nur dass ich sie für Handarbeiten, Kinderpflege und Hauswirtschaft bekäme. Aber ich wusste nicht, wie ich meine Noten verbessern sollte. Ich konnte mich nicht mehr anstrengen – dazu war keine Zeit, wenn ich Ivan zufriedenstellen wollte. Und es gab kein Fach Marxismus-Leninismus, wenigstens nicht in England.

Ich sagte: »Ivan, ich muss wissen, ob Afghanistan wie die Tschechoslowakei ist.«

»Was hat das damit zu tun? Damals warst du nicht mal auf der Welt.«

»Ich war drei.«

»Genau.«

Er hatte recht. Mein '68 war nicht Prag. Es war der Mond. *Apollo 8*. Damals hatte ich mich vom Dach des Gartenschuppens auf die Umlaufbahn katapultiert. Und meine Mum kaufte mir Milky Ways, die sie dann selber aß, um Schaden von meinen Zähnen abzuwenden – obwohl ich noch meine Milchzähne hatte und auf jeden Fall eine zweite Chance bekommen würde. Dann rubbelte sie die Nummern auf dem Papier frei, um zu sehen, ob wir den großen Preis von Cadbury gewonnen hatten. Damals lasen die Astronauten im All eine schwebende Bibel. Meine Mum sagte, es sei typisch für die Amerikaner, dass sie die Religion von oben auf die Erde beamten, als wäre es *ihre* Erde.

Ivan rief seiner Frau zu, sie solle Teewasser aufsetzen. »Jetzt der Hintergrund. Hast du genug Papier?« Er sprach mit der Stimme, die er für Versammlungen hatte, und bombardierte mich mit Fakten. Mit dem Fuß zog ich einen Hocker herbei und setzte mich. Ich gab meiner Mum ein Zeichen, dass es eine Weile dauern könnte, und hielt das Telefon ein bisschen vom Ohr weg.

Meine Mum zählte die Weihnachtskarten. Dieses Jahr hatten wir mehr als im Jahr zuvor bekommen. »Mehr als letztes Jahr, Jess«, sagte sie jedes Mal, wenn eine kam. Sie hatte sie auf der Kaminumrandung aufgestellt, geordnet danach, wie sehr ihr die Karte gefiel und was sie von dem Absender hielt. Ganz hinten standen die dünnen, die umzufallen drohten, sobald die Tür aufging. Das waren Karten von ihren Schülern, an »Miss« adressiert und mit Christmas als »Xmas« geschrieben. Dann die Karten der Kollegen, die mit dem Kauf der Karte wohltätige Organisationen unterstützten. Die standen auch hinten, denn die Motive waren zwar besser, aber meine Mum lehnte wohltätige Vereine grundsätzlich ab. Rosie hatte eine Karte zur Wintersonnenwende statt zu Weihnachten geschickt – einen Linolschnitt von einer Birne oder möglicherweise von einem Penis, mit dem sie uns eine fruchtbare Wiedergeburt wünschte. Ganz vorne standen die Grußkarten aus der DDR. Martina hatte eine Ansicht vom schneebedeckten Thüringer Wald geschickt. Die anderen Karten zeigten Friedenstauben. Sie kreisten über der Erde, sie flogen über einen Regenbogen, sie ahmten Picasso nach. Ich sah, wie meine Mum die Friedenskarten neu mischte, als wäre es ein Kartentrick. Und in der Mitte stand meine Karte – selbst gemacht mit einem Zitat von Lord Byron, in alter Schrift mit meinem besten Füller geschrieben: *Wer für eine große Sache stirbt, ist nicht gescheitert.*

Ivan hatte meine Karte gefallen. »Aber Byron ist im Grunde Romantiker, Shelley ist der eigentliche Revolutionär.«

»Danke für die Todeskarte«, hatte Colin geschrieben. »Hoffentlich wird dein Weihnachten ein fröhliches, Jess.«

Ivan sprach jetzt langsamer, und ich hörte, wie er einen Schluck Tee nahm. Ihm fiel nichts mehr zu der afghanischen Revolution und der CIA ein. Dann sagte er meinen Namen. Nach dem dreimaligen »Wollen« hatte ich nur Kringel gemalt.

»Ich hoffe, du hast das alles notiert. Denn ich sage es nicht noch einmal.«

»Ivan, ich muss wissen: Worum geht es im Grunde? Was sollen wir *sagen*?«

Ich warf einen Blick auf meine Mum. Jetzt machte sie sich am Weihnachtsbaum zu schaffen und schlug ihm eine Lamettaschlange um wie einen Schal um den Hals. Aber sie hatte meine Frage gehört und sah mich erwartungsvoll an. Ich legte die Hand über die Sprechmuschel und wiederholte, was Ivan gesagt hatte: »Die CIA hat das Eingreifen provoziert, und die afghanische Regierung hat die Sowjets ins Land gebeten.«

Sie knurrte. »Was ich mir gedacht hatte.«

»Danke, Ivan. Und frohes n-« Aber den Wunsch konnte ich nicht vollenden, er hatte schon aufgehängt.

Dann gab meine Mum mir einen Stecker, einen Schraubenzieher und ein Paar Gummistiefel. Die Lichterkette war wieder einmal durchgebrannt. Ich sollte sie reparieren, und da wir im Physikunterricht Elektrizität durchgenommen hatten, wusste ich, was ich anfassen konnte, ohne einen Stromschlag zu bekommen.

Der nächste Tag war ein Samstag, also Zeit für den *Morning Star*. Beim Aufwachen stellte ich mir vor, dass wir Panzer an die Leute in Tamworth verkaufen mussten. Bestimmte Sachen konnte man dieser Stadt aufdrücken: das Automodell Princess von Leyland, verglaste Windfänge, Einbauschränke. Aber sowjetische Panzer? Ich wollte eine Woche auslassen. Nächsten Samstag gab es vielleicht bessere Nachrichten. Ich hob einen Zipfel des Vorhangs und guckte raus. Auf der anderen Seite des Friedhofs übte die Territorial Army im Kunstschnee. Der Himmel war eisengrau. Regentropfen hingen an der Dachrinne – eine Reihe graugelber Perlen, zu schwer, um zu verdunsten, nicht schwer genug, um runterzufallen. Ich sah mich zu meinem Bett um. Meine Form war noch zu erkennen, die Decken waren noch warm. Ich wollte das tun, was andere Menschen am Samstag nach Weihnachten auch taten: im Bett bleiben, die *Radio Times* studieren und so lange rumliegen, bis die Knochen weh taten.

Meine Mum hatte alle verbleibenden Zweifel weggeschlafen. Sie war früh auf, voller Tatendrang und bereit, sich ganz dem Zeitungsverkauf zu widmen. Als ich nach unten kam, hatte sie die Weihnachtssahnebonbons aufgegessen und war bei ihrer zweiten Tasse Tee. Sie guckte mir zu, wie ich mich in meinem Volksarmee-Trainingsanzug im Wohnzimmer lümmelte: »Willst du den *Star* im Schlafanzug verkaufen?«

Ich schlurfte ins Badezimmer und drehte den Wasserhahn auf, damit der Eindruck entstand, dass etwas passierte. Ich tat das, was meine Mum auch machte: Ich prüfte jeden Quadratzentimeter meines Gesichts im Spiegel, auf der Suche nach Zeichen des Verfalls – oder vielleicht nach Wiedererkennungszeichen. Ich befühlte meinen Bauchnabel, die vielen weichen Falten, die immer tiefer führten, und fragte mich, wie es der Hebamme gelungen war, einen derart komplizierten Knoten zu binden.

Wir stellten uns wie üblich vor dem Fleischergeschäft auf. Meine Mum teilte die Zeitungen zwischen uns auf. Ich las die Überschrift: *Stahlstreik geplant, sagt Gewerkschaft nach*

Abbruch der Gespräche. »Wir wollen das Problem so schnell wie möglich lösen«: Bill Sirs.

Ich war erleichtert. Die Überschrift bestand aus vielen Wörtern, aber nicht eins davon war »Panzer«.

Meine Mum hielt sich die Zeitungen vor die Brust und rief mit der Stimme, die ich von ihren Vorlesungen in Potsdam kannte: »Unterstützt den Eingriff der Sowjets in Afghanistan!«

»Was redest du da?« Ich zeigte auf den Stahlstreik und die Notwendigkeit, ihn schnell zu beenden.

»Das Thema ist Afghanistan, auch wenn es nicht in der Überschrift steht. Die CIA ist schuld.«

Der Fleischer hatte uns beobachtet, als wir uns aufstellten. Jetzt kam er aus dem Laden und schlenderte zu uns hinüber, offenbar wollte er uns an den Kragen. In der Hand trug er sein Hackmesser, an dem noch Fettbrocken hingen. Er stand so nah bei uns, dass ich das Blut an dem Hackmesser riechen konnte – frisch, sauer, umkämpft.

»Jeden verdammten Samstag muss ich mir eure Visagen angucken, und ihr verderbt mir den Tag damit. Könnt ihr nicht ein bisschen weitergehen, aus meinem Gesichtskreis?« Er spuckte die Worte aus, so dass sie feucht auf meiner Stirn landeten.

Meine Mum sah ihn an und sagte: »Er ist einfach unfreundlich. Beachte ihn gar nicht.«

Wie konnte ich ihn nicht beachten? Hier war ein aufgebrachter Mann, der vor meiner Nase Lebendiges zerlegte, und seine Spucke trocknete auf meiner Stirn. Ich hatte nichts dagegen, den Platz zu wechseln. Wir waren im kalten, dunklen Tamworth. Es war der denkbar schlechteste Ort, wenn man die sowjetische Aktion in Afghanistan verkaufen wollte. Ich steckte meine Zeitungen in die Tasche.

»Wo willst du hin?«, fragte meine Mum.

»Weg. Egal, wohin.«

Meine Mum hob die Zeitungen höher. »Die Sowjets sind ins Land gebeten worden!« Ich zupfte sie am Ärmel. Ihr Körper wankte, aber ihre Füße blieben fest stehen. »Eine Provokation der CIA.«

Der Fleischer beobachtete uns und bemerkte das Gerangel. »Habe einen höflichen Vorschlag zu machen. Warum nehmen Sie nicht Ihre Tochter und gehen in Ihr verdammtes Russland zurück?«

»Nicht Russland, die Sowjetunion«, sagte meine Mum.

Er lächelte, als wäre er betört. »Ich würde Sie umbringen, wenn ich Sie mir greifen könnte.«

Das konnte er.

»Und dich auch«, sagte er zu mir, »wenn du alt genug wärst.«

Er drehte das Hackmesser in der Hand, dass die Klinge blitzte, dann ging er in seinen Laden und wischte sie sauber.

»Ich gehe«, sagte ich.

Meine Mum sah auf die Uhr. »Die Zeit ist noch nicht um.«

»Nicht zum Co-op. Ich gehe zurück nach Russland.«

»Du kannst nicht dahin *zurück*gehen – du warst noch nie da. Außerdem sprichst du kein Russisch. Und es ist weit weg. Und eiskalt. Es würde dir nicht gefallen.«

»Viele Leute gehen nach Russland.«

»Das stimmt nicht. Wer?«, fragte sie und klang bekümmert. Sie ordnete die Zeitungen und fächerte sie ordentlich.

»Leute wie Burgess. Philby. Macleans.«

»Das ist eine Zahnpasta.«

Aber ich meinte nicht Russland. Nicht das Land. Ich meinte Martina und Peter. Meine Mum ließ die Arme sinken, als ich die Namen sagte. Ihre Zeitungen rutschten zusammen. Einen Moment lang dachte ich, sie würde sie einstecken. Ein Lächeln glitt über ihr Gesicht und verschwand wieder. Dann erschallte »Another Brick in the Wall«. Es war die Nummer eins auf der Weihnachts-Hitliste. »Aber Jess, wir können nicht einfach *rübergehen*. Jetzt noch nicht. Komm schon …« Sie griff nach meiner Hand, und beinahe hätte ich sie ihr gegeben, da sagte sie: »Wir müssen es weiter versuchen, du und ich«, und ich steckte meine Hand in die Tasche.

»Warum muss es immer Wir sein? Ich habe nicht von Wir gesprochen.«

Ich starrte auf den Boden. Kiefernnadeln vom Weihnachtsbaum lagen herum. Der Baum war ein Geschenk von Bad Laasphe in Nordrhein-Westfalen. Im nächsten Jahr würde Tamworth die Partnerstadt von Bad Laasphe werden. Jemand hatte den Baum mit der Säge bearbeitet, die Stadt hatte ihn mit einem weiß-roten Band gesichert und ein Schild aufgehängt: *Für eine Partnerschaft braucht man zwei, vielen Dank.*

Als ich losging, spürte ich den Blick meiner Mum im Rücken. Ich weiß, dass sie meine Schritte zählte. Dann hörte ich ihre Stimme, die lauter war als der Song von Pink Floyd: »Bloß weil du was willst …«

Als ich über die Schulter zurückblickte, hatte meine Mum sich verwandelt: Ich sah eine Frau mittleren Alters in einem Second-hand-Anorak und mit grauem Haaransatz an ihrem krummen Scheitel, das Gesicht von Müdigkeit gezeichnet. Sie war eine Frau, die jede Woche ohne Fehl die Energie fand, obwohl sie sie nicht hatte, in einer Kleinstadt große Worte zu verkünden.

Ich wartete bis Montag und darauf, dass die Bausparkasse Nationwide wieder aufmachen würde. Punkt neun kam eine Frau. Sie wirkte ungebügelt, schlecht behandelt und übellaunig, ihre papierene Haut war abgenutzt. Sie hob die Flugblätter von der Matte und schloss die Tür auf. Ein paar Kunden warteten – nach den Weihnachtstagen waren die Menschen pleite –, aber ich war die Erste und ging schnurstracks zum Kassenschalter. Ich schob mein Sparbuch unter der Scheibe durch. »Ich möchte alles abheben.«

Der Kassierer ließ sich Zeit. Er las alle handgeschriebenen Einträge, als wäre es sein Geld und sein Recht, die Einzahlungen zweimal im Jahr, Weihnachten und Geburtstag, zu prüfen.

Mit aufgesetztem Lächeln klappte er das Buch zu.

Im Laufe der Jahre hatte ich genug für einen Tag wie diesen gespart.

Der Kassierer trug einen Fingerhut aus Gummi, mit dem er die Scheine blätterte, und seine Augen zählten. Dann zählte er noch einmal, diesmal laut, und legte die Scheine wie Spielkarten auf der Theke aus, nach Farben geordnet: Romeo und Julia, Florence Nightingale, Admiral Nelson.

Es war früh am Montagmorgen, nicht unbedingt ein Grund zur Freude, aber es war Silvester, und wahrscheinlich hatte er schon den ersten Drink intus.

»Und ich möchte das Konto schließen.«

Er zog eine Augenbraue hoch und sagte mit aufgesetzter Jovialität: »Lass mich raten … Südamerika?«

Als ich wieder nach Hause kam, ließ meine Mum gerade Badewasser ein. Mit gestrecktem Hals sah sie in den Spiegel und schnitt mit der Nagelschere an ihrem Damenbart. Am nächsten Tag begannen die achtziger Jahre, das Jahrzehnt, in dem sie fünfzig würde, und sie wollte so jung wie möglich aussehen, wenn es begann. Sie hatte ein Dutzend Salatgurken gekauft, für unsere Neujahrsmensadiät, und eine hatte sie für ihre Tränensäcke in Scheiben geschnitten. Auf der Konsole stand eine Packung Haarfarbe. Diesmal war es etwas Französisches, das halten würde und ein kräftiges Orange war. Wenn ich noch da wäre, würde ich ihr davon abraten.

Ich zog meinen Rucksack unter dem Bett hervor und überprüfte den Inhalt: Slips, Kekse, mein Mohairpulli – Martina hatte von Winter gesprochen. Meine Uhr, denn man konnte nicht abhauen und dann nicht wissen, wie spät es war. Die Telefonnummer von James. Ich war das Adressbuch meiner Mum durchgegangen, aber Peter und Martina hatten immer noch keinen Anschluss.

Ich stapfte die Treppe runter, damit meine Mum mich hörte, und weil es immer viel zu laut war, wenn man versuchte, leise zu sein. Über dem Rauschen des Badewassers hörte ich meine Mum singen. Es war ein Song von Ewan MacColl: »The First Time Ever I Saw Your Face«.

Meinen Abschiedszettel hatte ich schon geschrieben: *»Wandere ins verdammte Russland aus. Komm nach, wenn Du kannst. xxx«*

Ich legte ihn zum Telefon. Ich wollte, dass meine Mum ihn fand, aber nicht sofort. Ich wollte nicht, dass sie hinter mir hergerannt kam und am Bahnhof von Tamworth eine Szene machte. Nachdem sie aus dem Bad gekommen war und gerufen und keine Antwort bekommen hatte, nachdem sie tropfend die Treppe rauf und runter gelaufen war und in allen Zimmern nachgesehen und dann Mr Howard angerufen hatte – sie konnte ja nicht nackt rübergehen –, würde sie den Zettel finden und zu dem Schluss kommen, dass ich wirklich weg war, dann würde sie Rosie anrufen, um mit ihr zu besprechen, was zu tun sei.

Am Bahnhof in Tamworth verlangte ich eine Kinderfahrkarte, einfache Fahrt, nach Harwich. Ich rechnete damit, dass ich einen Nachweis für mein Alter vorlegen müsste und gefragt werden würde, warum ich an Silvester allein verreisen wollte. Aber die Frau am Schalter hatte bereits eine halbe Flasche Baileys geleert, ihr war das egal.

Sie sah nicht einmal von ihrer Zeitschrift auf und verkaufte mir eine Fahrkarte für den Bummelzug nach London und einen noch langsameren Zug nach Harwich.

Ich wartete im Bahnhofscafé. An der Decke hingen noch die Weihnachtsdekorationen, kreuz und quer über meinen Kopf gespannte Papierketten. Das hier war mein letztes Weihnachtsfest in England gewesen. Meine Mum und ich hatten das gemacht, was wir immer machten: Wir hatten *Morcambe and Wise* und *The Great Escape* geguckt, Knallbonbons platzen lassen und über die Königin gespottet. Und als meine Mum mit ihrer Papierkrone auf den Knien eingeschlafen war, hatte ich in meinem Zimmer mit Hilfe der Beschreibung auf Russisch und Deutsch meinen sowjetischen Panzer zusammengesetzt. Meine Mum hatte mir in der Spielzeugabteilung vom Kaufhaus Centrum am Alexanderplatz einen T-34-85 gekauft, aber ich durfte ihn erst Weihnachten aufmachen. Während wir uns im Kaufhaus das Kriegsspielzeug ansahen, ertönte aus den Lautsprechern ein Lied: *Unsere Soldaten schützen alle Kinder vor dem Krieg – meinen Vati, meine Mutti, jedes Haus und die Fabrik.*

Ich nahm James' Nummer heraus und legte den Zettel auf das Münztelefon. Die Nummer des Notfalldiensts an der Wand war mit Fingernägeln geduldig abgekratzt worden. Kleinanzeigen für Minicars und Massagen rund um die Uhr. Die Telefonbücher hingen in der Halterung, die Feuchtigkeit hatte sie aufgeschwollen. Es war Silvester, aber James war nicht ausgegangen. Ich hörte, wie er abnahm, dann eine schnelle Folge von Piepsern, und ich drückte die Münze in den Schlitz.

»James, ich setze mich ab.«

»Wer spricht da?« James kannte meine Stimme. Aber er hatte jetzt sein eigenes Telefon in seiner eigenen Wohnung, und vielleicht klang ich anders als an dem gemeinsamen Apparat.

»Ich nehme die Fähre nach Hamburg.«

»Bist du das, Jess? Ist alles in Ordnung?«

Mir war kalt, das war alles. Ich bewegte meine Zehen in den Schuhen, die in einer Pfütze standen. Ich legte meine Hand auf den Mund und blies warme Luft über die Knöchel.

James sagte: »Wo bist du jetzt?«

Durch das Glas der Telefonzelle sah ich die Werbung im Schaufenster eines Schuhgeschäfts: *Weihnachtsausverkauf – Jetzt!* Im Laden sah es chaotisch aus, auf dem Fußboden lagen Schuhe und Kartons. Jemand würde die ersten Arbeitsstunden des Jahres 1980 damit verbringen, aufzuräumen. Männer bildeten Gruppen und zogen in T-Shirts durch die schlammigen Straßen. Sie taten so, als wäre dies Texas, nicht Harwich, und nicht mitten im Winter, knapp über dem Gefrierpunkt.

»Sag Martina, dass ich am Donnerstag in Potsdam ankomme.«

»Deine Mutter wird außer sich sein.«

»Wenn ich an der Grenze ankomme, bitte ich um Asyl.«

»Das ist eine Dummheit, Jess. Außerdem ist es gefährlich.«

»Nicht, wenn man sich so herum absetzt.«

»Aber du kannst nicht einfach … das geht … Du …« Aber James wusste nicht, warum nicht. Dann sagte er: »Du weißt gar nicht den Weg hierher.« Seine Stimme klang ganz klar, die DDR konnte gleich um die Ecke sein. Außerdem wusste ich den Weg. Ich hatte die Landkarte. Und ich hatte den Weg schon einmal gemacht. Und in Boizenburg kannten sie mich. Letzten Sommer war ich da durchgekommen.

Dann piepste es wieder, und die Leitung war tot.

Eine Weile lang behielt ich den Hörer in der Hand und lauschte dem Summton. Plötzlich ging draußen ein Feuerwerk los, weil jemand nicht bis Mitternacht warten konnte. Einen Moment lang war der Himmel voller Lila und Orange, wie ein kitschiger Sonnenuntergang. Ich lehnte mich ans Glas und tippte mit dem Fuß den Rhythmus von »Auld Lang Syne«. Ich fühlte nach meiner Karte für die Fähre. Ich setzte mich auf der *Prinz Hamlet* ab, der letzten Fähre in den siebziger Jahren, die nach Hamburg ging.

Ich ging zur Passkontrolle. Der Mann in der Kabine sah sich mit einem langen, gelangweilten Blick meine Papiere an und zupfte an den Haaren in seiner Nase. Er fragte, wohin ich wolle.

»Zur deutschen Grenze.«

»Du bist eine Minderjährige ohne Begleitung Erwachsener.«

»Ich weiß, aber ich bin mir ziemlich sicher, dass meine Mum bald nachkommt.« Er sagte, ich solle zur Seite treten, dann kam er aus seiner Kabine und führte mich zu einer weißen Tür. Dahinter saß eine Polizistin und legte eine Patience mit einem Kartenspiel barbusiger Frauen. Sie war klein und breit und sah aus, als wäre sie aus Lego gebaut, ihre Brust und ihre Oberschenkel waren viereckig wegen ihrer Uniform. Der Grenzbeamte gab ihr meinen Pass und erzählte, was er wusste. Sie seufzte und legte eine Frau mit einer großen blonden Frisur, eine Herz-Drei, wie ich sah, auf eine Kreuz-Vier. Dann blätterte sie meinen Pass durch, sah sich das Foto an und stellte fest, dass ich ich war. Sie griff in die Tasche, nahm einen Notizblock heraus und stellte mir Fragen. Sie wollte meinen Namen, meine Adresse, meine Telefonnummer wissen, wer meine Eltern waren und wo sie waren.

Ich schwieg. Das war Teil der Ausbildung. Keine Namen. Keine Einzelheiten. Ich richtete meinen Blick auf die Wand. Sie war bedeckt mit Empfehlungen, wie die Sicherheit in England gewährleistet werden konnte: Fahndungsfotos von Verbrechern, Verbot von explosiven Stoffen, von radioaktivem Material, von tollwütigen Hunden.

Die Polizistin drückte das Kinn runter und wandte sich an ihre linke Brust. »Wir haben eine alleinreisende weibliche Minderjährige, am Hafen, sie trägt nur persönliches Gut bei sich. Over.«

Statisches Geknister war die Antwort.

»Identität anhand von Ausweispapieren der Person festgestellt. Over. Mike, India, Tango. Charlie, Hotel, Echo, Lima, Lima. Over. Will das Land verlassen, mit Ziel DDR. Over. Ich weiß, Sir. Over.«

Kurz vor Mitternacht nahm die Polizistin einen Schlüssel aus der Tasche, öffnete einen Schrank und holte mehrere Plastikbecher heraus. Sie füllte Wasser vom Becken in einen Becher und gab ihn mir. Der Wasserhahn war lange nicht benutzt worden, aber wenigstens war es nicht das, was ich kannte: ein Schluck Whisky, eine Liste, die meine Mum mit Hilfe der Finger rezitierte, von all dem, was gut gewesen war, »denn es hat Gutes gegeben, Jess«, und ein Vorsatz für das neue Jahr, weil meine Mum jedes Jahr mit guten Vorsätzen anfing.

Ich behielt die Uhr im Auge, sah, wie die Zeiger Mitternacht erreichten, und trank unter Polizeiaufsicht und mit Wasser, das abgestanden schmeckte, auf das Jahr 1980. Die *Prinz Hamlet* war längst losgefahren. Ich stellte mir die Fähre im Licht der Scheinwerfer vor, die von Nebel umtanzt waren. Das Schiff stieß schwarzen Rauch aus und legte ab. Die Buchstaben *Harwich-Hamburg* standen schief und wurden kleiner. Möwen flogen im Kielwasser mit.

Dann musste ich eingenickt sein, denn das Nächste war, dass die Polizistin plötzlich ein Polizist war und Ronald McDonald in der Tür stand. Meine Mum war blass, die Nase war vom Weinen rot und die Neujahrshaarfarbe leuchtete orange. Sie ließ den Blick verschämt über mich gleiten, als traute sie sich nicht recht, mich anzusehen, für den Fall, sie würde etwas Entsetzlichen gewahr. Dann flüsterte sie zu dem Polizisten: »Ich danke Ihnen ganz, ganz herzlich.«

Das sollte man schon aus Prinzip niemals sagen.

Denn die Polizei war instrumental beteiligt an dem Grundsatz »Teile und herrsche«, wie die Werkzeuge, die wir in Geometrie benutzten.

Und das war auch der Grund, warum Tamworth sie, die Polizei, erfunden hatte.

Meine Mum kam zu meinem Stuhl und ging in die Hocke. Ich erlaubte, dass sie mich zu sich zog und ihren Mund an mein Ohr legte. Ich kniff die Augen zusammen bei dem chemischen Geruch und den heraussprudelnden Wörtern. Aber ich hörte nur ihren Atem. Sie blieb ewig so hocken, länger, als ihre Knie es aushalten konnten. Ich glaube, sie wollte mir sagen, dass ich sie umgebracht hatte, aber jetzt hatten wir uns wieder, und da konnte sie wieder lebendig werden.

Sie drückte ihre Wange an meine und brachte unsere Körperwärme wieder in Umlauf. Ihre Haut glühte. Meine Mum sagte: »Du fühlst dich ganz kalt an, Jess ... Hier ist es kalt. Frierst du?«, und sie zog sich den Anorak aus und legte ihn mir um die Schultern, wie man das im Film mit Überlebenden einer Katastrophe machte.

Sie sagte, sie hätte gewusst, dass etwas war, als sie vom Bad aus um heißes Wasser gebeten hatte. Sie wollte, dass ich ihr beim Haareausspülen half. Als sie keine Antwort bekam, hatte sie im ganzen Haus gesucht, und dann hatte sie meinen Zettel gefunden. Erst hatte sie gedacht, es sei nicht ernst, dann hatte sie Zweifel bekommen und schließlich Angst. Dann hatte sie Rosie angerufen, und

Rosie hatte gesagt, sie solle abwarten, denn Teenager machten so etwas – sie verschwänden manchmal einfach. Sie hatte den ganzen Nachmittag und Abend gewartet und sich Klumpen von getrocknetem Haarfärbemittel aus den Haaren gepult. Dann hatte James sie angerufen.

Meine Mum sagte, auf dem Weg nach Harwich sei sie alles mit sich durchgegangen, und ihr sei klargeworden, dass ihr nicht klar gewesen war, wie sehr ich in der DDR leben wollte und wie wichtig Martina für mich geworden sei. Sie legte die Hand auf meinen Arm und fuhr ihn langsam hinunter, dabei drückte sie ihn alle paar Zentimeter, drückte so fest, dass sie den Knochen fühlen konnte. Unter ihrer Berührung war der Mohairpullover. »So weich, Jess. Ich hatte vergessen, wie weich.«

Dann griff sie in die Plastiktüte. »Ich habe was für uns. Was von der DDR.« Sie zog eine Flasche Timms Saurer Sprudel hervor. Wir hatten im Auto einen Kasten davon mitgebracht, er sollte uns bis zum nächsten Jahr reichen. Meine Mum wollte auf das neue Jahr anstoßen. »Lass es uns noch einmal versuchen, Jess. Diesmal machen wir es besser. Lass uns Tamworth so sehr wie die DDR machen, wie es nur geht.« Sie hob den Plastikbecher und stieß ihn an meinen, das Klicken machte sie mit der Zunge, und ich roch den Geruch von Wodka und Zitrone, von Potsdam und Bittersüßem.

11

Bei der DDR-Botschaft

London, April 1980

Das Jahr begann mit sehr viel DDR. Die Vorsätze meiner Mum wurden erfüllt, ohne dass wir uns anstrengen mussten. Zunächst rief aus heiterem Himmel Stefan an. Jetzt sei die Zeit, mit den Mensch-zu-Mensch-Begegnungen anzufangen, sagte er, der Friedensrat trifft die Kampagne für Nukleare Abrüstung, die CND Tamworth. Und er lud uns in die Botschaft ein. Er wollte einen Abriss der Vorschläge, wie dieses Mensch-zu-Mensch aussehen könnte, und den sollten wir mitbringen, wenn wir mit den Unterlagen für die Sommerkurse nach London kamen. Darauf summte meine Mum tagelang die Melodie von *Opportunity Knocks*.

Bald nach Stefans Anruf kam ein Brief aus der DDR. Er war an uns beide adressiert, aber meine Mum erkannte sofort Peters Handschrift. Sie musste Beispiele seiner Schrift studiert haben. Sie gab mir den Umschlag zu lesen. Ich erkannte die Briefmarke: die Büste von Karl Marx, die wir im Sommer in Wirklichkeit gesehen hatten. Der Poststempel war aus Zwickau, der Brief kurz vor Weihnachten abgeschickt.

Meine Mum wandte mir den Rücken zu, als sie den Brief las, weil sie nicht wollte, dass ich ihn in ihrem Gesicht mitlas. Als sie fertig war, sagte sie: »Willst du die frohe oder die traurige Botschaft hören?«

Ich wollte die frohe Botschaft nicht hören, denn das war ja die Bibel.

Sie erzählte sie mir trotzdem. »Peter hat mir geschrieben, Jess.« Ihre Stimme war sanft wie die der Fee im Märchen. Sie hätte auch sagen können: »Und wenn sie nicht gestorben sind, dann leben sie noch heute.«

»Mir und dir. Er hat an uns beide geschrieben.«

»Und es ist alles in Ordnung.« Peter hatte sich für das Briefpapier der Hochschule und die brüderlichen Grüße entschuldigt, aber erst jetzt hatte er Gelegenheit, aus Potsdam wegzukommen und einen persönlichen Brief zu schreiben. Sein Brief gestattete es meiner Mum, sich der Sehnsucht hinzugeben – mit versunkenem Blick aus dem Fenster zu gucken, die Sätze halb vollendet in der Luft hängen zu lassen, nicht zu wissen, ob die Magenschmerzen von Sehnsucht oder vom Hunger herrührten. Meine Mum empfand gern Sehnsucht. So fühlte sie sich den Chilenen und deren Verschwundenen näher, auch den Vietnamesen und deren Toten. »Und in diesem Kampf gibt es eine Menge Sehnsucht«, sang sie, *»lorra, lorra longing«*, wie Cilla Black, und das bedeutete, dass sie völlig außer sich war, denn meine Mum mochte Cilla Black nicht.

Peters schlechte Nachricht war, dass es Auswirkungen von dem Tag in Treptow gab. Martina hatte sich bei Saskia beschwert, weil sie von der Abschlussreise ausgeschlossen worden war, darauf waren die Dinge eskaliert, und Martina dürfte an dem diesjährigen Sommerkurs nicht teilnehmen.

»Wie kann Saskia sie aussperren? Es gibt keinen Zaun.«

»Sie ist nicht ausgesperrt. Das schreibt er nicht. Martina ist ...«– meine Mum suchte nach den richtigen Worten – »aufgefordert worden, sich vom Campus fernzuhalten.« Aber man konnte das umgehen. Peter schrieb, ich könnte mich mit Martina in ihrem Sommerhaus treffen. Wir könnten auf dem Schwielowsee segeln gehen. Ich sei für den ganzen August eingeladen und könnte auch den ganzen Winter bleiben, wenn sich die Möglichkeit dazu ergab. Ich könnte Dinge ausprobieren, die man in einem Land, wo das Wasser als Regen vom Himmel kommt, nicht machen konnte. Peter hatte ein Foto vom einem roten Klinkerhäuschen beigelegt, das wie eine Rettungsschwimmer-Hütte aussah und unter einer dicken Schneedecke lag. Im Garten steckte ein Boot in Schneewehen fest. Der Himmel war von einem tiefen Blau, die Sonne blinkte. »Sieht aus wie auf einer Ansichtskarte«, sagte meine Mum.

Ich fand, es sah kalt aus.

Martina blinzelte mich durch das Sonnenlicht an. Sie trug einen Parka und hielt eine Hand im Handschuh hoch, um mich zu grüßen. Oder um mich abzuwehren, ich wusste nicht, welches.

Im April fuhren wir mit unseren Unterlagen zu Stefan. Dem Stadtplan zufolge war die Botschaft ganz in der Nähe des Buckingham Palace. Ich hatte gedacht, es sei gegen die Prinzipien der DDR, einen Palast am Belgrave Square zu besitzen und die Königin zur Nachbarin zu haben. Ich hatte gedacht, die Vertretung der DDR wäre in einem billigen Stadtteil, wo viele Arbeiter wohnten – vielleicht Tooting, weil da auch die Volksfront ihren Sitz hatte.

Die Nummer vierunddreißig hatte eine breite Tür, breit genug, um Botschaftsleute mit dem Weltfrieden in ihren Diplomatenkoffern einzulassen. Wir hatten Co-op-Tüten mitgebracht, jeder trug welche in den Händen. Die Tür ging auf, bevor wir geklingelt hatten, und auf der Matte stand eine Frau, die die Papiere für die Sommerkurse entgegennahm. Sie drückte sie an die Brust – an ihre rot-schwarz gestreifte Bluse, die wie ein Schreibmaschinenfarbband aussah – und musterte meine Mum unverwandt, als stünde ich nicht daneben. Dann schrieb sie die dünne Linie eines Lächelns auf ihre Lippen und ging zu einer Tür. Sie drückte die Tür mit dem Rücken auf, was Höflichkeit sein konnte, aber wahrscheinlich eher ein Balanceakt war, weil sie den Türgriff mit dem Stapel Papiere in den Armen nicht runterdrücken konnte.

Ich sah Stefan nicht kommen und hörte ihn auch nicht, denn seine Schritte wurden von dem dicken Teppich verschluckt. Er sagte: »Hast du ein Buch dabei, Jess? Oder magst du in den Hyde Park gehen?« Im ersten Moment vergaß er, uns die Hände zu schütteln. Er sagte etwas zu dem Mann am Empfangstisch, der in den Besucherlisten blätterte und Entschuldigungen murmelte.

»Oder du gehst Enten füttern? So ein schöner Tag!«

Es nieselte immer noch. Mein Anorak war auf dem Weg von Victoria Station nass geworden. Ich versuchte, Stefans Miene zu deuten und einzuschätzen, ob er das mit den Enten ernst meinte, aber sein Blick war ausdruckslos, wie ich ihn in Potsdam nie gesehen hatte. Meine Mum machte ein enttäuschtes Gesicht, und das war ein gutes Zeichen. Ich blieb also stehen, die Hände in den Taschen, und wartete. Ich spielte mit der U-Bahn-Fahrkarte von Euston Station. Ich fand einen Drops, bestimmt einen mit Orangegeschmack.

Meine Mum sagte: »Jess hört einfach zu, ja, Jess?«

Ich nickte. Ich hätte ja sagen können, aber ich hatte schon angefangen, nur zuzuhören.

»Und wir haben die Vorbereitungen für heute gemeinsam gemacht. Teamwork – du wirst es gleich sehen. Ohne sie hätte ich es nicht geschafft.«

Stefans Blick pendelte zwischen uns hin und her und band uns wie mit einem Knoten zusammen. Dann trat er zur Seite und deutete auf die Treppe nach oben. Er ging hinter uns.

»Soll ich mit den Taschen helfen? Sie sehen schwer aus.

Aber auch vielversprechend, muss ich sagen.« Wir waren schwer beladen, die Tüten waren mit allem, was uns eingefallen war, gefüllt. Stefan dankte meiner Mum für das Material für die Kurse in Potsdam. Zum ersten Mal, sagte er, sei kein Pass kurz davor abzulaufen. Alle Vorlesungen seien getippt. Offenbar hatte er ihre Unterlagen schon bearbeitet. Meiner Mum fiel das nicht auf, sie hörte nur das Kompliment. Sie wurde rot und murmelte, sie habe alles drangesetzt, damit ihr erster Sommer ein durchschlagender Erfolg würde.

»Und du hast vor, die DDR mit einem traditionellen britischen Sport bekannt zu machen – Netzball.«

Meine Mum war im Netzballteam der jungen Kommunisten gewesen, hatte aber seit Jahren nicht gespielt. Doch seit Peter geschrieben hatte, wollte sie nichts so sehr, wie sich Sportsachen anziehen und die Beine zeigen.

Stefan bat uns zu seinem Schreibtisch hinüber, der bis auf eine Nylonflagge und ein Modell des Brandenburger Tors aus Plexiglas leer war. Er holte noch einen Stuhl. Dann glitt er in einen Drehsessel aus schwarzem Leder und ließ die Hände locker über die Lehne hängen. Hinter seinem Kopf hing ein Porträt von Erich Honecker – das offizielle, das ich kannte, mit blauem Hintergrund und gebräuntem Gesicht. Stefan hingegen war nicht so leicht zu erkennen, in seinem eleganten Anzug und den Ledermokassins mit Quasten. Auch sein Haar sah anders aus – es war gescheitelt und lag flach über den Ohren. Er konnte einem Katalog für Herrenbekleidung entsprungen sein und bei *Mastermind* auftreten.

»Ist es hier so, wie du es dir vorgestellt hast, Eleanor? Du wirkst überrascht.«

Wahrscheinlich dachte sie dasselbe wie ich – dass es eher wie bei der Schlacht um Großbritannien aussehen würde, mit blinkenden Telefonen und gebellten Befehlen und Tischen mit Schlachtaufstellungen und Armeen, die man mit einem Zeigestock hin und her bewegte. Aber Stefans Büro sah aus wie alle Wohnzimmer, die ich in der DDR gesehen hatte: ein Teppich mit Girlandenmuster in Brauntönen, wie seine Krawatte. Der Sessel orangefarben. Eine Glasvitrine mit Kristallgläsern. Regale vom Fußboden bis zur Decke und voller Bücher.

Stefan sagte: »Hier ist es heimisch. Ich finde es friedlich. Und doch ist unmittelbar vor dem Fenster der Kalte Krieg.« Er sagte, die Briten hätten endlich aufgehört, so zu tun, als existiere die DDR nicht, und eine Vertretung am selben Platz wie die von Westdeutschland eröffnet. »Auch hier sind wir Nachbarn.« Die Bundesrepublik hatte die Nummer dreiundzwanzig.

Ich sah, wie meine Mum ihre DDR-Haltung einnahm und die Lungen mit der vertrauten Luft füllte. Sie war froh, zurück zu sein. Sie rückte sich auf ihrem Stuhl so zurecht, dass die Sonne ihr ins von Alberna-Creme glänzende Gesicht schien. Zurzeit war das ihre Lieblingscreme. Sie hatte mehrere Packungen mitgebracht und den ganzen Winter benutzt – und wenn sie vor unserem Gasofen saß und die Augen schloss, war sie wieder in Potsdam, mitten im August.

Stefan erklärte uns den Status der Botschaft und das Prinzip der Extraterritorialität, und mir kam die Idee, dass ich mich auf der Stelle absetzen könnte. Ich könnte hier, gegenüber dem *Mastermind*-Sessel sitzen und mich weigern, Fragen zu beantworten, bis ich meine Papiere bekam. Meine Mum muss dasselbe gedacht haben, denn sie sagte: »Silvester wollte Jess aus England abhauen.« Und weil es nicht geklappt hatte, war meine Mum stolz darauf. »Sie hat versucht, sich abzusetzen.«

»Nicht in die DDR?«

»Sie hätte es beinahe geschafft. Sie war schon in Harwich an der Fähre.«

»Sie haben ein Kind auf die Fähre gelassen?« Stefan leerte sein Wasserglas und wippte auf seinem Stuhl, so dass sich der Geruch von chemischer Reinigung verteilte. »Weißt du, Jess, auch wenn du es bis zur Grenze geschafft hättest, unsere Grenzbeamten hätten dich zurückgeschickt. Es gibt eine richtige Methode.« Ich seufzte. »Methoden« gab es auch im Kochunterricht – Eischaum unterheben, Hühnchen mit Bratensoße übergießen, Teig gehen lassen –, Methoden der Zeitverschwendung auf Dinge, die man auch im Geschäft kaufen konnte. Ich wandte den Blick ab und versuchte, ein Muster in den Girlanden auf dem Teppich zu entdecken, aber nichts wiederholte sich, wenigstens nicht um unsere Füße herum. Ich war nicht überzeugt, dass es wirklich eine Methode gab, wenn man sich absetzen wollte. Darum ging es doch. Es waren Einzeltaten, Überraschungsübertritte zur anderen Seite.

»Außerdem wirst du hier gebraucht, Jess.«

Genau das hatte Ivan auch gesagt. Nur dass er es so gesagt hatte: »Wie bist du denn darauf gekommen? Meine Investitionen hauen nicht einfach unbeurlaubt ab.« Dann hatte er mich zur stellvertretenden Sekretärin gemacht und mir die Schlüssel für die Aktenschränke gegeben.

»Ich dachte, du bist wütend.«

»Das bin ich auch. Aber Ermutigung und Beförderung haben auf lange Sicht die bessere Wirkung.«

Als ich Martina davon schrieb, antwortete sie mit einer Postkarte aus Altenburg: *Warte, bis Du einen Trumpf in der Hand hast*. Das war typisch Martina, nichts sagte sie ohne Umschweife. Dann kam noch eine Karte vom Traktorenwerk in Nordhausen. Auf die Rückseite hatte sie geschrieben: *Wish you were here …*

Stefan wollte über das Geschäftliche sprechen. »Warum ich dich herbestellt habe?«

Meine Mum schüttelte die Plastiktüten.

»Weil sich Dinge verändert haben. Jetzt ist es wichtig, dass wir alle Freunde von Feinden unterscheiden.«

Das war eine Zeile in einem Lied. Ich sah meine Mum an und hoffte inbrünstig, sie würde nicht anfangen zu singen.

»E-N-D«, sagte Stefan. Er sagte es mit Pausen zwischen den Buchstaben, als wäre es eine schwierige Kombination, ein schwieriges Wort. European Nuclear Disarmament, die Europäische Nukleare Abrüstung, sollte am Montag gestartet werden, mit einer Pressekonferenz im Parlament. Stefan machte die Schublade auf und gab meiner Mum den Text für die Pressekonferenz. Das, was ihm nicht gefiel, hatte er farbig markiert. Das Blatt leuchtete in der Hand meiner Mum und machte ihre Fingerspitzen rosa.

»Du kennst ihre Taktik der Ausgewogenheit ... *beide* Seiten sind für den Rüstungswettlauf verantwortlich ... *beide* Seiten müssen ihre Bündnisse lösen ... klingt alles sehr vernünftig, oder?«

Meine Mum bewegte den Kopf im Kreis, als wäre sie unsicher, ob ein Ja oder ein Nein nötig wäre.

Dann las sie den Rest der Presseerklärung, und Stefan erklärte ihr, was es bedeutete: »Sie wollen die Friedensfrage mit der Bürgerrechtsfrage verknüpfen. Das Problem verdunkeln. Unsere Dissidenten ausfindig machen. Den negativ-feindlichen Kräften Auftrieb geben. Das führt zu nichts Gutem. Das weiß ich. Das spüre ich in meinen Knochen.«

Stefan hatte weniger sichtbare Knochen als im Sommer. Er hatte zugenommen, oder seine Haut war zum Schutz gegen die Ereignisse der letzten Zeit dicker geworden. Er rollte mit seinem Stuhl vor, wobei ihn das Geräusch von Metall auf Metall nicht zu stören schien. Dann nahm er sein Kristallglas, aber das war leer. Er drehte es in der Hand, die Sonnenstrahlen brachen sich in dem Glas und warfen Aufgaben aus dem Physikunterricht auf den Tisch.

»Die heiklen Leute sind Einhorn … Kaldor … Coates … Benn.«

»Nicht Tony, oder?«

»Kennst du ihn?«

»Jeder kennt Tony.«

Das stimmte nicht. Meine Mum kannte ihn auch nicht. Sie wollte sagen, dass sie ihn auf Demonstrationen erkannte, und wenn sie ihm zuwinkte, winkte er zurück.

»Edward Palmer Thompson.«

Mit dem vornehmen Namen war es unwahrscheinlich, dass meine Mum ihn kannte, aber sie kannte ihn doch. »*The Making of the Working Class*. Ein Klassiker. Hab ich zu Hause. Hab ich gelesen.«

Das musste Ewigkeiten her sein. Mum hatte, soweit ich mich erinnern konnte, kein Buch zu Ende gelesen. Sie las seit Jahren *Krieg und Frieden*.

»Und jetzt arbeitet er an einem anderen klassischen Projekt: ›Das Ende des Sozialismus‹.«

Was ein bisschen voreilig war. Der Sozialismus hatte gerade erst begonnen. Aber ich wusste, dass meine Mum das Buch kaufen würde, wenn es herauskam – man musste schließlich wissen, was die auf der anderen Seite dachten –, und es würde Ewigkeiten auf ihrem Nachttisch liegen, Teetassenringe und Kekskrumen würden sich darauf sammeln.

»Diese sogenannte E-N-D.« Stefan versuchte, die Buchstaben nicht zu lange im Mund zu behalten. »Meine Aufgabe ist es, eine Gegenbewegung zu starten. Ich muss andere Netze aufbauen, verschiedene Leute miteinander in Kontakt bringen, die richtige Botschaft verbreiten. Von-

Mensch-zu-Mensch. Verbindung zwischen Friedensrat und zuverlässigen Gruppen vor Ort. Und da bist du gefragt, Eleanor.«

Meine Mum richtete sich auf, als sie ihren Namen hörte.

»Hast du die Unterlagen?«

Sie griff in eine Tüte und gab Stefan einen Stapel Ausschnitte aus dem *Tamworth Herald*. Da war der Bericht über unsere Fahrt nach Rugby, wo wir die Menschen in der Einkaufsstraße darüber aufgeklärt hatten, dass sie auf einem Polaris-Sender saßen, worauf sie Deckung suchten. Der Herausgeber hatte meiner Mum für diesen Bericht gedankt. Er sagte, er habe gar nicht gewusst, dass es vor seiner Nase echte Nachrichten gebe.

Sie zeigte Stefan Fotos von einem Samstag, als wir in der Einkaufspassage in Tamworth Unterschriften gesammelt hatten. Das war der harte Kern, sagte sie. Sie hatte zwischen den Gesichtern und den Namen am Rand Verbindungsstriche gezogen, wie auf ihren Kopien für den Erdkundeunterricht. »Vierzig auf dem Papier. Zwanzig zuverlässig. Zehn todsicher. Niemand *für* die Sowjets, die meisten nicht völlig anti.«

Sie gab ihm unsere Briefe an den *Herald* über die jüngsten Friedensangebote der Sowjets. Meine Mum sagte, die Zeitung sei normalerweise nicht so entgegenkommend, aber wegen der Geschichte über Polaris gestanden sie uns mehr Platz zu. Einige Parteimitglieder hatten das seit Monaten weitergemacht, besonders diejenigen, die zu alt und gebrechlich waren, um noch rauszugehen, und die sonst nicht helfen konnten. Sam Miller zum Beispiel hatte einen Herzinfarkt gehabt, als er gerade für den *Herald* einen Bericht über Breschnew schrieb.

Stefan reagierte mit diplomatischer Miene. Er warf nicht die Hände in die Luft oder zeigte sich erschüttert, was meine Mum gemacht hätte. Sie wertete das als schlechtes Zeichen und warf mir einen entmutigten Blick zu. »Ich hoffe, es ist nicht zu alltäglich. Als du gesagt hast, Einzelheiten über die Ortsgruppen ... Ich war mir nicht sicher ... Wolltest du ...?« Ihre Sätze erstarben, bevor sie vollständig waren. Dann rückte sie auf die Stuhlkante vor. »... wir haben auch noch das hier«, sagte sie und gab ihm einen Stapel Blätter, die dicht mit Schreibmaschine beschrieben und schlecht fotokopiert waren. »Sachen von weiter oben. Bezirkskomitees. Protokolle. Berichte. Was täglich anfällt – Beiträge, Mitarbeiter, das Übliche.« Sie sagte, der Bezirk der West Midlands sei ein Schlachtfeld. Die antisowjetische Fraktion sei dort stark vertreten und hätte sich mit der Fraktion der Euro-Kommunisten zusammengetan. Skrupellose Bande. Unfreundlich. Und wir waren die Opposition. Sie malte Zusammenstöße in die Luft, wilde Kämpfe um den Frieden, die sich unmittelbar vor ihren Augen abspielten.

Stefan sah sich das Drama an, dann wandte er sich den Papieren zu und las sie mit unbewegter Miene. Nur das Rascheln der Blätter, wenn er sie umdrehte, war zu hören. Sonst nichts Neues vom Kalten Krieg. In der Stille fühlte meine Mum sich genötigt zu sprechen. »Oder meinst du mehr so etwas?«, und sie gab ihm die letzten Blätter und steckte den leeren Ordner wieder in die Plastiktüte. »Nationalkomitee. Richtungsentscheidungen. Resolutionen für die CND-Konferenz. Da ist auch eine zur Sowjetunion dabei.«

Stefan zeigte keine Reaktion, er sah meine Mum auch nicht an, obwohl sie mit ihrem Blick forschte und eine Reaktion erbettelte. Ihre Stirnfalten wurden tiefer. Sie hatte das Gefühl, als wäre sie nicht da, als säße sie nicht direkt vor ihm, und meine Mum ertrug es nicht, unsichtbar zu sein. Das war einer der Gründe, warum sie Tamworth nicht mochte. Die halbe Stadt tat so, als gäbe es meine Mum nicht.

»Oder ist das auch nicht nützlich …?«

Stefan lehnte sich in seinem Sessel zurück, zog das Krawattenende aus dem Hosenbund und warf es über den Gürtel. Dann sah er auf und ließ den Blick über die Bücherregale wandern, über die Almanache und Jahrbücher und technischen Wörterbücher. Schließlich sagte er: »Oh, doch.«

»Doch – was?« Meine Mum hatte die Frage vergessen.

»Alles. Wer wer ist. Wie die Bewegung aufgebaut ist. In welche Richtung sie geht. Wie sie tickt. Das ist genau das, was ich verstehen muss.« Stefan sah ihr in die Augen und dankte ihr, indem er ihr seine volle Aufmerksamkeit schenkte. »Aber wie bist du an das Material gekommen, Eleanor?«

»Das habe nicht ich gesammelt. Das war Jess.«

»*Jess?*«

»Sie hat es geliehen, stimmt doch? Von der Young Communist League. Du weißt, dass Jess in der YCL ist. Ivan hat sie zur stellvertretenden Sekretärin gemacht und ihr die Schlüssel zu den Aktenschränken gegeben. Die haben da eine ganze Bibliothek drin, und Jess kann sich die Sachen rausnehmen.«

Nachdem ich Zugang zu den Unterlagen hatte, wusste ich, was Ivan über die Jahre gesammelt hatte: Material über Gruppen, denen wir angehörten, und Gruppen, die mit uns nichts zu tun haben wollten. Über Versammlungen, bei denen wir anwesend waren, und solche, zu denen wir nicht eingeladen waren.

Ich sagte: »Nach dem Muss-wissen-Prinzip.« Es war das erste Mal, dass ich gesprochen hatte. »Und du musst es wissen, Stefan.«

Seine Miene erkannte das an. Er schmiegte sich in seinen Sessel und faltete die Hände über dem Bauch. Seine Augen waren feucht geworden und funkelten. Sie waren wie die Kristallgläser.

»Und wir haben einen Ordner über die END. Den habe ich eingerichtet.«

»Aaah, Jess.« Stefan seufzte meinen Namen wie in der Werbung für Bratensoße: ›Aaah, *Bisto*.‹ »Und du wolltest dich absetzen.«

Es klopfte an der Tür, und die Frau mit der Farbbandbluse kam mit unseren Unterlagen für Potsdam herein. Sie stellte sich neben Stefan und gab ihm die Blätter, aufgeschlagen auf der entsprechenden Seite. Er unterschrieb mit Füller, und sein Namenszug verlor immer mehr die Konturen, je öfter er unterschrieb.

Stefan hielt das letzte Blatt hoch und zeigte es uns: »Eure Mannschaft für den Sommer. Alle an Bord!«

Ich dachte: Und Martina würde den Sommer auf einem Boot am See verbringen. Konnte Stefan nicht ein Wort für sie bei seiner Schwester einlegen? Und Saskia umschwenken? Ich betrachtete unsere Unterlagen. Wie würde ein Diplomat es nennen? Sich gegenseitig eine Gefälligkeit erweisen, zum beiderseitigen Nutzen?

Ich drehte mich zu meiner Mum um und versuchte, ihr den Gedanken zu übermitteln. Sie fing meinen Blick auf und sagte: »Sie hat schon die Segel gesetzt! Lichtet den Anker! Alle an Deck!«

Stefan stand auf, um einen Toast auszubringen.

Meine Mum kramte in einer Tragetasche und reichte Stefan mit Schwung eine Flasche, als wollte sie ein Schiff taufen. Stefan ergriff die Flasche mit beiden Händen und gab vor, sie nur mit Mühe halten zu können. Er las das Schild und runzelte in gespielter Missbilligung die Stirn. »Du bist zu und zu großzügig.« Meine Mum hatte die größte Flasche Co-op-Sekt gekauft, die der Co-op im

Regal hatte. Vielmehr, sie hatte zwei gekauft. Es war ein Sonderangebot, die zweite Flasche zum halben Preis. Die Frau an der Kasse hatte gesagt: »Dabei ist das nur mieser Asti Spumante, Miss«, denn sie war einmal bei meiner Mum in der Klasse gewesen.

Meine Mum sagte zu Stefan: »Tamworths Antwort auf euren Rotkäppchen-Sekt.«

Er kam um den Tisch herum zu uns. Er legte mir die Hand um den Oberarm wie einen Schwimmreifen. »Was sagst du, Jess? Sollen wir, Eleanor? Auf Von-Mensch-zu-Mensch?« Er zog den Plastikkorken heraus und lehnte sich zurück, damit der Sekt ihn nicht besprühte. Stattdessen ließ er ihn sich über die Hand und auf den braunen Teppich mit den Girlanden laufen, denn genau dafür gab es die Girlanden. Er goss den Sekt in drei Gläser, Zentimeter für Zentimeter, und wartete jedes Mal, dass der Schaum sich senkte.

»Du weißt, dass ich nicht volljährig bin, Stefan.«

»Für mich schon.« Er hob sein Glas. Da standen wir also, wir drei, und spiegelten uns in Klein in den Kristallgläsern. Der Sekt aus Tamworth war warm und pitzelig. Meine Mum verschluckte sich daran, so wie sie sich am Telefon manchmal am Tee verschluckte, weil sie vergaß, dass sie nicht beides konnte – reden und trinken. Als sie sich ausgehustet hatte, sagte sie: »Aber das Ende des Sozialismus, Stefan … Den sozialistischen Block werden sie niemals zerstören. Das wird nicht passieren.«

»Nein, das wird nicht passieren. Aber um ehrlich zu sein, auf das ganze Gewese könnten wir verzichten.«

12

Am See

Potsdam, August 1980

Das Ende des Sozialismus ließ meine Mum auf dem Weg zurück nach Tamworth nicht los. Aber als wir zu Hause ankamen, las sie Peters Brief noch einmal, und dann war alles wieder gut. Für meine Mum war der Brief das Heilpflaster, und er tat jedes Mal seine Wirkung. Peter auf ihrer Seite zu wissen versicherte ihr, dass die Welt nach Mitternacht weitergehen würde und dass es am Ende des Tages Hoffnung für das Leben gab. Nie zuvor hatten wir mit so wenigen Abgründen und so viel Zuversicht gelebt.

Und das war gut, denn kurz nach unserem Besuch in der Botschaft schickte Stefan die Kursunterlagen an Saskia, und vierzehn Tage später kam eine korrigierte Version in Tamworth an. Saskia hatte faktische Fehler in den Vorlesungen unterstrichen, und meine Mum überflog die Korrekturen. »Keine Fehler. Haarspalterei«, sagte sie und wischte die kleinlichen Wahrheiten in die Luft, und sie zerbarsten auf den Fußbodenkacheln.

Das Kursprogramm war gestrafft worden. Die einzige Freizeit war ein Ausflug ins Kino, um *The Way We Were, So wie wir waren,* zu sehen. »Wir bewundern Barbra Streisand sehr«, schrieb Saskia. »Eine überaus achtbare Leistung. Ist unter den Tutoren jemand, der eine gründliche Klassenanalyse vornehmen könnte?« Meine Mum beachtete die Frage nicht. Sie sah sich schon im Filmtheater Charlott in der letzten Reihe mit ihrem deutschen Robert Redford und einer Tüte Popcorn.

Statt der geplanten Harzreise gab es am Ende des Kurses einen Ausflug nach Eisenhüttenstadt, das als »sozialistische Modellstadt und Stätte der weltbekannten Stahlwerke« angekündigt wurde. Meiner Mum schien das nichts auszumachen. Sie hatte viele Berge bestiegen, und jetzt sollte sie ein Stahlwerk besichtigen – das war mehr, als die Äbtissin in *The Sound of Music, Meine Träume – Meine Lieder*, von sich behaupten konnte.

Dann strich Saskia Don aus der Liste der Teilnehmer. Das bedeutete, dass uns ein Tutor und ein Vortrag über Sport fehlte. »Er war nie ein Euro-Kommunist«, sagte meine Mum. »Peter mochte ihn. Peter hat mit ihm Kricket gespielt.« Aber wenn Saskia ihn nicht wollte, flog er raus. Einen Ersatz zu finden war nicht leicht. Die Partei war nicht groß. Einmal hatte Martina gesagt: »Ist es zu schwierig, in kapitalistischen Ländern Kommunist zu sein? Macht es einen zum Außenseiter? Ich meine, die Klamotten, die aussehen, als wären sie von Menschen verschiedener Größe getragen worden. Die gebeugte Haltung. Die Unangemessenheit der Äußerungen.«

Schließlich fand Mum jemanden, einen Mann, der sich nach den Wetttipps im *Morning Star* richtete und seine Gewinne dem Fighting Fund spendete. »Er ist überaus geeignet«, sagte sie, als sie Saskia anrief.

»Wir kennen den Namen, und wenn du niemand besseren finden kannst … Aber nächstes Jahr brauchen wir jemanden mit größeren Kenntnissen. Bei uns ist das Interesse an Sport weit größer als in Großbritannien … aber wir gewinnen auch mehr Medaillen als ihr.«

Mum ging zu Collet's, der marxistischen Buchhandlung in der Charing Cross Road, um sich zu informieren, aber da hatten sie nur etwas von Lenin über das Transportwesen, also kaufte sie den *Wisden Cricketers' Almanac.* Von da ab guckten wir jeden Samstag *Grandstand* und schnitten bei ›Spot the Ball‹ gar nicht so schlecht ab.

Vom Moment unserer Ankunft in Potsdam war meine Mum ein Musterbeispiel sozialistischen Eifers, ganz im Geiste von Eisenhüttenstadt. Sie musste sich doppelt anstrengen, denn sie hatte sich um ihre Liebesaffäre und den Sommerkurs zu kümmern. Ich habe sie nie so beschäftigt gesehen, und alles ganz ohne Listen. Sie sagte, sie habe keine Zeit, Listen zu schreiben. Und ihre Begeisterung hatte ein Feuer, eine Leidenschaft, die von Peter auf den Kurs übersprang und wieder zurück.

Kein Schlaf war kein Problem. »Wer braucht schon Schlaf?«

Ich brauchte Schlaf. Und diesmal hatte ich mein eigenes Zimmer.

Und als sie in den frühen Morgenstunden des 6. August in der Tür zu ihrem Zimmer stand und ihre Hiroshima-Friedensansprache immer noch nicht geschrieben hatte, merkte ich an der verbrauchten Luft in ihrem Zimmer, dass sie nicht allein gewesen war. Überall waren Spuren von einer Art Party: Verkohltes im Aschenbecher, Rauch, den ich nicht identifizieren konnte, ein Stapel Kassetten, die nicht unsere waren, leere Bierflaschen um den Papierkorb herum, in dem die verworfenen Anfangssätze ihrer Rede lagen. »Theorie, weißt du …«, sagte sie.

»Sie werden dich mehr mögen, wenn du ein bisschen Theorie reintust.«

Meine Mum presste die Lippen zusammen. Theorie war nicht ihre starke Seite. Sie sagte immer: Kapitalismus ist schlecht. Krieg ist schlecht. Menschen sind wichtig. Was braucht man sonst?

Ich sagte: »Was ist mit den drei Gesetzen der Dialektik?«

»Hast du das von Ivan?«

Sie waren Teil des Wesentlichen von allem und ließen sich auf das ganze Universum anwenden. Auf immer und ewig.

Außer, so stellte sich heraus, auf diesen Abend.

Meine Mum füllte die Zwischenräume in ihrem Kopf mit Friedensliedern: »Blowing in the Wind«, »Where Have all the Flowers Gone?«, »We Shall Overcome«.

Dann versuchte sie sich zu erinnern, was Stefan in seiner Rede vor der CND in Tamworth gesagt hatte. Es war das erste Ereignis von-Mensch-zu-Mensch. Er hatte Ronald Reagan und *Bedtime For Bonzo* erwähnt, und Cruise-Missiles und Pershings und SS20 als notwendige Gegenmaßnahmen dargestellt, worauf sich gerunzelte Augenbrauen über Gläser mit Marston's Pedigree Real Ale senkten. Stefan hatte zu Fragen aufgefordert, aber niemand hatte welche, außer Rosie, die viele kleine Fragen stellte: »Warum rüsten die Russen nicht ab? Einseitig? Jetzt? Warum fangen sie nicht wenigstens an? Welchen Schaden kann das anrichten?« Sie sagte, beide Seiten könnten die Welt hundertmal zerstören. Was für einen Unterschied bedeutete es, wenn man es nur zehnmal konnte, oder nur einmal? »Das wäre doch mal ein Propaganda-Coup ... wenn man für Propaganda ist. Und für Coups.«

Stefan hatte eine Antwort, die lang und glatt war und von falschen Signalen und Zeichen von Schwäche sprach. »Wir müssen uns immer wieder aufs Neue fragen: Wer bedroht eigentlich wen?«

»Das ist Haarspalterei. Außerdem tautologisch«, hatte Rosie gesagt. Das hieß, dass sie gegen ihn eingenommen war. Sie korrigierte die Sprache nur bei denen, die sie nicht mochte.

Als von den ersten vorbeifahrenden Militärfahrzeugen die Fensterrahmen klapperten und sich die Braunkohlehaufen im Hof im Sonnenaufgang rosa färbten, fielen meine Mum und ich in die Betten. Meine Mum warf sich im Schlaf hin und her, dass das Bettgestell zitterte, und murmelte Teile aus ihrer Rede vor sich hin. Zwei Stunden später klingelte der Wecker. Sie stand auf, und als sie in ihrer Schlaftrunkenheit die Entfernung falsch einschätzte und gegen den Spiegel prallte, sah sie, dass sie das passende Gesicht für den Hiroshima-Tag hatte. Das Audimax war aschfahl, alle Sommerfarben waren entschwunden. Meine Mum trug den schwarzen Krepprock, den sie für Sam Miller gekauft hatte, für seine Beerdigung, und ging mit kleinen Schritten, die man in der Stille hören konnte, zum Rednerpult. Ihre Notizen brauchte sie nicht. Sie zitierte die Sätze, die sie im Traum gesprochen hatte. Sie sprach langsam und mit tiefer Stimme, was am Schlafmangel lag, und war zu übermüdet, um wild mit den Händen zu gestikulieren. Die Ansprache war nicht lang. Wir hatten beschlossen, uns über Stefan hinwegzusetzen und auf Drama zu gehen: Beschreibungen von Hiroshima mit Toten und Sterbenden. Keine Theorie. Erwähnung der Geschichte. Ein aufpeitschendes Ende über die »unverbrüchliche Union friedensliebender Völker« – was einfach eine Umdichtung der ersten Zeile der sowjetischen Nationalhymne war, aber das würden die Deutschen nicht erkennen, weil es auf Englisch war.

Saskia hielt uns auf dem Weg nach draußen an. Sie dankte meiner Mum für die Rede. »Sie war …« Sie brauchte einen Moment, um sich für das passende Wort zu entscheiden. »Kurz. Und voller Eindrücke. Damit meine ich, dass sie einen guten Eindruck gemacht hat.« Sie sah meine Mum aus Augen an, die den Ton von Berliner Blau hatten, ein Stoff, der im Chemieraum aus Sicherheitsgründen in

Gläsern verschlossen gehalten wird. »Und ich glaube, du hast gesagt – korrigier mich, wenn ich mich irre –, dass der Zweite Weltkrieg mit dem Abwurf der Atombomben auf Hiroshima und Nagasaki endete.«

Wir nickten. Das hatten wir geschrieben.

»Ich bin überzeugt, du weißt, dass das nicht der Fall war. Ich bin überzeugt, du weißt, dass er mit dem Sieg der Roten Armee in der Schlacht um Berlin geendet hat. Die Atombomben waren nicht die letzte Handlung im Zweiten Weltkrieg, sondern die erste Handlung im Kalten Krieg. Es tut mir leid, dass ich dich darauf hinweisen muss. Aber wenn es um die Fakten von Krieg und Frieden geht, darf man sich nicht irren.« Ein Ausdruck breitete sich auf Saskias Gesicht aus, fast konnte man es für ein Lächeln halten. Sie legte meiner Mum die Hand auf die Schulter, als wäre dies ein freundliches Gespräch, lauter Komplimente, dann verschwand sie in der Menge.

Meine Mum sah Saskia hinterher, bis die Menge sie verschluckt hatte. »Sie wusste, was ich gemeint habe. Sie weiß, dass ich weiß, die Bomben haben den Krieg nicht beendet. Aber sie kamen *am* Ende des Krieges. Verdammte Sprache.« Wir gingen mit den anderen die Treppe runter, während meine Mum den Menschen vor sich alle möglichen Kombinationen mit »end-« in den Nacken murmelte: *mit* etwas enden, *bei* etwas enden, etwas *be*enden, *am* Ende von, Ende *der Geschichte*.« Meine Mum zuckte die Achseln. »Ich habe die Weltgeschichte umgeschrieben. Beim Zweiten Weltkrieg kann man nicht alles richtig behalten.« Meine Mum sah mich mit geröteten Augen an. »Saskia ist neuerdings gegen mich eingenommen, und ich weiß nicht, warum. Man soll nett zu den Menschen sein. Das hat sogar ihr Bruder gesagt. Besonders zu netten Menschen.«

Ich dachte: Saskia hat nichts gegen Menschen. Sie hat etwas gegen das Glück anderer Menschen.

Obwohl in der DDR alle glücklich bis an ihr Lebensende lebten.

Drei Tage nach dem Hiroshima-Tag, am Nagasaki-Tag, luden Peter und Martina uns an den Schwielowsee ein. Sie wollten, dass meine Mum einen Tag freihatte und sich erholen konnte. Jetzt lag sie ausgestreckt auf einer Gartenliege, am Fußende von leuchtenden Ringelblumen eingefasst, am Kopfende von Weinranken beschattet. »Du hast ja gesagt, dass es mir gefallen würde, Jess, aber mit dem ganzen Schnee, da hatte ich es mir nicht *so* vorgestellt …« Die Bäume waren schwer beladen mit Früchten. Der Wind hatte Blumensamen ausgesät, die Sonne beschien die Blumen. Irgendwo in der Wiese schüttelten Grashüpfer lautstark die Rumbarasseln. Der Garten war wild und üppig, ungebändigt und doch gepflegt – wie das Innere ihrer Köpfe, aber als Erde und Blumen.

Martina lief in Flipflops hin und her und leerte Tüten mit Knabberzeug auf Teller, manches davon undefinierbar – gesalzene und gezuckerte Kügelchen aus ihrem Armageddon-Vorrat. Das Radio spielte, Popmusik plätscherte über die Terrasse, vierzig Prozent Ostmusik, sechzig Prozent West. Laut Gesetz. Manchmal sang Martina die halb geratenen Songtexte mit.

»Ich liebe das hier, ich liebe …«, und meine Mum zählte alles in ihrem Blickfeld auf, von ihren Oberschenkeln, die mit Alberna-Creme glänzten, bis hin zu dem fernen Blinken eines Güterzuges. Peter warf Äpfel auf den Komposthaufen und übte einen besonderen Dreh. Er schüttelte Pflaumen vom Baum und fing sie in der Tasche einer Küchenschürze auf. Immer wieder hielt er inne, atmete tief ein, stand stockstill, nahm eine Auszeit von der Zeit. Durch die Wiese führte ein Graben, die ersten Meter eines Fallout-Bunkers, den Martina zu graben angefangen hatte, als die Nachricht von der Stationierung der Marschflugkörper Cruise und Pershing kam – dann hatte sie es aufgegeben, weil es Dezember war, mitten im Winter, und die Erde fest gefroren.

Meine Mum rollte sich zusammen. Bald flatterten ihre Augenlider und die Augäpfel darunter rollten hin und her. Sie atmete schwer und schnaufend im Traum. Kurze Zeit später weckte der Geruch von Grillkohle sie auf. Auch ich musste eingeschlafen sein und eine halbe Stunde verloren haben, denn plötzlich stand Peter am Grill und wendete mit einer langen Zange bereits gebräunte Würstchen auf einem Grill, der gar nicht aufgestellt worden war. Er gab meiner Mum eine Flasche Wein.

»Dein Sommerhauswein?«

»Château Eden.«

Martina wusch richtige Weingläser aus und trocknete sie ab. Sie legte Bierrosetten um die Stiele der Gläser. Bei diesen Vorbereitungen wusste meine Mum, dass sie sich richtig hinsetzen sollte. Sie stemmte sich von der Liege hoch, auf der sich schon ihre Form abzeichnete. Meine Mum blinzelte in die Sonne. »So lässt es sich leben. Das schiere Glück. Ich habe es so gut, so gut«, sagte sie, nahm ihr Glas und stieß mit jedem von uns an, und wir hoben die Gläser, aus denen ein Aroma von Kompost und Saft aufstieg.

»Zum Wohl!«, sagte Peter, und das war kurz und sehr Deutsch.

Am Nachmittag, als die Erwachsenen sich die Bäuche mit Würstchen gefüllt hatten und mit ihrem unschuldigen Treiben beschäftigt waren, gingen Martina und ich zum See. Sie warf den Picknickbeutel ab und zog sich aus. Ich spürte einen neuen Venushügel-Moment auf mich zukommen. Sie summte »Fairest Isle« vor sich hin, während sie die Sachen ausschlug, als würde sie eine Waschmaschine leeren: abgeschnittene Jeans als Hotpants, T-Shirt, orangefarbener Slip.

Ich versteckte den Kopf im Picknickbeutel und atmete den Geruch von feuchtem Frottee ein, bis ich frische Luft schöpfen musste. Martinas Haut war nicht zweifarbig. Keine Badeanzugränder, also lief sie im Sommer nackt herum.

Sie zeigte auf meinen Badeanzug. »Bist du etwa schüchtern?«

»Ich bin Engländerin.«

»Denk doch an die Wörter, die du mir für meine Sammlung gegeben hast.«

Die Wörter für die Dinge waren etwas anderes als die Dinge selbst. Und Martinas Dinge waren rank und schlank, teils behaart, muskulös, bedrohlich, unübersehbar. Ich war wie gebannt, mir war schwindelig und ein klein wenig übel.

Sie wollte ein neues Wort wissen und zeigte zu der Stelle unter ihren Zielscheiben-Brüsten – die Brustwarzen steif, die Höfe braun – und sagte: »Wie nennt man das auf Englisch?«

Ich hätte sagen können, das ist ein Leberfleck. »Das ist ein ›beauty spot‹.«

Sie verkündete, dass sie noch mehr davon habe, und während ich wieder in den Beutel tauchte, griff sie sich in die Poritze. Wie konnte sie wissen, dass da ein Muttermal war? Ich versuchte es mir vorzustellen und kam zu dem Schluss, dass man sich dabei den Hals brechen würde. »Hat dir das ein Arzt gesagt?«

»Das ist ein Gutes in der DDR – es gibt hier viele hilfreiche Jungen.«

»In Tamworth auch.« Aber ich hatte mir nie ihre Hilfe gewünscht. Bei dem Wort »Tamworth« war Speichel aus meinem Mund geflogen und auf meinem Bein gelandet. Ich verrieb ihn auf einem abklingenden blauen Fleck. Wir hatten hilfreiche Jungen, je nach Saison: im Winter auf den hinteren Reihen im Palace, im Sommer in den Pleasure Grounds.

Über uns flogen Libellen, paarweise verbunden. Ein Roter Admiral segelte mit gemächlichem Flügelschlag vorbei, wie ein langsames Klatschen. Martina sagte: »Eine ganze Stadt voller Jungen, die nicht nett sind?«

Eine ganze Region, die West Midlands, war voll von ihnen. Eine ganze Insel. Außerdem – es ging nicht um *nett*. In Tamworth gab es kein einziges männliches Wesen unter fünfzig, das den Tschechoslowakei-Test bestand.

»Vielleicht erkennst du nicht, dass sie dich mögen. Kennst du die Signale?«

Natürlich kannte ich die. Die Sowjets hatten entweder recht mit ihrem Einmarsch oder nicht. Prag '68: ›Gut‹ war ein gutes Zeichen. Prag '68: ›Schlecht‹ ein schlechtes.

Dann zeigte Martina mir, wie man Signale aussendet. »Du musst dich ganz nah neben einen stellen und ein verärgertes Gesicht machen.« Ihr Gesicht war ganz nah an meinem, so dass ich ihren Atem auf meinen Lippen spürte. Der Einzige, der das je bei mir gemacht hatte, war Ivan. Aber das war bei einer Versammlung, die nicht so lief, wie er sich das vorgestellt hatte, das zählte also nicht. Andererseits bestand Ivan den Tschechoslowakei-Test. Einmal hatte meine Mum mich gefragt, ob er mich mochte.

»Natürlich mag er mich.«

»Ich meine, ob er dich *mag* …« Sie wirkte nicht gerade glücklich. Meine Mum, die es mochte, wenn die Menschen sich mochten. »Du verbringst sehr viel Zeit in Walsall. Hat sich da was geändert?«

»Ich bin stellvertretende Schriftführerin.«

»Und er ist verheiratet.« Das war im Dezember gewesen, in der Düsternis, bevor Peters Brief kam, das einzige Mal, dass ich sie eifersüchtig erlebt hatte.

Jetzt breitete ich ein Handtuch aus und streckte mich darauf aus, schloss die Augen und seufzte. Ich hörte eine Fahrradklingel und ein Bühnenflüstern: »Etwas zu trinken! Bier! Wasser!« Ich streckte den Arm nach unserem Wasser aus, landete aber auf den Keksen. Ich aß einen nach dem anderen. Die Sonne brannte durch meinen Badeanzug, jeder Wille zur Bewegung verpuffte, jede Anstrengung war zu viel. Ich dachte: Wenn ich mich absetze, kann ich das hier immer haben.

James hatte es nicht bedauert, dass er in die DDR gegangen war. Kurz nachdem er eingewandert war, hatte er uns angerufen. »England kommt mir jetzt schon wie eine Fiktion vor. Geld scheint mir offen gestanden sinnlos.« Er hatte sein Haus zum halben Preis an einen Steuerberater am Anfang seines Berufslebens verkauft, einen verdörrt wirkenden jungen Mann mit langen Armen und unreiner Haut. Seinen Hausstand hatte er bei einem Basar der Ortsgruppe verhökert, dann war er mit einem Koffer ins Flugzeug gestiegen und nach Berlin geflogen. »Ich wollte mit dem ganzen Fiasko nichts mehr zu tun haben.« Er telefonierte vom Fachbereich Anglistik aus, die Leitung knisterte. Meine Mum sagte, im Hintergrund habe sie Alice Martin, die Sekretärin, hören können, die sagte: »Genau, das ganze Fiasko. Schluss damit.« Alice wiederholte gern, was andere sagten, auf den Lippen getrockneten Lippenstift, dazwischen wippend eine Zigarette, während sie mit harten Fingern auf die Schreibmaschine hämmerte.

Auch Alice hatte sich abgesetzt. Sie hatte sich über Maschendraht hinweg in einen deutschen Kriegsgefangenen verliebt, der in einem Lager am Rande ihres Heimatorts in Wales eingesperrt war. Sie hatte ihm Scheiben von Bara Brith, dem walisischen Früchtebrot, in Fettpapier gewickelt, durch den Zaun gereicht. »Das schmeckt genau wie unser Stollen«, hatte er gesagt. Er schnitzte Herzen aus dem Holz der Kiefer beim Waschtrakt und steckte sie ihr durch den Zaun zu. Als Hans entlassen wurde, hätten sie entweder zu Alice' Eltern in Sully, South Wales, ziehen können oder zu seinen Eltern nach Potsdam, das jetzt im sowjetischen Sektor lag und später zur DDR gehörte.

Jetzt in diesem Moment hätte ich mich leicht absetzen können. Ich war schon im Land. Es gab keine Grenzbeamten, die mir mit Methoden kommen konnten. Ich blickte über das Wasser, wo ein Kanufahrer Kentern übte und dann seine selbst herbeigeführten Unglücke überlebte. Er schaukelte wild in seinem Boot. Auch ich wollte mein Boot kentern lassen und aus meinem englischen Leben verschwinden und dann genau hier, wo ich war, ankommen, am Ufer dieses Sees an diesem sonnigen Nagasaki-Tag.

Martina nahm einen Keks und legte ihn sich ganz auf die Zunge, als wäre es der Leib Christi. »Es ist ganz gut bei uns, in der DDR.« Es kam halb erstickt heraus. »Aber du weißt nicht alles, musst du wissen.«

Das war mir klar. Dann dachte ich, vielleicht verstand ich nicht, was sie sagte.

»Wie oft warst du hier? Dreimal? Jedes Mal einen Monat? Was kann man in drei Monaten schon erfahren?«

Aber den Rest der Zeit lebte ich in Tamworth und tat so, als wäre es die DDR. »Was weiß ich nicht? Gib mir ein Beispiel.«

»Zum Beispiel die schlechten Nachrichten.«

»Was für schlechte Nachrichten?«

Keine Antwort. Martina buddelte Steine aus dem Sand und grub die Landschaft um, bis dieses kleine Stück Brandenburg ganz zerstört aussah. Sie summte eine Melodie, die ich halbwegs kannte, vielleicht war es »Unsere Heimat«. Vielleicht war es auch ein Song von den Carpenters.

Ich sagte: »Wie deine Postkarten.« Die letzte war aus Rostock – ein Foto von einem Segelboot ohne Segel. Sie hatte nichts geschrieben, nur die Unterschrift: *Rod Stewart*. »Ich weiß nicht, warum du sie überhaupt schickst. Warum ist es so schwer, etwas zu sagen?«

»Aber ich sage etwas, Jess. Jedes Mal.« Dann schüttelte sie den Kopf und seufzte. »Ah, Jess …« Genau, was Stefan gesagt hatte, nur dass es jetzt nicht wie »Aaah, *Bisto*« klang.

Ich mochte nicht, wie sie meinen Namen sagte – als würde sie mir den Kopf tätscheln. »Du bist nicht meine große Schwester.«

»Ich weiß. Ich darf nur brüderlich mit dir umgehen. Und das, könnte man sagen, ist Teil unserer schlechten Nachrichten.«

Ich hatte nie die Nachrichten gesehen. Ich hatte einen DDR-Fernseher gesehen – Martina besaß einen –, aber er war unter einer Häkeldecke versteckt und wurde nie angestellt. Trotzdem kannte ich ein paar der schlechten Nachrichten. Es gab Wohnungsmangel. Andererseits gab es Marzahn. Man musste lange auf ein Auto warten. Aber es war ein kleines Land, man konnte überall hin, außerdem gratis, mit dem Bus fahren. Nicht jeder hatte ein Telefon, aber wer brauchte ein Telefon? Ich hasste das Telefon. Das Obst aus Kuba kam nicht immer an. Na und? Wenn das als schlechte Nachricht zählte, dann schreckte es mich nicht.

Martina sagte: »Würde nichts dich abschrecken?«

Ich zuckte die Achseln. Ein Stück weiter um den See herum zogen sich zwei Männer aus und steckten ihre Sachen in Plastikbeutel. Ihren Hund hatten sie an einem Baum festgebunden. Er machte einen langen Hals und jaulte, als die Männer ins Wasser wateten und untertauchten. »Vielleicht, wenn mit dir was passieren würde.«

»Aber mit mir *ist* etwas passiert, oder? Deshalb bin ich hier und nicht beim Sommerkurs.«

Bei unserer Ankunft in Potsdam hatte Martina mir sofort von den Auswirkungen des Ausflugs nach Treptow erzählt. Als die Lehrer nach England abgereist waren, hatte Martina sich beklagt, dass sie nicht zu dem Ausflug eingeladen worden war, und Saskia hatte gesagt: »Du hättest der Kirmes nicht den Vorzug vor den Toten geben sollen.«

Aber Martina hatte genug von Toten, sie hatte mehr davon, als gut war.

»Für jeden von uns gibt es ungerechte Tode«, hatte Saskia gesagt.

»Aber die Toten in Treptow sind deine Toten, nicht meine.«

Und das hatte den Ausschlag gegeben. Die Toten von Treptow waren Saskias Generation. Sie seien alle so, sagte Martina. Man durfte ihr Leiden nicht schmälern.

»Aber ich bin in Friedenszeiten geboren, ich lebe ein normales Leben, in dem man Eis isst und Riesenrad fährt.«

Jetzt hörte ich Saskias Stimme. »Und so wird ein Freund ein Feind.«

»Kein Feind. Unsere DDR hat Feinde genug. Aber wollen wir wirklich einen Freund verlieren?«

Zwei Frauen mittleren Alters schwammen vorbei, die Köpfe aus dem Wasser gereckt, Frisuren und Brillen trocken, und machten kräftige Schwimmzüge gegen die Brise. Als sie außer Hörweite waren, sagte ich: »Und wenn Saskia es sich anders überlegt hat?«

Martina schüttelte den Kopf. »Ich wäre nicht gekommen. Wenn man ausgeschlossen wird und dann wieder mitmachen darf, ist es nicht dasselbe, als nie ausgeschlossen worden zu sein.«

Wenn Martina so war, wollte ich am liebsten aufgeben. Sie wollte alles haben, und alles nach ihrem Wunsch. Aber sie hatte auch recht. Etwas war tatsächlich mit ihr geschehen. Sie musste ihren Sommer hier verbringen, am Schwielowsee, einem Ort idyllischer Schönheit, wo das Wasser klar war und der Boden sandig, wo die Strände leer waren und die Sonne mild schien und Erfrischungen gereicht wurden. Und wenn ihr das alles zu viel wurde, hatte sie ein Segelboot, das gleich um die Ecke vertäut war …

Martina sagte: »Du hast es auch schon gelernt. Genauso macht man es. Man sagt etwas nicht, und gleichzeitig sagt man es doch.« Dann schien alle Energie aus ihr zu weichen, und sie ließ sich auf den Rücken sinken. Sie strich den Sand von ihrem handtuchgemusterten Bauch weg und auf mich drauf, dann war sie still.

In unserem Schweigen sah ich einer jungen Frau zu, die ihrem Freund über den Rücken streichelte, als könnten die Pickel eine verklausulierte Botschaft enthalten. Ein Mann stieg aus dem Wasser und besprühte seine Brust mit Deodorant.

Schließlich sagte Martina: »Du hast es leicht, du kannst jederzeit herkommen, wann immer du willst. Aber ich will eure Kleinstadt sehen. Ich will euer englisches Essen probieren. Ich will dein Land sehen.«

»Es ist nicht mein Land.« Außerdem war es eine dumme Idee. »Du solltest mal versuchen, dort zu leben.«

»Das will ich ja gar nicht. Das ist der Fehler, den alle immer machen.« Dann ratterte sie eine Liste runter, die aus einem Reiseführer stammte: die Parlamentsgebäude, Piccadilly Circus, Stratford-upon-Avon, Ben Nevis, The Old Curiosity Shop, der Pub Dirty Dicks.

»Ben Nevis ist nicht in England.« Ich nahm einen Kieselstein und wollte ihn übers Wasser hüpfen lassen, aber ich hatte den Winkel falsch gewählt, und der Stein versank.

»Erst wenn ich in Rente bin, kann ich rüber.« Sie nickte

zu der Seite, wo Westberlin war, wie immer – ein Nicken entfernt. »Von Charles Dickens weiß ich Dinge über England. Über Frankreich von Émile Zola. Ich will sehen, wie es da *wirklich* ist. Noch in diesem Jahrhundert.«

Ich sagte, sie solle moderne Schriftsteller lesen. *Love on the Dole. Kes. The Road to Wigan Pier*. Dann hätte sie eine bessere Vorstellung. Aber die wollte Martina nicht lesen. Sie sagte, die gebe es wahrscheinlich gar nicht in der DDR. Ihr Blick wanderte über das Wasser. Ein Mädchen mit rotem Gesicht und rötlichen Haaren paddelte vorbei, es sah aus wie eine Lychee-Frucht, oder wie Uriah Heep. »Dann erzähl du mir doch von England.« Sie nahm eine Handvoll Sand, schüttelte ihn und ließ die Körner durch ihre Finger rinnen. »Wenigstens bist du aus diesem Jahrhundert.«

Ich erzählte Martina von der CND, der Kampagne für Nukleare Abrüstung in Tamworth, und von unserem Fackelzug mit Kerzen, die Rosie gemacht hatte und die mit Menschenhaar umwickelt waren. Es sollte nach Apokalypse riechen. Wir hatten Bruce Kent und Joan Ruddock als Sprecher eingeladen, aber beide hatten anderweitige Verpflichtungen. Das hieß, sie hatten von Tamworth noch nie gehört und konnten es auch auf der Landkarte nicht finden. Also hielt Ivan eine Rede – er stand auf dem Burghügel und ließ seine Stimme zu den Trinkern in den Pleasure Grounds schallen, und als wir alle durchgefroren waren, zogen wir los und holten uns Pommes frites.

Dann kam die Königin in einem limonengrünen Kostüm nach Tamworth und eröffnete das Shoppingcenter Ankerside. Die ganze Stadt spielte verrückt. In allen Fenstern hingen Union Jacks, nur in unserem nicht. Wir hängten eine DDR-Flagge und eine rote Fahne ins Fenster, und vor unserem Haus stand ein Polizist und sprach mit zusammengekniffenem Mund in sein Walkie-Talkie.

Ich erzählte Martina, dass ich mir, wenn ich von der Schule nach Hause kam, die Schuluniform vom Leib riss, eine Schale Porridge und ein paar Paranüsse aß, schnell meine Hausaufgaben machte und ins Prince zu einer Versammlung rannte, wo ich Protokoll führte, dann ließ ich die Spendendose rumgehen für die Raummiete, und schnell ins Hamlets, wo ich bei einem halben Pint Strongbow mit den anderen debattierte. Meine Mum hatte so oft die Garantie für mich übernommen, dass sie mich im Pub nicht mehr nach meinem Alter fragten.

Anfangs hörte Martina zu. Sie fragte mich, ob es viele Engländer gebe, die Ivan heißen, und ob ich die Königin wirklich gesehen hätte. Aber dann ließ ihre Aufmerksamkeit nach, und mit der Zeit schien es mir, dass ich zu mir selbst sprach. Dann sagte sie: »Es besteht die Möglichkeit, dass mein Vater nächstes Jahr nach London kommt. Er ist gebeten worden, einen Vortrag über Phillip Bonosky zu halten. Das ist ein kommunistischer Autor aus den Staaten.«

Ich wusste nicht, dass es kommunistische Autoren gab.

Sie sagte, Peter habe seine Doktorarbeit über ihn geschrieben. Die Universität stelle einen Überblick über die Literatur der Linken zusammen, in alphabetischer Ordnung, und Bonosky sei der Nächste auf der Liste. Peter hatte ein Visum beantragt und wartete jetzt darauf, dass es bewilligt wurde.

Ich stellte mir vor, wie der britische Sicherheitsdienst seinen Antrag bearbeitete. George Smiley saß in seinem Büro am Cambridge Circus, im dreiteiligen Anzug und in Schuhen mit Ledersohle. Er liest Peters Antrag, die Lippen sind eine schmale Linie, die überdimensionale Brille rutscht ihm von der Nase. Alec Guinness' braune Knopfaugen wandern zum Fenster, während er die Angelegenheit bedenkt. Draußen auf der Shaftesbury Avenue ein roter Doppeldeckerbus hinter dem anderen. Das Licht in den Musikläden und den Buchhandlungen auf der Charing Cross Road leuchtet gelb. An der Ecke Manette Street das warme Licht des Cafés, in das wir gehen, wenn wir auf einer Demonstration sind und meiner Mum die Füße weh tun. Wir trinken Kaffee mit Satz und essen Shortbread mit Karamellgeschmack, bis es Zeit ist, in den Hyde Park zu gehen und den Rednern zuzuhören.

Würde George Smiley dem kommunistischen Peter aus der sozialistischen DDR die Einreise nach England erlauben, um über den linksgerichteten Mr Bonosky zu sprechen? Wahrscheinlich nicht. Ich sagte zu Martina, dass sie bald Antwort bekämen. Der Sicherheitsdienst müsste nicht lange darüber nachdenken.

»Sie werden so lange wie möglich darüber nachdenken. Sie denken so lange, bis sie nichts mehr denken, und dann denken sie immer noch weiter.« Martina warf einen Zweig ins Gebüsch, verfolgte ihn mit Blicken und wartete auf das Geräusch des Aufschlagens, und als das nicht kam, drehte sie sich wieder zu mir um.

Ich sagte, falls Peter ein Visum bekäme, dürfte sie vielleicht mitkommen, als seine Assistentin. So wie ich in die DDR gekommen war.

»Vater und Tocher? Nie-, niemals. Einer muss immer zurückbleiben.«

Und ich dachte, sie hatte wahrscheinlich recht: Einer musste immer da sein, dem man eine Karte schicken konnte. Außerdem würde Smiley es nicht erlauben, dass zwei Kommunisten gleichzeitig nach Großbritannien reisten. Mit ihnen beiden und uns beiden hätten wir schon eine Ortsgruppe zusammen.

»Also warten wir, bis sie es geprüft haben und dann noch einmal prüfen. Wen ihr kennt, welche Kontakte ihr habt, welchen Hintergrund.«

Das waren wir. Wir waren die Kontakte. Aber in dem Büro am Cambridge Circus gab es eine Akte über die Mitchells, seit wir zum ersten Mal am Brandenburger Tor gewesen waren. In den letzten zwei Jahren hatten sie unsere Briefe mit Dampf geöffnet, unser Telefon abgehört, Ausschnitte aus dem *Herald* aufgehoben und einen Bericht über unseren Besuch bei der DDR-Botschaft abgeheftet. Wahrscheinlich war jemand von ihnen bei der Versammlung, als Stefan nach Tamworth kam. Jemand mit einem ziemlich scheußlichen Hut.

Martina sagte: »Dass mein Vater nach London darf …«, und sie zeigte eine Spanne zwischen Daumen und Zeigefinger, die kaum zu sehen war.

Ich sagte, welches Glück wir mit Stefan gehabt hätten. Er hatte unsere Unterlagen in wenigen Minuten durchgesehen – fünfzehn Personen durften einreisen, sein Füller hatte sie alle bewilligt.

Martina sagte nichts. Ich dachte, sie müsse froh sein, dass die DDR uns willkommen hieß und es keinen George Smiley gab, der Monate darüber nachdachte, ob er uns einreisen lassen sollte oder nicht. »Stefan hat uns geholfen. Du kennst Stefan doch.« Das war keine Frage. Stefan war Saskias Bruder.

»Mein Vater hat mit ihm zu tun gehabt.«

»Du weißt, dass Stefan in Tamworth war.«

Martina zog die Knie an die Brust und fuhr mit den Fingernägeln in den Zwischenraum zwischen den Zehen. »Und wie hat es ihm gefallen?«

»Er hat die Stadt nicht gesehen. Nur den Bahnhof und den Pub, das Prince.« Er sagte, er sei offiziell da. Kein Zögern, keine Wiederholung, kein Abweichen – wie bei *Just a Minute*.

»Auch die Burg nicht? Mr Peel? Der Schutzwall? Er ist nicht der vollendete Diplomat …« Martina sah mich an, ihre Miene war hart, unnachgiebig, so hatte ich sie noch nie gesehen. Sie machte einen Salut. »Zu Befehl!« Dann sprang sie auf und rannte zum Wasser. Ihre Beine schlugen das Wasser schaumig. Sie rannte immer weiter hinein, tiefer und tiefer, bis sie in Zeitlupe lief, dann tauchte sie mit dem Kopf ein, und das Wasser tropfte ihr von den Füßen. Sie verschwand vollends, und die Oberfläche war wieder still. Ich beobachtete die Stelle, wo sie untergetaucht war, und sah, wie das Wasser erst weiß, dann fast schwarz wurde.

Dann stieß Martina zur Oberfläche durch. Ihr Körper lehnte sich gegen die Kraft des Wassers und versuchte sich aus dem See zu befreien. Aber sie landete auf dem Rücken, die Haare nass nach hinten, und keuchte, das flache Wasser überspülte sie, die Muttermale schimmerten hindurch, und sie schöpfte tief Atem und schien am Rande der Erschöpfung.

13

Reiseanweisungen

Potsdam, August 1980 – Tamworth, April 1981

Martina machte das Boot seetauglich und verbrachte die restlichen Augusttage als nackte Weise im Schneidersitz an Deck. Und weil das Boot schmal war, saß ich immer ihr zu Füßen, wie ein nackter Schüler.

Denn irgendwann hatte ich meinen Badeanzug ausgezogen.

Die Sommerhitze hatte noch zugenommen, es war zu heiß zum Sprechen, und inzwischen gab es auch Dinge, über die wir nicht sprechen wollten, so dass ich mich in der Stille der Augusttage an Peters Angelrute festhielt, die Hoffnung am Haken aufgespießt, und mir all die Gründe aufsagte, warum ich hier leben wollte, warum ich nicht nach Tamworth zurück konnte.

An unserem letzten Tag sagte Martina, wir müssten uns auf dem Boot verabschieden. Warum, sagte sie nicht, und ich fragte nicht, ihre Antwort wäre ohnehin verschlüsselt. Ich kletterte über den Bootsrand und watete an den Strand. Ich brauchte ewig, weil ich auf Zehenspitzen ging, um nicht auf die Scherben zu treten und die Leichen, die nie gefunden worden waren. Endlich erreichte ich den Strand, wo meine Sachen ordentlich gestapelt lagen, als hätte ich mein eigenes Verschwinden inszeniert, und als ich zurückblickte, war Martina in die Kajüte gegangen. Ihre Hände umfassten das Steuerrad, sie war auf dem Weg nach Nirgendwo, ein weißes Segel hing schlaff auf Halbmast.

Meine Mum vergoss ihren Schweiß den Sommer über im Vorlesungssaal und in der Liebe und, am Ende des Kurses, in der Gießerei von Eisenhüttenstadt. Der Vorarbeiter schenkte ihr einen knallgelben Sturzhelm mit Schornsteinen drauf, aus denen eine Taube aufstieg. »Der Himmel stürzt ein«, sagte sie, denn ihr Gehirn wurde bei achtunddreißig Grad geschmort, und »Himmel und Huhn« war ihre Lieblingskindergeschichte, und in der Werkskantine hatte sie zum Mittagessen gerade Hähnchenbrust bekommen.

Am Tag unserer Rückreise standen wir besonders früh auf, um den Wagen zu packen. Irgendwie hatte meine Mum Zeit zum Einkaufen gefunden und eine Menge DDR-Souvenirs angehäuft, während ich draußen am See gewesen war. Sie wollte uns ein »Zuhause fern von unserem Zuhause« machen, hatte sie gesagt. Sie beschriftete die Kartons, als würden wir umziehen: *Schlafzimmer – zerbrechlich, Küche – nicht essbar, Badezimmer – Verschiedenes, Garten*. Das beunruhigte mich, denn es bedeutete Gartenzwerge.

Ich hatte die Aufgabe, die Kartons zu stapeln, denn meine Mum sagte, weil ich auf dem Zauberwürfel alle Flächen in einer Farbe hinkriegte, hieße das, ich könne gut dreidimensional denken. Währenddessen saß sie auf dem Fahrersitz und achtete darauf, dass die Sichtschneise für den Rückspiegel frei blieb. Als wir losfuhren, lenkte meine Mum den Wagen ohne einen Blick nach vorn, denn ihre Aufmerksamkeit war nach hinten gerichtet. Peter schrumpfte im Rückspiegel, bis wir an der Kaserne abbogen, dann war er verschwunden, bis Juli.

Auf der Fahrt war meine Mum still, aber das bekümmerte mich nicht, denn ich wusste vom Jahr davor, dass es nur die Liebe und das Fahren auf der rechten Seite war. Trotzdem, etwas war anders. Wenn wir bei Rot halten mussten, träumte meine Mum nicht. Ihr entrückter Blick weilte nicht im Sommer der letzten Wochen, er entwarf neue Ansichten, und im Kopf schob sie die Spielsteine im Spiel mit unserer Zukunft in neue Positionen.

Auf der Fähre bekam sie Durchfall, was möglicherweise an dem »Iss so viel du kannst«-Buffet lag, andererseits hatte sie so wenig davon gegessen, dass das kaum der Grund sein konnte. Und in der Nacht konnte sie nicht schlafen. In der vollkommenen Finsternis der fensterlosen Kajüte sprach sie zu sich selbst. »Wenn das … und das …«, immer weiter im Kreis, ohne dass sie glücklicher wurde.

Am nächsten Morgen, als wir auf dem schummerigen Autodeck standen und die Fähre mit der Seitenwand an die Hafenmauer von Harwich prallte und einen Lärm machte, der aus der Hölle zu kommen schien, sagte ich zu meiner Mum, nicht mehr lange, dann kämen wir ans Licht.

»Im April«, sagte sie. Peter hatte ihr von Bonosky und der Konferenz erzählt, und sie hatte sich überzeugt, dass sein Visum praktisch schon auf dem Weg war. Da spielte es keine Rolle, dass Martina seine Chancen mit Daumen und Zeigefinger als nahe null eingeschätzt hatte. Auch Peter hatte seine Chancen mit den Fingern gemessen, aber eine Spanne von zwei Zentimetern gezeigt, woraus meine Mum eine Meile Hoffnung schöpfte.

Sie fing umgehend mit der Planung eines langen Wochenendes in London an: ein Bed&Breakfast Hotel, das im *Star* eine Anzeige schaltete. Es lag im East End, fünf Haltestellen von der Straße entfernt, wo sie aufgewachsen war. Meine Mum hatte keine Eltern mehr, denen sie Peter vorstellen konnte, aber sie würde ihm deren Geister vorstellen – eine Tour durch Bermondsey und Geschichten vom Krieg und von den Pullovern, die sie gestrickt hatte, um die Rote Armee zu wärmen. »Dann wird das alles verständlich«, sagte sie. »Obwohl es auch so verständlich ist …« Trotzdem, das wäre Eleanor, ihre Vorgeschichte. »Und für dich denke ich mir auch was aus.«

»Ich bin dann sechzehn. Alt genug, um zu heiraten.« Ich brauchte keine Vorräte im Kühlschrank, keinen Besuch von Mr Howard.

Es stellte sich heraus, dass sie meinte, ob ich auch ohne sie den *Star* verkaufen würde.

Die Monate vergingen, es gab kein Anzeichen von Peters Visum, aber meine Mum gab den Glauben nicht auf. »Es ist für Peter. Für Bonosky …«, als könnte das niemand ablehnen. Erst als der April schon da war und es immer noch keine Neuigkeiten gab, begann sie an Bonosky zu zweifeln. Meine Mum hatte alle Bücher gekauft, die von ihm verfügbar waren, aber aufgegeben, sie zu lesen. Sie gab der Hochschule wegen der alphabetischen Zuweisung die Schuld. »Warum konnte man Peter nicht Jack London zuordnen, oder Robert Tressell? Dann hätte er ohne weiteres ein Visum bekommen.«

Am Tag der Konferenz, einem Donnerstag, setzte meinen Mum sich den Schutzhelm aus Eisenhüttenstadt auf und blieb den ganzen Tag im Bett. Sie hatte ihren Schlafanzug an, ebenfalls knallgelb und aus Flanell und im Exquisit-Laden gekauft. Wenn sie aufstand und durchs Haus wanderte, sah sie aus wie ein kranker Kanarienvogel.

Zwei Tage später war meine Mum immer noch ungewaschen und saß, immer noch im Schlafanzug, der inzwischen längst nicht mehr exquisit war, auf dem Boden ihres Zimmers, eine ellenlange Liste von Dingen, die zu erledigen waren, vor sich, während das Telefon unaufhörlich klingelte. Ich wusste, dass sie nicht drangehen würde. Zurzeit war meine Mum für die Welt nicht zu sprechen.

Aber der Anrufer war offensichtlich der Ansicht, dass wir zu Hause und zu einem Gespräch aufgelegt waren.

Ich nahm ab und ließ den Hörer runterbaumeln. Eine verkleinerte Stimme sprach zur Tapete, und ich hörte etwas, das ganz wie »Peter« klang.

Als ich den Hörer ans Ohr hielt, schimpfte er auf Deutsch auf die öffentlichen Telefone in England. Er hatte seine letzte Münze eingeworfen und gerade genug Zeit zu sagen, dass er einen Tagesausflug nach Tamworth machte und wir ihn in einer halben Stunde am Bahnhof abholen sollten. »Und sag …«

Aber da war das Geld schon zu Ende.

Als ich meiner Mum sagte, dass Bonosky doch stattfand, sah sie nicht einmal von ihren Listen auf. Sie saß auf dem Fußboden, mit Kissen ans Bett gelehnt, und der gelbe Schutzhelm auf dem Kopf bedeutete, dass es nur schlechte Nachrichten geben konnte. Zwischen ihren gespreizten Beinen standen Gläser mit Marmite und Honig, die klebrigen Deckel daneben, und ein Klecks Butter schwamm in Kondenswasser. Ihre Listen waren in Spalten angeordnet, sie füllten mehrere Seiten und sahen aus wie eine riesige Patience. Meine Mum weigerte sich so lange zu glauben, dass Peter auf dem Weg war, bis ich sie fragte, wo der Staubsauger stand.

Dann wollte sie genau wissen, was er gesagt hatte, jedes Wort – was in dem Fall leicht war, weil er nicht viele Wörter gesagt hatte.

»Und was noch? Er muss noch etwas gesagt haben.«

»Er schickt dir liebe Grüße.«

Da nahm sie den Helm ab.

Meine Mum sprang auf, fegte ihre Patience zur Seite und ratterte Listen aus dem Kopf herunter. Sie gab Reinigungsanordnungen aus. Ich war fürs Haus zuständig, sie für sich selbst. Aber die Zeit reichte nur für eine oberflächliche Säuberung. Ich schnappte mir eine Rolle Klopapier und wischte die Flächen sauber, die in der Sichtlinie waren. Ich nahm ein Raumspray und füllte das Haus mit Veilchenduft, so dass zwei Tage Mief von dem frischen Geruch einer Leichenhalle übertönt wurden.

Meine Mum spurtete in ihrem gelben Schlafanzug ins Badezimmer und kam in einem weißen Nachthemd wieder raus. In Wirklichkeit war es ein Laura-Ashley-Kleid, das sie speziell für Peters Besuch gekauft hatte und das ein Vermögen gekostet hatte. Jetzt sprang sie herum und versuchte, nicht auf den Saum zu treten, und mit ihrem orangefarbenen Haar und den geweiteten Pupillen sah sie aus wie die Lady von Shalott.

Im Auto holte meine Mum den Werkzeugkasten hervor, nahm die Pinzette und zupfte sich den Damenbart aus. Sie besprühte sich mit dem Not-Parfum – billig, Honigduft, beim Basar gewonnen und für solche Tage da, an denen sie von einer Versammlung zur nächsten hastete. Dann musste ich sie begutachten, und ihr Gesicht hatte einen Ausdruck, der zwischen dem Überrest von Schmerz und bevorstehender Freude schwankte.

Die Bermondsey-Tour war mithin überflüssig. Ihr Gesicht reichte aus, es erzählte die Geschichte ihres Lebens.

Als wir auf den Bahnsteig kamen, fuhr Peters Zug gerade ein. Meine Mum stand auf den Buchstaben von »Nicht über die Linie treten« am Rande des Bahnsteigs. Wir sahen, wie Fenster heruntergelassen und Arme nach den Riegeln außen fühlten, dann strömten Familien aus dem Zug, mit Kinderwagen und Tüten voller Samstagseinkäufe und rosa Kindern, die eine bunte Spur von Bonbonpapieren hinter sich ließen.

Dann kam Peter.

Er war schwer zu erkennen in dem silbergrauen Anzug

mit Hosenbeinen, die zu kurz waren und die weißen Socken blitzen ließen. Gemessenen Schrittes kam er auf uns zu, schimmernd unter der Aprilsonne. Er ging krummbeinig, als wäre er gerade vom Pferd gestiegen, aber der Gang hatte sicherlich damit zu tun, dass er seine deutsche Größe auf englische Eisenbahnsitze hatte quetschen müssen.

Meine Mum flüsterte: »Küss mich, als wäre es das letzte Mal …« Eine Zeile aus *Casablanca*. Ich fand es übertrieben, aber sie brauchte Halt, also nahm ich ihre Hand, die kalt vor Aufregung war, der Puls am Handgelenk raste. Dann machte sie die Arme auf, warf sich an Peters Brust und vergrub sich in seinen Silberschimmer. »Träume ich?«, fragte sie. »Ich trau mich nicht zu gucken, falls du nur in meiner Phantasie da bist.« Sie hielt ihn fest und drückte ihr Gesicht an sein Revers und löste sich erst, als sich das SED-Emblem auf ihrer Wange eingegraben hatte.

Smiley hatte Peter, so erfuhren wir, letztendlich doch ein Visum gegeben. Aber Martina hatte recht gehabt: Er hatte es monatelang erwogen. Die Nachricht kam im allerletzten Moment. Am Donnerstagnachmittag, als Peter gerade seine linguistischen Anmerkungen von der Tafel im Klassenraum an der Hochschule wischte, kam Saskia herein, übergab ihm einen Umschlag, schickte seine Klasse nach Hause und sagte, er solle umgehend nach Schönefeld zum Flughafen fahren. Er suchte seine Papiere über Bonosky zusammen, lieh sich vom Hausmeister einen Anzug, der zum letzten Mal bei Kriegsende vor dem Traualtar getragen worden war, und hatte gerade noch Zeit, Martina mitzuteilen, dass er am Sonntag zum Mittagessen wieder da sein würde. Was er dabeihatte, war in seiner Aktentasche. Deswegen war er an der Grenze aufgehalten worden. Der Grenzbeamte hatte die Daten auf seinem Flugschein geprüft und gefragt, wo sein Gepäck sei. Er hatte Peter in ein entlegenes Büro geführt und war mit der Aktentasche weggegangen. Peter saß in grellem Neonlicht umgeben von einem Nescafé-Duft und wartete. Drei Stunden später kam der Grenzbeamte zurück, lächelnd und gut gelaunt. »Alles in Ordnung, Sir. Vielen Dank für Ihre Geduld. Und willkommen in England. Heute ist St. George's Day.«

»Und Shakespeares Geburtstag«, sagte Peter.

»Ach ja? Davon weiß ich nichts, Sir. Schönen Aufenthalt.«

Dies war der letzte Tag der Konferenz mit Abschlussvorträgen, einem Austausch von Visitenkarten, dem Ende von Affären, außerdem Peters einzige Möglichkeit, uns zu besuchen. Am nächsten Morgen würde er wieder nach Potsdam fliegen. Die Botschaft der DDR hatte alles arrangiert: Flugschein, Hotelzimmer, harte Währung, ein Formular für die Ausgaben, einen Umschlag für die Belege, einen Plan mit Unternehmungen, die jede freie Minute füllten. Am Abend zuvor hatte er mit Stefan zu Abend gegessen, der einen Bericht von der Tagung hören wollte. »Stefan findet Bonosky auch langweilig, dafür habe ich gesorgt.« Außerdem hatte die Botschaft ein Reiseanweisungsblatt mitgegeben. Peter zeigte es uns. Das Formular war aus grauem, porösem Papier und sah aus, als wäre es aus einem Papiertuchspender gezogen worden. Die freien Zeilen waren mit DDR-Handschrift ausgefüllt, und die Tinte war ins Papier verlaufen. Ich entnahm dem Formular, dass Peter weder nördlich von Watford Gap reisen noch mit Menschen sprechen durfte, die nicht Akademiker waren. Aber am Morgen hatte er beschlossen, sich den Anordnungen zu widersetzen.

Ich sagte, ich habe geglaubt, die Beziehung unterliege der Diskretion.

»Stimmt, aber dies ist nicht die Sommerdiskretion«, sagte meine Mum, »sondern die Frühlingsindiskretion. Man kann nicht immer die richtige Jahreszeit erwischen.«

»Und ich wollte eure Stadt sehen.«

Genau das hatte Martina auch gesagt.

»Martina lässt übrigens herzlich grüßen.« Eigentlich war das unmöglich, denn Peter hatte vor seiner Abreise nicht mit ihr gesprochen. Er hatte die Grüße erfunden.

Meine Mum sagte: »Sie schickt keine Postkarten mehr.«

»Dieser Tage ist sie sehr beschäftigt …« Womit, das konnte er nicht sagen. »Aber wenn ich sie sehe, wirkt sie glücklich.« Er hielt einen Moment inne. »Oder sie ist verliebt. Das ist nicht dasselbe. Oder vielleicht ist es doch dasselbe. Jedenfalls ist sie glücklich. Soweit ich das sehen kann.«

Damit hatte ich nicht gerechnet. Immer wenn ich an Martina dachte, wurde ich traurig. Seit letztem Sommer hatte sie nicht geschrieben – das Schweigen vom August hatte sich einfach immer weiter ausgedehnt. Jetzt las ich ihre alten Postkarten und versuchte herauszufinden, was sie darauf gesagt hatte, ohne es zu sagen. Einmal hatte meine Mum gesagt: »Es ist nicht so, dass sie dich leid ist, aber es gibt Dinge, die ihr Leid machen.« Sie sagte, ich solle Martina nicht aufgeben. »Freunde in Not …«

»Wieso in Not?«

»Weil ihr die Mutter fehlt?«

Natürlich, eine Mutter würde das sagen.

Jetzt setzte sie sich hinter das Steuerrad des Minivans und sang: »Oh! Tamworth!«, zu der Melodie von: »Oh! Calcutta!« Sie schob die Ärmel des Kleids hoch. »Dann wollen wir mal losfahren.«

Ich hielt das für eine schlechte Idee. Zum einen war das hier Tamworth, und es gab nichts zu sehen. Dann war da Peters Papierlappen. Und Smiley war auch irgendwo hier draußen.

»Wir sind im Auto, Jess. Es ist ein sonniger Tag. Niemand kann reingucken. Alles spiegelt sich.«

»Aber die Mütter und die Babysitter und die Spitzel.« Einmal hatte Ivan gesagt: »Sie verfolgen uns überall. Auf jeden von uns ist einer von der Special Branch angesetzt. Wir werden alle beschattet. Du auch, Jess.« Und er hatte stolz geklungen. Es stimmte, dass wir Probleme mit dem Telefon hatten – Rauschen im Hintergrund, Überschneidung von Leitungen: der Beweis, dass die Leute am Cambridge Circus nicht untätig waren. Und manchmal riefen Leute uns an und hörten eine Aufnahme mit der Bitte, ihren Namen und ihre Adresse und Telefonnummer anzugeben. Dabei hatten wir keinen Anrufbeantworter.

Wir stießen rückwärts aus der Parklücke, prallten gegen den Bordstein und verschreckten eine Gruppe von Pfadfindermädchen. Wir fuhren auf der Upper Gungate an meiner Schule vorbei, wo ich laut »Buh« rief, und meine Mum auch, selbst Peter buhte, obwohl er nicht wusste, warum. Meine Mum kurbelte das Fenster auf ihrer Seite runter. Ein Windstoß fuhr ihr über das Gesicht, so dass sie den Kopf zurückwarf und noch mehr wie die Frauen der Präraffaeliten aussah. Sie drückte den Fuß aufs Gaspedal, der Geschwindigkeitsanzeiger überstieg das gesetzliche Maß, und Tamworth rauschte vorbei.

Peter schnallte den Gurt los, um sich besser umsehen zu können. »Endlich! Endlich sehe ich die Stadt, in der ihr lebt.« Er klang viel zu angetan davon.

»Siehst du, Jess. Peter muss es *sehen*. Er muss erfahren, wie es hier ist, wenn …«, und der Rest ihres Satzes wurde vom Wind fortgerissen.

»Willkommen in unserem offenen Gefängnis. Ungefähr sechzigtausend Insassen, die meisten davon gefügig. Nur gelegentlich versucht einer zu fliehen.«

Wir kamen zum westlichen Stadtrand, wo sich landwirtschaftliche Flächen bis zum Hopwas Hill erstreckten. »England ist so grün!«, sagte er.

»Das ist nur der erste Eindruck.«

»Auf der Strecke von London waren meilenweit nur Felder zu sehen. Es ist ein ›green and pleasant land‹, wie in dem Lied. Das hatte ich nicht erwartet.«

Es war ganz untypisch für Peter, so überschwänglich zu sein. »Hast du Hunger?«

»Nein, am Bahnhof von Euston habe ich ein fantastisches englisches Frühstück gegessen.«

Wir aßen nur Coco Pops.

Er zeigte mit dem Finger aufs Fenster. »Ich hatte Engels erwartet. *Die Lage der arbeitenden Klasse in England*. Und die Aufstände von Brixton.«

»Die gibt es auch. Man sieht sie nur von hier nicht.«

»Aber ihr habt verschlafene Dörfer. Ihr habt Schafe!«

»Schafe. Natürlich. Wir essen sie.«

Meine Mum verstärkte sein Entzücken. Sie freute sich, den Fremdenführer zu spielen. Zum ersten Mal in ihrem Leben war sie in Tamworth verliebt. Ich hörte ihr zu, wie sie voller Begeisterung über das sprach, was durchs Fenster zu sehen war. Sie sprach mit einer Stimme, als käme sie direkt von der Touristeninformation: »Früher war Tamworth die Hauptstadt des Königreichs Mercia, weshalb die Stadt einen besonderen Platz in der Geschichte unseres Landes innehat …« Ich glaube, sie hatte sich insgeheim für einen Tag wie diesen vorbereitet. Sie wies auf die Stätten der allgemeinen Versorgung hin – das Krankenhaus, die Autohandlung mit Werkstatt – und erzählte Peter, an welchem Tag die Müllabfuhr kam. Dann fuhr sie an den Orten mit politischer Bedeutung vorbei: am Einkaufszentrum Middle Entry, an den beiden Pubs, Prince und Hamlets. An den Riverside-Wohnblocks, die sich gut für Flugblattaktionen eigneten. »Viele Haustüren und keine Gärten.« Sechs ideale Türme der Arbeiterklasse.

Dann kamen wir um eine Kurve und landeten im Mittelalter. Ritter in Kutten aus Bettlaken und Metalleimern als Helme fuchtelten mit Stöcken in der Luft. Frauen mit ausladenden Hüften und geschnürten Wamsen schoben ihre Kanonenkugelbrüste durch die Menge. »Dreimal Hoch auf England und St. George!«

Die Menge wogte vor und zurück. Die Menschen tranken Bier aus Dosen und Sekt aus kleinen Fläschchen, kleine Kinder saugten Orangensaft mit Strohhalmen aus Papppackungen.

»Siehst du, Peter, *das* ist Tamworth.«

»Die Menschen sind so glücklich!«

»Sie sind betrunken.«

Dann kamen Uniformierte, Amateurregimenter in dumpfen Farben, die sich gegenseitig die Hacken eintraten und in der Zeit zurückschritten. Peter zeigte auf ein Spruchband: *Einheit. Treue. Kameradschaft. Vaterlandsliebe.* »Fast wie bei uns, oder?«

Der Fotograf vom *Herald* erkannte meine Mum und winkte zu ihr herüber. Er freute sich, dass er ein paar Schnappschüsse von ihr machen konnte, normalerweise hatte er damit kein Glück. Der Polizist legte die Hand zum Gruß an den Helm, wie der Bobby in *Dixon of Dock Green*. Er war es, dem unsere schriftlichen Gesuche vorgelegt wurden, in denen wir darum baten, den Verkehr auf der Market Street anzuhalten, damit wir zum Rathaus marschieren und unsere Forderung nach Weltfrieden vorbringen konnten.

»Du bist eine Berühmtheit hier!«, sagte Peter.

Wir waren die Dorftrottel. Gäbe es noch den Pranger, würden wir öffentlich daran zur Schau gestellt. Und wenn das Hexengesetz nicht außer Kraft gesetzt worden wäre, würde man uns als Hexen verbrennen.

Peter trat auf unsere »Willkommen«-Fußmatte, dann zog er sich die Schuhe aus und Hausschuhe an, riesige graue

Filzschlappen, die meine Mum in Potsdam gekauft hatte, solche, die auch Besuchern bei der Besichtigung des Neuen Palasts ausgehändigt wurden, damit sie darin über die Marmorböden von Friedrich dem Großen rutschen konnten. Jetzt rutschten wir über unsere Kachelfußböden und schoben uns an den Wänden entlang, damit gleichzeitig der Fußboden gereinigt wurde.

Meine Mum machte für Peter eine Führung durchs Haus, während ich die Kaffeetafel deckte. Immer wenn wir Sehnsucht nach der DDR hatten oder wenn der Sommer lange nicht kommen wollte oder wenn Ehren- und Gedenktage zu begehen waren, holten wir das DDR-Geschirr heraus. Meistens gab es jede Woche eine solche Gelegenheit. Am Tag zuvor war es der »Internationale Tag der Jugend und Studenten gegen Kolonialismus und für die friedliche Koexistenz« gewesen, und der Abwasch stand noch im Spülbecken.

Ich deckte den Tisch: eine Spitzendecke und passende Platzdeckchen, die mit sentimentalen Sprüchen bestickt waren, ein Kännchen Mona-Kaffee, das von einem Teelicht warm, aber nicht warm genug gehalten wurde, Mitropa-Tassen, die Sprünge von Überbenutzung hatten, eine Schallplatte mit Brecht-Gedichten, von ihm selbst rezitiert.

Von oben hörte ich Bruchstücke von Peters Bemerkungen mit. Er erkannte fast alles, was wir hatten. Meine Mum war stolz auf ihr DDR-Bettzeug: eine Einziehdecke statt Laken und Wolldecken, so dass sie das Bett nie zu machen brauchte, und quadratische Kissen, die sie sich in den Rücken stopfte, so dass sie beim Teetrinken nichts verschüttete. Ich glaubte zu hören, dass sie »deine Seite« sagte, war mir aber nicht sicher, wie das Verb lautete: könnte, wäre, ist …?

Als sie endlich wieder nach unten kamen, winkte meine Mum mit der weißen Flagge ihres Ärmels und ergab sich den Möglichkeiten des Tages.

»Ich möchte mit dir leben, für …« Peter warf einen Blick auf unsere Uhren und stockte.

»Aus internationaler Solidarität«, sagte ich. »Damit wir immer wissen, wie spät es bei unseren Genossen ist.«

»Wie spät es bei *dir* ist.« Als wir nach dem ersten Sommerkurs nach Hause gekommen waren, hatte meine Mum die Uhr mit Moskauer Zeit auf Berlin-Zeit umgestellt.

Peter hatte noch fünf Stunden, bevor er abfahren musste, und wollte sie mit uns verbringen, so wie wir sie normalerweise am Samstag verbringen würden.

Normal für uns war, dass meine Mum die Knäufe des Aktenschranks rieb und dabei einen Wunsch murmelte, als wäre es ein Kleiderschrank, in dem statt der politischen Unterlagen Narnia versteckt war. Dann schrieben wir im Wettlauf auf der Coronet und der Olivetti, weil der Tag nie lang genug war. Heute sagte meine Mum: »Willkommen beim Nachrichtendienst. Das Politbüro«, und sie klappte die Türen auf und enthüllte unsere Ordner: Kommunistische Partei, CND, Bildung, Anti-Nazi-Liga, Arbeitslosigkeit, Sonstiges. Sie nahm einen Stapel grauer Ordner heraus und breitete sie auf dem Fußboden aus. Die Friedensbewegung lag wie der Fang an Deck eines Fischerbootes vor uns. Die Ordner waren nach Dringlichkeit geordnet, und meine Mum nahm einen besonders dringenden toten Fisch und wedelte damit vor uns hin und her. Es war der CND-Rundbrief, der noch verschickt werden musste.

Meine Mum verteilte die Blätter: »Die sind für dich, die für dich, die für mich.« Wir verbrachten den Nachmittag mit den Unterlagen, als wäre es ein Gesellschaftsspiel, allerdings eins ohne Asse, ohne Trümpfe und mit sehr geringen Chancen, etwas zu gewinnen, und die ganze Zeit hörten wir, wie Reg und Ron die Gewinner in der Sportsendung *Grandstand* anspornten.

Ich sah zu, wie Peter Adressen von der Postversandliste auf Umschläge abschrieb, langsam, weil die englischen Namen ungewöhnlich für ihn waren, seine Buchstaben in bester DDR-Schrift. Ich wusste, dass der Postbote zweimal hingucken würde: Poststempel von Tamworth, fremde Handschrift. Meine Mum sprach von unseren Parteigenossen, als wären es Freunde. Sie wusste alles über sie, besonders über die Katastrophen, denn davon sprachen sie, wenn sie anriefen, um zu sagen, sie könnten nicht zur Versammlung kommen. Sie ging die Liste durch und erzählte Lebensläufe in alphabetischer Reihenfolge, während Brecht im Wohnzimmer immer wieder sagte: »Ach, wir, die wir den Boden …«, weil die Schallplatte einen Sprung hatte.

Nur über Rosie sagte sie nichts – sie war unsere einzige richtige Freundin. Rosie war gerade aus Brüssel zurückgekommen und überzeugt, dass Frauen die Welt retten würden. Für den Rundbrief hatte sie einen Bericht geschrieben. »Es gibt eine klare Verbindung zwischen männlicher Gewalt und dem Rüstungswettlauf … Wir müssen eine einfühlsame Opposition heranziehen, angefangen bei uns selbst, unseren Familien, unseren Freunden und Kollegen.«

»Quatsch! Absoluter Quatsch!«, hatte meine Mum gesagt, aber sie hatte in die Tasten gehämmert und den Bericht Wort für Wort abgeschrieben und dabei die Orthographie korrigiert.

Um sechs Uhr rief meine Mum beim Light Dragoons an. »Dasselbe wie immer, aber zweimal. Ja, ich weiß, Veränderungen, Sie haben recht.«

Peter kam mit mir, um die Bestellung abzuholen und einen Eindruck von Tamworth bei Nacht zu gewinnen. Ich ging mit ihm einen Umweg über den Friedhof, wo wir einen Augenblick bei den Gräbern verweilten, die Samstagabend als öffentliches Pissoir benutzt wurden. Straßenlaternen warfen orangerotes Licht über das verlassene Stadtzentrum, wo leere Bierdosen und St.-George-Flaggen aus den Mülleimern quollen. Eine Katze schlich vorbei und roch an dem Unrat.

»Ist euer normaler Samstag normalerweise so?«

Für uns ja, wenn auch ungewöhnlich für die Stadt. Wir waren Kämpfer, und wir kämpften.

Peter sagte, er sei Kämpfen gewohnt. Schon das Leben an sich sei ein Kampf. Aber auch Leute wie wir – Versammlungen, Demonstrationen, Solidarität. Er nannte Länder in weiter Ferne. Ich hatte sein Solidaritätsbuch gesehen, monatliche Beiträge wie Co-op-Marken, nur hübscher, als könnte er sich irgendwann eine Dividende auf die Weltrevolution auszahlen lassen. »Aber in der DDR machen die Massenorganisationen das alles. Ich brauche nur zu den Versammlungen zu gehen.«

Das Light Dragoons hatte gerade erst aufgemacht, aber eine Frau saß schon auf einem Barhocker und wartete auf ihre Bestellung. »Alles klar, meine Gute.«

»Alles klar.«

»Alles klar?«, sagte sie zu Peter.

»Ja, danke, bei mir schon, und bei Ihnen?«

Die Frau lachte. Vom Lachen musste sie husten. Sie warf den Kopf in den Nacken und zeigte die goldgefüllten Zähne. Sie hatte eine Goldrandbrille, goldene Ohrstecker und bronzefarbenes Haar aus der Packung. »Sie sind nicht von hier. Sie klingen fremd. Woher sind Sie?«

Man hätte ohne weiteres Australien sagen können.

»Aus Deutschland.«

»Ach nee. Einer von denen, Raza.« Sie zeigte mit der Zigarette auf Peter, kräuselte die Lippen und blies den Rauch zur Decke hin aus. Raza nickte Peter zu und richtete dann seine Konzentration auf den Fernseher, der unter der Decke an die Wand geschraubt war.

Eine Snooker-Übertragung.

»Du bist kein Ausländer, Raza, oder?« Sie wartete nicht auf die Antwort. »Er ist kein Ausländer. Auch wenn er so aussieht. Er ist in Small Heath geboren, stimmt's?«

Raza reagierte nicht. Sein Blick ließ den Mann in Weste und Fliege, der über einen Tisch gebeugt war und mit einem Stock sein Ziel anvisierte, nicht los. Dann rollte die schwarze Kugel – plopp – ins Loch, gedämpfter Applaus war zu hören.

Die Frau räusperte sich und musste wieder husten, und sie presste sich den Handrücken auf den Mund. Ihre Brust bebte, eine knochige Brust mit einem kantigen Brustbein. Als der Husten nachließ, befühlte sie ihre Kette und fand Ruhe in dem Kreuz.

Dann klingelte es aus der Küche. Raza ließ den Blick vom Snookertisch zum Perlenvorhang wandern, ohne dass er uns streifte.

»Ich bin eine echte Tammie, ich«, sagte die Frau. »Wenn man einen Tammie-Pass haben könnte, dann hätte ich einen. Bin in der Halford Street geboren und in der Hospital Street zur Schule gegangen. Jetzt wohne ich in der Alfred Street und meine Tochter nebenan. Die Kinder rennen den ganzen Tag zwischen unseren Häusern hin und her. Und was soll ich sagen? Wir sind glücklich. Alle zusammen. Eine glückliche Familie.«

Dann beugte sie sich zu uns hinüber. »Wart ihr bei dem Umzug? War das nicht klasse?« Ihre Wörter rochen nach Zigaretten, und ihre Lippen formten eine Zickzacklinie, wie man sie im Handarbeitsunterricht nähen musste. »Wir haben Kultur hier bei uns. Wir haben Geschichte.« Sie sagte die Wörter »Kultur« und »Geschichte« mit Nachdruck. »Aber die Stadt ist nicht mehr das, was sie mal war.

Middle Entry. Church Street. Da standen Häuser aus dem fünfzehnten Jahrhundert. Sind alle abgerissen worden, im Namen des Fortschritts. Dieser Phil Dix, wenn der machen könnte, was er wollte, dann würde er die ganze Burg abreißen lassen!« Sie verdrehte die Augen und schluckte einen Hustenanfall herunter. »Er hat bei meinem Bruder um die Ecke gewohnt. Ich mochte ihn nicht. Mein Bruder fand ihn abscheulich.« Sie nahm einen Zug und blies den Rauch über die Schulter. »Ich sag's jedes Mal und sag's noch einmal: Wir sind so gut wie die in Stratford. Wer will sich schon mit diesem Shakespeare-Typen abgeben? Wir haben mehr Geschichte.«

Mein Blick wanderte aus dem Fenster, zwei Leute standen vor dem Kino und hatten sich in einem Streit den Rücken zugekehrt. Beim Rauchen zogen sie so heftig an ihren Zigaretten, dass ihre Wangen hohl waren, dann warfen sie die Stummel in einem roten Funkenregen auf den Gehweg.

»Tut mir leid für Tamworth.«

Ein Auto fuhr vorbei, und aus dem Fenster dröhnte der Song »Making your mind up«. Man hörte ihn dauernd. Er war wie eine Nationalhymne. Bucks Fizz hatte damit den Grand Prix d'Eurovision de la Chanson für Großbritannien gewonnen.

Peter sagte nichts, aber seinem Schweigen entnahm ich eine Reaktion wie: Ich glaube, ich könnte mich dran gewöhnen.

Der Küchenvorhang raschelte. »Hühnchen-Korma und Pommes frites.« Raza lehnte sich über die Theke und ließ die weiße Plastiktüte von zwei Fingern herabhängen.

Die Frau nahm die Tüte, ohne hinzusehen.

»Dieser Dix, der hat der Stadt mehr Schaden zugefügt als der verdammte Hitler.«

Sie legte Peter eine Hand auf den Arm und sagte: »'tschuldigen Sie meine Ausdrucksweise.«

Wir aßen unser Curry-Gericht und stießen mit einem Korn vom Campusladen an. »Auf den Sozialismus!«, sagte meine Mum. »Und auf uns! Auf den Sozialismus und auf uns.« Wir tranken auf alle Variationen. Dann tat Peter das, worauf wir gewartet hatten: Er guckte auf die Uhr und sagte, er müsse los. Es war der Moment, den Havanna, Berlin und Hanoi den ganzen Tag angedroht hatten.

Ich wusste, dass meine Mum versuchen würde, ihn festzuhalten. Sie würde ihm Brote machen wollen, nur dass sich die Butter direkt aus dem Kühlschrank nicht verstreichen ließ. Sie würde die vier Platten des Gasherds ausstellen – »foff, foff, foff, foff« – und das Haus abschließen, dann müsste sie zurückgehen und noch einmal nachsehen. Sie würde ihre Autoschlüssel verlieren und wiederfinden, dann würde sie sich auf dem Weg zum Bahnhof in dem Einbahnstraßensystem verfransen. Und wenn Peter es trotzdem rechtzeitig zum Zug schaffte, müsste sie ihm hinterherwinken, bis der Zug verschwunden war, dann müsste sie dem verklingenden Geräusch hinterherwinken, dann dem Mann, der abgefahren war, bis ich sie am Ärmel zupfte und sagte, Peter sei jetzt schon in Rugby.

Und Peter musste das gewusst haben, denn er zog sich schon das Jackett an und ging zur Tür.

»Aber du bist so … ich weiß jetzt …« Von einem Glas konnte meine Mum nicht betrunken sein, aber sie hatte Mühe, die Wörter zu finden und ihre Sätze zu beenden. »Und jetzt bist du *hier* … was ist, wenn …?« Auf ihrem Gesicht stand die ungestellte Frage. Ich hoffte, sie würde nicht zu weinen anfangen. Meine Mum hob ein Glas auf das, was niemand gesagt hatte, was aber den ganzen Tag über uns geschwebt hatte. Dann stellte sie das Glas wieder hin.

Peter musste sich das Geld für die Fahrt nach London von meiner Mum leihen. Meine Mum schüttete den Inhalt ihres Portemonnaies in den Schoß und gab ihm alles, was drin war, Geld und Staubflusen. Dann drückte er sie an die Brust, an den Geruch von billiger Hotelseife und Mottenkugeln vom Anzug.

Als er meine Mum losließ, ging sie ins Esszimmer und sackte in den Sessel, auf dem er gesessen hatte, um seine Wärme zu spüren, bevor sie verging. Sie legte den Kopf auf das Platzdeckchen, vor dem Peter gesessen hatte, und der Schriftzug *Bedenke das Ende* tröpfelte im Kettenstich aus ihrem Ohr. Ihre Hände berührten fast den Boden. Sie hatte das Gesicht abgewandt und den Hals so stark verdreht, dass man denken konnte, sie habe sich das Genick gebrochen.

Ich rannte in die Küche und holte das Erdbeer-Angel-Delight. Es war für Martina. »Das ist der Geschmack von England. Sie wollte es probieren. Ich hoffe, es schmeckt ihr.«

In Wirklichkeit hoffte ich, dass es ihr nicht schmecken würde.

Peter versprach, gleich nach seiner Ankunft zu Hause eine Postkarte zu schreiben. »Und pass auf deine Mutter auf für mich. Sag ihr, sie muss *glauben* … und *denken* …«

Das war schwierig, denn normalerweise tat sie das eine oder das andere.

Ich stand an der Haustür und sah Peter nach, wie er die Church Lane entlangging. Er ging, als fiele es ihm schwer, sich zu beeilen. Seine Aktentasche schien schwerer als am Morgen, aber das konnte nicht nur an der Packung Angel Delight liegen.

Dann kam aus dem Esszimmer: »Wenn ich jetzt …?«, aber meine Mum vollendete den Satz nicht.

Ich sah, wie Peter kleiner und dunkler wurde und dann, bei den Lichtern des Parkplatzes, von orangerotem Licht getönt war.

»Wenn er jetzt …?«

Ich sah ihm nach, bis zur Biegung in der Straße.

»Wenn wir jetzt …?«

Dann verschwand Peter.

Meine Mum arbeitete sich durch die Personalpronomen. Aber bis zu: »Wenn sie jetzt …?«, schaffte sie es nicht. Weder wusste sie, wer »sie« sein könnten, noch was sie tun könnten.

Aber ab jetzt kam es genau darauf an.

Peter und Eleanor war jetzt deren Angelegenheit.

14

Die Lage spitzt sich zu

Tamworth, April-Juni 1981

Nachdem Peter gegangen war, weigerte meine Mum sich, ins Bett zu gehen, falls er zurückkam und der Geschichte ein anderes Ende gab. In ihrer Vorstellung kam er nicht bei dichtem Nebel in Heathrow an, wo er die Treppe ins Flugzeug hochstieg und beim Dröhnen der Propeller und zu den Klängen der »Marseillaise« abhob. In ihrer Version kam er am Bahnhof in Tamworth an, sah sich nach der Stadt im orangeroten Schein unter der Wolkendecke um, hörte das Läuten von St. Editha und wusste, es war jetzt oder nie.

Meine Mum saß auf Peters Stuhl und hielt ihn warm, und sich selbst hielt sie wach, indem sie ein Fisherman's Friend nach dem anderen lutschte. Zwischendurch sang sie: »The times, they are a-changin'«, während sie die Uhren im Auge behielt, deren Zeiger sich nicht zu drehen schienen, dann: »If I had a hammer«, und schlug mit dem Löffel im Takt an die Kaffeetasse. Sie unterbrach ihre Nachtwache nur, um zur Toilette zu gehen oder um die Haustür aufzureißen, wenn sie das Tor quietschen hörte, und »Hallo?« in die Dunkelheit zu rufen.

Dann schaltete der erste Bus im Depot den Motor an, der Fahrer spielte mit dem Gaspedal und ließ ihn warmlaufen, aber Peter war nicht zurückgekommen. Meine Mum rief in Heathrow an und bat eine Frau mit heller, knapper Stimme, die Liste der Passagiere für den Morgen durchzugehen. Sie buchstabierte Peters Namen und erklärte, wo Schönefeld war. Während sie wartete, begutachtete sie ihr Laura-Ashley-Kleid. Sie wollte es makellos halten und betupfte mit feuchtem Finger einige Flecken, die nur Schatten waren. Als die Frau wieder am Apparat war, sagte meine Mum: »Weil ich mir Sorgen um ihn mache.« Und dann: »Vertraulich? Aber doch nicht für Angehörige? ... Ich bin seine *Frau* ... Mit der Begründung, ob er überhaupt mit dem Flug fliegen sollte. Ob es nicht ein Fehler bei der Buchung war.« Dann machte die Frau von der Passagierbetreuung eine ungeschickte Bemerkung. Meine Mum presste ihr Gesicht eng an die Muschel, so dass ihre Spucke daran kleben blieb. »Es gibt *keine* Probleme. Und sie ist *nicht* vorbei. Sie hat nicht einmal richtig angefangen«, dann knallte sie den Hörer so hart auf die Gabel, dass Smileys Leute zusammengezuckt sein mussten und fortan im Telefon ein Rauschen zu hören war.

Aber in einem hatte die Frau von der Passagierbetreuung recht: Den ganzen Morgen, während in St. Editha fromme Menschen die Glocken ins Schwingen brachten und die Gläubigen mit schrägen Tönen zum Gebet riefen, erklärte meine Mum mir ihr Problem: »Ich will, dass Peter bleibt, aber ich will es auch nicht. Ich will es und ich will es nicht.« Das war die Schwierigkeit mit der Logik. »Wenn er bliebe, hätte er sich streng genommen abgesetzt, richtig? Oder das würde man über ihn sagen. Dann wäre er nicht Peter. Dann wäre er Solschenizyn.« Dessen Bücher wir nicht lasen. »Er wäre so wie alle anderen, die sich vom Westen verführen lassen. Der *Herald* hätte viel darüber zu sagen. Die Reporter würden uns am Gartentor auflauern und dabei fotografieren, wie wir ›Geschichte machen‹. Der MI5 wäre begeistert. Peter könnte nie wieder zurück. Und was wäre mit Martina? Er kann sie ja nicht einfach allein lassen.«

Ich sagte: »Dann lass uns alles verkaufen und einen Koffer packen und in die DDR gehen. Das hat James auch gemacht.«

»James hat erst fünfzig Jahre hier ausgehalten. Und wie lange habe ich ausgehalten? Und du? Wenn wir weggingen, was würde dann passieren. Keine Ortsgruppe. Kein CND-Komitee. Tamworth würde wieder nach rechts zurückfallen.«

Meine Mum verdrehte die Augen nach rechts, was auch nach Osten war, Richtung Schönefeld, wo Peter inzwischen gelandet sein musste und an der Passkontrolle von einem ausgestopften Bär willkommen geheißen worden war. »Aber wenn alles so weitergeht wie zurzeit, habe ich ihn immer nur auf die Entfernung.« Sie hätte ein Zwölftel von Peter, einen Bruchteil von dem Leben, das sie haben wollte. Meine Mum rechnete es aus – sie konnte mit Zwölfern rechnen, sie war mit der alten Währung aufgewachsen – und aufs Leben gesehen, würden sie und Peter nicht viel voneinander haben.

In den nächsten zwei Wochen spitzte sich die Lage immer mehr zu. Die Postkarte, die Peter uns versprochen hatte, kam nie an. Jeden Morgen rutschte meine Mum beim Quietschen des Gartentors in ihren riesigen flauschigen Pantoffeln zur Haustür und kam mit einer Handvoll Rechnungen und Prospekten zurück. Von James wussten wir, dass Peter wieder zu Hause war, aber seine Karte erreichte uns nicht.

Meine Mum meldete das bei der Post. Sie bekam ein entsprechendes Formular ausgehändigt. In die Spalte *Beschreibung des nicht erhaltenen Objekts* schrieb sie: »Keine Angabe, da Objekt nicht erhalten.« Bei *Geschätzter Wert* schrieb sie: »Muss alles einen Preis haben?«, dann knüllte sie das Formular zusammen und warf es in den Papierkorb.

Dann gingen wir zur Post, um mit dem Leiter der Zweigstelle zu sprechen. Es dauerte eine Weile, bis er kam, und dann zwirbelte er an seinen Schnurrbartspitzen und sah immer wieder auf seine Taschenuhr und sagte, ihm sei bewusst, dass eine Postkarte vermisst würde, bedauerlicherweise stünde es jedoch nicht in seiner Macht zu helfen.

Aber meine Mum wusste, dass die Karte abgeschickt worden war.

»Haben Sie dafür einen Beweis?«

»Für eine Postkarte?«

»Meine Vermutung ist es, dass sie nicht abgeschickt worden ist.«

»Sie kennen den Absender nicht.«

Er fragte, ob wir die Angelegenheit bei der Reichspost verfolgt hätten.

»Es ist die Deutsche Post der DDR, Ostdeutschland.«

»In dem Fall gilt das vermisste Objekt als unwiederbringlich verloren.«

Man begegnete ihnen nicht sehr oft, aber ein paar solcher Männer gab es in Tamworth noch; sie steckten in vergilbten Büros, trugen die Westen ihrer Großväter, verströmten eine viktorianische Atmosphäre und benutzten lange Wörter und viele Kommas, um ihre Hilflosigkeit zu kaschieren.

Danach war meine Mum wie verbissen. Sie vergegenwärtigte sich das Gespräch mit dem Leiter der Zweigstelle und wiederholte immer wieder den letzten Satz. Ich glaube, das Wort »verloren« hatte sich bei ihr festgehakt. Sie hielt Monologe über Dinge, die sie verloren hatte: die Postkarte, Schlaf, den Faden, Gewicht, eine geregelte Verdauung. Selbst mein Dad wurde erwähnt.

Meine Mum fragte sich, ob sie den Glauben daran verlor, dass die Sache mit Peter glücklich enden würde. Und der Gedanke plus ein Zuviel an Dörrpflaumen hatten eine Wirkung auf sie. Sie war unpässlich. Mr Howard bemerkte es und fragte, ob wir neuerdings Teflonpfannen benutzten. Er hatte von Teflon in der Zeitung gelesen, wo es hieß, es sei noch schlimmer als Butter. Aber meine Mum hatte seit Wochen nicht gekocht. Sie vergrub sich in die Politik, bis tief in die Nacht, durch zusammengebissene Zähne und mit Bauchgrimmen.

Ich machte ihr Tee und bot ihr den Teewärmer an. Aber sie trug die ganze Zeit den Schutzhelm. Sie sagte, sie wolle eine Revolution auslösen. »Es ist ein Kampf, Jess, und das bedeutet Schutzhelme und Überstunden.«

Manchmal nachts, wenn die Stadt in tiefem Schlaf lag und die einzigen Töne die von St. Editha waren, hörte ich sie in die Tasten hämmern. Und wenn ich zum Frühstück nach unten kam, saß meine Mum mit tauben Fingern am Esstisch, nachdem sie die ganze Nacht getippt hatte.

Eins würde sie kleinkriegen. Das Patt mit Peter oder die Schreibmaschine.

Am Ende ging meine Mum zum Arzt und sagte, sie könne nicht schlafen. Sie zählte auf, was sie alles zu tun hatte. Der Arzt machte sich keine Notizen. Er sagte, das alles wisse er bereits, er habe den *Tamworth Herald* abonniert. Außerdem war er der Neffe des Fleischers, so dass er wöchentlich drastische Schilderungen des Neuesten bekam. Er sah seinem Onkel ähnlich, die gleichen glasigen, weit auseinanderstehenden Augen, nur eine jüngere Version, ohne die Fettschichten. »Was treibt Sie also um?«

»Ich kann nicht schlafen.«

»Machen Sie sich über irgendetwas Sorgen?«

»Dass ich nicht schlafen kann.«

»Sie sagen, Sie haben zu viel zu tun.«

»Das stimmt ja auch.«

»Und was würde passieren, wenn Sie nicht so viel zu tun hätten?«

»Dann könnte ich nicht schlafen.«

Der Arzt musterte sie. Er hatte ein frisches Gesicht

und einen gebügelten weißen Kittel an. Er war noch keine dreißig, gerade erst approbiert und hielt sich noch an die Regeln. Das war das Problem mit jungen Ärzten, sagte meine Mum. Sie wollten einem helfen, statt Tabletten zu verschreiben.

»Haben Sie so viel zu tun, weil Sie eine Lücke füllen wollen? Fehlt Ihnen etwas?«

»Nein … also, ja … Zeit. Und Tabletten.«

Er überflog ihre Akte, um zu sehen, wer ihr nächster Angehöriger war. Seit dem Gespräch mit der Passagierbetreuung war Peter ihr Mann. Meine Mum sagte dem Arzt, sie würde nicht mit ihm zusammenleben. Er lebte auch nicht nebenan. Oder in der Stadt. Oder im selben Land. Ja, sie lebten in Ländern, die durch den Eisernen Vorhang getrennt waren.

»Aber Mrs Mitchell, *Sie* haben dieses Leben gewählt.«

»Ich habe nicht die Schlaflosigkeit gewählt. Und ich habe nicht gewählt, im Kalten Krieg auf der falschen Seiten zu leben, verdammt.«

Bei dem Wort »verdammt« zuckte der Arzt zusammen.

Er drehte sich zu seinen Büchern um: Mischformeln, Therapien, Anatomie, Anomalie. Bei einem Gedanken in seinem Kopf zog er die Augenbrauen hoch, dann schrieb er mit rascher, unleserlicher Schrift ein Rezept. »Es tut mir sehr leid, dass ich keine Flugscheine ausstellen kann«, sagte er und schob das Rezept für ein Röhrchen Valium über den Tisch.

Als Rosie das mit den Schlaftabletten erfuhr, kam sie öfter vorbei, und jedes Mal brachte sie eine Thermoskanne mit selbstgemachter Suppe. Sie behauptete, es seien Reste, die sie nicht verschwenden wolle. Ich weiß nicht, ob sie etwas reintat, und vielleicht war es nur die Wirkung von warmer Suppe, aber anschließend war meine Mum ruhiger.

Eines Abends sagte Rosie: »Wenn das so weitergeht, Eleanor, dann wird es noch böse enden.«

»Bloß weil der Anfang schwierig war. Es wird besser werden.«

»Du bist in keinem guten Zustand, du isst zu wenig.«

Die Schulen hatten für die Schulkantinen die billigsten Anbieter von orangefarbenem Essen bestellt: Fischstäbchen, Pizza, weiße Bohnen in Tomatensoße, Ravioli. Im *Herald* waren Leserbriefe abgedruckt worden, in denen vor der Wirkung des Essens auf die Intelligenz der Menschen in der Stadt gewarnt wurde. Meine Mum gab Rosie die Thermosflasche zurück. Es war Möhrensuppe, also auch orange. »Du kannst die Probleme der Welt nicht mit Suppe lösen, weißt du.«

»Ich habe die Suppe nicht für die UN gemacht.«

»Unsere kannst du auch nicht so lösen.«

Rosie hob die Arme: Sie gab auf. Wenn man nah an sie herankam, konnte man das Citronella-Öl an ihr riechen, es war ihr unter die Nägel gekrochen. Bevor sie ging, sagte sie: »Wir werden dich vermissen, Eleanor, aber du wirst überrascht sein, wie gut wir ohne dich klarkommen werden. Bitte … fahr hin und überlass dich deiner Affäre.«

»Es ist keine Affäre.«

Meine Mum hatte das Wort gestrichen, seit Peter ihr Mann geworden war. Zu mir sagte sie: »Affären haben keinen Bestand, und einer wird immer hintergangen. Das ist hier nicht der Fall.«

Aber als wir das nächste Mal bei Stefan waren, wussten wir sofort, dass etwas schieflief. Er begrüßte uns nicht im Empfangsraum der Botschaft. Kein Arm leitete meine Mum in die richtige Richtung – nur eine Mitteilung, sie möge in die Visa-Ausgabestelle gehen, und ich solle in sein Büro kommen.

Stefan blätterte die Papiere durch, die ich mitgebracht hatte, und machte kaum eine Bemerkung, was bedenklich war. Am Ende der letzten YCL-Versammlung hatte ich den Ordner über die END aus dem Aktenschrank genommen, während Ivan am Telefon mit seiner Frau darüber stritt, wer dran sei, die Tochter ins Bett zu bringen. Dann hörte ich ihn sagen: »Aktenablage bedeutet, dass du die Akten in den Schrank legst, Jess. Nicht, dass du sie herausnimmst. Du hast zwar die Schlüssel, aber das sind *meine* Aktenschränke. Und *meine* Informationen. Ich will nicht, dass sie an andere gehen, ohne dass ich das weiß.«

Stefan zog eine Schublade auf, steckte die END-Akte hinein und sagte, es sei Zeit für ein Gespräch. Im Grunde war es ein Quizz. Ich erwartete Fragen zu meinem Spezialgebiet: Die Geschichte der britischen Friedensbewegung, 1978-81. Aber irgendwie waren die Karten falsch gemischt worden, und ich bekam das Gebiet: Was Stefan beschäftigt.

Er stellte die Fragen von seinem *Mastermind*-Sessel, schnell und mit gleichbleibender Stimme, und musste gewusst haben, dass ich die Antworten nicht wusste, denn er gab sie, ohne erst abzuwarten: Thatcher, Reagan, Polen auf der anderen Seite unserer Grenze, Cruise-Missiles, END, die sogenannte Unabhängige Friedensbewegung, die verdammte Kirche.

Zum ersten Mal hörte ich Stefan fluchen, aber mit dem deutschen Akzent klang »bloody« nicht nach »bloody«.

»Feindlich-negative Kräfte. Dissidenten. Asoziale Elemente …«

Ich musste an Martina denken. Sie hatte gesagt, sie sei keins, aber vielleicht war sie inzwischen doch eins. Mir gegenüber war sie asozial: Ich hatte immer noch nicht von ihr gehört, und ein Dankeschön für das Angel Delight hatte ich auch nicht bekommen.

Stefan hatte eine lange Liste der feindlich-negativen Kräfte: Hippies, Tramper, fahrende Gesellen, Blues-Fans, Herumlungerer, Idioten, Romantiker, Leute, die es besser wissen müssten. Er wischte sie zur Seite und zeigte mit der Hand auf mich. »Leute, die vergessen, dass wir im Krieg sind. Leute, die wissen sollten, dass Politik und Disziplin manchmal Vorrang vor persönlichen Gefühlen haben, denkst du nicht auch so, Jess?«

Ich wusste nicht, was ich dachte, außer dass Stefan böse zu sein schien.

»Böse? Mit denen – ja. Mit dir? Nein.«

»Aber es klang so, als würdest du mich zurechtweisen.«

Stefan dachte darüber nach. »Vielleicht.« Dann lächelte er in sich hinein, und sein Gesicht wurde weicher. »Es gibt, soweit ich weiß, einen englischen Ausdruck: ›Don't rock the boat.‹ Aber das Boot ist ins Wanken gebracht worden, und in einem solchen Fall bleibt niemand trocken.«

Dann ging Stefan an seinen Getränkeschrank und hielt Flaschen für mich hoch: »Whisky? Wodka? Calvados? Kein Gin. Armagnac? Armagnac.« Er hielt bauchige Gläser ans Licht, Gläser für Digestifs, mit denen man das Ende angenehm gestaltete. Er goss die exakt gleiche Menge in beide Gläser, gab mir meins und schwenkte dann seins, so dass ein Strudel entstand. »Erzähl mir doch, wie ging es Peter?«

»Peter?«

»Geht es ihm gut?«

»Soweit ich weiß.«

»Und hat Tamworth ihm gefallen?«

»Wie meinst du das?«

Stefan hörte auf, sein Glas zu schwenken, und wartete, dass der Armagnac zur Ruhe kam. Er führte das Glas unter der Nase entlang und sog das Aroma ein, und die ganze Zeit hatte er seine grauen Augen auf mich geheftet. »Sehr gut, Jess. Erstklassig, würde ich sagen.« Er zeigte mir das Schild auf der Flasche: »Domaine d'Espérance, 1961. Ziemlich teuer. Mit Sorgfalt zu verwenden.« Aber die Flasche, die Stefan in der Hand hielt, war fast leer.

Kurz darauf gab es weitere Auswirkungen von Peters Besuch. Ich glaube, ich spürte es kommen, denn ich hatte nicht gut geschlafen. Normalerweise, wenn ich nicht einschlafen konnte, machte ich mir eine warme Milch und zählte Schäfchen, nur diesmal wollten sie nicht über den Zaun springen. Einmal hatte ich meine Mum um eine Valium gebeten, aber sie hatte gesagt, sie sei keine Drogendealerin, außerdem würde ihr dann eine fehlen. An dem Abend war sie in London und hatte ihre Tabletten mitgenommen.

Ich hörte St. Editha eins schlagen. Auf der Havanna-Uhr unten war es noch gestern. Acht Uhr am Abend, Fidel Castro hatte gerade gegessen und rauchte eine Romeo y Julieta. Die Jazz-Clubs machten auf, im Schein der Lichterketten bewegten sich die Menschen im Wiegeschritt durch die Salzbrise hin zu der Hitze und dem Schweiß der Tanzsäle. Der Abend hatte noch nicht richtig angefangen. Niemand dachte an Schlafen. In Havanna wollten die Menschen gar nicht schlafen.

Ich warf meine Bettdecke auf den Boden. In der Hitze waren meine Oberschenkel zusammengeklebt. Ich nahm mein T-Shirt und stopfte es mir zwischen die Beine. Ich wusste, am Morgen würde es wie die ungewaschenen Frauen mit Oberlippenbart und Fellstiefeln riechen, die ihre Tage in den Lehnsesseln der Bibliothek verbrachten, in der Abteilung mit Liebesromanen.

Die Vorhänge in meinem Zimmer waren zugezogen, aber ein Lichtschein fiel durch die Spalten und erhellte meinen DDR-Schrein. Ein orangefarbenes Licht beleuchtete den sich drehenden Fernsehturm, den ich nachts wegen des Summens ausstöpselte. Mein Blick wanderte über die Weltkarte an der Wand, auf der Großbritannien ein Fleck im Meer war. Unsere Stadt gab es darauf nicht. Ich war nicht hier. Aber ich war auch nicht in der DDR. Die Auswanderung war in weite Ferne gerückt.

Meine Mum und ich hatten es mehrmals durchgesprochen. Ich sagte, in der DDR fehlten Menschen, und wir würden die Bevölkerung vergrößern. Sie gaben einem sogar eine Wohnung, wenn man ein Kind hatte. Wir wären Helden des Sozialismus, worauf sie ja sagte, dann nein, dann ja, dann wieder nein. Was immer ich sagte, sie fand einfach nicht den Mut zu gehen. »Was würden die Leute hier von mir denken?«

»Wer zum Beispiel?«

»Stefan, Saskia, die vom Ministerium, Ivan, du, ich …«

»Was *du* von *dir* denken würdest?«

»Ja, was würde ich von mir denken?« Meine Mum zitierte eine Zeile aus »Des Menschen höchstes Gut«: »Ich möchte nicht, dass ›die Schande einer kleinlichen, inhaltslosen Vergangenheit mich bedrückt‹. Und wenn ich ginge, wäre es ja nur für mich.«

»Und für mich. Und Peter. Und Martina.«

»Aber Jess …« Sie nahm den Stapel *Herald*-Exemplare – ein Stapel, weil an dem Freitag ein Foto von uns drin war. »Hier weiß ich, was ich tue. Die Stadt weiß, was ich tue. Ich weiß, wer ich bin. Wenn ich in die DDR ginge, könnte ich nicht mit der leben, die ich dann bin. Ich könnte nicht schlafen.«

Als würde sie hier schlafen!

Und in der Nacht – auf Cynthias Sofa – schlief sie bestimmt nicht, während der Marsch, ihre Liste der zu erledigenden Dinge und die Gedanken um Peter in ihrem Kopf kreisten. Ich stellte sie mir in ihrem gelben Schlafanzug vor, die weiche Baumwolle voller Flecken aus den vergangenen Wochen. Sie würde sich zum Schlafen zusammenrollen und hoffen, dass die Valium wirkte. Sie würde sich einzureden versuchen, dass sie nicht in einer Sozialbauwohnung in Streatham war und dass das, was sie durch die Wand hörte, nicht Cynthias Schnarchen war. Sie würde sich mit der Vorstellung beruhigen, dass sie am Bahnhof Ostkreuz war und das Rumpeln der Güterzüge hörte – Geräusche einer pulsierenden sozialistischen Industrie.

Die Uhr von St. Editha schlug zwei. Unten, auf der Hanoi-Uhr, war es acht Uhr morgens. Da war die Nacht vorbei, der Schlaf geschlafen. Die Sonne war aufgegangen, die Bauern waren auf den Feldern. Sie stapften durch den Schlamm, bemüht, nicht auf vergrabene Landminen zu treten. Auf den Märkten brausten die Motorräder umher, noch lebende Fische zappelten auf den Tischen. Alte Männer in schwarzen Schlafanzügen schlürften Nudelsuppe durch weiße Bärte und Zahnlücken.

Ich hatte Durst, ich hatte Hunger, mir tat alles weh.

Ich griff nach einer Paracetamol. Es machte nichts, dass ich kein Wasser im Glas hatte, ich hatte gelernt, die Tabletten direkt aus der Packung zu schlucken. Ich drehte mich auf den Bauch und wartete. Aber die Sprungfedern bohrten sich in mein Gesicht, und meine Lungen wurden so stark zusammengedrückt, dass ich nicht richtig atmen konnte. Ich drehte mich auf die Seite und wartete. Aber meine Arme waren im Weg. Mein Herz pochte laut ins Kissen. Ich wusste nicht, warum es schlug, warum es immer weiterschlug und ich ihm nicht befehlen konnte stehenzubleiben.

Dann klingelte es an der Tür. Manchmal, in heißen Sommernächten, passierte das. Wenn die Pubs schlossen, drifteten die Trinker zum Orchesterpavillon in die Castle Pleasure Grounds, wo sie die Flasche rumgehen ließen und sich in die Stiefmütterchenrabatten übergaben. Dann wankten sie durch die Stadt, manchmal kamen sie in unsere Straße und gingen durch das erste Gartentor, das nicht klemmte.

Ich streckte den Arm aus dem Bett und wollte den Wecker hervorholen, erreichte ihn nur mit den Fingerspitzen und schob ihn weiter unters Bett.

Es klingelte wieder, diesmal wurde der Finger auf der Klingel gehalten – doch kein Betrunkener, dachte ich. Betrunkene gaben schneller auf oder verloren den Überblick über das, was sie vorhatten.

Wäre meine Mum hier, wäre sie aufgestanden, falls Peter klingelte. Seit er uns in Tamworth besucht hatte, glaubte sie, dass alles möglich sei. Sie würde um eine Ecke kommen und plötzlich vor ihm stehen. Oder er käme zur Tür und würde klingeln, so wie jetzt.

Ich zog mir das T-Shirt an und tastete nach meinen Trainingshosen. Im Wohnzimmer roch es nach Curry, in den Verpackungen klebten braune Soßenreste. Auf den Uhren wurde kurz vor zehn Uhr abends, vier Uhr morgens und neun Uhr morgens angezeigt, und das hieß, es war fast drei.

Es klingelte wieder, diesmal in kurzen scharfen Stößen, ein Morse-SOS auf der Klingel. Vielleicht war es meine Mum, die genug von Cynthias Sofa hatte und früher zurückgekommen war und ihre Schlüssel nicht finden konnte.

Ich ging ins Wohnzimmer und machte das Licht an. In dem grellen Schein und dem lauten Tapetenmuster, Auslaufware aus dem Co-op, kniff ich die Augen zusammen. Ich legte die Hand auf den Schlüssel, der in der Tür steckte. »Wer ist da?«

»Rate mal.«

Eine Männerstimme. »Nicht Peter?«

»Doch. Peter. Ich bin Peter.«

Es war nicht Peter. Er sprach nicht wie Peter. Es war also doch ein Betrunkener, der sich verlaufen hatte und dachte, er sei zu Hause angekommen.

»Lässt du mich rein?«

»Sie wohnen hier nicht.«

»Trotzdem?«

Ich drehte das Licht aus und wollte wieder ins Bett gehen. »Hauen Sie ab. Und pissen Sie nicht auf unsere Treppe.« Meine Mum sagte, die Leute pissten in die Blumenkübel, und das sei der Grund, warum darin nichts wuchs. Aber sie wässerte die Pflanzen in den Kübeln nie, ein bisschen Pisse würde vielleicht helfen.

»Wo ist deine Mam, Jess?« Als die Stimme meinen Namen sagte, blieb ich stehen. Meine Augen prüften die Kette. Am Abend zuvor hatte ich vergessen, sie vorzulegen. Im Fernsehen hatte ich gesehen, was dann geschah: Die Briefkastenklappe öffnet sich und wird langsam gegen die Feder aufgedrückt. Ein schwarzer Handschuh schiebt sich durch die Öffnung, flinke Finger greifen nach dem Schlüssel.

»Hat deine Mam Ärger?« Er machte mit hoher Stimme eine Frauenstimme nach. »Das Problem ist …« Dann sagte er, was ich schon einmal gehört hatte: »Wir müssen uns unterhalten, Jess. Wie geht es Peter?«

»Welcher Peter?«

»Euer Peter. Unser Peter.«

»Ich kenne keinen Peter.«

»Und genau das ist die Frage: Euer Peter oder unser?«

Da waren wieder diese Pronomen. Diesmal besitzanzeigend.

Wer immer an der Tür war, es war einer von denen. *Sie* standen vor unserer Tür.

15

Ein Tag an der Berliner Mauer

Ostberlin, Sommer 1981

Ich setzte mich mit einem Hammer und einer Sechserpackung Kekse an die Haustür, bis ich den Minivan in unsere Straße einbiegen hörte. Ich hatte bei Cynthia angerufen, und meine Mum hatte abgenommen. Sie hatte nicht geschlafen und sagte, sie habe mit meinem Anruf gerechnet. Wir sind sofort zur Polizeiwache gegangen. Der wachhabende Polizist fuhr sich mit der Hand durch das kurze weiße Haar, dann holte er einen Ordner unter der Theke hervor. Er hatte Mühe zu schreiben, weil der Kugelschreiber an einem zu kurzen Band am Tisch festgebunden war. Stattdessen kratzte er mit den Fingernägeln über die Theke. Er warf einen Blick auf die Uhr. »Was ist sechs Uhr morgens auf Ausländisch?« Kürzlich war eine neue Bestimmung in Kraft getreten, wonach man die Vierundzwanzig-Stunden-Uhr benutzen musste. Der Polizist notierte unsere Namen und Adresse und zeigte uns mit vorgeschobenem Unterkiefer an, dass wir mit seinem Biss rechnen mussten. Ich stieß meine Mum an. Der Blick bedeutete, dass er von uns gehört hatte. Aber sie bemerkte mich nicht. Atemlos berichtete sie von den Vorkommnissen in der Nacht, als wären sie ihr zugestoßen, nur schlimmer – denn in ihrer Vorstellung war die Hand wirklich durch den Briefschlitz gekommen und hatte den Schlüssel erfühlt und …

»Und welches Verbrechen, sagen Sie, ist verübt worden, Mrs Mitchell?«

»Belästigung. Einschüchterung.«

Seine Kiefer begannen zu malmen.

»Hausfriedensbruch. Gewaltsamer Zutritt zu fremdem Eigentum.«

»Hat jemand Ihr Haus betreten?«

»Die Stimme von jemanden. Die Drohungen.«

Das schrieb er nicht auf.

Da verlor meine Mum die Geduld. »Nennen Sie es, wie Sie wollen. Ich werde es nicht zulassen, dass Leute zu meinem Haus kommen, wenn ich nicht da bin, und meiner Tochter Angst machen. Wir lassen uns von hier nicht vertreiben.«

Eine Woche später kam ein Polizist zu uns und nahm einen Bericht auf. Er musste sich einen Kugelschreiber von uns leihen, mit dem er das Formular ausfüllte. Er sagte, was wir beschrieben, sei typisch für Trunkenheit am Samstagabend, und das sei der Nachteil, wenn man im Stadtzentrum wohnte.

»Für Fingerabdrücke ist es jetzt zu spät«, sagte meine Mum.

»Bei Trunkenheit nehmen wir keine Fingerabdrücke. Einen über den Durst zu trinken ist kein Verbrechen. Sie haben Glück, dass Sie in einem freien Land leben.«

Danach ging meine Mum zu einem Anwalt und setzte ein Testament auf. Ich sollte alles erben, falls sie vor mir starb, Peter sollte alles bekommen, falls wir zusammen starben, und die Solidargemeinschaft der DDR sollte es erben, falls wir alle drei auf einmal starben. »Und was genau bedeuten die Buchstaben D-D-R?«, fragte der Anwalt.

Meine Mum ließ Schlösser an den Fenstern anbringen und die Türschlösser auswechseln. Sie führte ein neues Abendritual ein. Manchmal, wenn ich schon im Bett lag, hörte ich sie unten herumgehen: »Abgeschlossen, abgeschlossen; abgeschlossen, abgeschlossen; abgeschlossen.« So wie sie sich auf Rückstände überprüfte. Sie sagte es mit ihrer offiziellen Stimme, als müsste sie sich selbst überzeugen, und machte es ein zweites Mal, wenn sie noch unsicher war. Dann ließ sie innen am Briefkasten eine Sperre anbringen, damit nichts durch den Schlitz geschoben werden konnte – Drohungen, Hundescheiße, Sprengkörper – und stellte einen Eimer Wasser auf die Fußmatte, falls doch etwas passierte. Das bedeutete, dass wir jetzt den Wecker noch früher stellen mussten, weil wir die Sperre entfernen mussten, bevor der Postbote kam. Jetzt wartete sie schon aus Prinzip auf die Postkarte von Peter.

Meine Mum vollzog das Ritual – im Morgengrauen runterrennen, die Sperre entfernen und mit leeren Händen zurückkommen –, bis ich eines Morgens nach unten kam und im Flur einen Mann vorfand, der sich die Fußleiste genau ansah. Ich dachte, es sei die Telefongesellschaft, die prüfte, ob unser Telefon abgehört wurde. Aber in Wirklichkeit war es ein Immobilienmakler, der den Wert unseres Hauses schätzen sollte. Meine Mum hatte sich endlich entschlossen, das Haus zu verkaufen.

Der Makler erhob sich, klopfte sich den Staub von den Händen und sagte, er könne das Haus schneller verkaufen, wenn wir »den Nippes« wegräumten. Damit meinte er: die Flagge runterholen, das Bild von Erich Honecker umdrehen und nur eine Uhr mit der korrekten Tamworth-Zeit an der Wand. Aber er musste begriffen haben, dass meine Mum die DDR-Sachen nicht wegräumen würde, und deswegen schrieb er in der Beschreibung: *Ein Haus im historischen Herzen von Tamworth mit dem klassischen Charme der Stadt: ein Reihenhaus aus rotem Backstein mit Kamin und Abzug, beides funktionsfähig, und einem Kohlenbunker im Garten. Wenn man die derzeitige Ausstattung mit osteuropäischen*

Kuriositäten nicht beachtet, hat man ein hübsches Häuschen im Staffordshire-Stil, das einer Familie als Zuhause dienen möchte.

Nachdem im Schaufenster des Immobilienbüros ein Bild von unserem Haus aufgehängt und ein Verkaufsschild im Vordergarten aufgestellt worden war, änderte sich unsere Lage. Meine Mum hatte ihre Ruhe wieder.

Als Ivan von ihrem Plan Wind bekam, rief er an und befahl ihr, davon abzulassen. Er sagte, das wäre das Ende der Ortsgruppe, obwohl die auch so am Ende war. Wie bei allen Arten, die in einem feindlichen Umfeld lebten, gab es keine Nachkommen. Drei Beerdigungen hatten stattgefunden, und bei jeder hatte meine Mum die Grabrede gehalten, jedes Mal zitierte sie: »Des Menschen höchstes Gut«.

Ivan sagte: »Und was, glaubst du, kannst du da drüben Gutes bewirken?«

Ich hatte als Hausaufgabe für meine YCL-Gruppe nachgeforscht, was meine Mum in der DDR tun konnte, das nicht »kleinlich oder inhaltslos« war. »Ich werde den Staat zum Verschwinden bringen. Dabei können sie jede Hilfe gebrauchen.«

Als Mum Rosie von unserem Plan erzählte, sagte sie, sie würde bei der CND an ihre Stelle treten. Sie hätte andere Methoden, aber das Ergebnis wäre dasselbe: Frieden, Liebe und weltweites Glück.

Das machte meiner Mum Sorgen.

Denn das waren verschlüsselte Begriffe für Sex, Drogen und Rock'n'Roll. Man würde im Kreis sitzen und seinen Gefühlen nachspüren, obwohl man doch auf harten Stühlen in Reihen sitzen und einen Vorsitzenden haben musste. Trotzdem, Rosie war besser als nichts. Meine Mum kopierte ihren CND-Ordner, weil sie ihn mit in die DDR nehmen wollte.

»Ist das Fernkontrolle, Eleanor?«

»Nein. Solidarität.«

Meine Mum rief James an und teilte ihm mit, dass wir »in der DDR leben wollen, *für immer*«. Er sagte, die Aussichten dafür seien sehr gut, angesichts der Saunen und Kuren und der festen Mahlzeiten. James mochte es reglementiert. Er sagte, es sei ihm nie so gut gegangen. Er hatte eine Frau kennengelernt. Sie hatte ihren Mann in Bitterfeld verlassen und war bei James eingezogen, und sie wollten heiraten, sobald ihre Scheidung durch war. Angela war Lehrerin und von stämmiger Statur, hatte sich aber ihre Sanduhrfigur bewahrt. Sie buk gern und mochte englische Sprichwörter. »*A stitch in time saves nine*«, sagte sie, als sie das gehäkelte Deckchen auf dem Kaffeetisch glattstrich. »*Have your cake and eat it*«, sagte sie und reichte das Gebäck herum. James sagte, sein glattes Gesicht lasse ihn um Jahrzehnte jünger aussehen als in England. Das mochte am Sozialismus liegen, aber vielleicht war es auch ein Fettpolster.

Als meine Mum zu Saskia sagte, dass wir in die DDR auswandern wollten, und fragte, ob es die Möglichkeit gebe, eine Stelle an der Hochschule zu bekommen, war Schweigen am anderen Ende der Leitung. Saskia sagte so lange nichts, dass meine Mum dachte, die Leitung sei unterbrochen worden. Sie hörte nur Zischen, bis Saskia endlich sagte: »Ich bin sehr froh, dass ihr euch bei euren Aufenthalten hier willkommen gefühlt habt. Alles zum Wohle des Volkes, du weißt. Aber natürlich hat das auch Auswirkungen.«

Meine Mum wusste, dass sie die Organisation der Sommerkurse aufgeben musste.

»Nicht nur auf die Kurse.«

Ich müsste die Schule in der DDR zu Ende machen. »Aber das würde ihr nichts ausmachen. Oder, Jess?«

Wem würde es etwas ausmachen, aufs Einstein-Gymnasium zu gehen?

Saskia machte eine Pause. »Ich bitte dich, alles noch einmal genau zu überdenken, Eleanor. Überleg mal, was du jetzt schon für die DDR bedeutest.«

Meine Mum überlegte. Aber nur kurz. Seit Wochen hatte sie hin und her überlegt, und jetzt war sie überzeugt, dass dies die beste Entscheidung war. Wir würden uns ein Leben mit Peter und Martina einrichten und sonst das tun, was alle in der DDR taten: glücklich leben, bis ans Lebensende.

Meine Mum bat Cynthia, unsere Sachen für den *Morning-Star*-Basar nach Potsdam zu bringen. Der Minivan hatte seine technische Überprüfung nicht bestanden, und meine Mum wollte ein nicht zugelassenes Auto nicht aus dem Land schmuggeln. Außerdem wollte sie nicht riskieren, dass wir in Westdeutschland liegenblieben oder der Motor an der Grenze nicht mehr ansprang und wir in die Emigration geschoben werden müssten.

Wir flogen also nach Schönefeld. Meine Mum hatte uns Plätze in der Business-Class gebucht, weil, sagte sie, auszuwandern eine ernste Sache sei, aber wir stellten fest, dass wir gar nicht die Beine für den ganzen Platz hatten. Meine Mum studierte die Cocktail-Karte und bestellte »Grüne Wiese«, weil das Gras da, wo wir hinwollten, grüner war. Bei neunhundert Stundenkilometern gab meine Mum ihr altes Leben von sich, die Stewardess brachte ihr eine bittere Medizin, wovon meine Mum sofort einschlief. Sie wachte erst wieder auf, als wir zur Landung ansetzten. Sie guckte nach draußen, auf das karge Gras und die im Wind zappelnden Windhosen und sagte: »Ich kann es kaum glauben, dass ich den Rest meines Lebens hier verbringen werde«, und sie zählte alles auf, was sie in der DDR tun würde, am Schluss kam »sterben und die Asche verstreuen lassen. Soll ich sie verstreuen lassen, Jess?«

Währenddessen kreiste ihr neues Leben auf dem Flugfeld und wartete auf einen Andockplatz. Endlich stand das Flugzeug: »So endet eine traurige Geschichte«, sagte sie.

Aber das war noch nicht das Ende. Wir hatten einen Rückflug gebucht und würden einen Monat später wieder nach England fliegen, um unser Leben in Tamworth zusammenzupacken. Meine Mum hatte ihr Schlafzimmer mit Listen dekoriert. Sie musste ihre Kündigung einreichen und noch ein Trimester unterrichten. Das Haus musste verkauft werden, und nachdem der Verkauf fast durch war, ging etwas schief, und sie musste von vorne anfangen. »Wären wir bloß schon in Marzahn«, sagte sie. Dann mussten wir uns von allen verabschieden. Die ganze Stadt sollte erfahren, wohin sie ging, und dafür hatte sie Wochen eingeplant.

Meine Mum war die Erste am Ausstieg. Sie stand oben an der Treppe und winkte zum Flughafengebäude, weil Peter gesagt hatte, er würde uns abholen. Dann rannten wir zur Passkontrolle. Der ausgestopfte Berliner Bär war noch da, nur dass er müde aussah und Sägespäne aus seinen Nähten quollen. Auch der Grenzsoldat war derselbe. Wenigstens war meine Mum überzeugt, dass es derselbe war, mit seinen zeitlupenhaften Bewegungen. Sie redete nicht mit ihm, sondern tippte ungeduldig mit dem Fuß den Rhythmus von dem Volkstanz, der uns aus den Lautsprechern berieselte, dann raffte sie unsere Papiere zusammen und eilte in die Ankunftshalle.

Meine Mum und Peter hielten sich umklammert und tauschten Schweiß, Superlative und, so klang es, Speichel aus, während ich versuchte, nicht hinzugucken. Von den Suchmeldungen für verlorengegangene Personen fast übertönt, murmelte meine Mum Liebesschwüre, die ich lieber ausblendete. Peter murmelte seine auf Deutsch, und die versuchte ich zu verstehen, denn meine Prüfungen standen noch bevor. »Hätte ich noch länger warten müssen …« Das war das Problem mit dem Deutschunterricht. Wie bei *Star Trek* wurde man in gefährliche Zeitschlaufen geschleust.

Ich drückte Martina, spürte aber statt der Schultern ihre Rippen. Seit dem letzten Sommer waren ihre Beine länger geworden, so dass sie sich jetzt für die Business-Class eigneten. Ich hätte gern gewusst, wie es war, wenn man so groß war und praktisch ganz oben wohnte. Sie musste sich zu mir herunterbeugen, um mich in die Arme zu nehmen. Als wäre ich ein Maskottchen. Ein Kuscheltier.

Wir redeten auf dem ganzen Weg nach Potsdam und tranken Apfelsaft von Äpfeln aus dem eigenen Garten. Der Saft war trübe, kräftig im Geschmack, fast wie Cider. Wir reichten die Flasche herum und drehten sie, so dass die toten Fliegen am Glas kleben blieben. Peter legte die Beatles auf, die er im Duty-free-Laden von dem Geld meiner Mum gekauft hatte, als er im Eiltempo zum Flugsteig gehastet war. Wir alle sangen bei »Please Mister Postman« mit. Es stellte sich heraus, dass die Briefe meiner Mum auch nicht angekommen waren, auch die nicht, die sie mit krakeliger Kinderschrift beschriftet und von London geschickt hatte. Wir hörten Beatles-Lieder, bis wir nach Stahnsdorf kamen und »Yellow Submarine« anfing. Dann stellte Martina den Kassettenrecorder ab. »Ich will die Stimmung nicht verderben. Früher habe ich gedacht, es ist ein fröhlicher Song, und er gefiel mir. Aber dann dachte ich, er handelt vom Leben in der DDR.«

Ich hatte keine Post von Martina bekommen, und sie keine von mir. Meine Bee-Gees-Kassette war verschwunden, mein *Don't do it Di!*-Button auch. Meine Mum hatte es der Royal Mail zugeschrieben. Den unterbezahlten Arbeitern. Dem Mangel an Rückgrat. Wo unsere Post gelandet war, wusste ich nicht, aber irgendwo an der Front des Kalten Krieges waren alle unsere Gaben geöffnet, durchleuchtet, dechiffriert worden – dabei waren es nur kleine Geschenke.

Martina und ich saßen hinten, ihre Beine hatte sie zwischen den Vordersitzen ausgestreckt. Von den Beinen abgesehen, war sie genauso wie im Sommer zuvor. Dann fielen mir ihre Achselhöhlen auf. Ich hatte gedacht, sie würde sich das Achselhaar nur abrasieren, wenn sie kurz davor war zu heiraten. Dann nahm sie eine Sonnenbrille heraus, ein Geschenk aus Heathrow – große braune Gläser, und man fragte sich, wo ihr Blindenhund war. »Meine Welt ist in den Farben von England getönt«, sagte sie.

Das stimmte. Die Farbe von HP Sauce, von Tetley-Tee, von britischen Fleischkuchen. »Und wie fandest du Angel Delight?«

»Das musste ich nicht einmal kauen. Ich konnte den Geschmack von England durch meine Zähne einsaugen.« Dann wurde sie ernst. »Aber England findet nicht statt. Stattdessen Balaton-See.« Martina würde den Sommer am Strand verbringen und Sandpaläste bauen. Es war eine FDJ-Ferienreise nach Ungarn. So machten sie das im sozialistischen Block, wenn sie in die Ferien fuhren – sie fuhren in die Nachbarländer. Martina zuckte die Achseln. »Unser Vergnügen wird uns manchmal aufgezwungen.« Sie sagte, der Balaton-See sei ähnlich wie der Schwielowsee, nur noch weiter weg. Aber es sei auch bloß ein See, ein großes Schwimmbecken, und biete die gleichen Möglichkeiten.

Dann sagte sie, nächstes Jahr um diese Zeit wäre sie weg vom Fenster. Es klang wie ein Zaubertrick, aber in Wirklichkeit würde sie an der Humboldt-Universität, eine Stunde Fahrt mit der S-Bahn von Potsdam entfernt, mit dem Studium beginnen. »Wir werden keinen Sommer mehr zusammen verbringen.«

Ich nahm einen Schluck aus der Flasche und sah Martina an. Natürlich würden wir noch einen Sommer zusammen verbringen. Meine Mum und ich würden dann ja hier leben.

Aber Martina war es ernst. Sie sah mich an, während sie sprach, als hätten die englischfarbenen Sonnenbrillengläser ihr einen Blick in die Zukunft ermöglicht.

Als wir unseren ersten Familienausflug machten, war Martina schon in Ungarn. Es war der 13. August, der Tag des Mauerbaus, und der Sommerkurs hatte den Nachmittag frei. Peter, meine Mum und ich – und symbolisch auch Martina – lagen auf dem Rasen am Rand des Leninplatzes, wo es nach gemähtem Gras und heißem Teer roch. Gleich nach ihrer Ankunft in Ungarn hatte Martina geschrieben, eine ihrer kryptischen Botschaften, bei denen ich inzwischen gähnen musste. Sie hatte eine Postkarte ohne Bild gekauft und ein großes »I« darauf gemalt. Auf die Rückseite hatte sie geschrieben: *My last letter. Please take it with you when you go.*

Wir aßen Eis in der Waffel, gelbes und orangefarbenes. Es fing schon an zu schmelzen, deshalb konnte meine Mum die Waffeln nicht als Rumbarasseln benutzen und spendierte uns das Eis: hier. Ein glückliches Leben. Banane und Mango. Das Schiff aus Kuba war offenbar angekommen. Meine Mum hatte vier Waffeln gekauft, eine für Martina, die ich an ihrer Stelle aß. Martina war zwar gewachsen, hatte aber nicht zugenommen, und ihre Körpermasse war weniger dicht als im Sommer davor. Wegen der größeren Oberfläche würde sie nicht untergehen. Sie würde auf dem Balaton treiben. Vielleicht konnte sie sogar auf dem Wasser gehen.

Um den Leninplatz herum saßen Familien und boten ihre Gesichter der Sonne. Hunde lagen mit geschlossenen Augen auf der Wiese und ließen die Zunge heraushängen. Babys waren von der Hitze still. Kinder malten mit Kreide auf die Platten: Blumen, Flugzeuge, Strichsoldaten. Meine Mum stützte das Kinn in die Hand und betrachtete Peter über den weißen Klee hinweg. Er befeuchtete ein Taschentuch mit Spucke und tupfte ihre gelbe Oberlippe sauber. Das war die Chemie der Liebe.

Und so wurden zwanzig Jahre des antifaschistischen Schutzwalls gefeiert: ein Familienausflug in der Sonne. Ich hatte keine Ahnung, was die Menschen auf der anderen Seite an dem Tag taten. Wahrscheinlich gebärdeten sie sich als Faschisten in schwarzer Kleidung und machten finstere Mienen, weil die Sonne an einem solchen Tag nicht scheinen sollte. Wir auf unserer Seite hatten kein Recht auf Wetter wie dieses.

Vor zwanzig Jahren war es noch heißer gewesen, sagte Peter. Er war an der Ostsee gewesen, auf Hiddensee, zum ersten Mal in einem Gewerkschaftsferienhaus. Er hatte ein eigenes Zimmer, aber es war zu heiß, um drinnen zu schlafen, und er schlief am Strand, in der Brise, die direkt aus Middlesbrough herübergeweht kam. Man konnte der Hitze nicht entkommen, alle waren rast- und ruhelos. Und dann, eines Morgens, steigerte sich die Unruhe noch. Statt mit Taschen und Kindern an den Strand zu gehen, hatten die Menschen es eilig, ihre Abreise vorzubereiten, und sie gaben die Schlüssel zurück, während sie noch ihre Sachen zusammenpackten. Das ergab keinen Sinn: Die Menschen konnten nicht schnell genug aus ihren subventionierten zweiwöchigen Ferien, auf die sie Jahre gewartet hatten, wegkommen.

Es gab keine offiziellen Nachrichten, aber im Haus gingen Gerüchte um, dass sich in Berlin etwas Schreckliches zusammenbraute: Russen, Marsmenschen, der Dritte Weltkrieg. Die Schlange an der Fähre war länger als der Pier. Manche erreichten das Festland. Andere saßen in ihren Ferien fest. Peter beschloss zu bleiben. Er würde das Ende der Welt mit Meeresblick erleben. Für ihn bedeutete der Bau der Mauer mehr Platz am Strand.

»Die Mauer ist zwar da«, sagte meine Mum, wollte nach Peters Hand greifen, betastete den Rasen und fand die Hand nicht, »aber wenigstens sind wir jetzt auf derselben Seite.« Dann drückte sie ihre Hand ins Gras und runzelte die Stirn. »Gerade hat sich die Erde bewegt.«

Ich legte meine Hand auf die Erde und spürte es auch: ein fernes Beben, als würde man Angel Delight verquirlen. Über uns flog eine Wolke von Krähen, die laut krächzten, als müssten sie sich übergeben. Peter guckte auf die Uhr. »Das sind die Panzer.«

Wir eilten zur Karl-Marx-Allee, an all den Gesichtern und Flaggen vorbei, die aus den Fenstern hingen, und an den Spruchbändern, die so lang waren wie die Wohnblöcke breit. Wir rannten an Pferdefuhrwerken vorbei, die, beladen mit roten Nelken, vom Land in die Stadt gekommen waren. Vielmehr ich rannte. Meine Mum machte große Schritte und sagte: »Wie schnell können Panzer denn sein?« Peter hatte es nicht eilig. Er hatte Panzer schon öfter gesehen. Er ließ sich Zeit, die Nelken zu begutachten und besonders schöne auszuwählen. »Stell dir vor, es wären Rosen«, sagte er und gab sie meiner Mum.

Die Menschen standen so dicht gedrängt, dass ich immer wieder in die Luft springen musste, um etwas von der Parade zu sehen. Peter bot mir seinen Rücken als Aussichtsplatz an. Es war, als wollte ich eine Wand besteigen, und das war das Problem mit Männern – keine Ecken, keine Hüften, nichts, woran man sich festhalten konnte. Dann sah ich die offizielle Tribüne, drei Reihen wichtiger

Personen, dekoriert mit Orden und bunten Bändern wie festliche Kuchen. »Welcher ist Honecker?«

»Der mit weißem Haar und Brille.«

Sie hatten alle weiße Haare und Brille.

Meine Mum wollte, dass ich ihnen hallo zurufe, aber ich sagte: »Die Panzer kommen, Mum! Es sind Hunderte!«

»Große? Sind sie groß?« Sie stellte sich auf Zehenspitzen und tänzelte umher, wie man das tat, wenn man früher einmal Balletttänzerin werden wollte.

Die Panzer kamen, immer drei in einer Reihe, militärgrün mit dicken schwarzen Reifen, in einem Dunst von Wärme und dem Geruch von Gummi und Maschinenöl fuhren sie die Karl-Marx-Allee entlang. Im Cockpit waren identische Männer mit Ohrenschützern, die den Befehl hatten, nicht zu blinzeln, und aussahen, als wären sie aus einem Airfix-Modellbaukasten zusammengebaut worden.

Dahinter die Kampfgruppen, die damals die Mauer gebaut hatten. Meine Mum rief: »Hallo, Mauerbauer«, und hob den Soldaten, denen ihre Uniformen eine Nummer zu groß schienen, ein nicht existierendes Glas entgegen. Die Männer marschierten durch ein Meer roter Flaggen und warfen Nelken in die Menge. Meine Mum versuchte welche zu ergattern, aber das war aussichtslos, weil wir hinten standen, außerdem hatte sie schon den Arm voller Blumen.

Dann kamen die Veteranen, für ihr Ende mit Gehwagen, Rollstühlen, Hörgeräten und Sauerstoffflaschen ausgerüstet und reichlich bedeckt mit Wolldecken und Medaillen, ihre Wangen waren lila, die Augen trübe, das Kinn gereckt. »Das ist jetzt die Alte Garde, Mum.« Das hatte ich einfach erfunden, ich hatte keine Ahnung, wer die Männer waren.

»Das bin ich, Jess, später einmal! Das ist deine Mum in dreißig Jahren.« In dreißig Jahren wäre meine Mum

DDR-Rentnerin. Der Gedanke, zur Alten Garde zu gehören, gefiel ihr – mit einer Medaille für ihren Dienst im real existierenden Sozialismus und mit kaputten Knien würde sie am Stock die Karl-Marx-Allee entlanghumpeln. Sie würde in der Kantine Essen bekommen, Kassler und Klopse, das Fleisch würde ihr zwischen den dritten Zähnen hängenbleiben. Nach dem Essen würden die Alten im Aufenthaltsraum in Sesseln entlang der Wand sitzen, und meine Mum würde den anderen Lieder aus ihrer Zeit in der YCL beibringen und die Zeilen, die sie nicht mehr wusste, frisch erfinden. Hin und wieder bekäme sie ein Visum, um nach England zu reisen, wo sie sich mit englischen Keksen und englischem Tee eindecken konnte. Falls sie es ertrug, nach England zu kommen. Falls sie noch einen Geschmack für England hatte.

Meine Mum konnte der Alten Garde nicht widerstehen. Sie zog die Schultern hoch und quetschte sich durch die Menge. Als sie vorn am Geländer war, reckte sie die Faust, und die Alten, deren Augenlicht noch gut genug war, grüßten mit gereckter Faust zurück.

Plötzlich spürte ich, wie Peter unter mir zu wanken begann. Ich dachte, es läge an der Musik. »Die Internationale« ertönte soeben durch die Lautsprecher. Peter schwankte hin und her, aber nicht im Takt, und als ich nach unten blickte, sah ich eine Hand auf Peters Arm. Jemand zerrte an ihm, zog ihn zur Seite.

Ich rutschte an Peters Rücken herab und kam ganz nah an dem Gesicht des Fremden vorbei – nur ein Auge war unter der Mütze sichtbar, darüber schwarze Augenbrauen, der Regenmantel (der Mann war der Einzige hier, der auf eine Wetteränderung eingestellt war) mit hochgestelltem Kragen. Er sagte Peter etwas ins Ohr, drehte sich um und bahnte sich, Peter voran, mit der Schulter einen Weg durch die Menge.

Ich versuchte, Peter nicht aus den Augen zu verlieren, und sah immer wieder seinen Hinterkopf, bis ich nicht mehr sicher war, ob er es war oder ein Schatten. Fast rechnete ich damit, dass der Mann im Regenmantel sich umdrehen und sagen würde: »Noch eins …«, wie sie das im Fernsehen machten. Aber es war Peter, der sich nach mir umdrehte. Seine Lippen bewegten sich, aber ich konnte nicht klar genug sehen, um die Worte abzulesen. Dann hob er einen Finger und zeigte damit nach unten auf den Boden, und ich wusste, wir sollten warten.

Ich wartete bis zum Ende der Parade, bis die Marschierenden aufhörten zu marschieren, über die Absperrung kletterten und in der U-Bahn verschwanden. Ich sah, wie der Himmel über dem Alexanderplatz grau wurde und die Menschen von ihren Balkonen wieder in die Wohnungen gingen. Die Lautsprecher an den Laternenmasten hatten keine Lieder mehr und wurden ausgeschaltet.

Als meine Mum zurückkam, war sie erhitzt und beunruhigt, ihre Hände waren leer. Sie hatte alle ihre Nelken weggegeben. »Ich dachte, ich hätte euch verloren …« Sie hatte sich an den Spruchbändern orientieren wollen, aber die waren abgenommen worden. Sie zeigte mit dem Arm die Karl-Marx-Allee rauf und runter. »Ich bin ganz weit gegangen. Das ist hier wie die M1. Glaubst du, sie haben die Straße für die Panzer gebaut?« Dann erst fiel meiner Mum mein Gesichtsausdruck auf. »Wo ist Peter?«

Ich zuckte die Achseln. »Er hat gesagt, wir sollen hier warten.«

Meine Mum sah sich um. Hier, auf dem Strausberger Platz, war die Fontäne wieder angestellt worden, und der Wasserstrahl wurde vom Wind zerstäubt. Ein eisengrauer Himmel lag über dem Fernsehturm und dem Hotel Berlin. Auf Fensterbänken saßen Keramikkatzen mit glasigen Augen. Meine Mum schloss die Augen und hielt das Gesicht zum Himmel, damit die Sonne hinter den Wolken es bescheinen solle. Als sie die Augen aufmachte, war Hoffnung in ihrem Blick. Hinter den geschlossenen Augen hatte sie Peter zurückkommen sehen.

Sie musterte die Gäste im Straßencafé, falls er da saß, aber es waren Fremde, die vor ihren Getränken saßen und mit ihren Sonnenbrillen spielten. Sie warf einen Blick auf die Uhr. »Wie lange, hat er gesagt, würde es dauern?«

Er hatte nichts gesagt.

Meine Mum schüttelte sich. »Es ist schon spät. Es wird kalt. Ist dir nicht kalt?«

»Es ist August.«

»Mir ist plötzlich eiskalt.« Aber sie wollte nicht irgendwo reingehen, wo es warm war. Sie hielt Wache. Ein paar große Jungen, die Fußball spielten, glaubten, sie schaue ihnen zu. Die Jungen winkten ihr zu, bekamen aber keine Reaktion. Wahrscheinlich nahm sie die Jungen gar nicht wahr. Sie warf den Kopf nach links, dann nach rechts, dann wieder nach links, wie man es im Verkehrsunterricht lernt, wenn man eine Straße überqueren will.

Dann wollte sie von mir noch einmal genau hören, was passiert war, und während ich es ihr erzählte und sie nur mit halbem Ohr zuhörte, weil sie so sehr damit beschäftigt war, nach Peter Ausschau zu halten, entdeckte sie ihn auf der anderen Straßenseite. Wieder einmal trug er den Anzug von einem anderen – diesmal anthrazit, dazu ein weißes Hemd – und war gekleidet wie die Zeugen Jehovas, die sich als harmlose Menschen ausgeben, und wenn man sie durchs Fenster sieht, weiß man, dass man die Tür nicht aufmachen darf.

Wir rannten nicht zu ihm. Wir sahen ihn die Karl-Marx-Allee überqueren, in Schuhen, die offensichtlich drückten. Er ging langsam, als schreite er hinter einem Sarg her. In einem kleinen Abstand vor uns blieb er stehen. »Ich bin gerade aus einer Versammlung entlassen worden.«

Er sah aus, als käme er aus einer Leichenhalle.

Aber meine Mum war erleichtert. Versammlungen waren in Ordnung. Sie umarmte ihn, und er ließ es geschehen. Aber mehr war es nicht, er ließ es geschehen, seine Arme hingen steif an seinem Körper herunter.

Er sagte, er habe Neues über seine Solidaritätsarbeit erfahren. »Ich muss größere Anstrengungen machen. Ich muss Englischlehrer ausbilden.«

»Aber das machst du doch schon.«

»In Vientiane. Laos.« Die Wörter ergaben keinen Sinn. Es war nicht einmal ersichtlich, in welcher Sprache sie gesprochen waren. »Eleanor, sie schicken mich weg.« Er sagte, Martina würde unterrichtet, wenn sie aus Ungarn zurückkam. Sie sollte in der DDR bleiben. Ihre Großmutter würde sich um sie kümmern. Sie hatten schnell gehandelt. Alles war vorbereitet. Für alles war gesorgt.

»Aber du bist hier, um den Sommerkurs zu machen.«

»Ich reise sofort.« Er hatte einen Flugschein für den Hinflug. Den für den Rückflug würden sie ihm schicken, wenn es so weit war. »Ich muss mich an die Regeln halten.« Es klang, als hätte Peter wieder einen Papierlappen bekommen, nur viel dicker diesmal. »Und wenn ich das tue, sehen wir uns in zwei Jahren wieder.«

Meine Mum streckte beide Arme seitlich aus. »Lass ihn nicht gehen, Jess«, sagte sie, und wir beide bildeten eine Absperrung, als wäre der Strausberger Platz ein Sportfeld und dies ein Rugbyspiel, in dem Peter gleich losstürmen würde, sogar in diesen Schuhen. Während wir so dastanden, sagte meine Mum zu Peter, das sei alles nicht wahr. Sie weigere sich zu glauben, dass er weggehen müsse. Ihr ganzes Leben hatte sie so gelebt, als könnte Überzeugung die Dinge verändern. »Wir sind doch jetzt *hier* … *Wir* sind hier.« Dann streckte meine Mum die Arme aus und machte eine Mauer, so breit wie ihre Arme, ihr Gesicht aus Stein und nassem Mörtel.

Peter sah sie nicht an. Er wandte mir seinen unbewegten Blick zu. Als er uns das letzte Mal verlassen hatte, waren seine Worte gewesen: »Sag deiner Mutter, sie soll glauben. Und denken.« Diesmal sagte er: »Sag Eleanor, sie soll nicht zu viel nachdenken.« Hinter ihm in der Ferne waren die Straßenreiniger am Werk und kehrten das, was vom Tage übrig war, auf einen Lastwagen. Peter stand inmitten weggeworfener Fahnen und den ersten dunklen Tropfen eines Sommerregens, seine Füße umrankt von zertretenen Nelken.

16

Unsere Leute

Potsdam – Tamworth – London, Herbst 1981

Peter hatte recht. Sie hatten schnell gehandelt, alles war vorbereitet, und am nächsten Morgen stellte Saskia seine Nachfolgerin vor. Es war die Frau, die ein paar Tage lang neben mir in der letzten Reihe gesessen und hin und wieder gelächelt hatte, als wollte sie sich mit mir anfreunden, aber das Kraftfeld ihres Parfums hatte mich abgeschreckt. Es war ein beißender metallischer Geruch und signalisierte eher Eveready Batterien als Rosenduft. Mir war aufgefallen, dass sie sich Notizen gemacht hatte, aber anders als die anderen. Und die SED-Anstecknadel war keine Brosche, sie war ein Aushängeschild, Zeichen ihres Auftrags. Ich hatte sie für jemanden von der Qualitätskontrolle gehalten. Aber jetzt wusste ich, dass ich die ganze Zeit neben Peters Ersatzperson gesessen hatte.

Frau Dr. Blech stand vorne auf dem Podium und ließ sich über die Ehre aus, die ihr neues Amt bedeutete. Sie sagte, wie anspruchsvoll, herausfordernd und lohnend es sei. Die Synonyme rollten ihr nur so von der Zunge. Nach einer Weile fiel mir auf, dass sie in alphabetischer Reihenfolge kamen. Frau Dr. Blech hatte das Synonymwörterbuch auswendig gelernt. Sie wünschte sich Annäherung, Gegenseitigkeit, Kommunikation, Miteinander. Niemand hatte sich getraut, etwas über ihre Wortwahl zu sagen. Das war der Nachteil, wenn man ein offizielles Amt innehat. Inoffiziell dachten die Menschen Dinge, die sie dann nicht gern sagten.

Dr. Blech hatte keinen Vornamen. Der Mann, an dessen Stelle sie trat, war Dr. Roth, aber sie nannte ihn durchgehend »Peter«. Sie sagte, wie schwer es sein würde, in seine Fußstapfen zu treten, dabei passte sie mit Leichtigkeit hinein. Sie trug hochhackige Schuhe. In ihrem viereckig geschnittenen, gepunkteten Kostüm sah sie aus wie ein Transistorradio, und das runde Gesicht mit der dünnen Schweißschicht war das Rädchen für die Sendersuche. Sie war immer auf Sendung. Als ich das, was mit Peter geschehen war, ansprach, wurde ihre Stimme vorübergehend unklar und verschwommen, wie bei einer Störung, dann adjustierte sie die Frequenz und sendete weiter, als hätte ich nicht gesprochen.

Ich bezweifelte, dass meine Mum Peters Ersatzperson sympathisch finden würde, aber sie war dankbar für das unaufhörliche Geplapper. Schweigen war ihr unbehaglich, weil dann ungewollte Gedanken die Gelegenheit hatten, ausgesprochen zu werden. Und meine Mum hatte strenge Anweisungen. Peter hatte gesagt: »Eleanor soll nicht zu viel nachdenken«, und sie hatte beschlossen, gar nicht nachzudenken. Sie hatte den Schalter im Sicherungskasten in ihrem Kopf ausgeknipst, ganz einfach. Alle Verbindungen waren unterbrochen: denken, erinnern, beobachten, reagieren … Sie machte den Kurs auf Autopilot.

Andererseits bedeutete es, dass sie seit Monaten wieder richtig schlief. Nur selten nahm sie eine Schlaftablette. Meine Mum war zwar nach wie vor vage – als hätte sie eine Tablette genommen –, aber sie lebte in einem Traum, nicht im Nebel. Sie freute sich nicht auf Kommendes, sie blickte nicht zurück, sie driftete mit einem gleichbleibenden Ausdruck der milden Überraschung von einem Ereignis zum nächsten. Nur einmal wich sie davon ab, und das war genau eine Woche, nachdem Peter weggeschickt worden war. Ich wachte mitten in der Nacht auf, weil draußen die Wölfe heulten, dann merkte ich, dass es nebenan war. Meine Mum heulte. Es war kein Weinen. Es kam von einer tieferen Stelle. Sie stand am Fenster, den Hals gestreckt, und heulte den Mond an. Nur dass in der Nacht kein Mond schien – tiefe, feuchte Wolken hingen über dem falschen Morgengrauen von Eiche-Golm. Die Armee war schon aufgestanden. Ich brachte ihr keinen Tee. Mit Tee, der so dünn war, dass er mehr nach dem Elektrokocher schmeckte, kann man keinen Trost spenden. Und ich wollte nicht bis zum Sonnenaufgang an ihrem Bett sitzen und an Schwarzbrot mit verletztem Herzen kauen. Hier, nimm. Aber eigentlich ging ich nicht zu ihr rein, weil ich wollte, dass sie heulte. Ihr Kopf hatte aufgehört zu denken, aber nicht ihr Bauch. Und der war außer sich.

Am Ende des Kurses gab es wie immer einen Ausflug. Wir würden aufs Land fahren. Im Jahr zuvor, als meine Mum sich etwas Ländliches gewünscht hatte, bekam sie Eisenhüttenstadt. Der Spreewald war so etwas wie eine Geste: Gurken statt Peter. Wir besuchten eine Gurkenfabrik, ansonsten waren wir nur in der Natur. Die Region war von Kanälen durchzogen, und Spreekähne waren das Hauptverkehrsmittel. Alle Tutoren wurden mit Schwimmwesten, einer Unfallversicherung, einem Kahn und einer Landkarte ausgestattet. Das Hauptfach meiner Mum war Geographie, aber sie verfuhr sich ständig. Immer wenn wir um eine Biegung kamen, sagte sie: »Und noch mehr scheißgrüne Entengrütze, Jess.« Entlang der Kanäle standen Bäume im Sommergrün, und so paddelten wir eine Woche lang durch die grüne Düsternis des Styx. Frau Dr. Blech sagte: »Empfindest du nicht die Beschaulichkeit, die Friedlichkeit, die Ruhe und Stille als wohltuend, Eleanor?«

Die Eisenwerke hatten ihr besser gefallen.

Sie wartete ungeduldig darauf, nach Hause zu kommen.

Meine Mum ließ die Geschenke von den Ferientagen in ihrem Zimmer der Hochschule. Die Studenten konnten *Die Illustrierte Gurke*, den Eimer mit Gurken und die Flasche Gurkenlikör gern haben. Was sie nicht zurücklassen konnte, waren die Schwielen, und an denen pulte sie noch Wochen später. Wir flogen zurück, wieder Business-Class. Meine Mum verbarrikadierte sich mit den Kopfhörern und wechselte die Sender mit steifen Fingern. Es spielte keine Rolle, was herauskam, solange es laut genug war und ihre Gedanken übertönte. Dann bestellte sie Cocktails. Diesmal eine Bloody Mary und einen Whisky Sour, und als wir in Heathrow landeten, übergab sie sich in die Papiertüte.

Zurück in Tamworth, gab sie bekannt, dass sie am dreizehnten jedes Monats eine rote Nelke kaufen würde. Es wäre eine Erinnerung an den Tag, sagte sie, »aber eine gute Erinnerung. Eine glückliche.« Sie ging unseren Oxfam-Kalender durch und zog einen Kreis um das Datum. Insgesamt gab es vierundzwanzig Dreizehnte, bevor Peter zurückkam. Drei davon fielen auf einen Freitag. Blähbäuche und dunkle Augen aus allen Teilen der Welt nahmen an unserem persönlichen Unglück teil.

»*Pinch, punch, thirteenth of the month, no returns whatsoever.*«

»Aber er kommt doch zurück, Jess, oder?«

Meine Mum nahm alles so wörtlich.

Statt wegzuziehen nahmen wir im Herbst unser Leben in Tamworth wieder auf. Meine Mum zog das Haus vom Immobilienmarkt zurück und faltete ihre Listen mit den Erledigungen für die Auswanderung zusammen. »Das Paradies ist nicht gestrichen worden, es ist einfach auf die nächste Versammlung verschoben worden«, sagte sie zu jedem, der sie fragte. Dann versuchten wir, Peter ausfindig zu machen.

Wir fragten Saskia nach seiner Adresse, und sie sagte, sie würde sie uns schicken, sobald Peter sich eingerichtet habe, doch dann meldete sie sich nicht wieder. Stefan wusste weniger als seine Schwester. Wir versuchten, Martina zu erreichen, und schickten eine Postkarte nach Zwickau und eine nach Potsdam, eine Karte mit einem DDR-Spruch, von dem meine Mum sagte, er sei passend: *Mit unserer Tat für unseren sozialistischen Friedensstaat!* Das war die Lesart der Ereignisse, die meine Mum für sich übernommen hatte. Wenn man das dachte, brauchte man nicht weiter zu denken: Peter war nicht im Exil, um eine Strafe abzusitzen. Er war im brüderlichen Laos und vollbrachte Gute Taten.

Keine Antwort auf die Postkarten.

Dann wandte meine Mum sich an den Großbritannien-Laos-Freundschaftsverein, wo man ihr versicherte, sie würden ihn finden können. Sie seien es gewohnt, Leute ausfindig zu machen, die sich aus dem Staub gemacht hatten, sagten sie. Meine Mum trat dem Verein für zwei Jahre bei und wartete. Das war jetzt ihr neue Methode: Sie setzte sich unter unsere drei Uhren, die auf die Zeiten von Havanna, Berlin und, wie sie es nannte, Vientiane-Zeit eingestellt waren, und wollte die nächsten zwei Jahre Solidarität mit Peter zeigen, der für die Solidarität tätig war. Dann kam der Rundbrief des Vereins. Es stellte sich heraus, dass der Verein von lauter Laos-Exilanten geführt wurde, Antikommunisten, die aus dem Land geflohen waren. Von Peter, so teilten sie uns mit, hatten sie keine Spur ausfindig machen können.

Dann kam ein Brief, und beinahe wäre er meiner Mum zwischen den Flugblättern und Reklamezetteln nicht aufgefallen. Fast hätte sie den doppelt verwendeten Umschlag mit der hingekritzelten Adresse und der schief aufgeklebten Briefmarke in den Müll geworfen. Aber aus dem Umschlag fiel ein Blatt Luftpostpapier und ein Zettel: SOLL IHNEN DAS HIER GEBEN.

Mit gerunzelter Stirn überflog meine Mum das dünne Blatt, und je mehr sie las, desto gerunzelter wurde sie. Den Anfang und das Ende las sie zweimal. Der Brief fing nicht mit »Liebe Eleanor« an und endete auch nicht mit »Alles Liebe Peter«. Und ohne Anrede und Abschiedsformel war es kein richtiger Brief. Sie gab ihn mir.

Vientiane ist die stillste Stadt der Welt. Auf dem Marktplatz kann man das Geräusch der Schere hören, die Seide durchschneidet. Alte Männer bieten feinstes Teakholz oder Rosenholz an, sagen aber kein einziges Wort. In den Tempeln strecken sich die Glockentürme zum Himmel, aber die Glocken läuten nicht. Die Hunde haben das Bellen aufgegeben. Babys wissen nicht, wie Weinen geht.

Auf der Straße, die aus der Stadt führt, gehen die Bauern im Gänsemarsch, ihre Sandalen stieben Staub auf. Ihre Felder liegen im Osten der Stadt. Im Westen fließt der Mekong. Jenseits des Flusses ist Thailand. Am anderen Ufer waschen junge Frauen ihre Kleider und baden. Ihr Lachen dringt nicht übers Wasser. Der Mekong ist bestimmt der einzige Fluss, der lauter ist als die Geräusche der Hauptstadt. Ich stelle mir vor, er murmelt auf seinem ganzen Weg durch Laos.

Anfangs dachte ich, es sei eine stille Stadt. Jetzt denke ich, sie ist zum Schweigen gebracht worden. Meine Kleidung ist von derselben Farbe wie der Anstrich der Wände. Überall an den Wänden sind Geckos. In den Gesichtern sehe ich Gesichter. Namen fallen mir leicht ein.

Heute Nacht werde ich im Bett liegen, unter den neuen Sternen des umgedrehten Himmels, und Geräusche in der Stille machen. Ich werde das Kratzen dieses Füllers hören, das zeitlose Rascheln von Haut, das Ein- und Ausatmen, das in allen Sprachen Leben bedeutet, ein Wort, wenn es keine Worte mehr gibt.

Ich hielt den Brief ans Licht und suchte nach einer mit Zitronensaft geschriebenen Botschaft. Ich las ihn im Spiegel. Ich schrieb den Anfang und das Ende eines jeden Satzes ab, aber keine neuen Worte entstanden, weder auf Englisch noch auf Deutsch. Ich las ihn mit der Stimme eines Geschichtenvorlesers und versuchte, zwischen den Zeilen Fluchtpläne herauszulesen. Ich wollte meiner Mum sagen, dass es ein Brief aus dem Exil sei, aber ich wusste, sie würde ihn mir nah ans Gesicht halten, so nah, dass ich nichts mehr lesen konnte, und sagen: »Und wo steht das hier?«

Meine Mum sagte: »Peter mag es auch nicht, wenn es zu still ist.« Dann glättete sie das Blatt mit der flachen Hand und überflog den Brief erneut. »Aber hör dir das an: Seide. Teakholz. Rosenholz. Wenn er zurückkommt, bringt er lauter schöne Souvenirs mit.«

Im November fand die CND-Konferenz und das jährliche Treffen des Kommunistenclans statt. Ivan war seit Wochen mit den Vorbereitungen beschäftigt, und ich musste ihm helfen, teils mit der Büroarbeit, aber auch bei seinen häuslichen Angelegenheiten. Ich verbrachte immer mehr Zeit in Walsall, als Ivans persönliche Assistentin, Einkäuferin, Putzfrau, Babysitter, und musste seiner Frau Lügen erzählen, wo er war und warum er nicht rechtzeitig zur Abendserie nach Hause kam. Meine Mum gab mir das Geld für die Busfahrten. Sie sagte, ich habe es gut, dass ich einen Mentor hatte, »besonders einen, der sich mit der Theorie so gut auskennt«. Manchmal kam sie in mein Zimmer und betrachtete ehrfurchtsvoll die Formeln, die Ivan mir gegeben hatte und die ich an die Wand hängen und lernen sollte. Er war vertraut mit der Wissenschaft, die bewies, was meine Mum nur fühlte. Sie fand das alles gut. Das Denken hatte sie ja aufgegeben.

In dem Jahr fand die CND-Konferenz im Queen Mary College in London statt, und Cynthias Wohnung in Streatham war zum Hauptquartier erklärt worden. Alle waren gekommen und vereinten ihre Kräfte zur Verteidigung der Sowjetunion. Es war ein inoffizieller Parteikongress, eine Gelegenheit, unsere Positionen im Kampf gegen Euro-Kommunisten und Ultra-Linke, aber auch gegen Schwarze Listen und unheilbare Krankheiten zu vergleichen. Am Freitagabend gab Cynthia uns Anweisungen, wie wir uns unauffällig machen, was wir zu den Nachbarn sagen sollten, wie das Haus evakuiert werden konnte. Es sei immer ein Risiko, so viele Genossen an einem Ort zu versammeln, sagte sie, und sollte es zu einem Zwischenfall kommen, würde sich die Reihenfolge der Rettungsmaßnahmen nach Rang und Verantwortung richten.

Das hieß, ich wäre tot.

Ivan war lange vor allen anderen bei Cynthia angekommen. Er hatte die Kissen vom Sofa genommen und sich darauf installiert. Er nannte es die »Messe«. Die Küchentür hatte einen Riegel, so dass Ivan, wenn er wollte, die Alleinherrschaft über den Kühlschrank, das Telefon und den Wasserkocher hatte. Cynthia hatte die Übernahme zugelassen, was ganz untypisch für sie war und mir darauf hinzudeuten schien, dass es ein Befehl von oben war.

Es dauerte ewig, bis alle die Prozedur vorm Schlafengehen absolviert hatten: Tabletten, Ohrenstöpsel, Blicke nach oben, zu Göttern, die, wie wir wussten, nicht existierten. Meine Mum nahm eine Schlaftablette und war sofort weg. Ich lag wach und hörte die Bässe aus einem Nachtclub und die Geräusche unruhiger Träumer.

Als ich gerade einnicken wollte, spürte ich eine Hand auf der Schulter. Ivan stand über mir und hatte den Finger auf die Lippen gelegt. Er führte mich in die Küche, wo es nach Kakao und Toast mit Butter roch. Mein Bauch knurrte so laut, dass er es hören musste. Ich war im Trainingsanzug und krümmte die Zehen auf dem eisigen Fußboden, und Ivan biss in das Stück Toast und sah mich an, während ich ihm zusah. Als er fertig war, leckte er den Teller ab.

Dann sagte er eine Adresse. »Sei um ein Uhr da.«

Ich sah zur Küchenuhr. Es war kurz nach zwei, und einen Moment dachte ich, ich hätte den Termin verpasst.

»Pünktlich«, sagte Ivan. »Unsere Leute verspäten sich nicht.«

»*Unsere* Leute?«

»Du hast mich verstanden.«

Unsere Leute, das war doch nur ein Gerücht. Unsere Leute waren hochgeheim, niemand wusste, wer sie waren. Unsere Leute wussten selbst nicht, dass sie es waren. Und jetzt würde ich sie treffen. Ich hatte nicht daran gedacht, eine Balaclava-Mütze einzupacken.

»Was ist mit meiner Mum?«

»Steht sie auch hier?«

Im Grunde war ich erleichtert. Ich wusste nicht, was Unsere Leute taten, aber wenn Ivan damit zu tun hatte, ging es nicht um singen und tanzen. Er bohrte seinen Finger in mein Brustbein und schmierte geschmolzene Butter auf meinen Lebensretter-Button. »Es ist wichtig, dass du den Status dieser Information genau verstehst. Nicht einmal deine Mum. Und sag mir, warum nicht?«

»Wissen müssen.«

»Und – muss sie es wissen?«

»Wenn du sagst, nicht, dann nicht.«

»Da hast du es.«

Danach schlief ich erst recht nicht ein. Ich setzte mich auf und besah die zusammengekrümmten Gestalten auf Cynthias Fußboden. Sie hatte das Zimmer mit alten Exemplaren des *Morning Star* ausgelegt, so dass es nach Druckerschwärze und mitgebrachtem Essen roch. Ich fragte mich, ob unter den Schläfern welche von Unseren Leuten waren. Da war meine Mum mit ihrem Baumwoll-Schlafanzug und den Bettsocken aus Alpakawolle, sie hielt den zusammengerollten Schal an sich gedrückt und murmelte, von Valium benebelt, Unverständliches. In ihrer Schlafanzugtasche hatte sie eine rote Nelke. Es war Freitag, der dreizehnte.

Am Samstagmittag verließ ich vorzeitig die Konferenz, um pünktlich zu Unseren Leuten zu kommen. Das bedeutete, dass ich zu früh da war und mich herumtreiben musste, ohne dabei auffällig zu wirken. Ich las die Schilder an den Laternenmasten über das Wegwerfen von Abfall und das Entfernen von Hundekot. In Hackney gab es mehr Regeln als in Tamworth. Ich ging die Straße auf einer Seite runter und auf der anderen wieder rauf, auf Zehenspitzen, um nicht auf die Risse zu treten. Aber in Hackney gab es auch mehr Gehwegplatten mit Rissen als in Tamworth.

Ich hatte erwartet, dass die Geheimzelle sich an einem geheimen Ort treffen würde – jenseits einer aufgelassenen Industrieanlage, hinter einer alten Lagerhalle. Dass ich Fragen beantworten müsste, zu denen nur ich und, auf geheimnisvolle Weise, Unsere Leute die Antwort wussten. Dass ich abgetastet würde, eine Kapuze auf den Kopf und die Augen verbunden bekäme und in eine ungeheizte Garage geführt würde. Stattdessen stand ich vor einem roten Backsteinreihenhaus mit Netzgardinen an den Fenstern zur Straßenseite und einem Vorgarten mit struppigem Gras – solches, das Dünen zusammenhält und England seine Form gibt.

Ich sah auf die Uhr. Es war eine Minute vor eins, also so gut wie pünktlich. Die Straße war leer. Niemand sonst von Unseren Leuten schien zu kommen.

Ich klingelte, und der Summer öffnete die Tür. Oben an der Treppe stand eine dunkle Gestalt und sagte: »Erste Lektion: In einer Operation ist zu früh genauso unerwünscht wie zu spät.« Es war keine laute Stimme, aber der Sprecher projizierte sie, wie ein Schauspieler es tun würde, um die oberen Ränge zu erreichen, obwohl er jetzt nur bis zur Haustür reichen musste. Ich fragte mich, ob das die Stimme der Höheren Befehlsgewalt war.

Im Wohnzimmer war eine Reihe von Stühlen aufgestellt sowie ein Platz für den Vorsitz, und nur ein Stuhl war unbesetzt. Zwar war ich eine Minute zu früh gekommen, trotzdem schien ich mich verspätet zu haben. Alle saßen auf ihren Stühlen. Und Platz für den Vorsitz war ein dreisitziges Sofa, das Ivan ganz einnahm. Er begrüßte mich nicht. Niemand begrüßte mich. Die Gesichter waren nach vorn gerichtet, und es herrschte Schweigen, während Ivan redete.

»Resolution 92. Die Hull END.«

Papiere wurden lautlos umgeblättert.

Ich hatte keine Papiere. Ivan hatte nichts davon gesagt. Er verlas die Resolutionen: »Et cetera, cetera, cetera, bla, bla, bla … ›Unterstützung im Kampf gegen Repressionen im Ostblock, besondere Unterstützung der Solidarność-Bewegung in Polen‹. Und das ist die, die wir knallhart abwürgen.« Ivan hatte sich seit dem Abend zuvor umgezogen. Er trug einen gerippten dunkelblauen Pullover und schwarze Armeehosen, in einem Militärlook, der dem Stil von Millets-Outdoor-Klamotten nachempfunden war. Unsere Leute wirkten unauffällig, was für Undercoverleute genau das Richtige war. In ihrem konventionellen Aufzug hätten sie Bewährungshelfer sein können – vernünftige Schuhe, ordentlicher Haarschnitt und graue Hose aus dem Katalog. Ich war als Pirat gekommen. Oder besser, als neue Romantikerin. Abgesehen von einem frischen Slip hatte ich nichts anderes dabei. Ich dachte, ich würde mich einfügen, schließlich war es die Hauptstadt, und es war 1981.

Ivan nahm einen Stapel Papiere aus der Sofaecke, wo eigentlich die Kissen hingehörten. »Damit killen wir Resolution 92.« Wir sollten die Hull END mit Ivans Reden kaputtmachen. Er hatte für jeden von uns eine Rede geschrieben, und wir gingen der Reihe nach zu ihm nach vorn, um sie uns abzuholen. Ivan richtete sich nicht vom Sofa auf, wir mussten uns zu ihm hinunterbeugen, als hätten wir einen Schlag in den Bauch bekommen. Ich holte mir meine ab: *Als junger Mensch bin ich um meine Zukunft besorgt, um die Zukunft aller jungen Menschen in Ost und West, und deshalb bin ich gegen die Resolution 92 …*

Noch mehr Papiere.

Ivan sagte: »Plan des Hörsaals. Wir werden die Mikrofone monopolisieren. Die Wahrheit verbreiten und die Opposition abwürgen. Sechs Mikros. Ihr seid zwölf. Welches Mikro eures ist, steht unten auf eurer Rede. Seid rechtzeitig im Hörsaal. Beobachtet alles mit Argusaugen. Steht bereit und schreitet sofort zur Tat. Die Resolution wird sich als populär erweisen. Schlangen vor den Mikros. Geschiebe und Geschubse. Lasst euch nicht wegdrängen.«

Ich war an Mikro Nummer drei. Ich warf einen Blick auf den Schoß neben mir, um zu sehen, welches sein Mikro war, aber er hatte meinen Blick bemerkt und hielt seine Papiere bedeckt.

Dann ein Plan des Gebäudes, die Toiletten waren mit X markiert. Alle zwei Stunden sollten wir in der mittleren Kabine nachsehen. Unter dem Deckel des Wasserbehälters. Ivan sagte nicht, wonach wir gucken sollten: Bakterien, tote Tauben, defekter Schwimmerhahn.

»Aber nicht alle zur vollen Stunde. Ist ja klar.«

Darauf hätten wir lachen können, nur dass die Regel des Schweigens galt.

»Fragen?«

Natürlich nicht.

Ivan sah auf die Uhr. Er sagte, wir hätten eine halbe Stunde, um unsere Rede zu lernen und wieder zur Konferenz zu kommen. Er wünschte uns kein Glück und gab uns auch keinen Tipp, wie wir fünf Absätze in weniger als einer Schulstunde lernen sollten. Als wir in der Schule *Macbeth* durchgenommen hatten, bekamen wir eine ganze Woche Zeit, um »Morgen und morgen und dann wieder morgen« auswendig zu lernen und dabei so zu atmen, dass es noch sinnvoll klang.

Dann sagte Ivan, wir sollten auf die übliche Art das Haus verlassen. Ich war schon halb aufgestanden, als ich sah, dass niemand sonst sich geregt hatte. Er nickte einer Frau zu und zeigte in die Richtung, aus der ich gekommen war. Sie steckte die Papiere in ihre Handtasche und schloss sie leise, ohne ein Geräusch. Ich starrte sie an und wollte, dass sie mich ansah, so wie ich es bei meiner Mum machen konnte. Aber die Frau blickte nicht nach rechts und nicht nach links und verließ den Raum, ohne sich zu verabschieden. Es war wie im Theater, in einem modernen Stück, in dem nicht viel gesprochen wurde, die Bedeutung aber tief war. Wenn man nur wusste, was die Bedeutung war.

Zwei Minuten später zeigte Ivan auf einen Mann und dann in die entgegengesetzte Richtung. Der Mann steckte die Papiere in seine Aktentasche und verließ den Raum. Die anderen warteten darauf, dass sie drankamen, und prägten sich ihre Aufgabe bei der Konferenz ein. Niemand hatte eine Frage für Ivan, obwohl sie jetzt Zeit hatten nachzudenken. Alle zwei Minuten wurde jemand weggeschickt. Verlassen des Hauses nach links, dann nach rechts, nach links. So ging es weiter.

Der Raum leerte sich, bis am Schluss nur er und ich

übrig waren. Ivan machte es sich bequem, obwohl ich an der Reihe war zu gehen. Er fragte mich, wie ich die Versammlung gefunden hätte, und ich wollte sagen: Das hast du also für mich geplant. Ich bin in die Juniorgruppe von Unsere Leute aufgenommen worden. Die Fortgeschrittenen von Unsere Leute dürfen das Gesicht der Höheren Befehlsgewalt sehen. Aber ich sagte: »Ich fand, es war alles auf den Punkt.« War das nicht die erste Lektion? Bei Unseren Leuten ist alles auf den Punkt.

Ivan war mit dieser Antwort einverstanden und gab mir geistig ein Plus. Dann wandte er den Blick zu dem Samowar auf dem Buffet. »Und wo ist mein Tee?« Der Samowar hatte die ganze Zeit leise gezischt und das Wasser bis kurz vorm Siedepunkt erhitzt. Ich machte Ivan einen Becher Tee. Ich hatte es tausendmal gemacht: Teebeutel lange drinlassen, dann zwischen zwei Löffeln ausquetschen. Von der Milch die Sahne oben. Drei gehäufte Teelöffel Zucker. Ich gab Ivan den Becher und einen Garibaldi-Keks, weil ich wusste, er wollte ihn tunken, aber am Schluss nicht einen durchweichten Happen auf dem Becherboden finden.

Ivan war zufrieden mit seinem Tee, zufrieden mit seinem Keks.

Und das war die zweite Lektion: Unsere Leute sorgen dafür, dass Ivan zufrieden ist.

Das hatte ich getan. Zwei von zweien hatte ich erfüllt. »Kann ich jetzt gehen, Ivan?«

»Und den Rest.« Er meinte, er wollte die Dose haben. Er besah sich die Kekse voller Konzentration, und ich wusste, nicht welchen er nahm, war die Frage, sondern in welcher Reihenfolge. Er nahm einen mit Vanillefüllung und hebelte den oberen Keksteil mit den Zähnen ab.

Dann sagte er: »Wer ist der ostdeutsche Freund deiner Mutter?«

Mein Herz wurde mir schwer. Anscheinend war es wieder »Zeit, über Peter zu sprechen«. Und das konnte dauern. Ivan hatte die ganze Keksdose lang Zeit.

Ich schüttelte den Kopf.

»Warum so schüchtern, Jess?«

»Warum so interessiert, Ivan?«

Ivan befühlte seine Faust. Seine Hände waren riesig, wie Handschuhe. Gerade richtig, um Menschen damit zu schlagen. Diese Fäuste waren die dritte Lektion: Unsere Leute geben keine schnippischen Antworten. Dann sagte er: »Solche Freundschaften sind nicht billig. Was muss man tun, um bei der Botschaft einen Stein im Brett zu haben?«

Ich betrachtete Ivans Gesicht. Ich sah kein Anzeichen von einem Bluff, oder einem Doppelbluff, oder wie viele Bluffs sich in einem einzelnen Gesicht verbergen konnten. Mit dem ostdeutschen Freund meinte er Stefan.

Ich sagte: »Solche Freundschaften haben einen Preis.« Und ich dachte: Du weißt alles über Preise, Ivan. Über Tauschwert. Nutzwert. Stufe der Ausbeutung. Du hast mir die Formeln dafür gegeben. Sie hängen in meinem Zimmer an der Wand. »Und man häuft schnell Schulden an. Es gibt versteckte Kosten.« Zum Beispiel Peter.

»Ich will einen Namen. Und ich lasse dich erst gehen, wenn ich einen bekomme.«

»Aber Ivan: *Wissen müssen*.«

Der Anflug eines Lächelns glitt über sein Gesicht und verschwand. Er stand vom Sofa auf und ging zur Tür. Er drehte sich zu mir um, sein Blick war sauer, dunkel, bar jeder Freundlichkeit, und drehte den Schlüssel im Schloss.

Ich verbrachte den Nachmittag in einer Ecke des Zimmers. Es muss die stillste Ecke auf der Welt gewesen sein. Nebenan liefen rastlose Hunde umher. Babys hatten schon so viel geweint, dass sie nicht mehr weinten. Im Garten schossen Kinder aufeinander, quer über die Ligusterhecke, ihre Todesschreie erreichten uns nicht. Das Schweigen wurde nur durchbrochen, wenn Ivan sich auf dem Sofa bewegte und sagte: »Ist dir ein Name eingefallen?«

Keine Antwort.

»Lern deine Rede.«

Ich hielt das Blatt in die Höhe und ließ meine Augen darübergleiten, ohne dass sie irgendwo hängenblieben. Vielleicht lag es daran, dass ich nicht gegessen hatte, oder an der Luftlosigkeit im Raum, aber statt der Worte, die Ivan gesprochen hatte, drehten sich in meinem Kopf andere Worte in einem Kode, den ich mit dem nächsten Atemzug knacken würde.

Draußen wurde es dunkel, und vielleicht verlor er die Geduld oder vielleicht musste er aufs Klo, denn plötzlich sagte er: »Sei still, Jess.«

»Ich habe nichts gesagt.«

»Du hast geatmet. Ich will deinen Atem nicht hören.«

Atmen war Leben, das war in allen Sprachen so. Peter hatte gesagt: Ich sehe Gesichter in den Gesichtern. Namen fallen einem schnell ein.

»Peter.«

»Was hast du gesagt?«

Ich drehte mich zu Ivan hin. Ich sagte es wieder, diesmal lauter. Ich sagte den Namen, weil er mir auf der Seele lag, weil das der Name war, auf den es ankam. Weil es vorbei war. Weil ich mich nie wie ein Bewährungshelfer kleiden oder nach den Lektionen eins bis drei leben würde, weil ich nie den Feind in unseren Reihen bekämpfen und mich zum Mikrofon durchboxen würde, um Ivan eine Stimme zu verleihen.

Ivan seufzte. Er stemmte sich vom Sofa hoch und strich sich die Kekskrumen vom Pullover auf den Fußboden. Sein Mund verzog sich in eine Form, die auf einem anderen Gesicht ein Lächeln gewesen wäre. »Peter. Und – muss ich das wissen?«

»Nein.«

»Hättest du ihn mir sagen sollen?«

Und das war die vierte Lektion. Ivan sagte, ich solle umgehend zur Konferenz zurückgehen, noch könnte ich mich da nützlich machen. Er schickte mich nach rechts aus dem Haus. Er hatte nicht den Überblick verloren.

Ich bog nach links ab.

Draußen war der Lärm von Hackney. Die kalte Luft brannte. Und sie schmeckte nach Curry und Fisch mit Fritten und nach Müll und Hundedreck. Ich saugte große Mengen in mich auf. Dann ging ich und ging immer weiter. Was anderes konnte ich nicht tun – ich musste mich bewegen, durfte nicht zurückblicken. Bald hatte ich keine Ahnung mehr, wo ich war. Ich ging Straßen entlang, deren orangefarbenes Licht in die Ferne führte, Straßen, die sich durch die Zeit erstreckten, Jahre und Jahre, so weit, dass parallel laufende Linien sich trafen. Ich ging an endlosen Häuserreihen vorbei, wo Menschen keine Mission zu erfüllen hatten oder deren Mission es war, den Tag zu überstehen. Häuser, in denen Normales passierte, wo Menschen fernsahen, Rechnungen bezahlten, Einkäufe auspackten, und wo die Leute sich fragten, wozu das alles gut sein sollte – aber nicht für lange, nur bis sie die Schublade aufgezogen und die Plastiktüten verstaut hatten. Irgendwann kam ich zu einem Park. Ich setzte mich auf eine Bank und fuhr mit dem Finger über die eingeritzten Botschaften von Liebe und Hass. Das Zwitschern und Piepsen und Trillern der Vögel war verstummt. Wildgänse hatten die Hälse in U-Form auf die Brust gelegt und schliefen, als wäre die Welt nicht im Krieg, als gäbe es keine feindlichen Seiten. Ich dachte: Ich hätte nie gedacht, dass es so leicht sein würde, die Seiten zu wechseln; wie fein doch die Linie war – eine durchbrochene feine Linie – zwischen uns und denen. Ich dachte an Peter und Martina und daran, wie für jemanden die Seiten gewechselt werden konnten, ob dieser Mensch das wollte oder nicht, und manchmal, ohne dass er es wusste.

Ich nahm Ivans Rede aus meiner Tasche, fünf Absätze für das dritte Mikrofon. *Als junger Mensch bin ich um meine Zukunft besorgt, um die Zukunft aller jungen Menschen in Ost und West* … Ich faltete das Blatt zu einem Papierflieger und strich die Knicke mit meinen Fingernägeln scharf. Ich stellte mich an den Rand des Sees und zielte auf das gegenüberliegende Ufer. Der Flieger stieg auf, überwand einen Moment lang die Schwerkraft, überschlug sich und landete auf dem Rücken im Wasser. Ivans Wörter, seine Waffen, wurden nass. Seine Rede überließ sich dem Wasser. Langsam sank das Blatt. Es wechselte die Farbe von Weiß über alle Grautöne bis zu Schwarz.

Ich hörte Schritte auf dem Pfad und leise gesungen: »The Sound of Silence«. Die Wörter trafen die Töne nicht ganz, und es klang, wie wenn meine Mum beim Abwasch sang. Dann hörte das Singen auf, und der Strahl einer Taschenlampe strich über mein Gesicht. »Kein Zuhause? Zeit zu gehen. Der Park schließt bei Sonnenuntergang.«

»Sind Sie der Wächter?«

»Wächter der Flamme, des Glaubens, des Grals, des Schwurs, des Friedens, und des Zoos.«

»In welche Richtung liegt Streatham?«

»Sie wollen jetzt nicht nach Streatham, Herzchen. Der Ausgang ist in diese Richtung.« Und er ging mit dem Licht vor mir her. Er führte mich aus dem Park hinaus auf die brausende Straße. Ich hörte, wie der Wächter leise sein Lied wiederaufnahm und dabei eine Kette mehrmals um das Tor wand und die eisernen Blumen daran festband.

17

Ein nützlicher Abend

London, November 1981

Es dauerte Stunden, bis ich Streatham gefunden hatte. Jeder, den ich fragte, hatte davon gehört, aber keine genaue Vorstellung, wie man dahin kam. Am Ende fand ich über Croydon hin. Als ich bei Cynthia in der Wohnung ankam, war Ivan nicht da. Aber alle anderen waren zurück, badeten ihre wunden Füße in den Eimern, die sie am Tag für Spenden benutzt hatten, und richteten sich auf eine frühe Nachtruhe ein. Meine Mum hatte den Light Dragoons von Streatham aufgespürt und dasselbe wie immer gegessen. Sie lag schon in ihrem Schlafsack, stocherte mit einem Cocktail-Stäbchen in ihren Zähnen herum und »hatte gerade angefangen, mir Sorgen zu machen, Jess«.

Morgens um halb sechs klingelte ein Wecker, danach brach das Chaos aus. In der Dunkelheit taumelten die Menschen übereinander. Die Bedürfnisse der alternden Körper wurden wach: Durst, Blasenleerung, Redenhalten. Vor dem Badezimmer bildete sich eine Schlange, und die Menschen diskutierten über die Menge der Atomwaffen, bevor sie die dritten Zähne wieder in den Mund gesteckt hatten.

Ich stellte mich nicht an. Ich wollte früh los. Stefan war auf der CND-Konferenz, und ich wollte ihn abfangen. Ich musste ihn etwas fragen. Als er meiner Mum sagte, er sei als offizieller Beobachter da, konnte sie es nicht glauben.

»Aber hier sind sie gegen die Sowjets. Wie hast du das hingekriegt?«

»Es ist meine Aufgabe, so was hinzukriegen«, hatte er gesagt.

Ich kam beim Queen Mary College an, als es am Himmel gerade hell wurde. Kleine Grüppchen standen schon auf der raureifbedeckten Wiese. Die Flugblatt-Verteiler und Zeitungsverkäufer waren noch nicht da, nur die hageren Gesichter und gierigen Mienen der Schlaflosen und Manipulierer waren zu sehen. Ich wusste, dass Stefan bald hier sein würde. Bei so einem Treffen hatte er zu tun.

Und da war er auch schon.

Stefan ging forschen Schrittes, in seinem Mantel aus feiner Wolle, mit Aktenkoffer und Regenschirm und den Händen in Lederhandschuhen sah er sehr geschäftsmäßig aus. Mir fiel auf, dass manche ihm nachsahen. Ich winkte ihm zu. Ein fragender Ausdruck trat in sein Gesicht, als könne er mich nicht einordnen. Ich vermutete, das lag an meinem Rüschenhemd und der Marinejacke. Ich winkte noch einmal und gab Zeichen in der Luft. Und bevor ich etwas zu ihm sagen konnte, sagte er: »Es hat Zeit.«

Ich sagte, es hätte keine Zeit. Ich hätte etwas für ihn, eine vertrauliche Angelegenheit. Vertraulich schien ihn zu langweilen. Auf der Mile End Road fing ein Hupkonzert an. Dann sagte er: »Hat es mit meiner Arbeit zu tun?«

»Mit *unserer* Arbeit.«

»Und mit Eleanor?«

Ich schüttelte den Kopf.

Anscheinend wurde ihm der Aktenkoffer zu schwer, und er tauschte ihn mit dem Regenschirm. Er nickte mir zu. »Aber nicht hier und nicht jetzt. Wenn das hier vorbei ist«, sagte er und deutete mit dem Kinn zu den Manipulierern hinüber. Er sagte, ich solle ihn im Van Hoa, Kingsland Road, treffen, um Punkt sechs.

»Wo ist die Kingsland Road?«

»Auf jedem Straßenplan von London.«

»Und warum müssen wir uns da treffen?«

Stefan warf einen Blick auf die Uhr. In seinem Kopf sagte er wahrscheinlich: Weil ich viel zu tun habe, weil ich Botschaftsangestellter und Friedensmittler in Zeiten des Krieges bin. Weil es einen Rüstungswettlauf gibt, der mein Land in den Ruin treiben wird, wenn wir nicht aufpassen und wenn der Atomschlag uns nicht zuerst ereilt.

»Weil mir das Essen da schmeckt.«

Stefan hielt die Speisekarte wie ein Buch und las sie, wie ich ihn schon anderes habe lesen sehen: schnell, aufmerksam und leicht beglückt, als wäre das, was er las, eine Erinnerung an etwas, das er schon kannte. Vorne auf der Speisekarte stand *Welcome to Dalston's Dreamboat,* und ein Mann mit einem Kegelhut stand in einem Kanu und paddelte in den Sonnenuntergang. Wir waren uns nie zuvor so nah gewesen. Hier, an diesem Tisch für zwei, musste ich aufpassen, was ich mit meinen Füßen machte. Liebespaare konnten um diesen Platz bitten, wo sie gegenseitig ihren Atem einatmen und sich in die Augen blicken konnten, in dem Wissen, dass sie wussten, was der andere dachte. Sie hätten die Vase mit der Plastikorchidee zur Seite gestellt und einander bei den Händen genommen, die Finger befühlt und sich der Knochen des anderen vergewissert. Ich warf einen Blick auf Stefans Hände. »Ist das ein Ring? Ich wusste nicht, dass du verheiratet bist.«

»Alle Diplomaten sind verheiratet«, sagte er, ohne aufzusehen.

Wann hatte er geheiratet? War ihm mit dem Posten eine Frau angeboten worden, mit dem Diplomatenkoffer? Wo hielt er sie versteckt? »Wie lange hast du schon eine Frau?«

Er richtete seine Antwort an die Speisekarte. »Seit ich eine brauche.«

Stefan nahm die Eiskarte und hielt sie mit dem Unterarm offen. »Ich bin schon seit Jahren in England, und ich finde immer noch keinen Geschmack an eurem ausländischen Essen. Indisches Essen mit den heißen Handtüchern und den After-Eight-Täfelchen. Chinesisches Essen mit klebriger orangefarbener Soße. Aber vietnamesisches Essen mag ich.« Mit dem Arm zeigte er auf die Dekorationen: Die Reisebüro-Plakate der Ha-Long-Bucht mit den grünen Hügeln, die im Wasser gespiegelt wie Knöchel aussahen. Mit Nylon-Schmetterlingen dekorierte Topfpalmen. Die goldene Katze auf der Theke, deren Pfote wie eine Faust erhoben war und die ohne jede Reibung und gegen alle physikalischen Gesetze pausenlos winkte. »Vietnam, das kenne ich. Hier fühle ich mich wie zu Hause.« Und so sah er aus, behaglich zurückgelehnt im Rattansessel. Dann sagte er: »Aber natürlich sind die Vietnamesen in der DDR eingeladen. Internationale Solidarität. Sie sind unsere brüderlichen Gäste. Die Leute haben nur ihre nackte Haut gerettet.«

Ich stellte mir den Kellner vor, wie er eilig mitten in der Nacht in ein Boot gezwungen wird. Wie seine Frau hinter ihm herstolpert und ruft, er solle eine Nachricht schicken, sobald er da angekommen ist, wo er hinfährt. Sie winkt dem Plätschern der Ruder hinterher und hört, wie es sich entfernt und leiser wird, bis nur noch das Wasser zu hören ist, und dann dauert es Monate und Monate, bis sie von einem Ort hört, der Dalston heißt und ein Bezirk von London ist.

Erst jetzt wurde mir Stefans Blick auf mir bewusst. Ich erwiderte ihn. »Deine Augen verändern die Farbe.«

»Fällt dir das erst jetzt auf?«

»Wovon hängt das ab?«

»Ost-West-Beziehungen, meiner Krawatte, wie interessant ein Gespräch ist … Du hast was für mich?« Er streckte die Handfläche aus, damit ich ihm das hineinlegen konnte, was ich ihm mitgebracht hatte und was nicht warten konnte.

»Ich habe eine Frage.«

Stefan seufzte. Er lehnte sich zurück und gab dem Kellner ein Zeichen.

Der Kellner kam an den Tisch, die Hände hinter dem Rücken. »Sie nehmen Pho Bo, Sir, und ein Bier?«

»Und für sie dasselbe. Aber kein Bier.«

Der Kellner nickte und ging.

Ich sagte: »Kommst du oft hierhin?«

»Regelmäßig. Aber nicht oft. Das Personal wechselt häufig. Die Leute ziehen weiter. Aber diesen Mann kenne ich.« Stefan hatte nicht den Eindruck gemacht, als würde er ihn kennen. Er hatte durch ihn hindurch gesehen, als er die Bestellung aufgab. »Das ist das Problem mit diesen Leuten. Sie sollten mehr vergessen.« Er faltete seine Hände im Schoß umständlich zusammen. »War das deine Frage? Was hast du sonst noch für mich?«

»Noch eine Frage. Warum ist Peter weggeschickt worden?«

Etwas Ungewolltes trat in seine Augen – Überraschung oder Verärgerung – und verschwand. Stefan schwieg. Ich beobachtete, wie sich sein gebügeltes weißes Hemd hob und senkte, ich betrachtete seine kastanienbraune Krawatte mit der Krawattennadel.

»Es ist wichtig, Stefan.«

»Jess. Bin ich deswegen gekommen?« Im Restaurant war es heiß. Wir saßen neben einem Heizkörper, aber Stefan lockerte nicht die Krawatte, sondern strich sie glatt und in die Länge, als wäre es eine Zunge.

»Peter ist von einem Mann im Regenmantel mitgenommen worden.«

Darauf lachte Stefan.

»Kennst du einen Mann im Regenmantel?«

»Ich kenne viele. Ich habe selbst auch einen Regenmantel. Du weißt, dass Peter sich freiwillig gemeldet hat.«

»Er hat gesagt: ›Sie schicken mich weg.‹ Wer sind ›sie‹, Stefan?«

»Es gibt keine ›sie‹.« Thema beendet. Tatsache festgestellt. Dann Schweigen, bis der Kellner mit dem Bier kam. Stefan verfolgte das Glas, bis es auf dem Tisch stand. Er legte die Hände um den Kelch und ließ die Kühle in seine Knochen sinken. »Ich weiß, dass ihr in die DDR kommen wolltet. Aber hätte das wirklich funktioniert? Ist es so nicht besser? Das hier ist euer Land.« Wieder zeigte er mit der Hand im Restaurant herum, diesem kleinen vietnamesischen Außenposten. »Es wäre ein solcher Verlust gewesen, wenn ihr hier weggegangen wäret. Hier sind die Dinge in Bewegung. Letzten Monat waren mehr als eine Viertelmillion Menschen auf den Straßen Londons unterwegs. Noch nie da gewesen. Aber die Friedensbewegung braucht eine Richtung. Sie braucht gute Leute. In der DDR sind wir siebzehn Millionen. Das ist nicht genug, keine Frage. Aber zwei Englischlehrer mehr nützen uns auch nichts. Wenn ihr uns wirklich nützlich sein wollt, dann bleibt in England.« Er hob sein Glas, als wollte er mit mir anstoßen, aber ich hatte nichts zu trinken. »Zum Wohl«, sagte er zu meinen leeren Händen. Schaum blieb auf seiner Oberlippe kleben. Dann legte er den Zeigefinger auf die Lippen – so lernt man in der Grundschule, still zu sein. In der Stille hörte man einen Song von Police: »Every little thing she does is magic.«

»Und Martina? Wir haben an ihre Adresse in Potsdam geschrieben, aber keine Antwort bekommen.«

»Wahrscheinlich liegt das daran, dass sie keine geschrieben hat. Martina ist erwachsen. Sie geht ihren eigenen

Weg.« Und so wie er es sagte, so unbewegt und vorgefertigt, dachte ich, dass es die offizielle Version war. Ich wollte ihn fragen, ob er Nachricht von ihr hatte, da sagte er: »Ich habe wichtige Arbeit zu tun. Ich versuche, einen Atomkrieg abzuwenden. Ich habe keine Zeit, mich um die Freundschaft zwischen zwei Teenagern zu kümmern.«

Der Kellner brachte zwei Schüsseln. Was drin war, sah aus wie bei uns der Abwasch, mit blassem Fleisch und toten Blättern, die obenauf trieben. Stefan nahm die Essstäbchen aus der Packung und riss sie auseinander. Er rieb die Spitzen aneinander, als wollte er Feuer machen. Er sah meinen Blick. »Um Splitter anzureiben.« Er machte eine richtige Show daraus.

»Machen sie das in Vietnam auch so? Oder in Laos?«

»Das weiß ich nicht. Ich war noch nie da. Weder in Vietnam noch in Laos. Aber in meiner Vorstellung« – er legte große Betonung auf das Wort – »ist Laos ganz ähnlich wie dieses Restaurant: Palmen, Hitze, Schmetterlinge und Orchideen, frisch zubereitetes Essen. Alles in allem nicht so übel.«

Er sah sich die Tischplatte genau an, bevor er die Essstäbchen darauf legte. In einer Ritze war ein Klecks Reis in altem Staub getrocknet. Ein weißer Kreis von etwas Heißem und Flecken von billigem Rotwein. Er legte die Essstäbchen quer über die Schüssel.

»Wenn sie jemanden für die Solidarität brauchten, warum dann Peter?«

»Weil er vertrauenswürdig ist, vermute ich.« Stefan wusste, dass das nicht der Grund war. Ich betrachtete sein glattes Gesicht, sein ungerührtes Lächeln. Weil er es »vermutete«, konnte er sich diesen Gesichtsausdruck leisten. Er konnte lügen, so viel er wollte, man würde ihn trotzdem nicht einen Lügner nennen. Stefan bemerkte meinen Blick. Aber er zog nichts zurück. Er vermutete einfach weiter. »Er ist ein vertrauenswürdiges Parteimitglied mit einer wichtigen Aufgabe.«

Stefan ermüdete mich. Ich sah von ihm weg. Eine Lampe an der Wand leuchtete durch die Palmwedel und warf riesige Dschungelschatten an die Decke. Von oben war etwas auf die Blätter getropft, die braunen Flecken sahen aus wie eine giftige Frucht.

»Du überraschst mich, weißt du das?« Aber Stefan wirkte eher enttäuscht als überrascht. »Ich hatte dich für zäher gehalten. Ich hatte nicht gedacht, dass dich das bekümmert. Dass es dir so viel ausmacht. Eleanor ist nicht sentimental.«

»Sie ist sehr sentimental. Sentimental in eine andere Richtung. Außerdem bin ich nicht meine Mutter.«

»Nein, das ist mir schon aufgefallen. In gewisser Weise bist du deiner Mutter überhaupt nicht ähnlich.«

Das konnte man bei Diplomatengesichtern feststellen: Was man ihnen auch sagte, sie gaben nichts preis. Das genaue Gegenteil meiner Mum, deren Miene alles ausdrückte, was sie fühlte und was alle anderen fühlten.

»Es ist Krieg, Jess. Das weißt du. Auf der einen Seite haben wir die Bundesrepublik. Auf der anderen Seite gebärdet sich das Bruderland Polen verrückt. Westberlin ist mitten in unserer Mitte. So.« Er schlug mit der Faust auf den Tisch. Er hob die Hand und schwang sie in Richtung Sojasoße und Ketchup. Ich dachte schon, er wollte die politische Landkarte Europas mit dem Inhalt der Flaschen darstellen. Aber er hob nur sein Glas und betrachtete den Inhalt. »Und jetzt haben wir es auch noch …« Er hielt inne und überlegte, wie er fortfahren sollte. »… mit innerer Unruhe zu tun. Im ganzen Land gehen feindlich-negative Kräfte jeden Sonntag zur Kirche und beten für Frieden und das Ende des Sozialismus.«

Mir fiel zum ersten Mal auf, dass er »*peace*« wie »*peas*«

aussprach. Erbsen. Ich stellte mir den Gottesdienst vor: Der Pfarrer im schwarzen Talar, Fledermausflügel flatterten auf der Kanzel, und vor ihm die Gläubigen, die sich in die gefalteten Hände murmelten: Erbsensuppe, Erbsenbrei, Grüne Erbsen, Greenpeas.

»Sie gewinnen an Kraft, werden mutiger, machen sich bemerkbar. Sie werden von der END willkommen geheißen, und auch, das muss ich sagen, von der CND.« Er warf mir einen Blick zu, als wäre die CND meine Schuld und ich hätte sie aufhalten können, wenn ich mich nur mehr angestrengt hätte. »Gestern habt ihr eine Resolution verabschiedet, mit der diejenigen unterstützt werden sollen, die ›gegen Repressionen im Ostblock kämpfen‹.« Er machte Zeichen in der Luft für die Anführungsstriche. »Ihr wollt demnächst eine Delegation nach Berlin schicken, zu einem offiziellen Besuch von-Bewegung-zu-Bewegung. Und du hast keine Vorstellung, wie sehr die Leute darauf aus sind, feindlich-negativ gesinnte Subjekte auf die Reiseliste zu setzen, und welche Mühe es mich kostet, das zu verhindern.«

Stefan warf einen Blick auf die Uhr, als müsse er sich bestätigen, wie beschäftigt er tatsächlich war. Auf dem schwarzen Zifferblatt waren kantige Zahlen, und der Minutenzeiger hatte die Form eines Pfeils – alles war klobig und gewichtig. Ich stellte mir vor, wie Stefan in den frühen Morgenstunden ins Bett kam. Er legt seine Uhr neben den Stapel Bücher. Auf der einen Seite liegt seine mysteriöse Ehefrau, die sich im Schlaf wälzt und deutsche Brocken redet. Auf der anderen Seite seine Armbanduhr, deren Ticken von der Nachttischplatte verstärkt wird, während die Zeit, die nötig ist, um feindlich-negative Kräfte zu verhindern, davonläuft.

»Sie halten auch die auf unserer Seite zum Narren. Leute, denen wir vertraut haben. Leute, die denken, man kann Frieden herstellen, indem man einen Krieg verliert. Und das können wir nicht zulassen. Wir brauchen alle unsere Kämpfer, Jess. Lass dich nicht zum Narren halten. Und sei du kein Narr.«

»Und Peter?«

Stefan hob das Glas, als wollte er auf ihn anstoßen. Im Glas war nur noch ein letzter Schluck. Er setzte es an und wartete, dass ihm das Bier in den Mund floss. »So ein netter Mann. Obwohl, ich könnte auch sagen, manchmal war er ein bisschen zu nett.«

Stefan hatte in der Vergangenheit gesprochen. Peter klang, als wäre er erledigt, der Geschichte und Laos überlassen. »Ist das der Grund? Weil er nett ist? Warum darf man nicht nett sein?«

»Natürlich darf man nett sein. Es kann sehr nützlich sein, wenn man nett ist. Aber man muss überlegen, zu wem man nett ist. Und wann. Unterschiedslos nett zu sein ist nicht nur eine Verschwendung, es ist auch gefährlich. Du schenkst der anderen Seite zu viel.«

»Wie meine Mum.«

»Komm jetzt, Jess …«

»Sie mag die Menschen. Sie stellt nicht dauernd Fragen.« Meine Mum war einfach zu jedem nett, der ihrer Wege kam.

Stefan schwieg einen Moment. »Eleanor ist reizend, keine Frage. Aber reicht es, reizend zu sein, um zu siegen? Ich glaube nicht. Ist das ihr Hauptbeitrag? Nein. Schätzen wir sie deshalb so sehr? Nein. Es ist ihre Arbeit. Ihr Einsatz. Sie ist unermüdlich.«

»Wen meinst du mit ›wir‹?«

»Also Jess. Ich war so freundlich, dir meine Zeit zu geben. Ich will dir nicht auch noch Grammatikunterricht geben müssen. Satzanalyse. Außerdem ist es nicht hilfreich, alles persönlich zu machen. Gesichter sehen nicht gut aus, wenn sie auf Prinzipien reiten. Sie sehen hässlich aus. Wie Köpfe auf Pfählen.« Stefan bestellte mit einem Handzeichen noch ein Bier. »Wir sind im Krieg. Und im Krieg gibt es Opfer. Die Sorglosen sind die ersten. Dann die Vertrauensvollen, die Unschuldigen, die Netten.«

»Und wer bleibt übrig?«

»Die Sieger.« Er wollte nicht lächeln, aber er konnte nicht verhindern, dass ein Lächeln über sein Gesicht flog. »Es gibt nur die eine Wahl: Entweder man ist für uns oder man ist gegen uns.«

»Aber dafür ist es zu kompliziert.«

»Weil es so kompliziert ist, ist das die einzige Wahl. Wir oder die. Das hat unser ganzes Jahrhundert bestimmt. Es hat es entstellt, könnte man sogar sagen. Aber so ist das. Man kommt nicht daran vorbei.«

Der Kellner kam und brachte das Bier. Als er es auf den Tisch stellte, fiel das Licht auf sein Gesicht. Dort war die ganze Last seines Lebens eingegraben, die Falten, die Ringe, die starken Wangenknochen. Hatte er, als er mit leeren Händen vom Schiff ging, an seine Frau geschrieben: *London ist die lauteste Stadt der Welt*? Hatte er ihr von den herumstreunenden Hunden, den weinenden Kindern, den Polizeisirenen, die den ganzen Tag heulten, erzählt? War sein Brief angekommen, oder wartete seine Frau immer noch auf Post von ihm und hoffte jeden Tag?

Ich spürte Stefans Blick auf mir. »Ich erkenne immer deutlicher, dass du nicht wie deine Mutter bist. Ich sehe, dass ich es mit einer anderen zu tun habe.«

»Zu der man nett sein muss?«

»Manchmal. Öfter als zu den meisten anderen.«

»Soll das ein Kompliment sein?«

»Es ist eine Tatsache.«

»Aber warum, Stefan? Was würde das nützen? Warum willst du nett zu mir sein?«

Stefan schob die Schüssel zur Seite, damit er mehr Platz hatte. Der Kellner verstand das als Zeichen, dass wir mit dem Essen fertig waren, und räumte das Geschirr ab. Inzwischen war die Brühe kalt, das Fleisch und die grünen Blätter waren auf den Boden gesunken. Keiner von uns hatte davon gegessen.

»Du scheinst unglücklich, Jess. Was würde dich aufmuntern? Ein Nachtisch?« Er zog die Speiskarten zwischen den Flaschen hervor. »Wie wär's mit Eis? Mango. Ich weiß, dass du das gern isst.«

»Nicht mehr.« Mango-Eis hatten wir auf dem Lenin-Platz gegessen, als Peter abgeholt wurde. Ich fragte mich, ob Peter auch kein Mango-Eis mehr mochte. Ob man in Laos Eis bekommen konnte. Wahrscheinlich nicht. Ich dachte, Kinder, die vergessen haben, wie man weint, haben sicherlich nie gelernt, wie man Eis isst.

»Entscheide dich: Mango oder Kokosnuss?«

»Bist du verantwortlich, Stefan?«

»Wir sind alle verantwortlich. Für unser Handeln. Nichts, was wir tun, ist ohne Konsequenzen. Wir müssen einfach sehen, dass es die Konsequenzen sind, die wir wollen.«

Damit meinte er Peter, der gegen die Wahrscheinlichkeit ja gesagt hatte und der sich sicher war, als alles so unsicher war. Er meinte Martina, weil sie Martina war. Er meinte meine Mum, weil sie gutgläubig war, und mich, weil ich zweifelte.

Stefan bestellte Mango-Eis. Es war von einem künstlichen Gelb und kam in einem Glas, das wie ein Pokal geformt war. Er schob mir den Becher zu, damit es mein Eis war. »Ach, Jess«, sagte er und legte den Kopf schräg, als wollte er ein Kind überreden, dessen Schmollen er nicht ganz ernst nehmen konnte. »Was würde dich glücklich machen?« Er legte die Unterarme auf den

Tisch. Einen Moment lang dachte ich, er würde meine Hand nehmen.

»Wenn Peter zurückkäme.«

Er nahm den Löffel und sah mich an, während er den Löffel über das Eis hielt, so wie ein Arzt ein Skalpell halten würde, mit dem er den ersten Schnitt machen wollte, den wichtigsten. »Vielleicht kann ich helfen, weißt du. Wenigstens kann ich Peter eine Nachricht zukommen lassen.«

Er wartete auf meine Reaktion.

Ich weigerte mich, eine zu zeigen.

»Oder sogar einen Besuch. Das müsste eigentlich möglich sein.«

»Aber ich will, dass Peter nach Hause kommt.« Ich wollte dahin zurück, wo alles aufgehört hatte. Wollte, dass es so war, als wäre das alles nicht passiert.

»Das ist viel schwieriger, ist ja klar. Aber grundsätzlich spricht nichts dagegen zu fragen.«

»Und wer wüsste die Antwort?«

»Die zuständigen Behörden. Es müsste ein Gesuch eingereicht werden.«

Er benutzte das Passiv und erwähnte keine Namen.

»Und es hinge natürlich davon ab, was …«

Darum ging es ja. Wovon hing es ab? Was wollte er im Tausch? Immer noch schwebte der Löffel über dem Eis. Das Einzige, was ich bisher zum Tausch anbieten konnte, war Ivans Aktenschrank, und gestern hatte ich die Schlüssel dafür abgegeben.

»Ach! Der Aktenschrank!« Stefan wischte ihn vom Tisch, als hätte er ihn nie interessant gefunden. Ich hätte ihm ebenso gut Comichefte bringen können. Dann stach er den Löffel ins Eis. Ich sah zu, wie er das Glas drehte und von dem Eis da nahm, wo es besonders weich war. Alles war so präzise durchgeführt wie eine Operation.

»Wie alt bist du, Jess? Sechzehn? In zwei Jahren fängst

du an zu studieren. An der Universität wirst du interessante Menschen kennenlernen. Wichtige Menschen. Du wirst dich in neuen Kreisen bewegen.« Ich sah, dass er das alles schon umrissen hatte. Er hatte eine Zusammenfassung meiner Zukunft gesehen, sie in seinen Händen gehalten und gelesen, wie er alles las – schnell, aufmerksam, mit einem Anflug von Zufriedenheit. »Was willst du studieren? Russisch? Das hattest du immer vor. Deutsch?«

Ich musste an die frische Luft. In dem Lokal war es zu heiß.

»An welcher Universität? Lass mich raten …«

»Das ist genug.«

Beim Ton meiner Stimme ließ er ab. »Natürlich, Jess, natürlich.« Er lehnte sich zurück und strich die Krawatte glatt. »Hat noch viel Zeit.«

Ich stand auf und prallte mit den Oberschenkeln an die Tischkante. Ich hatte Mühe, aus der Nische herauszukommen, eingeklemmt zwischen Palme und Wand. Stefan tupfte sich mit der Serviette über die Lippen, griff nach seinem Aktenkoffer und stand auf. Er versuchte sich zu beeilen, ohne eilig zu wirken. Der Kellner sah, dass wir aufbrachen. Er nahm Stefans Mantel von der Garderobe und hielt ihn offen, dann legte er ihn Stefan über die Schultern. Er brachte die Rechnung. Stefan warf nicht einmal einen Blick darauf. Er nahm einen Schein aus seiner Brieftasche und sagte, der Rest sei für ihn.

»Entschuldigung, Sir, zu viel …« Der Kellner wollte den Schein zurückgeben.

»Behalten Sie ihn«, sagte Stefan, denn ich war schon an der Tür.

Wenn man zum Essen eingeladen wird, bedankt man sich gewöhnlich. Aber Worte des Danks wollten mir nicht über die Lippen kommen. Manchmal sagten Leute: Es war nett. Ein netter Abend. Nettes Gespräch. Aber nichts davon traf zu. Ich hätte sagen könne, es sei ein nützlicher Abend gewesen. Stattdessen sagte ich: »Stefan.« Damit meinte ich: So bist du also, Stefan.

Er nickte. »Jess.« Aber das hätte auch eine Frage sein können. Er hätte sagen können: »Jess?«

Ich gab Stefan die Hand.

Er nahm sie, aber nicht fest. Er nahm sie, aber ganz leicht.

Der Kellner hielt uns die Tür auf. Ich wandte mich zu ihm um. Ich wollte ihm die Hand geben. Nein, am liebsten hätte ich ihn umarmt. Ich wollte das tun, was meine Mum getan hätte. Ihn mit Gefühlen überschütten. Ihm sagen, wie leid ihr alles tat. Leid, dass seine Frau nicht mitkommen konnte. Leid, dass die Briefe nicht angekommen waren. Leid wegen der Sehnsucht. Leid wegen des Vietnamkriegs. Sehr leid wegen Dalston.

Ich sah den Kellner intensiv an und hoffte, er könne in meinem Gesicht lesen.

Er erschauderte.

»Kalt«, sagte er. Es war November. Es war spät. Die Luft fühlte sich feucht an. Der Kellner stand auf der Kingsland Road, er trug ein dünnes Baumwollhemd und zitterte.

18

Das Warten

Tamworth 1981-83

An kalten Abenden röstete meine Mum sich ihre Schienbeine an unserem Gasofen und stellte sich vor, British Gas würde tropische Wärme verbreiten. Über dem Kamin hatte sie eine Karte von Laos aufgehängt, und wenn sie die Namen der Städte laut las, klang es wie aus einem Kung-Fu-Film. Manchmal murmelte sie einfach vor sich hin: »Das ist der Mekong, siehst du, da murmelt er. Das ist Vientiane, wo die Glocken nicht läuten.« Sie kannte Peters Brief auswendig und wiederholte mit verträumter Stimme Sätze daraus, als wären es gute Nachrichten. Silvester 1981, als es nach Vientiane-Zeit Mitternacht war, bestimmten wir mit dem Kompass Südosten, hoben ein Glas mit Rotkäppchen-Sekt, riefen »Frohes neues Jahr!« und stießen mit Peter-dem-Phantom an.

Dann – es muss im Sommer darauf gewesen sein, denn meine Mum stand lange vor dem Gasofen, und das war nur möglich, wenn er nicht angeschaltet war – drehte sie der Landkarte den Rücken zu und sagte: »Weißt du, es fällt mir immer schwerer, ihn mir vorzustellen.« Obwohl unmittelbar neben ihr auf dem Kaminsims ein Bild von Peter stand, das beim Sommerhaus aufgenommen war und ihn in kurzen Hosen und Schürze zeigte, an dem Tag, als wir zum ersten Mal Château Eden probiert hatten. Sie nahm das Foto. »Findest du, er sieht verblasst aus? Ist es

hier beim Gasofen zu heiß? Gehen davon die Farben weg?«
Silvester 1982 machte meine Mum eine Flasche Rotkäppchen auf, hob ihr Glas in allgemein östliche Richtung und sagte: »Frohes neues Jahr!«, laut, aber nicht sehr laut, so wie Menschen es an einem Grab tun, weil sie wissen, die Toten können sie hören.

In der zweijährigen Wartezeit kam alle zwei Monate eine Einladung zu einem Gespräch am Belgrave Square. Sie kam auf dem Briefpapier der Botschaft und war immer an Eleanor und Jessica gerichtet. Stefan hatte trotz des Abends im Van Hoa nicht aufgegeben. Jedes Mal fragte meine Mum, ob ich mitkäme, und jedes Mal sagte ich: »Du weißt, dass ich nicht komme. Und ich möchte nicht, dass ihr über mich sprecht. Ich spreche selbst mit Stefan, wenn ich über mich sprechen möchte.«

»Ich weiß.« Aber in Wirklichkeit hatte meine Mum keine Ahnung. Sie glaubte, es hätte mit der Pubertät zu tun. Jahrelang hatte sie nichts auf mein Alter geschoben, und jetzt, da es fast vorbei war, gab sie meiner »Stimmung« die Schuld. »Das passt gar nicht zu dir, Jess«, sagte sie klagend und schüttelte den Kopf angesichts der Tochter, die sie nicht verstehen konnte.

Meine Mum fuhr also allein zur Botschaft, und wenn sie zurückkam, sagte sie jedes Mal: »Stefan ist so ein netter Mann.«

»Habt ihr über mich gesprochen?«

»Wir haben über Politik gesprochen.«

Das war keine Antwort. Aber was immer ihr Gespräch war, jedes Mal kam meine Mum vom Belgrave Square »ermutigt, informiert, einsatzbereit« zurück. Stefan ermunterte sie, für das Bezirkskomitee der CND zu kandidieren, und sie wurde gewählt. Dann für das nationale Komitee, für das sie nicht gewählt wurde. Sie hatte Angst, es Stefan zu sagen, aber der nahm es lässig. Er sagte, wenigstens habe sie kandidiert, das sei die Hauptsache. »Wenigstens kann ich so abschätzen, wo wir stehen«, als wäre meine Mum seine Lotschnur – man lässt sie über Bord und guckt, wie tief sie sinkt.

Sie und Stefan machten mit den Begegnungen von-Mensch-zu-Mensch weiter. Sie brachten CND und Friedensrat zusammen, wo Hände geschüttelt und Visitenkarten und Komplimente ausgetauscht wurden – größtenteils, ohne dass daraus etwas folgte. Das große Ereignis fand 1983 statt, als meine Mum eine Delegation nach Berlin begleitete. Es sollte eine Massendemonstration gegen Reagan geben, der gerade seine SDI-Pläne verkündet hatte. Meine Mum gab ein Interview für *Neues Deutschland* und hatte einen fünfminütigen Auftritt im DDR-Fernsehen. Dann, am letzten Tag, entfernte sich jemand unentschuldigt aus ihrer Gruppe. Es war der Einzige in der Gruppe, der Deutsch sprach und »spontanen Kontakt von-Mensch-zu-Mensch« herstellen wollte; er wurde verhaftet. Meine Mum musste ihn identifizieren und seine Entlassungspapiere unterschreiben. Sie schrieb einen Entschuldigungsbrief an den Staatsrat der DDR und einen noch längeren Brief an Stefan. »Am liebsten hätte ich den Dummkopf in der Zelle sitzenlassen.« Meine Mum hatte mich zu der Reise eingeladen. Sie sagte, bei der Osterdemonstration könnte ich mein Deutsch wieder aktivieren. Ich war seit zwei Jahren nicht in der DDR gewesen. »Ein paar freie Tage. Außerdem umsonst.« Aber ich wollte nicht als Chorus-Girl in der Bühnenshow von *Krieg der Sterne* auftreten. Ich wollte zu Hause bleiben und mir das Video angucken. Als der Film im Palace gezeigt worden war, hatte ich ihn verpasst, weil ich damals zu viel zu tun hatte und der Film mir zu stark antisowjetisch war.

Dann, im Herbst 1983, kam meine Mum mit Schweißflecken unter den Armen und vor Atemlosigkeit keuchend von einem Besuch in der Botschaft am Belgrave Square zurück, was mir große Sorgen machte. Atemlosigkeit bei meiner Mum machte mir immer Sorgen. Sie habe Neuigkeiten, sagte sie. Stefan solle nach Washington versetzt werden. Im Rahmen der Rotation der Botschaftsbelegschaft, hatte er behauptet. »Aber das kann nicht sein. Stefan macht Karriere. Und jetzt soll er nach *Amerika* …«

Amerika war immer das Land, in das wir nie wollten. Auch das Land, in das wir nicht *konnten*, wenn man die Frage auf dem Formular: »Sind Sie jetzt oder waren Sie früher einmal …?« wahrheitsgemäß beantwortete. Amerika war das Land des Imperialismus. Aber für einen Diplomaten konnte es auch der Gipfel der Karriere sein. Nach Amerika gab es nichts mehr. Nur Vergessenheit oder das Bankwesen.

Stefan hatte zu meiner Mum gesagt: »Zeit für eine Veränderung, vielleicht für alle.« Er wusste, dass sie in die DDR übersiedeln wollte, und er hatte von einem Posten an der Humboldt-Universität gehört. Dort wurde ein Teilzeitdozent für Englisch gesucht, und zu dem Posten gehörte eine Wohnung in Berlin. Er sagte, meine Mum habe so viel Einsatz gezeigt, das würde für ein Leben reichen, und jetzt sei vielleicht der Moment zu gehen. »Ein bisschen früh, findest du nicht?«, sagte sie zu mir. »So alt bin ich doch nicht. Ich sehe doch nicht so alt aus, oder? Ich wusste nicht, wie ich das auffassen sollte. Wie verstehst du das, Jess?«

So wie ich das verstand, hatte Stefan von meiner Mum alles bekommen, was er wollte, und war mit ihr fertig. Und für seinen Nachfolger war sie wahrscheinlich nicht von besonderem Nutzen, also konnte sie gehen.

»Stefan hat gesagt, ich sei zu allen freundlich, außer zu mir selbst. ›Ist es nicht an der Zeit, dass du nett zu dir selbst bist, Eleanor?‹, hat er gesagt.«

Meine Mum verstand das als Aufforderung. Sie machte

eine Liste von Sei-gut-zu-dir-Aufgaben, von wöchentlich zugeteilten kleinen Vergünstigungen. Samstags würde sie sich auf dem Markt eine Tüte Sahnebonbons kaufen, am Sonntag würde sie den Wecker, wenn er klingelte, ausstellen und nicht aufstehen. Sie wollte wissen, was ich davon hielt.

Ich fand, dass es nicht um Sahnebonbons ging. Nach dem Abend im Van Hoa war ich der Meinung, dass das Wort »nett« zu kurz war für das, was es abdecken musste. Es gab nicht genug Buchstaben für das komplizierte Ganze. Ähnlich wie das Wort »Liebe«. Stefan hatte recht gehabt mit dem Nettsein. Es ging tatsächlich um das Warum und um das, was man sich davon versprach. Und meine Mum war so, wie sie war, jederzeit willig, unendlich anpassbar. Nett zu sein lag in ihrer Natur.

Sie traute sich nicht, nicht nett zu sein.

Sie wollte selbst zu sehr gemocht werden.

Und *darum* ging es.

Stefan würde die außerordentlichen Dienste meiner Mum für die DDR mit einer Urkunde würdigen. Es wäre ihm eine Ehre, das zu seiner letzten diplomatischen Tat in England zu machen. Meine Mum lud mich zu der Ehrenzeremonie in der Botschaft ein. Damals lebte ich schon in London. Sie sagte, ich wohne doch gleich um die Ecke, es würde nicht viel meiner Zeit beanspruchen. Aber Stefan hatte recht damit gehabt, dass man der anderen Seite zu viel geben konnte. Im Gegenzug für zwei Jahre uneingeschränkter Nettigkeit würde meine Mum ein Blatt Papier von ihm bekommen. Und statt mich darüber zu freuen, lag ich unter meiner Bettdecke und las *Will the Soviet Union Survive Until 1984?*, während über meine Kopfhörer Frankie Goes to Hollywood lief und meine Mum sich in Stefans Komplimenten sonnte, bevor sie von ihm mit mattem Applaus weggeschickt wurde.

Ende November verkaufte meine Mum zum letzten Mal den *Morning Star*. Sie ging in den Zeitungsladen und stornierte die Bestellung. »Ich bin in keinem Punkt einer Meinung mit Ihnen«, sagte der Mann im Zeitungsladen, »aber ich muss schon sagen, Sie haben an Ihrem Standpunkt festgehalten. Sie haben nicht aufgegeben. Dafür bewundere ich Sie.« Darauf fühlte meine Mum sich schuldbewusst. Und keineswegs bewundert. Er sah ihr Gesicht und sagte: »Ich kann die Bestellung weiter laufenlassen, wenn Sie wollen. Sie können im Voraus bezahlen.«

»Und was passiert mit den Zeitungen?«

»Machen Sie sich darum keine Sorgen. Die werfe ich in den Müll.«

Dann schrieb meine Mum eine Kündigung an den *Morning Star* und teilte der Redaktion mit, dass sie aus England weggehen würde. Zuvor rief sie mich an. »Ich schicke sie jetzt ab. Ich habe geschrieben, dass *ich* in die DDR gehe. Ich allein. Ist das so richtig? Du weißt, dass du dich umentscheiden kannst, was London angeht. Du könntest an der Humboldt-Universität bestimmt einen Studienplatz bekommen. Ich habe jetzt Verbindungen.« Es entstand eine Pause, in der das Rascheln von Papier zu hören war. »Ich klebe den Umschlag in diesem Moment zu.« Sie sprach mit ausgestreckter Zunge. »Ich habe den Brief reingelegt. Soll ich ihn zukleben?« Meine Mum schlug mit der Faust auf den Umschlag.

Dann schaltete sie eine Anzeige im *Tamworth Herald*: »Eleanor Mitchell siedelt in Kürze in die DDR um und wünscht allen ihren Genossen und Freunden in Tamworth alles Gute in ihrem Kampf für Frieden und Gerechtigkeit.«

Genau genommen hätte es statt »allen ihren Freunden« heißen sollen »ihren beiden Freunden« – nur Mr und Mrs Bell waren noch übrig, in ihrem Haus voller Katzen. Als

Ivan erfuhr, dass sie wegging, rief er an, genau wie das Mal davor, und fragte, was zum Teufel sie vorhabe. Er sagte, es sei Verrat, und Taten wie diese zerstörten die Bewegung.

»Du müsstest eigentlich wissen, Ivan, dass die Bewegung in Tamworth längst tot ist. Ich stelle lediglich die Herz-Lungen-Maschine ab.« Und dann legte sie auf.

Mr Howard schnitt die Anzeige aus dem *Herald* aus und kam zu uns rüber, das Blatt in beiden Händen. »Wenn es Sie glücklich macht, Mrs Mitchell, dann ist es egal, wo es ist.« Er sagte, unsere kleine Straße habe nie so viel Leben gesehen wie in den Jahren, die wir hier gelebt hatten. Auch unsere kleine Stadt nicht.

Rosie drückte meine Mum ganz lange an sich, als sie sich verabschiedeten. »Ich kann mir kein Bild von dir da drüben machen. Ich kann mir kein Bild von Da-Drüben machen.« Sie blickte meiner Mum über die Schulter zu der Stelle, wo die Landkarte von Laos gehangen hatte. Meine Mum hatte sie abgenommen. Stefan hatte gesagt, Peter sei wieder da. Er habe seine zwei Jahre abgeleistet und sei zurück. »Ich glaube nicht, dass ich dich besuchen komme. Nicht hinter dem Eisernen Vorhang.«

»Eigentlich ist es kein Eiserner Vorhang. Mehr ein Schleier der Missverständnisse.«

»Trotzdem. Komm bald zurück.«

Dann packte Mum ihre Sachen. Sie nahm Peters Foto aus dem Rahmen und steckte es in ihren Terminkalender, wo sie es als Lesezeichen benutzte. Sie nahm die letzte rote Nelke aus der Vase. Die ganze Zeit hatte sie das mit den Nelken gemacht, aber am Ende hatte sie die Blumen nicht mehr gesehen, so wie man die Vase in einem Café nicht sieht, die neben der Speisekarte und dem Salzstreuer steht. Wo die Landkarte gehangen hatte, bepflasterte sie die Wand mit Listen. Überall auf dem Fußboden machte sie Stapel. Dann rief sie mich an. Sie hatte den Karton mit meinen DDR-Devotionalien gefunden und wollte wissen, was sie damit machen sollte. Auf welchen Stapel sollte der Karton kommen: Aufheben oder Oxfam? Einen Müllstapel gab es nicht. Und mein Schwarzes Buch. Sie hatte es unter meinem Bett gefunden. Sie hatte dort gesaugt. Das war das erste Mal, seit wir in das Haus gezogen waren. Unter dem Bett sei so viel Staub gewesen, dass sie mich daraus hätte formen können, sagte sie. Meine Mum sprach übers Saubermachen, ein deutliches Zeichen, dass sie das Gespräch nicht beenden wollte – Hauptsache, sie konnte meine Stimme hören. »Es ist sehr still hier ohne dich, Jess.«

Vielleicht stimmte das. Aber ich glaube, eigentlich meinte sie, es war still ohne die Uhren. Die hatte sie von der Wand genommen. Sie hatte alle drei auf Berlin-Zeit gestellt. Dann hatte sie es sich anders überlegt, alle auf zwölf Uhr gestellt und die Batterien rausgenommen. Sie sagte, es sei, als hätte man den Herzschlag aus dem Haus genommen.

Dann verkaufte meine Mum das Haus und wanderte aus.

Sie setzte sich in die DDR ab.

Ohne mich.

Am Tag ihrer Abreise – »Für immer, Jess. Diesmal ist es für immer.« – gab sie mir ein Bändel. Es war ihre Abschiedsgabe. Wir hatten beide ein Teil des Bändels. Sie sagte, wo immer ich sei, wann immer ich sie brauchte, ich müsste nur an dem Bändel ziehen. Zwar verlasse sie das Land, aber eigentlich sei sie am anderen Ende dieses Bändels. Es sei wie ein Telefon mit Blechdosen. So versuchte meine Mum mir etwas vorzumachen, wollte einen märchenhaften heißen Draht zu ihrer Tochter herstellen. In Wirklichkeit bestand der heiße Draht zwischen ihrem

Fachbereichsbüro und der Pforte meines Studentenheims. Bei unserem ersten getrennten Weihnachtsfest war der Vertretungsportier ein Mann, der den ganzen Tag mit einem Papierhut auf dem Kopf selbstgedrehte Zigaretten rauchte und eingehende Anrufe dann weiterleitete, wenn man ihm ein Trinkgeld gab. Esswaren nahm er auch. Ich bot ihm Stollen an. Meine Mum hatte Stollen in der Dose geschickt, mit einem Bild von Dresden im Schnee und vor der Bombardierung auf dem Deckel. Der Portier kannte Stollen, weil sein Vater in der Army gewesen war. Für ihn sei Stollen der Geschmack von Paderborn. In Berlin war er auch ein paarmal gewesen. »Wegen der illegalen Sachen und der Partys …«

Als meine Mum anrief, nahm der Portier an. »Guten Morgen, Berlin. Wie geht's dem verkaterten Kopf?« Es entstand eine Pause. Er drehte den Kopf zu seinem Schreibtisch und seufzte durch den Rauch. »Ich habe gesagt: ›Ich reiche Sie weiter‹«, und gab mir den Hörer.

»Jess? Spreche ich mit Jess Mitchell?« Ihre Stimme hatte ein Echo.

»Hallo, Mum.«

»Oh, ich dachte schon, die Leitung sei gestört. Ich dachte, es sei ein Mann dran.«

»Da war auch ein Mann. Aber jetzt bin ich es.«

»Kann ich jetzt sprechen? Kann ich anfangen?«

»Frohe Weihnachten, Mum.«

»Ja, frohe Weihnachten.« Sie wirkte verstört. »Aber es klingt nicht wie deine Stimme.«

»Wie ist das Leben im Reich des Bösen?«

Das munterte sie etwas auf. »Oh Jess, es ist ganz wunderbar hier!«, und sie erzählte mir von den netten Leuten in ihrem Fachbereich und den netten Studenten und den netten Nachbarn, und dass alles so …

Ich unterbrach sie. »Und Peter?« Ich rechnete damit,

dass sie dasselbe sagen würde wie bei jedem Anruf: keine Neuigkeiten. Offiziell war er wieder an der Hochschule, aber niemand hatte ihn gesehen. Sein Büro war verschlossen, sein Schreibtisch leer. Aber diesmal sagte meine Mum: »Ich hatte einen Besuch. Einen Besuch zu meinem Antritt. Mein Fachbereichsleiter. Der Hausmeister für meine Wohnung. Ich kannte den Mann nicht.« Meine Mum bekam ein Handbuch ausgehändigt. *Handbuch für Fremde in der DDR*. Hinten in dem Handbuch waren Notizen eingetragen – Informationen persönlich für sie zu Telefon- und Postverkehr und Vorschriften für Angehörige und Freunde.

»Für Angehörige? Es gibt Vorschriften für Gespräche mit Angehörigen? Dieser Anruf ist gestattet, oder wie? Mit deiner Tochter darfst du sprechen, ja?«

Mein Ton wurde nicht über die hallende Leitung vermittelt. Meine Mum verstand die Ironie in meiner Frage nicht. »Wir können sprechen. Natürlich!«

»Und frohe Weihnachten dem, der noch zuhört.«

Meine Mum drehte den Kopf zur Seite und gab die Wünsche weiter. Dann sprach sie wieder in die Muschel. »Frau Pohl wünscht dir auch frohe Weihnachten.« Wer immer Frau Pohl war.

»Und Peter? Welche Vorschriften gibt es da zu befolgen?«

»Ich soll ihn nicht kontaktieren. Martina auch nicht. Einfach gar nicht.«

»Aber du hast es trotzdem getan.«

Sie hatte es nicht getan. Ich war sprachlos. Ich hörte das Knistern und Zischen in der Leitung.

»Bist du noch da, Jess?«

Ich wollte ins Telefon schreien: »Verstoß gegen die Regeln, dieses eine Mal. Verweigere den Gehorsam. Zieh dir den Zorn von jemandem zu. Riskiere, dass man dich nicht mag. Dieses eine Mal.«

Meine Mum antwortete, und es schien, als hätte sie durch das Schweigen jedes Wort gehört. »*Du* würdest das tun. Aber ich bin nicht du. Ich arbeite für den Frieden. Das ist das, was ich kann.« Sie seufzte tief und laut und füllte die Entfernung zwischen uns mit ihrer Unterwerfung. »Und damit bin ich einverstanden. Die müssen wissen, was los ist. Ich habe nichts zu verbergen. Mir ist es egal, was sie über die Leute wissen, die ich kenne.« Meine Mum machte eine kleine Pause. »Und bei Peter ist es etwas Medizinisches. Anscheinend hat er gesundheitliche Probleme. Niemand darf zu ihm.«

Dann war die Leitung tot.

19

Zu Besuch bei Eleanor

Ostberlin, Dezember 1984

In den Vorschriften für die Einreise von Ausländern waren die wichtigsten Wörter unterstrichen. Es hieß, man solle »ausreichend Zeit für alles Notwendige einräumen, wenn um Erlaubnis für die genannte Person ersucht wurde.« Im Juni beantragte meine Mum eine Genehmigung für meinen Besuch im Dezember. Die Erlaubnis wurde vier Monate später erteilt, und meine Mum schickte mir die Bestätigung mit einer frühen Weihnachtskarte – einer DDR-Karte, auf der »Frieden« in allen im Ostblock bekannten Sprachen stand. »Möge diese Karte eine von vielen, vielen, vielen sein!«, schrieb sie. Das machte mir Sorgen. Schon jetzt klang meine Mum außer Atem.

Ostdeutsche Weihnachten waren mir im Sommer machbar vorgekommen, aber jetzt, als die S-Bahn schnaubend in den Bahnhof Friedrichstraße einfuhr, kam es mir vor wie Tag eins von sieben. Die Bahn hielt mit einem Ruckeln, Hände griffen nach Gepäck – Rucksäcke, Seesäcke, Tragetaschen –, ungenügendes Gepäck, so schien es mir, für eine Reise von West nach Ost, von einer Welt in die andere. Als ich mir gerade meinen Rucksack auf den Rücken schwingen wollte, sah ich, dass alle anderen sitzen blieben. Diese Menschen hatten die Reise schon öfter gemacht, sie wussten, dass wir noch nicht da waren. Sie saßen zusammengedrängt in warmen Wintermänteln und

Stiefeln mit dicken Sohlen, von denen Berliner Schneewasser auf den Boden rann. Ich betrachtete die Reihe runzliger, verschrumpelter Gesichter – Ballons von einer Feier, die schon lange vorbei war. Ihre glasigen Gedanken beschlugen die Fensterscheiben, von denen das Kondenswasser in die Gummirillen rann. Durch das Fenster waren feuchte Poster für den nächsten Sommerurlaub zu sehen, und ein schummeriges Werbeplakat für die Internationale Freundschaft.

Unser Zug rollte noch ein paar Meter bis an die Puffer Berlins. Die Türen wurden entriegelt. Ich hörte die Seufzer des erkaltenden Metalls und das Bellen der Stimme von der gewölbten Decke: »Aussteigen, alle aussteigen.« Kein »Bitte«, uns wurde befohlen, auszusteigen. Soldaten mit geschultertem Gewehr wachten über uns, als der Zug sich leerte. Spürhunde rannten mit rosa Lefzen und hängenden Zungen an den Wagen entlang. Niemand schien über die Soldaten oder die Hunde besorgt, niemand schien es eilig zu haben. Ein paar junge Männer lösten sich von der Menge, zogen Plastiktüten aus den Taschen und strebten in Richtung Intershop. Auf dem anderen Bahnsteig standen Männer, die ihnen aufs Haar glichen und bis zum Rand gefüllte Tüten im Arm hielten, damit sie nicht rissen. Diese Männer kamen zur Friedrichstraße, um sich mit zollfreien Alkoholika und Zigaretten einzudecken. Alle anderen wollten über die Grenze.

Ich folgte schwach erleuchteten und verdreckten Schildern zur *Einreise in die DDR*. Ich stellte mich bei *Bürger aus anderen Staaten* an und stand Nase an Nacken im Geruch feuchter Schafe. Ich sah, wie die anderen Schlangen kleiner wurden. Bei den Westberlinern ging es so schnell, dass die Schlange fortwährend in Bewegung war. Alte Frauen wurden mit einem Kopfnicken durchgelassen, ihre Ziehwägelchen verhakten sich an den automatisch schließenden Türen. Bei den Anderen Bürgern dauerte es sehr lange, bis man zum Schalter kam. Als ich endlich vorne war, thronte der Grenzsoldat einen halben Meter über mir, anscheinend saß er auf einem Podest. Er prüfte mein Foto, dann prüfte er mich. Vielleicht lag es am Winkel, aber ich deutete seine Miene als verächtlich. Ich versuchte, ihn meinerseits verächtlich zu mustern, aber das war gar nicht so leicht, denn ich musste nach oben gucken und sah alles in seinen Brillengläsern flach und grün gespiegelt. Er griff nach etwas auf seinem Tisch, ich glaubte, es sei der Stempel, aber in der Hand hielt er jetzt einen Telefonhörer. Er sprach kurz und mit gedämpfter Stimme. Ein Kollege erschien. Der Erste zeigte ihm meine Dokumente. Sie sprachen über mich, als wäre ich nicht da. Das Ende war ein Knurren. Dann das Krachen des bewilligenden Stempels und das Summen der sich öffnenden Tür. Sie war kompakt und schwer. Die Bürger aus Drittstaaten mussten sich mit den Schultern ins Land stemmen.

Ich war in der DDR und am Ende einer anderen Schlange angekommen, die sich den ganzen Flur vor der Wechselstube entlangwand. Geräusche verdoppelten sich an den senfgelben Kacheln und dem Beton: das Scharren müder Füße, das Klicken von Feuerzeugen, heiseres Husten. Ich ließ das mit dem Geldwechseln und suchte das Schild zum Ausgang.

Und das war's.

Ich war drin.

Zwei Grenzsoldaten standen an der letzten Tür und betrachteten die Ankommenden mit trägem Interesse. Ich ging an ihnen vorbei. Dann hörte ich: »*Come this way, please, Miss*«, und fragte mich, wer wohl noch Englisch sprach. Und ich dachte, wie seltsam eine höfliche Aufforderung von einem, der ein Gewehr trug, klang. »Bitte. *You, Miss.*« Lauter diesmal. Ich spürte eine Hand auf meinem Arm, und bevor ich reagieren konnte, wurde ich durch eine Tür geführt, die schon offen stand und sich hinter mir schloss.

Zwei Beamte standen hinter einem Tisch. Ich wusste nicht, was sie waren: Polizisten, Soldaten, Grenzsoldaten, Zollbeamte – ich konnte die Uniformen nicht unterscheiden. In dem Raum war sonst nichts, nur zwei Männer und ein Tisch, und das bedeutete, dass es Fragen geben würde, aber vielleicht nicht viele, da keine Stühle da waren. »Wo haben Sie Ihren Pass?«, sagte einer von ihnen auf Englisch.

Ich griff in meine Jeans. Er prüfte den Pappeinband mit dem Fingernagel und blätterte die Seiten mit dem Daumen durch. Er hielt die Fotoseite waagerecht und prüfte die Glätte des Papiers.

»Sie haben kein Geld gewechselt. Besitzen Sie Ostmark?«

Ich kramte in einer Rucksacktasche.

Er zählte das Geld auf den Tisch. Vier blaue Hunderter, Karl Marx, Karl Marx, Karl Marx und Karl Marx. Ich wühlte in meiner Brieftasche. Da. Ein Friedrich Engels, eine Clara Zetkin.

»Woher haben Sie die?«

Das war das Restgeld von vor drei Jahren, von dem Sommer 1981, dem Jahr, in dem Peter weggeschickt worden war. Normalerweise gaben wir das meiste Geld im Delikat und im Meissengeschäft aus und spendeten den Rest an der Grenze für die Solidarität. Aber in dem Sommer damals war mir nicht nach Souvenirs, und das Letzte, was ich unter den gegebenen Umständen im Sinn hatte, war eine Spende für die Solidarität.

»Das ist nicht genehmigtes Geld. Es ist nicht erlaubt, die Währung der Deutschen Demokratischen Republik auszuführen. Das Geld ist illegal.«

Das Wort »illegal« machte mir Sorgen.

Aber mehr hatte er nicht dazu zu sagen. Er ließ das Geld

beiseite und nahm sich mein Gepäck vor. Er zog sich weiße Handschuhe an, machte meinen Rucksack auf und zog den Inhalt heraus. Er steckte den Arm tief in den Rucksack, so dass er bis zu den Schultern darin verschwand. Hier war ich, und ich wurde auf dem glänzenden Resopaltisch seziert: Jess Mitchell, Studentin, neunzehn Jahre alt. Er nahm jedes Teil in die Hand, drehte es so herum und anders herum. Er schüttelte die Kleidung aus. Wahrscheinlich dachte er, all die schwarzen Sachen hätten eine Bedeutung – Anarchismus, Trauer, Kunst. Er hielt die Bücher am Rücken hoch, fächerte durch die Seiten und ließ Papierstreifen zu Boden segeln. Er versuchte, die Titel zu lesen und vertat sich mit der Aussprache: *The Savage Mind, Coming of Age in Samoa, The Elementary Structures of Kinship*. Er nahm die Schutzumschläge ab und verglich die Titel. Er drehte die Bücher seitlich und versuchte, meine Notizen zu lesen. Dann machte er den Waschbeutel auf und roch an der Seife. Er schraubte die Zahnpasta auf, drückte einen Zentimeter auf eine Karte und verteilte sie mit einem Spatel. Als er zu den Tampons kam, erlahmte sein Interesse an meinem Waschbeutel. Dann hielt er mir die Päckchen in Weihnachtspapier hin.

»Und das hier?«

»Geschenke.«

»Was für Geschenke?«

Aber das wusste er selbst. Er nahm sie in die Hände in weißen Handschuhen und spielte damit wie ein Zauberer, der sie gerade hervorgezaubert hatte. Dann machte er die Tür auf und verschwand.

Ich wartete in dem Geruch von Zahnpasta und Zitrus auf meine Geschenke. Ich warf einen Blick auf seinen Kollegen, den ich beinahe vergessen hatte, weil er schweigend dastand, das Hemd von derselben Farbe wie die Wand. Ich wollte sagen: Ich weiß, dass ich in euren Akten als zweifelhaftes und asoziales Element geführt werde, aber meine Mum hat die Erlaubnis für diesen Besuch erhalten. Eine Woche, ich bin staatlich genehmigt.

Er spürte, dass mein Protest sich Luft machen wollte, und sagte, als ich den Mund aufmachte: »Ich spreche kein Englisch.«

Ich fing also wieder an, diesmal auf Deutsch, und er unterbrach mich wieder, auf Deutsch: »Auch kein Deutsch.«

Damit war das erledigt.

Wir warteten also. Durch die dünne Wand hörte man von nebenan die Stimmen einer anderen Befragung. Dort ging es munter hin und her: dass es das falsche Geld, oder das falsche Gepäck, oder dass jemand die falsche Person war, was immer. Nach einer Weile hatte mein Bewacher genug davon und übertönte es mit dem Rhythmus, den er mit den Fingern auf den Schlüssel in seiner Tasche schlug: TAP-tap-tap-tap, TAP-tap-tap-tap. Dazu sang ich in meinem Kopf die Nummer eins der Hitliste: »Do they know it's Christmas?«

Endlich kam sein Kollege zurück. Er gab mir meine Geschenke, machte mir damit ein Geschenk. Sie waren immer noch eingepackt, das Tesafilm nicht eingerissen. Sie waren nur ein wenig gewärmt worden. Ich war dankbar, einfach weil ich sie wiederhatte. Genau das wollte er wahrscheinlich. Ich musste mir auf die Zunge beißen, um ihm nicht zu danken.

Ich ging hinaus in die eiskalte Luft. Die Menschen drängten sich an die Barriere, um dieses neue Gesicht besser zu sehen. Dann hörte ich: »As we come marching, marching, in the beauty of the day …« Ein Lied, das ich seit Ewigkeiten nicht gehört hatte. Es war von »Bread and Roses«. Meine Mum sang es. Und die hatte Rosen mitgebracht, zwei große Sträuße. Sie lehnte sich über die Barriere und schüttelte die Rosen als Rumbarasseln, so heftig, dass einige Blütenblätter abfielen.

Auf dem Weg zur Straßenbahn plapperte meine Mum unentwegt und malte mir aus, wie wunderbar Weihnachten würde. »Wir trinken im Palast der Republik Schaumwein und stoßen auf uns an. Auf *uns*, Jess!« Sie legte den Arm um mich und drückte *uns* zusammen. Ich hatte meine Mum ein Jahr lang nicht gesehen und sah jetzt eine mir vertraute Fremde. Und als ich abermals hinsah, war sie fremder, als ich erwartet hatte: Schon jetzt war sie Osteuropäerin, mit dem Schaffellmantel und den roten Wangen, als wäre sie von Geburt an mit Borschtsch und festen Überzeugungen ernährt worden. »Und wir gehen in ›Mutter Courage‹. Du weißt ja, was Brecht über Liebe und Krieg gesagt hat.« Das wusste ich nicht, aber meine Mum wusste es, sogar auf Deutsch. »Und wir gehen in die Kantine des Berliner Ensemble. Man geht hinten rum rein. Billig, aber köstlich, du wirst staunen.«

Ich staunte, wie schnell meine Mum ihr Englisch vergaß.

»Und die Reise ging gut? An der Grenze ging alles gut?«

Ich hatte nicht vor, ihr die Einzelheiten zu erzählen. Das hätte eine Diskussion ausgelöst. Sie hätte mir erklären wollen, *warum* das nötig war, warum es unter den Umständen vollkommen richtig und vernünftig war.

»Und S-Bahn zur Friedrichstraße, nicht U-Bahn?« Damit war sie einverstanden. Irgendwie sei es falsch, sagte sie, in einem Tunnel unter der Grenze herzufahren und durch die Eingeweide in die DDR einzureisen und dann ausgeschieden zu werden. So wie sie es sagte, klang es nach einem Verdauungsvorgang. »Und wie ist es drüben?«

»Sie besprühen die Mauer auf ihrer Seite mit Graffiti.«

»Hast du das gesehen?«

»Ich habe am Flughafen die Postkarten gesehen.«

Meine Mum war entsetzt. »Das dürfen sie nicht. Es ist eine Staatsgrenze.« Aber nicht auf der anderen Seite. Da war es eine freie Fläche, eine offene Einladung. »Was machen sie denn drüben sonst noch?«

»Schwer zu sagen. Die Fenster in der S-Bahn waren beschlagen.«

»Aber der allgemeine Eindruck?«

»Kalt. Schneeig. Bisschen wie hier.«

Meine Mum hantierte mit dem Schlüssel zu ihrem Haus und drehte ihn nach Gehör, als versuche sie einzubrechen. Sie stemmte sich gegen die Tür, drückte dabei mit ihrem Stiefel eine Delle in die Blechfußleiste und entschuldigte sich: »Es ist nie leicht, in ein Märchen reinzukommen …« Aber sie schaffte es. Der Schlüssel drehte sich, und die Tür öffnete sich an Scharnieren von der Größe einer Hand. Im Dunkel des Flurs befühlte sie mit den Fingern die Wand, bis an der hohen Gewölbedecke ein defekter Kronleuchter lebendig wurde: kopflose Cherubim, Gipspfauen und ein Rokokospiegel mit blinden Flecken. Auf dem Marmorboden bildeten Schneewasserpfützen eine Reihe glitzernder Teiche.

Vor den rostigen Briefkästen blieb meine Mum stehen. »Das sind meine Nachbarn.« Jeder Briefkasten war irgendwann einmal aufgestemmt und wieder zugehämmert worden. Sie nannte die Anzahl der Weihnachtskarten – letztes Jahr nur fünf, aber fünfzig dieses Jahr – und maß daran ab, wie beliebt sie war. Sie nahm ihren Schlüssel und guckte noch einmal im Briefkasten nach, das mache sie immer, sagte sie, für alle Fälle. »Wie nett, guck mal, du kriegst auch eine«, sagte sie und gab mir einen Umschlag.

»Wer weiß, dass ich hier bin?«

»Alle! Der Fachbereich. Das Haus. Ich habe es allen erzählt.«

Ich drehte den Umschlag um: braun, die Adresse mit Schreibmaschine geschrieben, der Umschlag mit Tesafilm verklebt. Der Brief sah nicht aus wie eine Weihnachtskarte. Ich versuchte, den Poststempel zu lesen und dachte in dem Schummerlicht, ich könne Marzahn entziffern.

Meine Mum ging mir voran nach oben und machte mich Etage für Etage, rechts, Mitte, links, mit ihrem Haus bekannt. Sie wusste alles über ihre Nachbarn: Geburten, Heiraten, Todesfälle, gute Zeiten, Knappheiten, Tauschgeschäfte. Das war nicht überraschend, denn an jeder Wohnungstür hingen Notizzettel mit ganzen Gesprächen. Meine Mum blieb stehen, um mir von den Nachbarn zu erzählen.

»Und hier …«, sagte sie und zeigte auf eine Schranktür in der Ecke und versicherte sich, dass ich auch zuhörte, als sie mit Ansagerstimme verkündete: »… ist das Prunkstück. Unsere Toilette.« Sie machte die Tür auf und das Licht an. Eine nackte Glühbirne glomm über Rollen grauen Toilettenpapiers, die an einem Band hingen. Auf dem Wasserbehälter lag ein Stapel *Neues Deutschland*. Flaschen mit Reinigungsmitteln und Lappen, die von der Kälte steif waren. Durch die Wand hörte man jemanden das Lied des Wolga-Schiffers singen. Das war Rolf, sagte meine Mum, der für die DDR Ringkämpfe machte. Sie kümmerte sich um seine Pflanzen, wenn er für sein Land in den Ring trat. »Du bekommst sogar ein Weihnachtsgeschenk von ihm.«

»Aber ich kenne ihn doch gar nicht. Er weiß doch nicht, wer ich bin.«

»Du bist meine Tochter.«

Das war der allerschlechteste Grund für ein Geschenk. Meine Mum sah mein Gesicht, sagte jedoch nichts. Aber ich wusste, was ihr durch den Kopf ging: So sind die Leute hier. Sie sind freundlich. Sie helfen einander aus. Die ganze Zeit.

»Wir teilen *alles.*« Sie zeigte mir den Plan für die Toilettenreinigung. Meine Mum war begeistert von dem Klo, das sah ich. Hier gab es nichts Privates. Auch keine Privatsphäre. Meine Mum schrubbte mit Begeisterung die Spuren ihrer Nachbarn weg. So gab es nur wenig, was sie einander vorenthalten konnten. Sie atmete den Geruch von Chlorreiniger, Feuchtigkeit und Intimität tief ein.

Meine Mum stieß die Wohnungstür auf, und in dem Luftzug erzitterten die Weihnachtskarten, die an der Decke hingen – Fähnchen, die jedes Mal flatterten, wenn sie zur Tür hereinkam. Sie ging mir voran in den Braunkohlegeruch vom Sommerkurs. Ihr Heizofen war so groß wie unser politischer Aktenschrank, und die Kacheln hatten die gleiche Farbe, nur dass hier Kohlen reinkamen und keine Protokolle. Das deutsche Wort war *Kachelofen*, sagte meine Mum, was man sich leicht merken konnte, weil es so klang wie *»cackle often«* – häufiges Gackern. Das Wortspiel machte sie fast so glücklich wie das kommunale Klo. Dann verschwand sie aus dem Zimmer. Ich ließ mich aufs Sofa sinken und den Blick durchs Zimmer wandern, über die Gebrauchtmöbelgemütlichkeit. Die Einrichtung schien wie aus Spenden des vergangenen Jahrzehnts zusammengestellt: orangefarbene Stehlampe, brauner Tisch, Sessel mit beigefarbenen Polstern, Teppiche mit orange-braunem Muster, das Sofa beige und orange. Meine Mum rief von der Küche, als hätte sie meine Gedanken erraten: »Brauchte nichts zu kaufen! Der Fachbereich hat es komplett für mich eingerichtet.« Komplett, sogar mit Vitrinenschrank, in dem Kelche und Pokale standen – Erinnerungen an die Erfolge und Mitgliedschaften anderer Menschen, an denen meine Mum jetzt teilhatte und die jetzt, da sie hier wohnte, fast ihre eigenen waren.

Ihre eigene URKUNDE hing an der Wand. Sie war goldgerändert, in der Mitte prangte das erhabene Emblem der DDR. Aber der Schreiber in der Botschaft hatte Mühe mit dem fremden Namen gehabt und ihn in unbeholfener Kinderschrift geschrieben. Von meinem Platz aus konnte es genauso gut eine Urkunde für den Sieg in einem dreibeinigen Wettrennen sein:

Für besondere Leistungen und unschätzbare Kooperation
auf den Gebieten des Friedens und der Bildung
verleiht die Botschaft der
Deutschen Demokratischen Republik in London
Eleanor Mitchell
diese Ehrenurkunde.

Daneben hing in einem Goldrahmen ein Foto von der Verleihungszeremonie. Da war Stefan, seine Augen rot vom Blitzlicht. Er blickte in die Kamera und machte sich zum Mittelpunkt, als wäre es eine Zeremonie ihm zu Ehren.

Daneben ein Foto von James im schwarzen Rahmen – schwarz, weil er im Sommer gestorben war. Sein Herz hatte aufgehört zu schlagen, als er auf einem Nudistenstrand bäuchlings im Sand lag und sein Radio ein Kricketspiel in sein Ohr übertrug, das er irgendwann nicht mehr hörte. Die anderen dachten, er mache ein Nickerchen, doch dann ging die Sonne unter, und er hatte sich immer noch nicht gerührt. Er starb, die Nase im Sand, sein Körper rot von der Sonne, während er erkaltete, und um ihn herum spielten nackte DDR-Bürger Volleyball und grillten Pfeffersteaks.

»Furchtbar traurig«, hatte meine Mum gesagt, als sie es mir erzählte. »Er hat nur fünf Jahre in der DDR gehabt. So eine Seele von Mensch.«

Ich fragte mich, ob die Kuchen seiner Frau sein Ende beschleunigt hatten. Angela war offenbar gramgebeugt.

Als sie sich so weit gefasst hatte, dass sie etwas sagen konnte, sagte sie: »*That is the way the cookie crumbles,* könnte man sagen.« Und daran sieht man, wie schwierig das mit den idiomatischen Wendungen ist.

Auf einem Bord hatte meine Mum ihre Postkarten aufgestellt. Die sowjetischen Staatsoberhäupter waren alle vertreten – ernst und feierlich, Medaillen auf seekrankem Grün – und tot, tot, tot und beinahe tot. Aber die meisten Postkarten waren von mir. Offenbar gestatteten die Vorschriften, dass die Karten ankamen. Ich probierte das immer wieder aus mit Karten aus der National Gallery in alphabetischer Reihenfolge: Avercamp, Botticelli, Caravaggio, Degas …

Ich verwendete das Wetter als Metapher, wenn ich meiner Mum schrieb. Aber ziemlich oft schrieb ich über das Wetter, wie es war, und schrieb damit die Karten voll, ohne wirklich etwas zu sagen. Und das war in Ordnung. Für uns beide. Hauptsache, es kamen Karten aus England, zum Zeichen dafür, dass ich sie nicht vergessen hatte. Dass ich sie nicht aufgegeben hatte.

Ihre alte elektrische Coronet stand auf dem Tisch, ein Blatt war eingespannt. Meine Mum verfasste ein Arbeitsblatt für ihren Englischclub. In der kurzen Zeit hatte sie an der Humboldt-Universität eine Robert Burn's Night und »Strip the Willow«, einen schottischen Tanz, eingeführt. Jetzt schrieb sie ein Weihnachtslied ab. Sie würde ihren Schülern »In the Bleak Midwinter« beibringen.

Vor dem Fenster flogen kleine harte Schneeflocken waagerecht vorbei, glitzernd wie in einer Schneekugel. Ich dachte, wie merkwürdig es doch war, dass jede einzelne Schneeflocke eine andere Form hatte. Ich wollte diesen Gedanken meiner Mum mitteilen, aber ich wusste, sie würde nur das Gesicht verziehen. Sie würde es nicht glauben. Sie würde sagen: *Nicht* jede einzelne Schneeflocke, die am Fenster vorbeifliegt. *Nicht* jede einzelne Schneeflocke, die je auf Berlin niedergegangen ist oder die in der Gesamtgeschichte des Schnees gefallen ist. Sie würde sagen, so viele Möglichkeiten, eine Schneeflocke zu sein, gebe es gar nicht. Es gebe nicht genug Winkel in der Geometrie. Ein Wissenschaftler habe diese Idee in Umlauf gebracht. Ein Wissenschaftler, der den falschen Beruf gewählt hatte und besser Dichter geworden wäre.

Auf der anderen Straßenseite waren die Fenster der Häuser dunkel. In der winterlichen Dämmerung hatte ich vergessen, wie früh am Tag es war – erst Nachmittag – und dass die Leute noch nicht von der Arbeit nach Hause gekommen waren. Ich betrachtete die rußigen, trutzigen, ramponierten Mietshäuser, Regimenter von Fassaden, unverändert seit dem Krieg. Oft fand ich die Dinge zu sehr Schwarz und Weiß. Nie war Platz für Schattierungen von Grau. Und hier, an diesem dunkler werdenden Nachmittag im Dezember gab es nichts anderes als Schattierungen von Grau.

Ich wollte lachen.

Ich wollte gackern.

Ich wollte das meiner Mum erzählen. Aber ich wusste, wie es gehen würde. Das Lachen würde auf ihren Lippen ersterben, und sie wäre eine Weile lang still – stundenlang, vielleicht sogar bis zum nächsten Morgen –, und dann würde sie mit ihrer Antwort rausplatzen: »Das stimmt nicht! Und das weißt du auch. Es stimmt einfach nicht.« Und sie würde den Schrank aufreißen, der voll mit DDR-Kleidung war, und die Küchenschränke voll mit DDR-Packungen und Dosen, und sie würde sagen: »Da. Farbe. Farbe. Überall Farbe!«

Und damit hätte sie recht.

Ich hörte die Stimme meiner Mutte aus der Küche. Sie hatte die Tür angelehnt gelassen. Wenn ich mich nicht aufs Zuhören konzentrierte, verschwammen die Wörter und klangen wie ein Haushaltsgerät, eine Waschmaschine, die sich in der Ecke drehte. Über dem Rauschen des Kessels hörte ich vereinzelte Brocken über den Bergarbeiterstreik, Greenham Common, Gorbatschow. »… von dem Besuch gehört?«

»Kann dich nicht verstehen.«

»… aussieht, gefällt mir.«

»Komischer Hut.«

Margaret Thatcher mochte Gorbatschow. Sie sagte, sie und er könnten zusammenarbeiten. Was immer das bedeutete. Aber das wusste meine Mum noch nicht. Der *Morning Star* kam zwei Wochen nach Erscheinen bei ihr an. *Neues Deutschland* hatte kaum etwas über den Besuch gebracht. Und meine Mum hatte keinen Fernseher, sah also nicht die westdeutschen Nachrichten.

»Wie ist es gelaufen? Wie ist er empfangen worden?«

»Wirklich, kann dich nicht hören.«

Da gab sie es auf.

Sie kam mit dem Tee ins Wohnzimmer. Sie hatte sich Hausschuhe angezogen. Von ihren verkrümmten Zehen hatten die Kuppen Löcher. Sie trug eine Kittelschürze aus blauem Nylon mit rosa-und-braunen Rosen und Schleifen an den Seiten. Sie erwähnte sie nicht, ein sicheres Zeichen, dass sie die Schürze schon lange trug und es ihr nicht mehr auffiel, wie merkwürdig sie darin aussah. Sie bot mir Lebkuchen an, und Tee, der dunkelbraun und fleckig war, weil sie geredet und ihn zu lange hatte ziehen lassen.

Meine Mum hockte sich auf die Sofakante. Hinter ihrem Kopf hing ein Foto von mir. Sie hatte sich eins zu ihrem Geburtstag gewünscht, »aber eins, auf dem du aussiehst, wie ich dich kenne«. Das Foto, das ich ihr geschickt hatte, war kein gefälliges Bild von mir, aber ein wahrheitsgetreues. Von meinem Platz aus hingen unsere Gesichter nebeneinander, beide mit sehnsüchtigem, wachsamem, hoffnungsvollem Ausdruck, und kurz davor, verletzt zu werden. Aus der Tasche ihrer Kittelschürze holte sie ihr Ende des Heißen Drahts heraus. Sie hielt das Bändel in die Höhe. Ich glaube, sie hoffte, ich würde mein Ende aus der Tasche ziehen. Und dann seufzte sie und blies ihren Atem über den Abstand zwischen uns. Ich glaubte, das Geräusch sollte ausdrücken, dass das Leben einen Hauch davon entfernt war, vollkommen zu sein. Was noch fehlte, war ich.

Ich. Nicht Peter.

Ich betrachtete die Bilder der Männer, die ihr Gesellschaft leisteten: Lenin, Breschnew, Andropow, Tschernienkow, James, Stefan. Ich sagte: »Ist das Foto von Peter in deinem Schlafzimmer?«

Meine Mum schüttelte den Kopf.

»Noch in deinem Terminkalender?«

»Ich habe ihn weggesteckt, Jess.«

Das war ein seltsamer Ausdruck. Ich musste dabei ans Gefängnis denken. An Kinderspiele. Ich sagte: »Und Martina?«

Sie zuckte die Schultern. »Es ist schwer, wenn die Eltern krank sind. Besonders, wenn man sie mag. Und ich habe gehört – es ist nur ein Gerücht –, dass Martina schwanger ist.«

»Will sie eine Wohnung?«

»Sie will ein Baby. Und ich habe gehört, dass sie an der Humboldt-Universität keinen Platz bekommen hat. Ich glaube, sie nimmt das schwer. Persönlich, meine ich.«

Unter uns schlug eine Tür, es war so laut, dass die Fußbodenbohlen bebten. Ein Licht wurde angemacht. Es warf einen Schimmer zum Fenster hinauf, wo eine schwarze Ranke zu sehen war, die im nächsten Jahr wunderbarerweise zu neuem Leben erwachen würde.

»Ich wollte sie gern besuchen.«

»Du weißt ja, dass ich keinen Kontakt haben soll, Jess. Und ich will nicht …« Sie führte den Gedanken nicht zu Ende. »Und wir haben nur eine Woche, und es ist Weihnachten, und …« Sie zeigte auf den Adventskranz mit den Kerzen, die sie hätte anzünden sollen, aber aus Sicherheitsgründen nicht angezündet hatte. Und auf den Weihnachtsbaum, der jetzt, da sie in der DDR war, ein normaler, unpolitischer Baum mit Kugeln und Schokoladenkringeln war. »Und was Peter betrifft, da ist es so, wie ich dir gesagt habe. Niemand darf zu ihm. Er hat sich in Laos etwas Ernstes zugezogen. Etwas Ansteckendes.« Sie schob ihre Teetasse auf der Untertasse hin und her, bis sie die Vertiefung gefunden hatte. Es war befremdlich, der reine Klang von Porzellan – daran war etwas Förmliches, ein Klang, der in Wohnzimmer gehörte, wo es traurige Nachrichten gab.

Meine Mum hatte Peter drei Jahre lang nicht gesehen. Das ist länger, als sie ihn gekannt hatte. So lange, dass man sich fragen konnte, ob es wirklich passiert war.

»Ich habe ihn weggesteckt, weil ich ihn verloren hatte.« Meine Mum deutete mit dem Kopf zu ihrer Urkunde. »Als ich sie bekam, hat Stefan gesagt, mein Verlust täte ihm leid. Erst wusste ich nicht, was er meinte. Aber je mehr ich darüber nachdenke, desto sicherer bin ich mir, dass er Peter meinte. Oder? ›Mein Verlust täte ihm leid.‹ Als wäre Peter gestorben.«

Meine Mum senkte den Blick in ihre Tasse und brauchte eine Zeit für den nächsten Schluck. Aber als sie zurückkam, war sie heller gestimmt. »Aber es geht mir gut, Jess. Ich bin nicht allein.« Sie hob ihre Tasse und trank mir zu, dann trank sie der anwesenden Gesellschaft im Zimmer zu. Sie saß auf ihrer Sofakante, in ihrer Kittelschürze aus Nylon, und trank lauwarmen Tee, und sie war mit den Nachbarn und den Kollegen, ja, mit dem gesamten sozialistischen Block befreundet, und ich wusste noch, wie es war, sie dafür und für vieles mehr zu lieben.

Meine Mum seufzte, anders als zuvor, eher ein langer Atemzug vor dem Untergehen, ein langes, langsames Leeren der Lungen. Die Rosen auf ihrer Kittelschürze zitterten.

»Was ist das eigentlich, was du da anhast?«

»Was, das hier?«, und sie befühlte den Saum. »Von Frau Jacobi. Zweiter Stock Mitte. Ist vor zwei Jahren gestorben.«

Hier saßen wir, wir beide allein. Ich in meiner Endteenagertrauer, meine Mum in der Kittelschürze ihrer verstorbenen Nachbarin, wir waren mitten in Berlin, mitten im Winter, und wer weiß wo in diesem langen Kalten Krieg. Der Brief, der für mich im Briefkasten meiner Mum gelegen hatte, war tatsächlich von Martina:

Willkommen in Berlin. Willkommen in unserem Winter. Ich hoffe, du hast genug anzuziehen. Ich habe von anderen gehört, dass du über Weihnachten kommst, und wollte dir gern sagen, dass ich zwar verschwunden bin, aber dass es mich immer noch gibt.

Sie haben mir keinen Studienplatz für Englisch an der Humboldt-Universität gegeben. Sie haben gesagt, ich könnte Russisch belegen, aber ich bin noch vor dem Abitur schwanger geworden. Und wie könnte ich ein Russischstudium mit Mutterschaft vereinbaren? Stattdessen studiere ich jetzt das Überleben. Wie man ein Leben macht – das ist so leicht, sage ich dir, Jess, zu leicht, wenn anderes, was man macht, so schwer sein kann.

Mein Baby hieß Peter, klar, bis mein Vater zurückkam. Jetzt heißt sie Petra. Inzwischen ist sie zwei. Wir wohnen in Marzahn (habe ich dir das erzählt?), ganz oben in einem der Hochhäuser. Sie kennt alle Vogelnamen. Sie ist den Vögeln näher als anderen Kindern. Hier oben im einundzwanzigsten Stock können wir fast fliegen. Deine Postkarte habe ich bekommen, danke. Ich hebe sie mir als Mahnung auf: Ich bin eine Mutter, die nichts für ihr Mutterland tut.

Mein Vater war krank, als er aus Laos zurückkam. Er hatte die Pest und wäre beinahe gestorben. Seitdem ist seine Gesundheit geschwächt. Seine Hautfarbe ist verkehrt. Er hat seine Stelle an der Hochschule zurückbekommen, aber gleichzeitig ist er im Ruhestand – so macht man das hier. Er durfte unsere alte Wohnung behalten, aber er ist nie da. Auch mein Vater studiert das Überleben.

Ich gebe dir meine Adresse nicht. Bitte versuch nicht, sie herauszufinden. Oder wenn doch, schreib bitte nicht, komm mich nicht besuchen. Alles wird notiert. Dieser Brief wird nicht nur von dir und mir gelesen. Bring uns nicht den Krieg. Wir sind darüber erhaben. Wir sind friedlich.

Auf der Terrasse des Sommerhauses waren die Ringelblumen mit Schneehauben bedeckt, wie große Eiskugeln. Martinas Graben durch die Wiese war vom Wetter eingeebnet worden. Es brannte kein Licht, und ich wusste, niemand würde öffnen, trotzdem pochte ich mit der Faust an die Tür. Ich ging zum Fenster. Eiszapfen hingen wie Zähne von der Fensterbank. Ich hauchte meinen warmen Atem auf die Eisblumen an der Scheibe und wischte das Geschmolzene weg. Drinnen erkannte ich die Gartenliege, zusammengefaltet in der Ecke, und einen Schlafsack, der an der Wand hing. Leere Flaschen von Château Eden lagen im Becken.

Ich ging auf dem Pfad neben dem Haus zum See. Ich fand die versteckte Stelle, wo Martina mir gesagt hatte, sie würde mir die schlechten Dinge nicht erzählen, und wo sie sich den Sand vom Schwielowsee durch die Finger hatte rieseln lassen. Wo sie im Wasser untergetaucht war, als es Wasser war und kein Eis. Jetzt war die Fläche helles Eis. Bäume, deren Äste im Sommer aus dem See getrunken hatten, waren bis zur Schmelze im Eis gefangen. Rote Blätter vom Herbst und die letzten Luftblasen, bevor der Winter kam – auch sie waren im Eis gefroren. Mit meinem Stiefel kratzte ich den Schnee vom Eis. Formen wie Segel reichten in die Tiefe des Sees.

Hier draußen war es noch kälter als in der Stadt, so kalt, dass meine Augen weh taten und die Tränen gefroren, sobald sie sich formten. Ich hatte mir von meiner Mum Wintersachen geliehen: einen Armeemantel, Lederstiefel, ihre russische Soldatenmütze. Unter dem Schal wärmte mich mein eigener Atem. Der Schal hatte einen Pfirsichduft, was mir zunächst nichts ausmachte, doch dann kam mir der Gedanke, es sei vielleicht der Geruch alter Frauen, und der Schal könne auch von Frau Jacobi stammen. Ich ging ein paar Schritte, um mich zu wärmen, aber der Schnee lag hoch, und an dem verschneiten Ufer war jeder Schritt eine Anstrengung. Geräusche hoben sich scharf ab: das Rascheln der Ärmel, mein Atem im Schal. Aber am schärfsten war das letzte Gespräch, das ich mit Stefan hatte. Immer wieder hörte ich es in meinem Kopf. Wir saßen im Van Hoa, zwischen uns der Eispokal, und ich hatte mich gefragt: *Wovon hing es ab? Was wollte er im Tausch?* Damals war Peter gerade erst in Laos angekommen. Ich dachte: Wenn ich damals Peter mir gegenüber gesehen hätte … Wenn es in dem Restaurant nicht so heiß gewesen wäre … Wenn ich den Löffel genommen und von dem Eis gegessen hätte …

Meine Zähne fingen an zu klappern. Ich sog den Atem durch die Nase ein und spürte die scharfe Kälte in meinen Augenwinkeln. Ich drückte die Augen zu, und als ich sie aufmachte, sah ich es: das Segelboot, den weißen Bug. In der Kajüte saß jemand, eine Silhouette, auf den Sitz gepresst. Ich wusste, dass er es war. Ich kannte die Form. Ich erkannte die Masse Mann. Und ich wusste, dass es Peter war, denn nach allem, was geschehen war, musste er hier sein: auf dem Boot, das nirgendwo hinkonnte, im Eis gefangen, eingefroren im Herzen des Sees.

Nichts, was wir tun, ist ohne Konsequenzen. Wir müssen einfach sehen, dass es die Konsequenzen sind, die wir wollen. Ich setzte einen Fuß aufs Eis, beugte mich nach vorn, legte Gewicht auf das Bein. Das Eis hielt. Ich setzte den anderen Fuß auf. Und wieder hielt das Eis. Es schneite Flocken, die ganz leicht waren und nicht zu Boden fallen konnten. Ein sachter Wind trug sie über den See. Ich wollte schwerelos sein und mit ihnen schweben. Aber ich machte wieder einen Schritt. Das Eis gab nach. Risse durchzogen die Fläche, krachend wie Schüsse.

»Peter!«

Er drehte sich in die Richtung, aus der der Schuss gekommen war, sein Gesicht war zu weit entfernt und zu dunkel, als dass man es ausmachen konnte. Er bewegte sich langsam, unüberrascht, als hätte er die ganze Zeit auf diesen Moment gewartet, auf jemanden, der ihn aufspüren würde – selbst hier –, auf diesen Besiegten, diesen Soldaten aus einem fernen Krieg.

Danksagungen

Paradise Ost ist ein kollektives Werk und wäre ohne die großzügige Mitarbeit vieler Menschen nicht zustande gekommen. An erster Stelle gilt mein Dank meiner Mutter, Isobel McMillan, weil sie mir ihre Geschichte zum Geschenk gemacht hat und meiner guten Absicht traute, als ich das Buch schrieb. Nichts wäre möglich gewesen ohne Guy Batey, der einer der freundlichsten Menschen und mein Partner in allen wichtigen Dingen ist. Nicht einen Moment hat er daran gezweifelt, dass die Geschichte es wert war, erzählt zu werden, angefangen mit der ersten Erwähnung im Coach and Horses bis hin zu dem Glas Rotkäppchen-Sekt in der Kohlenquelle. Ihm widme ich das Buch, in Liebe.

Besonderer Dank geht an Sophie Lambert, eine außergewöhnliche Agentin, die sich, als Jess und Eleanor unangekündigt bei ihr auftauchten, zu einem Ja entschloss und damit mein Leben veränderte. Dank sei auch Jake Smith-Bosanquet, weil er dem Buch den Weg nach Deutschland geebnet hat, und allen bei Conville & Walsh für ihre fantastische Unterstützung. Ein riesiges Dankeschön an Kristine Kress, Susann Brückner und allen bei Ullstein, die sich des Projekts mit unerschrockener Begeisterung annahmen und zur Veröffentlichung begleitet haben. Mein wärmster Dank gebührt zudem Susanne Höbel, meiner Übersetzerin, die meine Geschichte deutschen Lesern mit Einfühlungsvermögen, Sorgfalt und Weisheit zugänglich gemacht hat. Ich kann mich glücklich schätzen, dass ich Roland Philipps, Becky Walsh und Rosie Gailer vom Verlag John Murray hinter mir weiß. Ich danke ihnen und dem ganzen Team für ihre Energie und die Fachkenntnisse, die in die Geschichte von *Motherland* eingeflossen sind. Dank gebührt auch Andrew Wille und dem Writers' Workshop, weil auf seinen Rat hin ein brauchbares Manuskript im Präsens in ein veröffentlichtes im Präteritum verändert wurde.

Die Entstehung von *Motherland* verdankt sich zudem der großzügigen Unterstützung des Arts Council England und der National Lottery, deren finanzielle Zuwendungen mir die anfänglichen Recherchen ermöglichten. Ich danke dem Suhrkamp Verlag für die Erlaubnis, die Zeilen aus Bertolt Brechts Gedicht »An die Nachgeborenen« zu zitieren, ich danke Jane Judd für die Erlaubnis, John Brunners Song »The H-Bomb's Thunder«, und Fall River Music für die Erlaubnis, Pete Seegers und Alex Comforts Song »One Man's Hands« zu verwenden. Außerdem möchte ich Progress Publishers in Moskau für den Auszug aus der englischen Übersetzung von Ostrowskis *Wie der Stahl gehärtet wurde* danken.

Vor einigen Jahren war ich eine Mary-Ward-Reiseschriftstellerin. Ich danke Jon Lorie und allen aus der Gruppe für ein Gefühl der Dazugehörigkeit und für ihre Ermutigung – besonders Nick Pretzlik, der bis zu seinem plötzlichen Tod zuversichtlich war und heute noch vermisst wird.

In Berlin möchte ich den Leuten von der Wildangel dafür danken, dass sie mich wärmstens willkommen geheißen haben, insbesondere Steffen Wagner, *Edelfeder* und erste Anlaufstelle, wo es um die Sprache ging. Außerdem danke ich Frauke Krahnert für Eleanors Wohnung und der Kantine der BVVG sowie dem echten Van-Hoa-Restaurant, dass sie mich in der Zeit des Schreibens ernährt haben.

Besonders herzlich möchte ich auch Frau Professor Delia Davin danken. Als mein erstes Leben zu Ende war und ich in China nicht richtig weiterwusste, traf sie eine Entscheidung, die es mir ermöglichte, nach England zurückzukehren und einen Neuanfang zu machen. Ewigen Dank schulde ich Nan Capper dafür, dass sie mir, ohne es überhaupt zu wissen, die Zeit zum Schreiben schenkte. Ihr Atem durchzieht dieses Buch.

Motherland ist die Geschichte vieler. Ich danke allen, den Lebenden wie den Toten, deren Geist dieses Buch erfüllt.

Quellennachweise

S. 7: *An die Nachgeborenen*, aus: Bertolt Brecht, Werke. Große kommentierte Berliner und Frankfurter Ausgabe, Band 12: Gedichte 2. © Bertolt-Brecht-Erben / Suhrkamp Verlag 1988.

S. 137: Zitat aus: Nikolai Alexejewitsch Ostrowski, *Wie der Stahl gehärtet wurde*. Deutsche Übersetzung neu bearbeitet von Nelly Drechsler. Verlag Neues Leben, Berlin 1954. (die Übersetzung der zitierten Passage wurde geringfügig bearbeitet)